KB266081

Rainbow

동민 오빠와
꿈꾸는

무지개

솔과학

목차

무지개

서문

지금부터 하는 이야기는

나의 진정한 사랑(첫사랑)이자 운명에 대해서다.

오늘은 2001년 11월 29일 오전 6시 58분에 대전광역시 한 병원에서 나는 3.9kg으로 아주 건강하게 태어났다. 나의 이름은 외할아버지께서 철학원에서 오만 원을 드리고 한글로는 이나연, 한자로는 李娜演 오얏 리, 아름다울 나, 펼칠 연으로 세상에 아름다움을 펼치라는 뜻을 지닌다. 태몽은 아빠가 꿨다 한다. 분홍색에 흰 띠인 뱀이 할머니 치마폭에 뛰어드는 꿈을 꾸었다 한다. 뱀띠가 맞다. 그리고 엄마가 나 임신할 때 설악산 비룡폭포 다녀오고 100일 때 경주 다녀와서 내가 지금도 체력이 좋은가보다. 나는 대전광역시 서구 만년동에서 엄마, 아빠랑 1년간 살다가 두 분 다 맞벌이로 육아가 힘들어서 외할머니, 외할아버지로부터 충청남도 예산에서 키워지게 됐다. 그래서 예산이 내 고향이나 다름없다. 나는 불교유치원인 향천유치원을 다녔다. 나는 꼬마 시절부터 내 운명의 사랑을 밝혔다. 그래서 유치원에 꽃미남인 주예성이라는 애가 있었는데 만날 이나라는 애랑만 놀아서 나는 내 친구 희정이랑 놀면서도 질투했었다. 유치원에 다니는 와중에도 엄마는 아빠의 동창인 고향 예산 친구네 모임을 주최하였다. 아빠들끼리 워낙 친해서 동갑인 고유주와 석원이랑은 돌잔치 때 같이 찍은 사진도 있다. 또다른 소꿉친구로는 신동민 오빠, 김예준 오빠, 김예나 언니, 고예주, 고희주, 고민석, 석진이가 있다. 여기서 대전이 고향인 석원, 석진이 빼고 다 같은 고향인 예산 출신이다. 이중에서 내게 특별한 존재로 남는 사람이 있는데 바로 동민 오빠다. 동민 오빠는 모임으로 만날 때마다 꼭 나를 잘 챙겨주고 놀아주었다. 내가 5살 때 동민 오빠가 좋아하는 영화인 나니아 연대기: 사자와 마녀와 옷장을 보러 간 적이 있었다. 또 우리는 닌텐도DS로 마리오 카트 게임을 하면서 놀았는데 동민 오빠가 여러 단계(스테이지)를 직접 깨주기도 하였다. 한번은 동민 오빠가 잘 놀아주다 피곤해서 침대에 엎드려 누워있는데 내가 신나하며 올라갔는데 가뜩이나 마른 몸에 내가 위에 앉으니 고통이 컸을 것이다. 그 광경을 본 엄마, 아빠가 바로 동민 오빠로부터 떼어놓으며 내가 체격이 있는데 조심해야지라고 해서 알겠다고 하였다. 근데 오히려 이런 추억이 오래 잔상에 남아 좋다고 생각한다. 그리고 서로의 아빠들이 도로를 가로지르며 달리며 나와 동민 오빠는 서로 창문 넘어 바라봤던 적도 있었다. 그런 순간들을 잊지 않을 수 없었다. 그렇게 좋았던 시절을 보냈다.

　나는 할머니께서 주로 키워주셨었다. 내가 말도 못하던 때 열병을 앓아서 몸이 뜨거운데 할머니께서 속상해 하시며 어디가 아파서 그러냐 했더니 갑자기 느닷없이 "귀!"라고 말문이 트여서 깜짝 놀라셨다고 한다. 오죽 답답했으면 그랬나보다. 하루는 바닷가할머니께서 계셨던 남당리에 갔는데 나는 할머니께 여기 할머니들은 왜 이렇게 다 꼬부러졌대유라며 꼬부랑 시늉까지 했었다 한다. 그래서 할머니께서 내 관찰력에 또 놀라셨다고 한다. 그리고 내가 바닷가할머니네 집이 창호지라 내가 신기해서 뚫어서 할머니께서는 밥풀로 다시 붙이셨던게 기억이 난다. 좀 커서는 나는 앉아서 계속 독서만 하는 독서광이었고 밥도 거르고 책을 보려 해서 할머니께서 옆에서 떠다 주셨었다. 내가 일곱살이 되던 해, 아산으로 이사를 가게 되고, 엄마는 나를 영어 유치원인 원더랜드에 보냈다. 나는 그때 처음에 낯설었지만 곧잘 적응하여 손들고 해당 그림에 영어 단어 맞추기 놀이를 재밌어 하였다. 반에서 내가 제인 칭찬스티커도 많이 모았다. 그렇게 다니던 와중에 강미소라는 아이가 내가 남자애들하고 잘 노는 것에 질투를 하였다. 그래도 나는 할머니, 할아버지로부터 조건 없는 사랑을 받아온 아이라 전혀 개의치 않았다. 엄마, 아빠께서는 평일에는 회사에 다니시고 주말에 아산에 내려와서 나 데리고 국내 이곳저곳을 여행 다녔다. 아빠가 나한테 많은 사랑을 주어서 내게 아빠는 항상 마음속의 일순위였다. 하지만 이는 커갈수록 점점 사그라졌다. 그러다가 내가 초등학교 다닐 나이가 되어 근처 초등학교인 금오초등학교에 다닐 생각이었는데 엄마, 아빠 따라서 서울로 올라갔다. 따라서 서울시 강남구 논현동에 위치해 있는 학동초등학교에 다니게 되었다. 처음에는 먹깨이모(먹깨비라는 뜻 첫째이모)가 휴직하고 학교에 데려다 줬는데 나는 낯선 환경에 적응하는데 시간이 걸려 처음에는 엄청 울었었다. 그렇게 며칠 다니니 점차 나아졌다. 내가 사귄 친구는 박경진, 조원이가 있었다. 우리는 삼총사라며 놀러 다녔다. 조원이가 사는 삼흥빌라에서 비즈팔찌 만들고 놀았다. 근데 내가 물욕이 엄청나서 문방구 물건 사는 거 말고도 더 가지고 싶어서 친구들의 물건을 탐내서 훔쳤었다. 그런데 그러다 어느 순간 아, 이건 하면 안 되는 행동이다 이제 그만하자라고 마음먹고 나쁜 행동을 고쳤다. 이모가 다시 직장으로 돌아가게 되면서 할머니, 할아버지께서 나를 돌보러 아산에서 왔다갔다 해주셨다. 맞벌이하는 엄마, 아빠는 주말만 되면 피곤해 자느라 바빠서서 점점 마음이 멀어져 갔다. 2학년 때는 같은 반이면서 같은 경복아파트에 사는 황지민이라는 친구랑 놀았다. 이때 같은 반에 나처럼 할머니로부터 키움받는 벙어리이면서 흰 피부인 남자애가 있었는데 우리는 서로 그 애 좋아한다고 밝히고 그에게 다가가서 우리는 서로를 가리키며 "얘가 널 좋아한대!" 라며 고백하고 남자애는 그저 미소만 지었다. 그리고 체육시간 때 물총놀이를 했었는데 마요네즈 통 뚜껑을 뚫어서 하였다. 진짜 '여름이었다'가 생각나게 하는 추억이었다. 내가 수학 시험을 봤었는데 사십오 점 맞았다고 엄마가 엄청 혼내서 무서워서 엄청 운 적도 있었다.

초등학교에 다니는 와중에도 아빠 친구 모임은 이어졌다. 우리 집이 이제 서울시 광진구 구의3동으로 이사해서 집들이를 하였다. 내 2층 침대는 남자들이 미리 점령해서 나 포함 여자들은 1층에서 놀았다. 그리고 나서 동민 오빠네 집들이도 하게 되었는데 동민 오빠는 내게 기타로 I'm yours를 쳐주었었다. 그리고 내가 와라! 편의점 1권과 2권을 가져갔는데 필사적으로 내 와라! 편의점 1권을 가져가서 나는 영문도 모른 채 엄청 울었었다.

나는 구남초등학교로 2학년 2학기에 전학을 했다. 2학년 6반으로 배정되었다. 애들이 1학년 때는 닌텐도 가져와서 놀았다고 해서 부러웠다. 그리고 우유급식할 때 우유곽 밑에 숫자보며 큰 숫자면 좋아하고 그랬다. 이때 신종인플루엔자가 유행했어서 체육관 앞에 쭉 서서 예방접종 기다린 적이 있었다. 나는 친구 신나영이, 윤서현이, 조세라를 사귀었다. 특히 신나영이랑 친했는데 한창 티비에서 방영중인 애니메이션(만화영화)인 캐릭캐릭체인지(이하 캐캐체)에 대해 얘기하며 수호알 중 하나인 다이아알을 엄마가 두 개 사줘서 나눠가졌다. 나는 너무 좋아해서 하트, 스페이드, 클로버 알까지 샀다. 어느날 갑자기 나는 영문도 모른 채 신나영이에게 싸늘한 무시를 받아서 한동안 기분이 언짢았다. 그러다 다시 또 다가와서 자기가 왜 그랬는지 모으겠다며 사과의 편지를 씰스티커 뒤에 빼곡히 써서 내게 건네주었다. 그렇게 우리는 다시 화해하고 물방울 모양 보석과 열쇠가 달린 우정 목걸이를 서로 공유했다.

나는 정상어학원이라는 영어학원에 다니게 됐는데 버스 기다리는데 한양아파트에 사는 쌍둥이 이재나, 이재성이랑 친해지면서 내가 집들이 했는데 나 덕분에 닌텐도할 수 있게 됐다고 고마워했었다. 그리고 나는 영어실력이 진짜 없었는데 단어 시험볼 때 땡큐(Thank you/감사합니다)를 발음 그대로 Than Q라 적었었다.

나는 이제 초등학교 3학년이 되었다. 2학년 때 사귄 친구들과는 반에서 떨어져서 다시 새로운 반에서 새 친구를 사귀게 되며 멀어졌다. 나는 3학년 6반으로 배정되어 집 근처에 사는 정민주(동민 오빠)라는 친구를 사귀었다. 우리는 한우리독서토론논술을 하면서 서로간의 왕래가 잦았다. 한번은 민주네에 이모님께서 오셔서 뽀로로 마이크 들고 신나게 놀았었던 적이 있다. 그리고 방과후로 종이접기와 찰흙놀이도 같이 수업 들었다. 이때 내가 가장 잘 만들었다고 생각한 작품인 빙수를 들고 찍은 나의 앳된 사진이 액자에 잘 보관되어 있다.

민주는 우성아파트 사는데 나랑 같은 해모로리버뷰 아파트 친구인 이나현이(동민 오빠)를 소개해 주었다. 나현이는 안경 쓰고 키가 작은 친구였다. 우리 셋은 그렇게 놀이터에서 그네나 미끄럼틀 등을 타고 재밌게 놀았다. 그리고 런닝맨이 한창 유행하던 때라 반에서 점심기간만 되면 경찰과 도둑 놀이를 하면서 긴장감있게 놀았다. 3학년이 끝나고 민주가 놀이터에서 만나자고 해서 봤는데 캐나다로 유학 간 함형진(황규원)이 나를 좋아했었다고 알려주는데 나는 전혀 신경 밖이었어서 놀라지도 않았다.

정상어학원을 계속 다니면서 나는 나랑 같은 버스 타고 하원하는 우성아파트에 사는 조서희(동민 오빠)를 만났다. 우리는 서로 같은 핸드폰인 쿠키폰으로 블루투스를 켜서 배경화면 사진을 공유하고 짝 맞추기 게임을 하고 놀았다. 또한 학원에서 매번 운영하는 체험형 영어 교실을 같이 신청해서 하며 더욱 친해졌다. 그리고 또 나랑 같은 아파트에 사는 두상이 역삼각형이고 운동을 좋아해서 남자나 다름없는 조유주를 소개받았다. 근데 놀자마자 편의점에서 초콜릿을 훔치자는 나쁜 행동을 강행

했다. 이때부터 이미 질이 안 좋은 친구라는 걸 알아채고 멀어졌어야 했다.

　아빠 친구 모임과 같이 엄마 친구 모임도 있었는데 엄마가 직장 다니는 은행원 친구들이었다. 거기서 나보다 한 살 어린 임민진이라는 아이를 알게 되었다. 잠실에 사는데 키자니아가 새로 생겨서 같이 갔었다. 근데 자기 주장만 옳다는 식으로 행동하고 안 그러면 징징대고 내 물건을 함부로 패대기치고 기분 나빴던 일이 한 두번이 아니어서 나는 그뒤로 연락을 하지 않았다.

　나는 이제 10살이 되었다고 엄마, 아빠에게 이제부터 어머니, 아버지라 부르겠다고 선언했는데 엄마, 아빠가 나이 들어보인다고 극구 말린 적이 있었다.

　초등학교 사학년이 되는 해, 나는 나현이랑 같은 반인 삼반이 되었다. 나현은 나랑 맨 뒤에 앉아 같은 반 친구들을 유심히 살펴보며 분석을 하였다. 결국 우리 둘끼리만 다닐지라도 말이다. 나는 친근하다는 표현으로 나현이에게 귀여운 별명인 '이날다람쥐'라 부르고 나현이는 나를 '나베우동'이라 불렀다. 그런데 내가 붙여준 별명이 싫었던건지 울고불고 난리여서 안 하기로 했다. 그리고 나현이랑 나랑 생일이 하루 차이라서 엄마들이 합심해서 생일파티방을 구해서 반 여자애들 모두 초대해서 인스턴트 식품들을 먹으면서 생일 선물(착 감기는 시계, 반짝이펜, 지갑 등)도 받고 즐거운 시간들을 보냈다. 선물에는 한번에 착 감기는 시계가 제일이었다.

　나현이하고 같이 있으면서 가장 기억에 남는 추억을 바로 비 오고 난 뒤 하교했을 때이다. 우리는 우산을 접혀 들고 집 앞까지 왔을 때 우리는 우산을 접었다 폈다 하면서 몸을 돌리며 춤을 췄다. 바로 '우산의 왈츠'였다.

　그리고 나는 여름방학 때마다 이제 필리핀 어학연수에 갔었는데 영어

공부에 힘쓰는 게 어려운 게 아니라 여자 셋 인간관계가 더 힘들었다고 한다.

생일파티 이후 우리 반 여자애들은 우정이 끈끈히 다져졌다. 특히 신미연이하고 친해졌는데 내가 반에서 잘난척쟁이지만 공부 잘하는 박재건을 좋아한다고 얘기하니까 미연이가 자기가 좋아한다고 결혼까지 한다 했었다. 지금 생각하면 나 막아져서 고마운 일이다.

우리 반 여자애들은 점심시간 때마다 밥을 후딱 먹었다. 급식 당번인 날에는 애타했지만 애들이랑 대화하면서 양 얼마나 줄지 고민하는 게 재밌었다. 나현이랑은 물통 뚜껑에 물을 담아서 티타임(차시간)을 가지기도 했었다. 아닌 날에는 운동장으로 나가서 날다람쥐(자리 옮겨가며 술래를 피하는 게임)을 하거나 암벽 타기를 하였다. 나는 암벽 올라가는 게 무서워서 한 바퀴 돌기만 하였다.

초등학교 4학년 때 뇌리에 꽂힐 만한 기억이 하나 있다. 바로 보이스피싱 사건이다. 여느때처럼 할아버지께서 나를 돌보시느라 서울댁에 계

셨다. 그때 집전화가 울려서 받았다. 근데 다름 아닌 소식이 들려왔다. 바로 삼촌이 지금 칼에 찔려서 병원에 있어서 수술비를 받아야 한다는 소식이었다. 나는 듣자마자 칼에 찔리면 죽는데 어떻게 살아있지 하며 단순한 생각으로 시작하여 이상한 낌새를 느꼈다. 그래서 나는 할아버지께서 충격적인 소식을 들으시고 괜찮냐며 물으시는 동안 엄마한테 전화를 걸어 이러한 사실을 밝혔더니 엄마는 바로 삼촌에게 전화해 본다고 하였다. 그러는 동안 나는 할머니께 전화 걸어 이 사태에 대해 말했다. 할아버지께서는 정신 없으신 상황이셔서 할머니 전화도 안 받으시고 수술비가 천만 원인걸 알고 지금 통장에 육백만 원밖에 없다고 집 앞에 바로 있는 국민은행에 가서 송금하겠다고 하는 일촉즉발의 상황이었다. 그때 엄마가 전화와서 삼촌이 잘있다는 소식을 듣게 되었다. 그러니까 할아버지께서는 그제야 안도의 한숨을 내쉬으셨다. 진짜 깜박하고 속을 뻔했다. 이 얘기는 가족들 사이에서 아직도 회자되곤 한다.

또 시간이 흘러 오학년이 되었다. 나는 1반으로 서희와 같은 반이 되었다. 오학년 때 우리는 서로 싸우면서도 같이 지냈다. 그리고 서희가 이재현 생일파티에 가자해서 갔는데 태블릿으로 신기해서 템플런만 주구장창 하고 오기만 하였다. 한번은 이재현이 나한테 관심 있는 걸 알고 내가 나가려고 문쪽에 갔는데 막아서서 나는 싫어서 욕으로 대응하였었다. 지금 생각하면 너무 세게 말한 것 같아 미안하긴 하다. 졸업앨범을 봐도 얼굴이 안 보인다. 전학을 갔나보다.

오학년 때 담임선생님은 최종윤 선생님(동민 오빠)이셨는데. 항상 배드민턴 가방을 등 뒤에 메고 다니셔서 닌자거북이라고 애들이 놀려댔다. 담임선생님은 내가 가장 존경하고 훌륭하다고 생각되는 선생님이셨다. 이 해부터 놀토(격주로 노는 토요일)가 사라지자 대신 놀금을 격주로 정해서 1교시 실내 운동 2교시 토론 3교시 요리 4교시 실외운동으로 시간표를 짜서 무엇을 할지는 우리가 공정하게 투표해서 골랐다. 나는 그래서 이 시간이 오기만을 기다렸다. 선생님께서는 쉬는 시간에도 제대로 놀 수 있게 바둑판, 윷놀이, 공기놀이 등을 비치해 두셨다. 이 와중에 나랑 서희는 공기를 못해서 여자애들이 공기도 못 한다고 충격받아서 나하고 서희를 위한 공기놀이를 열게 되었다. 나는 윤서현이와 윤예서가 공기놀이 하는 법을 알려주었다. 5단계인 꺾기까지 배우고 여러가지 요령인 아리랑(떨어진거 줍기), 피아노(꺾기할 때 정돈하기), 등을 배워서 치열한 연습 끝에 결국 무승부로 승부는 결정이 났다.

서희가 홍세나랑 박도연을 불러서 내 생일파티를 자기 집에서 하였다. 우리는 진실게임을 하였는데 나는 반에서 딱히 좋아하는 남자애가 없어서 괜찮은 심현우(동민 오빠)을 불렀다. 그런데 애들은 나보고 유지섭이랑 어울린다 하였다.

내가 수학시간에 나는 선행학습을 안해서 전개도 넓이 구하는 법을 전혀 몰랐는데 이 문제를 풀어야 급식을 먹을 수 있다해서 나는 난감해서 눈물만 나왔었다. 그때 같은 조인 김서완(동민 오빠)이 내가 우는 걸 보고 대신 문제 풀어줘서 고마웠었다.

또 오학년 때 민주, 나현, 서희, 조유주 이렇게 우성아파트 놀이터에서 놀다 갑자기 나보고 민주, 나현이랑 놀테냐 아니면 서희, 조유주이랑 놀테냐 선택하래서 당황하였다. 나는 그냥 다같이 놀면 되지 않으냐 말했는데 선택해야만 한다 하였다. 나는 그래서 옛 우정보다 그때 당시의 우정을 선택했다. 서희가 같은 반이었으니까 말이다. 지금 생각하니 바보 같은 짓이었다. 그래도 민주가 서희랑 심하게 싸우고나서 내가 울상일 때 고맙게도 나를 위로해 주었었다.

그렇게 또 한 학년이 올라 육학년 이반이 되었다. 같은 아파트에 나는 7층 조유주는 4층에 살아서 서로 집들이(파자마파티)를 많이 했다. 주로 닌텐도로 뉴슈퍼마리오브라더스를 통신해서 했었다. 언제 한번 조유주네 어머니께서 동물의 숲으로 통신해서 내게 값비싼 물건인 왕관을 선물해 주셨다.

　그러던 어느 날 내가 사회 시간에 각 나라별 전통 집 만들기를 하는데 내가 조립이 안되서 낑낑대고 있을 때 갑자기 같은 반 남자애 최지우가 와서 도와줬는데 조유주도 이 광경을 봤다. 지금 생각해보면 조유주가 질투날만한 행동이긴 하다 내가 그런 건 아니지만 말이다. 이때부터 잠깐 최지우가 날 좋아한다는 걸 알고 호감 있었다가 욕을 많이 해서 바로 식었다.

　그러다 이제 학교에서 척추측만증으로 검사받으러 나, 이유연, 이민준이 정밀검사받으러 나갔었다. 그러면서 이유연이랑 친해지게 되었다. 이유연이 하고 놀게 되면서 조유주이랑 멀어지게 되서 옆에서 만날 내 행동 따라하기만 해서 멀어지고 싶었는데 잘됐다 생각이 들었다. 나랑 이유연은 날마다 지하철 타고 놀러다녔다. 이유연네 집에도 놀러가서 잤었는데 집에 토끼가 살고 있었다. 나는 무슨 뜻인지 모르고 있었다. 우리는 스마트폰(바보폰)으로 '지오메트리 대쉬'(노래 박자에 맞춰서 누르는 게

임)라는 게임을 했다. 그러고나서 어느 날은 우리가 학교 끝나고 놀이터 안에서 자리잡고 앉아 있으니까 아이유 좋아하는 홍찬성이 지나가며 우리를 보고 "녀희 그러고 있으니까 일진같아"라며 일침을 날렸다.

　내 생일이 다가올 때가 되었는데 이유연과 최지수이랑도 같이 다니고 있었는데 내 말은 점점 들은 척도 안하고 그저 자기들끼리만 속닥속닥하는 것이었다. 나는 그래서 다른 아이돌 좋아하는 여자애들과 두루두루 친해지며 관심사인 아이돌에 대해 대화하며 친하게 지냈다. 나는 이때부터 약간씩 아이돌에 관심이 가기 시작했다. 그러다 내 생일이 다가오고 난 후 이유연과 최지수는 나에게 다가오며 깜짝 선물을 해주려 했는데 내가 그렇게 다른 여자애들이랑 잘 놀 줄 몰랐다며 미안하다 사과했다. 그렇지만 생일선물은 받지 못하였다. 이때 같은 조였던 안은지가 틴탑의 노래 중에서 긴 생머리 그녀를 가장 좋아하는 친구였는데 나랑 되게 친했다. 예전 핸드폰 문자 보니까 나 필리핀 어학연수 갈 때도 자기 잊지 말라며 문자도 보내줬었다.

6학년이 되어서 수학여행을 갔는데 제주도로 갔다. 이유연이는 비행기를 잘 안 타봐서 한시간 타는데 멀미가 난다며 엎드리고 있었다. 나는 엄마, 아빠랑 5살 때부터 괌으로 해외여행 가고 7살 때는 미국 서부 여행을 갔어서 비행기를 좀 타봤지만 그래도 멀미가 있어서 기내식도 안 먹고 그랬다. 근데 필리핀 어학연수로 왔다갔다 다니면서 나아지게 되었다. 아무튼 제주도로 갔는데 막 우박이 내려서 우리는 어떻게든 피해서 목적지에 도달하려 했으나 실패했다. 나는 버스 뒷자리에 앉고 이유연, 최지수가 그 앞에 타고 옆에 최지우가 타있었다. 내가 디카(디지털 카메라)를 가져갔었는데 최지우가 내꺼 뺏어서 보면서 내 아빠 사진을 보며 놀렸다. 나는 이때 왜 그랬는지 몰랐다. 이 당시에 드라마 응답하라 1994에 나오는 쓰레기역으로 나오는 정우가 동민 오빠를 연상시키는 얼굴인데 내가 동민 오빠 안경 벗은 모습은 기억이 잘 안나서 몰랐다. 지금 생각하니 최지우는 이름으로 시선 돌리는 역이다.

초등학교 사학년부터 시작해서 육학년까지 걸스카우트를 했지만 맨 퍼즐만 풀고 야영은 제대로 하지 않아 집안에 침낭은 굴러다녔다. 그런 와중에 육학년이 되자 대보장 선거가 있었는데 애들이 나를 지목해서 대보장은 내가 되고 부대보장은 서희가 되었다. 그런데 걸스카우트 노래 부를 때 내가 박자를 지휘해야 한데서 얼떨결에 해서 잘 몰라서 헤메다 결국 무대에서 내려오고 부대장인 서희가 대신하였다. 허심탄회하며 무대에서 내려온 나에게 걸스카우트 친구들인 홍세나와 박도연이 원래 나 놀리려 하였는데 눈물날 거 같아서 못하였다고 하였다.

그렇게 걸스카우트 임무도 육학년이 끝날 무렵 막을 내리고 우리반도 졸업무대에 열성이었다. 우리반은 노래 사랑은 은하수 다방에서 만나를 선택하였는데 노래 가수 여자는 강채령이가 남자는 이민준이(?)가 맡았다. 나는 이유연이와 함께 하이라이트(중요한 장면)일 때 뒤에서 꽃을 뿌려주는 역할을 맡았다. 그리고 다른 몇 명 남자애들은 비스트의 아름다운 밤이야를 연습하며 무대 준비를 하였다. 졸업식 때 최지우가 반에서 석별의 정을 노래해서 우리반 거의 모든 애들이 졸업식 때 이걸 먼저 부르고 강당에 가서 정식으로는 아이유의 졸업하는 날을 불렀다. 가사중에 중학생이 벌써 고등학생인 부분만 개사해서 불렀다. 그리고 나가는 길에 이유연이가 미연이 의자를 넘어뜨리고 오래서 나는 이유연이 하라는 대로 하였다. 괜한 악감정이 있었나보다. 지금 생각하면 왜그랬나싶다. 그리고 이유연이 자기는 반에서 이준혁을 좋아한다고 졸업하고 내게 고백했는데 이유연이 이준혁을 잡으러 가는데 내가 대신 잡았는데 이준혁이 나보고 화내서 별로 좋지 않아서 별다른 반응을 보이지 않았다. 그렇게 나의 초등학교 6년이 끝이 났다.

구남초는 문화유산교육 학교라서 아침마다 국악한마디랑 민속놀이대회도 했었다. 반에서 네 개의 조를 짜서 같이 힘을 합쳐 민속놀이들을 즐기고 도장받은 개수대로 상품인 문구세트를 받을 수 있었다. 대회가 다 끝나고 나면 사물놀이를 구경하곤 했었다.

내가 혼자 방과후 끝나고 학교 밖에 나가는 데 부담스럽게 생긴 김선규 선생님(황규원)이 멀리서 오며 지나가는데 내가 인사 안한다고 엄청 화를 냈었다. 지금은 왜 그랬는지 이유를 알겠다. 체육 시간에 대해 더 말해보자면 짝 발야구로 내가 박진서랑 5학년 때 짝이 됐었는데 박진서가 너무 빨리 달려서 내가 속도를 이기지 못하고 손을 놓치고 넘어졌었다. 그랬더니 여자애들이 다 다가와서 내 무릎이 까진 걸 보고 같이 보건실에 가주었다.

그리고 아침달리기를 했었는데 아침 일찍 학교가서 반가운 친구들과 인사할 수 있어 좋아하였다. 나는 학교에 가기 전에 조유주랑 같이 놀이터갔다 갈 정도로 노는 걸 좋아하는 아이였다. 할머니께서는 내가 어렸을 적부터 엄청 노는 걸 좋아한다 하셨다. 그리고 옷은 유치원 때는 순전히 치마를 입고 다니다가 초등학교 다니면서 바지만 입고 다니게 됐다 하셨다. 나는 초등학교 다닐 동안 만날 다른 애들은 다 반대쪽인 현대 2단지라서 다 이웃친구인데 나는 친해져도 내 집쪽인 친구들 소수하고만 놀아서 반대쪽에서 사는 애들이 부러웠다. 그리고 이사오니까 학교 앞에 문구점이 2개인 곳에서 단골이었던 내가 학교앞에 횡하니 횡단보도만 있는 학교 보고 엄청 실망하며 다녔었다. 그래도 굴하지 않고 재밌게 놀면서 보냈다. 성적도 나쁘지 않았다. 학원도 이사가기 전에 피아노, 미술, 태권도 초등학교 시절 애들이 나니던 학원 다 다녀봤다. 이사 후에는 영어학원만 다녔지만 말이다. 원래 애들 다 학교만 끝나면 놀이터가서 놀고 그랬는데 고학년이 될수록 다 학원을 다니게 되면서 다들 바빠졌다.

내 첫 학원은 학동초등학교에 다닐 때 피아노학원이었다. 그때 한 친구를 따라가 봤는데 고양이춤을 멋있게 잘 춰서 나도 배우고 싶다고 생각이 들어서 바로 학원에 등록하였다. 그리고 두 번째로는 태권도학원이다. 주먹을 꽉 쥐고 기합을 넣으며 발차기를 하고 팔을 네모나게 하여 감싸든 게 얼굴막기인 게 아직도 기억이 생생하다. 그리고 세번째로는 바로 미술학원이다. 화가들이 그린 작품들을 스케치북에 따라 그렸다. 가끔씩 리본 공예 같은 것도 해서 재밌었다. 특이점은 영어학원도 다녔거니와 하도 수학 실력이 안 느니까 미술 선생님으로부터 과외를 받았었다. 이게 내 첫 과외였다. 나는 이사갈 때 미술학원을 못 다니는 걸 가장 아쉬워하였다. 미술 선생님께서는 내게 펭귄 가족이 이글루 위에 모여 있는 작품을 선물해 주셨다. 지금도 잘 가지고 있다.

글을 쓰며 내 유년시절과 초등학생 시절을 되돌아보면 나는 할머니, 할아버지의 무조건적인 사랑을 받으며 살아왔다. 그래서 나는 정신적 안정으로 내 원래 모습 그대로 밝고 명랑하게 살아가다 점점 친구들에게 정신이 뺏겨 진정한 나의 모습을 잃어가고 있었다. 하지만 지금은 본래의 나를 되찾은 상태이다. 전에도 말했듯이 나는 어렸을 적부터 운명의 사랑에 눈을 떴었다. 그리고 지금은 내 운명의 연인은 유주 통해 페이스

북으로 본 흔남(흔한 남자)가 된 주예성이 아니라 유년시절 충청남도 예산군 아빠의 고향 학창시절 친구들 모임에서 만난 자녀들 중 나를 가장 잘 챙겨주고 놀아줬던 내게 장난쳐도 기분이 나쁘지 않았던 추억이자 첫사랑이자 나의 운명의 상대가 바로 신철수 아저씨의 아들 신동민 오빠라는 사실을 말이다. 나의 소나무 이상형도 동민 오빠로부터 시작됐다. 안경을 써도 안 써도 잘생긴 남자라는 사실 말이다. ㅎㅎ 이러한 나의 취향은 잘 변치 않았다. 지붕 뚫고 하이킥에 나오는 이지훈을 그래서 좋아했었다. 그러나 중학생 때 힘든 일들을 겪으면서 취향이 변하기 시작했다.

모종의 씨앗

　중학생이 될 때, 나는 광진중학교, 이유연은 양남중으로 배정되어서 떨어졌다. 광진중으로 입학통지서 내러 갈 때는 민주와 나현이랑 같이 떨리는 마음으로 가서 내고 왔다. 이때 유행하던 아이돌은 엑소였다. 나는 아이돌에 전혀 관심이 없던지라 잘 몰랐다. 왜 여자애들이 다 엑소를 좋아하는지를 말이다. 하지만 지금은 안다. 엑소 멤버들은 하나같이 동민 오빠처럼 다 눈이 크고 이목구비가 뚜렷하니 잘생겼기 때문이다.

　지금은 엑소 노래 중에 '피터팬'이라는 노래가 있는데 듣자마자 바로 동심으로 돌아간 기분이 든다. 다시 엑소에 잘 모르던 시절로 돌아가자면 나는 반배정이 민주나 나현이랑 꼭 다같이 같은 반이 되었으면 좋겠다고 생각했다. 허나 인생은 마음대로 안되는 것인지 나는 1학년 5반으로 조유주랑 한 반이 되었다. 좌절은 뒤로 하고 조유주가 내게 먼저 교복 사러가자고 전화와서 조유주네 가족이랑 같이 가서 넉넉하게 교복을 맞추어 샀다. 그러고나서 입학식 때, 나는 만날 내 행동 따라하고 친구 생기면 그 친구랑만 놀고 나는 빼놓는 조유주랑 같이 다니기 싫은데 어쩌지 하고 노심초사하였다. 근데 내 뒤가 초등학교 2학년 때 정상어학원을 같이 다닌 쌍둥이 중 약간 통통한 친구인 이재나이었던 것이었다! 그래서 재나가 나를 알아보고 잘됐다 하며 나의 팔을 끌어안아 어리둥절했지만 조유주랑 같이 안 다녀도 돼서 좋았다. 그리고 급식시간에는 재나 친구를 소개시켜 줬는데 배하윤과 고서현이라는 다른 반 친구들이랑 같이 급식을 먹게 되었다. 재나는 자기는 반에 아는 애가 없어서 혼자 다닐 줄 알았는데 내가 있어서 다행이라고 하였다. 그렇게 우리 둘은 계속 같이 다녔는데 바느질반 동아리 수업을 들으면서 재나가 잠깐 화장실 간다고 땡땡이 치는데 복도에 우리 둘 밖에 없어서 자유로와 좋았었다. 하지만 내 마음 속 한 켠에는 중학생에 대한 두려움이 있었다. 같이 다니는 친구들은 벌써부터 사춘기가 와서 입에 틴트에 얼굴에는 파운데이션까지 발라서 화장품을 안 바르는 나는 같이 화장실에 갈 때마다 우두커니 서있기만 했다. 그리고 만날 팔짱끼고 다녀야 해서 불편한 점이 있었다. 이런 와중에 나는 이지아란 애와 친구하고 싶어졌다. 그 애는 도서관에서 만날 책을 빌려서 동질감이 느껴졌다. 그래서 나는 친해지기 위해 대화걸며 이지아가 읽고 싶어하는 프레시어스란 책을 찾는데 내 집에 있을 거라고 거짓말을 하였다. 그 정도로 엄청 친해지고 싶었었다. 나는 그렇게 어느날 재나랑 다니는 걸 뿌리치고 이지아랑 같이 다니게 되었다. 이

재나는 그래서 이서정이랑 쭉 다녔는데 나는 생각보다 평탄치 않았다. 바로 조유주가 또 들러붙었기 때문이다. 이지아는 한양아파트에 살아서 우리 셋이서 같이 하교하게 되었다. 나는 너무 싫었지만 이지아와 같이 다닐 수 있다는 것으로 그나마 위안을 삼았었다. 그러나 이 상황은 그리 오래가지 않았다. 이지아랑 어느정도 친해져서 엄마들끼리 만나는 시간을 가졌다. 우리는 영화 우아한 거짓말을 보았다. 영화 내용은 영악한 애가 순진한 애를 왕따시키는 내용이다. 이걸 볼 당시에 나는 내가 겪게 되는 상황일 줄은 꿈에도 모르고 있었다. 어쨌든 그 당시에는 나는 그렇게 될지 모르고 이지아랑 우리는 서로에게 잘해주자고 약속했었다. 그리고 스티커사진을 찍으며 우정을 다졌다. 그뒤로 우리의 우정은 점점 갈라지게 된다. 조유주가 계속 이지아에게 달라붙으며 둘이 더 친해지게 되었기 때문이다. 그러다 조유주가 원래 같이 다니고 있던 정민서까지 같이 다니게 되고 박혜진이라는 애까지 합세하게 되어서 우리는 다섯이서 다니게 되었다. 나는 이지아랑 미술 도자기 동아리를 같이 들었는데 처

음에는 내 옆자리에 앉다가 홱 돌아서서 박서영이랑 이지연 쪽인 반대쪽에 앉았다. 지연이는 입학식날 서로 지루해서 책상에 낙서해서 서로 통하고 동네에세 자기 차타고 지나가는데 나를 봤다고 전화까지 한 친구다. 그런데 이재나랑 같이 안 다닌 이후로 사이가 서먹해졌다. 그래서 상심이 컸다. 그래도 진로 시간에 출석번호대로 같이 나란히 앉은 이서정이랑 인피니트 얘기하며 친해졌다. 이서정이는 인피니트 팬이라며 노래 좋다고 꼭 들어보라고 하며 책상에 샤프로 인피니트의 상징 기호인 무한대 낙서까지 그렸다. 그리고 진로 시간마다 선생님께서는 수업 때마다 긍정적 생각을 강조하셨다. 그때 나는 왜 그랬는지 몰랐지만 이제는 안다. 세상을 살아가는 데 꼭 필요한 생각이라는 걸 말이다. 이건 나중에 큰일을 겪게 되면서 깨달은 사실이다.

나랑 이유연은 중학교가 달라도 이유연의 주도로 계속 서로의 집을 왔다갔다 하면서 놀았었는데 우리집 근처에서 놀 때 이유연이 내 중학교 애들 안 보이냐고 말해서 내가 안 보인다고 걱정 말라고 하자마자 같은 반이었던(3학년 때도 같은 반이었다) 원동현이랑 안성진(둘 다 동민 오빠)이 건너편에 편의점에서 나오는 게 보여서 놀라 주저 앉을 뻔했다.

이유연과는 그렇게 계속 친구로 남을 줄 알았지만 내가 이유연이 우리 집에 현관 밑에서 기다리는데 가족들 허락받고 나가느라 늦어서 제때 위로 못해줘서 사이가 틀어졌다. 내가 계속 이유연이 하라는대로 다 맞춰주고 해서 이미 곪을 대로 곪은 상태였었다.

다시 중학교 얘기로 돌아와서 조유주랑 논술 선생님 통하여서 겨우 화해했지만 그래도 나는 조유주랑 같이 다니기 싫은 티를 엄청 냈었는데 이지아, 박혜진, 정민서에게서 미묘한 거리가 느껴졌다. 아니나 다를까 급식 줄을 서는데 나랑 조유주랑만 따로 떨어져서 먹고 싶다고 얘기하였다. 나는 조유주가 또 친구 생기면 달라 붙을까봐 노심초사하며 부정적인 모습을 보이고 있었다. 근데 아뿔싸 이제는 애랑 둘이서만 같이 다녀야 한다니 청천벽력 같은 소리였다. 그렇게 나는 제일 싫어하는 애인 조유주와 같이 다녔다. 나는 계속 조유주가 하는 얘기를 안 들린다고 하며 계속 싫어했다. 지금 생각해보면 안타까운 게 조유주의 성격이 어떤지 애들도 겪어보면 다 알게 될텐데 괜히 먼저 부정적으로 같이 다니면 안 좋다 얘기 꺼내서 나만 힘들어 진거다. 나를 따라하기만 할 줄 아는 조유주하고 그렇게 2학기를 거의 내내 참고 같이 다녔다. 서로 이지아랑 친구 되겠다고 따로 카카오톡(이하 카톡)을 나눠서 이미 신뢰가 깨져 있었다. 나는 조유주랑 같이 다니기 싫어서 옆 반 애들하고 놀았었다. 또 다른 쌍둥이인 이재성네서 놀다 송지나가 자기들끼리 논다고 해서 나가 달래서 나가야 하였다. 그리고 민주가 자기 친구들이랑 방방 같이 가서 놀아주고 하다가 민주도 점점 지치는지 논술도 안한데서 점점 멀어졌었다. 그래서 결국은 조유주랑만 다니게 되었다. 이 사이에 나는 학교에서 봉사활동 점수를 따놓아야 해서 서초에서 운영하는 한 음악회에서 안내 담당을 맡았다. 공연이 시작되고 문이 닫히면서 나는 할 일이 없어졌지만 문 밖에서 계속 서있어야만 하였다. 그래서 나는 지루해져서 연락처를 보는데 마땅히 전화할 만한 친구들이 없다고 생각했다. 그래서 나는 엄마 은행원 동료 친구 딸인 성격이 극악무도한 임민진이에게 내가 먼저 놀자고 전화를 했다. 그뒤로 계속 같이 놀러다녔다. 그리고 영어 어학연수도 같이 가게 됐는데 초등학교 4학년이었던 그때는 나만 제일 친한 친구로 조유주를 데려갔는데 (민주와 나현이는 둘이 따로 갔다.) 둘이 나를 왕따시켰다. 후문과 정문이 있는데 둘 다 잠그고 문 넘어 계속 농구공을 내보내서 내가 가져오게 시켰다. 나는 이런 상황이 비참하게 느껴졌다. 한편 우리는 주말마다 만날 SM 쇼핑몰에 가서 버거킹 바비큐 버거 세트를 시켰다. 돈 관리는 임민진이 하였다. 자기 맘대로 자기 물건은 더 사고 그랬었다. 맨 위층에 커다란 방방 하는데가 있어서 거기서 놀았는데 내가 못 올라가게 입구를 막아댔다. 그렇게 또다시 비참해졌다. 다음 년도에 서희가 대신 가도 그러하였다. 그리고 엄마가 내 수영복을 뒤에 타원형으로 뚫어진 걸 사서 놀림 당한 적이 있었다. 2층침대에서 서로 자기가 위에서 자겠다고도 엄청 싸웠다. 필리핀 어학연수는 나의 사촌언니인 한나 언니(선생님으로 불렸다)가 생활 지도를 하였다. 아침부터 영단어 3~50개씩 밥먹고 외워서 시험보고 오전 수업 선생님을 번갈아 들으며 수업을 듣고 복층에서 내려가서 점심먹고 또 단어시험을 보는데 아침꺼 못 외우면 그것까지 더하여서 봤다. 점심 때 단어 외우기를 끝내면 그제서야 간식을 먹을 수 있었다. 그리고 오후 수업으로 넘어가서 또 수업을 들었다. 수업 구성은 영어 말하기, 쓰기, 읽기였다. 오후 수업이 끝나고는 저녁 때는 이제 시간이 널널해져서 쉬는 시간을 가질 수 있었지만 점심보다 시간이 좀 더 많다는 뜻이다. 아침, 오전 단어 외우기가 다 안됐을 때는 어림도 없었다. 저녁 때도 외워야 할 게 있고 그래서 매우 바빴다. 한번은 내가 단어에 숙어까지 외우기에 도전하는데 30개인데 안 외

워져서 저녁까지 미뤄졌었다. 그날은 유독 다들 잘 안 외워지던 때였는데 내가 처음으로 가장 먼저 외우기를 끝낸 날이었다. 수업 얘기만 했는데 이제 인물에 대해서 얘기해 보자면 먼저 내 영어 이름은 원더랜드 영어유치원에서 지어주신 아이비(Ivy)다. 그리고 임민진은 샐리(Shelly), 조유주는 낸시(Nancy), 서희는 릴리(Lily)였다. 그리고 우리는 차례대로 씻을 때마다 샴푸 양도 나눠써나 했는데 하루는 너무 금방 다써버려서 한나선생님께 제대로 혼난 적이 있었다. 그리고 또 한번은 조유주랑 아침 일찍부터 잠옷입고 키우는 개인 골든 리트리버 종 로렌을 데리고 산책 나간 걸 들켜서 또 물건들이 엄청 나뒹굴면서 혼났다. 그래도 좋은 날도 있었다. 주말에 승마타기, 골프치기, 그리고 수영장 가기를 하였다. 가장 재밌었던 하루는 따가이따이 해변에 간 일이다. 한나 선생님은 우리들의 머리를 양갈래로 묶어주고 잘 갔다오라 하였다. 우리는 가서 바나나보트를 탔는데 나는 일부러 떨어뜨린다는 걸 잘 알고 있기에 손잡이를 있는 힘껏 꽉 잡았다. 구명조끼를 입었어도 무서웠다. 그렇게 갑자기

방향을 휙 트는 순간 나는 눈을 질끈 감았다. 그리고 눈을 떠보니 내 앞, 뒤 사람들이 다 없어지고 나 혼자만 덩그러니 있었다. 나는 바다 위에 떠 있는 오두막까지 안전하게 돌아갔다. 그리고 꼬치구이를 먹으며 든든하게 배를 채우고 이번에는 바다에 풍덩 빠지며 즐거운 시간을 보냈다. 또 하나의 재미 요소는 바로 싸리싸리 상점에 가서 1페소(20원정도) 초콜릿이나 사탕 사기였다. 다시 인물 얘기로 돌아와서 한 집에 한나 선생님뿐만 아니라 수학 가르치는 선생님인 아저씨(한나 선생님의 전 남편) 그리고 조카 필이도 있었다. 또 케이라는 남학생분과 김승우(황규원)라는 영어 이름이 케빈인 남학생이 있었지만 별로 접점이 없어 대화도 거의 안 나눠봤다. 우리는 핸드폰을 못 가져오게 해서 주말에는 티비를 틀어주시는 대로 봤다. 주로 런닝맨이랑 드라마 아름다운 그대에게를 보았다. 지금 보면 인물들이 다 겹쳐서 더 재밌게 보인다. 아무튼 이때가 2011년, 2012년 즈음이었는데 음악으로 티아라가 엄청 떴을 때였는데 왕따 불화설이 나고 그뒤로 음악은 싸이의 강남스타일이 유튜브(영상 매체집합소)를 통해서 엄청 떴다는 소식을 들었다. 나는 노래에 관심이 없던 터라 그냥 별로 신경 안 쓰고 그렇구나하고 넘어갔다. 이게 무슨 의미를 담고 있는지 이 당시에는 몰랐다. 나는 영어 선생님들을 통해 칼리 레이 젭슨(Carley Jay Repson)의 콜 미 메이비(아마 연락 줘/Call me maybe)라는 팝송(영어 노래)을 듣고 팝송에 입문하였다. 그리고 필리핀에서 살았던 산다라 박으로 인해 투애니원(2ne1)이 엄청난 인기를 끌고 있었단 걸 알게 되었다. 나는 타국에서 이렇게 우리나라 가수들을 좋아해서 좋지만 별로 관심이 없던 때라 떨떠름하였다. 그렇게 나는 필리핀에서 자그마치 세 번이나 왔다갔다 하며 내 영어실력이 아주 일취월장하게 늘어났다. 물론 내가 영어에 흥미를 가져서 이기도 하다. 수업 태도나 단어/숙어 외우는 속도 등 내가 가장 좋았다. 이런 생활에서 완전 황당무계한 사건이 있었다. 처음에 갔었을 때 멀린다(Marlinda)라는 선생님이 있었다. 그 선생님이 언제 한번 내게 잡지를 보여주며 아기자기한 액세서리(장신구)들 중에서 갖고 싶은 걸 고르라는 것이었다. 그런데 다음 수업 때 내가 원하는 물건을 보여주더니 다짜고짜 돈을 내놓으라는 협박을 하였다. 나는 그래서 돈 없다고 안 산다고 단호히 말했다. 그리고 수업이 끝나고 한나 선생님께 바로 달려가 이 사실을 말하고 바로 징계조치를 하였다. 그런 사건이 있는 후 나는 함부로 필리핀 선생님들을 안 믿었다. 처음부터 알리사(Alyssa)란 선생님이 있었는데 그 선생님은 고령자이신 데이지(Daisy) 선생님을 대신해 두 번째 때 대표 선생님이었는데 만날 팝송 틀어서 듣고 스크래블(Scrabble: 영어 단어 잇기 놀이)를 다른 선생님들이랑 하느라 바빴다. 이때 도레미 노래를 알게 되서 좋기도 했지만 너무 수업에 참여도가 부족해서 마음이 좀 그랬다. 한나 선생님도 그 사실을 알고 계셔서 알리사 선생님께 주의를 주셨다.

나는 필리핀이라는 비행기로 5시간 타고 가야하는 나라에 아직 초등학교 4학년 11살밖에 안되는 나는 멀쩡히 가족들과 떠나 지내야 해서 슬퍼했다. 전화할 수 있는 시간이 있었는데 그때마다 가족들 목소리가 수화기 넘어로 들릴 때마다 바로 눈물이 폭포수처럼 흘러나왔다. 그리고 내가 필리핀에 있는데도 바닷가 할머니께서 할머니를 보시고 나 잘 챙기라는 유언을 듣고 마음이 뭉클해서 눈물이 나왔다. 주말에 여느 때처럼 예능아니면 영화를 보는 날인데 하루는 해리포터와 비밀의 방을 보았다. 나는 이때 해리포터를 처음 접했는데 내용이 너무 어둡고 무서우면서 주인공인 해리포터에게만 들리는 속삭이는 목소리가 너무나도 감정이입이 되서 그날 밤 나는 뜬 눈으로 밤을 지새웠다. 시차도 별로 차이가 안나서 가족들을 생각해도 다 자고 있을 걸 알아서 나도 모르게 눈물이 나오며 훌쩍였다.

왜 세번째 어학연수는 얘기 안하냐면 임민진이랑 더 동생인 백씨가 있었는데 사람을 쉽게 믿는 나라는 걸 눈치채고 자기가 쓰는 화장품이

비싸다며 나는 그걸 믿고 다니고 그랬었다. 한 달만 있다 가서 나랑 임민진이랑만 둘이 있으니까 편 가를 일이 없고해서 그냥저냥 지냈다.

내가 필리핀에서 살았던 곳은 다스마라는 지역이었는데 단독주택에서 아주 넓은 마을 안에서 살고 있었다. 주말마다 놀러갈 때면 차를 타고 관리소를 지내야 했다. 이 마을에서 나와 조유주는 골든 리트리버 종인 랄프와 로렌을 산책 시키는 역할을 맡았다. 넓은 정원이 많았는데 고사리 잎처럼 생긴 것 중에 이름이 열고 닫기(Open and Close)였다. 잎을 만지면 보호하려고 접히다 좀 지나면 다시 열리는 신기한 잎이다. 그렇게 우리는 거의 날마다 개 산책을 시키며 마을의 온 동네를 누비며 다녔다.

하루는 가끔씩 저녁을 먹고 수학 문제집을 풀어야 돼서 풀고 있었는데 정전이 나서 너무나도 셋 다 다같이 좋아했던 게 기억난다. 물론 수학선생님만 빼고 말이다. 그리고 나는 이때 밥먹으면서 멍을 때리는 습관이 있어서 고쳐야 했다. 마지막 필리핀 어학연수 이야기는 김승우라는 사람이 필리핀에서 학교 다니는 사람인데 엄마가 사준 트윅스를 자기

가 다 혼자 먹은 것이었다. 또 애들이 김승우라는 사람한테 내가 무슨 캐릭터(그림인물) 닮았냐고 하니까 뽀로로에 나오는 루피 닮았다고 했었다. 나는 중학교 때 교정해서 이때는 토끼 이빨이 나왔던 때였다. 그리고 필이보고 애들이 나 이모라고 시킨 적도 있었다. 이렇게 필리핀 집머무르기(홈스테이) 어학연수 이야기들은 끝이 났다. 아주 다사다난하게 재밌던 일도 있었지만 나빴던 일도 있었고 많은 경험들을 통해서 얻은 교훈은 여자애들 세 명이면 하나는 왕따가 된다는 것이었다. 이 교훈은 내 중학교 2학년 때 이야기와 이어졌다.

나는 방학 동안 마땅히 전화할 친구가 없다고 생각한 나는 성격이 극악무도한 임민진이와 내내 같이 놀았다. 그리고 중학교 2학년이 되었다. 나는 초등학교 때 항상 다른 반이었지만 항상 멀리서 보았을 때 환한 웃음을 지닌 태림이와 친구가 되고 싶었다. 근데 반배정표를 보니까 내가 이미 아는 애들이 짝이 다 지어지고 나만 짝이 없는 것이었다. 나는 눈물을 머금고 개학식 때 가서 용기 내어 태림이에게 다가가 어깨에 손을 톡톡하고 말을 건넸다. 나는 태림이에게 우리 이번에 같은 반되서 좋다며 같이 다니자고 얘기하였다. 그래서 태림이는 그래라고 짧은 대답을 하였다. 나는 이미 태림이가 초등학교 때부터 절친인 송지나랑 같이 다닐 걸 알고 있었다. 그래도 나는 태림이랑 친해지고 싶었기에 그래도 용기 내어 말한 것이었다. 그렇게 말하고 셋이서 다니게 되었다. 하지만 예상했듯이 송지나는 내가 태림이랑 다니는 걸 원치 않아 하였다. 그래도 나는 이렇게라도 다닐 수 있어 좋았다. 그래서 드디어 안심이 되고 나는 그 사이에 사춘기 아니랄까봐 반에서 좋아하는 사람이 생겼다. 바로 우리 중학교 전교 1등인 한진규였다. 다리도 길고 그때는 반반하다 생각하였다. 태림이와 송지나는 내가 한진규를 좋아하는 걸 알고 한진규에게 암울한 미래라는 별명을 붙여서 부르고 다녔다. 나는 왜 그렇게 별명을 붙였는지 몰랐다. 하지만 이제는 안다. 내 인연은 바로 동민 오빠라는 걸 말이다. 그래서 이제야 애들이 왜 그렇게 놀렸는지 이해가 간다. 그렇게 다니던 어느날 송지나로부터 내가 같이 다니는게 불편하다고 태림이랑 둘이 다니겠다고 카톡이 왔다. 다행히 그냥 내보내는게 아니라 대신 세 명인 무리에 들어가서 같이 다니라고 자기가 말해놨다고 그러라고 하였다. 그래서 나는 아주 안심하고 다음날 이예리와 장지은 그리고 이아현 (이다경)하고 같이 다니게 되었다. 근데 여기서 나는 작년에 다른 반이지만 자유학기제로 한 수학 동아리에서 만나서 친해진 예리와 같이 다니고 싶었지만 둘씩 이미 짝 지어져서 예리는 장지은과 나는 이아현과 다녀야만 했다. 여기도 사춘기와서 외모에 신경쓰느라 틴트는 화장실가서 꼭 바르고 다녔다. 나는 그럴때마다 할 일이 없어 그냥 우두커니 서있었다.

　우리 중학교는 특이하게 학업성취도에 따라 수학, 영어를 상, 중, 하 반으로 나뉘었는데 나는 1학년 때 처음 수학 상 반에 갔었고 그 뒤로는 계속 중이었다. 수학 수업시간 때 나는 지루해서 창틀 쪽에 앉아서 고개 를 45도 각도로 돌리며 졸았다. 수학은 아무리 과외 수업을 받아도 기본

에서 바로 응용으로 들어가면 이해가 안됐기 때문이다. 그에 비해 영어
는 내가 필리핀 어학연수 갔다와서 실력이 엄청 늘어서도 그렇고 내가
흥미를 가지고 있어서 꾸준히 상반이었다. 1학년 할머니 영어 선생님께
서 팝송인 원디렉션1(무엇이 널 아름답게 만드는지), 케이티 페리(Katy Perry)
의 Roar(포효)을 틀어주셨는데 그뒤로 나는 팝송에 입문했다. 1학년 영
어 상 반 때 내 앞자리가 최지우였는데 한번 수줍게 나보고 연필을 빌려
달라고 해서 잠깐 호감이 생겼다 이미 6학년 때 욕 많이 쓰는거 알아서
다시 바로 식었다. 그리고 옆반 이성재(황규원) 무리가 옥상에서 담배 피
는 걸 걸려서 줄행랑으로 달아나는 걸 교실에서 실시간으로 본 적이 있
었다.

　나는 2학년 때 수학 중 반, 장지은, 이아현는 상 반 그리고 예리는 하
반이었다. 우리 무리는 예리 위주로 돌아갔다. 예리 말을 들으며 행동하
고 다녔다. 나는 그런 생활에 아쉬움이 남아도 그래도 무리 안에 들어서
이렇게 네 명이서 계속 올해 잘 지내서 좋겠다고 생각했다. 그러나 이런
상황도 오래가지 못하였다. 바로 여자 중에서 고서아라는 애가 전학을
간 것이다. 무리가 있어도 그 안에서 꼭 둘씩 다니는 법칙 아닌 법칙이
있었다. 그래서 배하윤은 자기 반에서 혼자 다닐 위기에 처하자 내가 다
니고 있는 무리 애들인 예리, 장지은 그리고 이아현에게 각자 귓속말을
하면서 다닌 것이었다. 나는 이미 1학년 때 왕따를 당해서 2학년 때는
왕따가 되지 않길 바랐지만 왕따로는 안 다니고 되게 간당간당하게 지내
고 있었는데 이미 중학교 들어서 할머니, 할아버지께서 집에도 안 계시
고 혼자 엄마가 아침에 해둔 요리먹고 생활하다보니 이미 정신적으로 많
이 피폐해진 나는 결정적인 말실수를 하였다. 여느 때처럼 급식 줄에 섰
는데 배하윤이 나 빼고 셋에게만 각자 불러서 귓속말을 해놓은 상태라
많이 속으로 화나 있는 상태였다. 예리와 장지은이 화장실 갔고 이하현
이랑 줄서고 있었는데 나는 계속 이렇게 다녀야만 하는 것에 대한 불만

과 귓속말에 대한 노이로제가 걸려서 이아현에게 배하윤이 귓속말로 뭐라했냐고 물었는데 별거 아니었다는 대답에 나는 이미 또 왕따가 될까봐 분노에 사로잡혀 나 왕따 시키지 말라고 그러면 내가 학교폭력 117에 신고한다고 못을 박았다. 이아현은 그뒤로 말없이 밥을 먹고나서 나를 피하고 다음 국어시간에 교실에 이미 와 있을 때 나는 그야말로 진짜 다닐 친구도 없는 왕따가 되었다. 이아현이 반 애들을 모아 내가 했던 얘기를 다 퍼뜨렸기 때문이다. 나는 너무 힘들어서 위클래스에 가서 상담하고 사과하는 장을 마련하기로 했다. 수업시간 중간에 이아현과 배하윤을 불러서 나는 거의 통곡하며 미안하다고 사과를 받아달라고 하였다. 그랬지만 그 애들은 사과를 제대로 해주지도 않을 뿐더러 내 사과를 받아주지도 않은 채로 끝냈다. 더 큰 문제는 내가 친하게 인사 지내고 다니던 친구들까지 나를 피한다는 것이었다. 나는 너무 힘들어서 날마다 울었다. 매일 쉬는 시간에 화장실에 가서 있거나 교실에 혼자 있었고 홈베이스라는 사물함이 있는 공간은 가지도 않았고 가방에 무거운 교과서들을 꼭 다 챙기고 급식실은 아예 갈 수도 없었다. 나는 집에 와서 매일 우울한 채로 눈물을 흘리며 밤새웠다. 하루는 여느 때처럼 안방에 가서 엄마, 아빠한테 눈물을 흘리며 학교에 안 가고 싶다고 하소연을 하던 때였다. 갑자기 카카오톡이 울렸다. 바로 오승주였다. 내일부터 나랑 같이 다니고 싶다고 온 것이었다. 내게 희망이 생겼다. 엄마, 아빠도 반가워하였다. 나는 아직 세상은 살만하구나 하면서 안도의 기쁨을 얻었다. 그렇게 나는 내일 학교에 가서 오승주를 만날 생각에 설레며 잠이 들었다.

　나는 오승주와 둘이서 같이 다닐 수 있게 되어서 좋았다. 오승주는 원래 작년에 같은 반이었던 전소진이 화장하는 무리인 김하린이랑 또 다른 애랑 같이 다니게 되면서 화장을 안하니까 자연스레 떨어질 수 밖에 없었다. 그렇게 오승주랑 같이 다녔는데 그게 또 좋지는 않았다. 처음에는 잘 다니다가 원래는 안 그랬는데 내가 또 지금 중학교에 제대로인 친구가 조유주 밖에 없어서 오승주와 다닌 뒤로 먼저 다가와서 또다시 내친 구인 오승주랑만 친해진 것이었다. 나와 오승주는 6반이소 옆반인 5반 이라서 교류가 잦기도 하고 조유주과 같이 다니는 친구인 신소희가 있는 데 오승주랑 초등학교 동창이라는 것이다. 조유주는 또 교묘히 오승주 랑 나를 멀게 만들었다. 바로 내 단점만 보는 행동이다. 한번은 내가 계 속 수학 중 반이니까 나보고 상 반인 둘이 수포자(수학을 포기한 자)라고 놀려댔다. 그리고 또 오승주랑은 광진정보도서관에 가기로 했는데 집에 서 내가 좀 늦게 나왔다고 엄청 뭐라했다. 그리고 내가 산 나염 부채를 빌려가 부러뜨리고 미안하다고 얘기도 안하는 파렴치한 태도를 보였다. 점점 이런 태도를 계속 보여서 같이 그만 다니고 싶었지만 같이 다닐 친 구가 없어서 그냥 다녔는데 설상가상으로 오승주는 내가 나왔던 태림이 랑 송지나랑 친해져서 같이 다녔다. 나는 또다시 혼자 다녀야 하기에 괴 로웠다. 이제는 더 이상 반에서 같이 다닐 친구도 구하기 어려웠다. 나는 또다시 세상이 날 너무 괴롭게 한다 생각하였다. 밤새 울고 또 울었다. 오승주는 내가 빌라 살아도 아무렇지 않아하는데 계속 괜찮냐고 물어봤 었적이 있었다. 아무래도 열등감이 있었나보다. 그리고 사이가 엄청 틀 어져서 내가 힘겨워하니 내가 엄마한테 사실대로 얘기하니 엄마가 오승 주랑 만나서 상담했는데 나보고 좋은 엄마 계셔서 좋겠다 말하고 끝이 났다. 나는 결론적으로 아무런 사과도 못 받은 채 끝이 난거다. 그래서 가끔씩 내가 연설해서 내 행동에 아무런 악의가 없었다며 그렇게 느꼈을 시 사과합니다라고 말하고 싶다는 생각이 들었다. 한번은 화장실에서 거울보고 있는데 정영아이랑 키 작고 통통한 애가 왜 나 전학 안 가냐며 자기가 전학가게 해줄까라며 비아냥거렸다. 그날 나는 조용히 꽃 한 송 이 두고 문을 닫고 죽음을 염원하기도 했다. 엄마가 내 인간관계를 핑계 로 힘들어서 직장까지 그만두었다. 그런 와중에도 희망의 불씨는 꺼지 지 않았다.

국어시간이었다. 그날은 소설을 쓰는 날이었다. 나는 대한이란 아이가 어느 날 자기의 흉터를 보고 갑자기 스쳐 지나간 기억으로 자기가 원래 섬 사람인데 북한이 쏜 포격으로 한순간에 피난민이 되고 육지에서 살게 됐다는 걸 깨달은 내용을 썼다. 이어서 대한이는 훌륭한 군인이 되어서 직접 통솔하여 북한을 차지하게 되었다는 얘기다. 나는 박수갈채를 받았다. 그런데 뒤이어 더 박수갈채를 받은 인물이 있었으니 바로 내 뒷 출석번호인 예리였다. 예리는 이렇게 썼다. 어느 날 혼자인 주인공에게 같이 다니는 친구가 생겼다. 그렇게 그 친구랑 잘 지내면서 있다가 갑자기 사라졌는데 알고 보니 내 진정한 또다른 모습인 자아였던 것이다. 다들 박수갈채를 휘날렸다. 나도 아주 감명깊게 들어서 아직까지도 기억이 나는 것이다. 예리랑은 접점이 많았는데 바로 미술시간이었다. 출석번호대로 해서 같은 조였는데 옆자리가 이아현라서 대화를 잘 못했다. 언제 한번 내가 예리 숙제를 도와준 적이 있어서 예리가 밥 한번 사겠다고 연락했었는데 나는 이미 정신적으로 피폐해진 상태라 연락을 못했다.

미술시간에 우리는 명함 만들기를 했는데 나는 직업을 작가로 하는 명함을 만들었다. 미술시간은 재밌지만 내가 만든 작품들을 돌려주지 않는 게 싫었다. 나는 초등학교 때 화가에서 중학교 때는 작가, 역사학자를 각각 학년 올라가면서 꿈꾸었다. 역사는 중학교 때부터 흥미롭게 배우기 시작하면서 꿈을 키워나갔다. 그래도 글쓰기를 좋아하고 또 초등학교 때 상도 많이 받았던 것처럼 잘하기도 하니까 작가라는 꿈은 상시이다. 심지어 지금까지도 말이다. 그리고 인생이 창작이고 고통이었어서 창작의 고통없이 이 글을 쓴 것이다.

다시 인간관계 얘기로 돌아오자면 나는 너무나도 다시 힘들게 다녔다. 물론 위클래스에서 점심시간마다 엄마가 도시락 싸준거 먹고 다녔지만 인생에서 가장 친구관계에 예민한 시기인 중2병 때 친구가 없이 보냈다는 것은 가혹한 일이었다. 그러다 갑자기 셋이서 다니던 무리에서 김하린이라는 애가 위클래스에 와서 나랑 같이 지냈다. 화장은 기본에 치마도 엄청 줄이고 입어서 나랑은 완전 정반대인 애였지만 무리에서 떨어져 지내서 동지애가 생겼다. 사과의 날에 나에게 편지까지 써줬었다. 가끔씩 나는 김윤채 영어 선생님 교실에 찾아가 영어에 대한 얘기하면서 그나마 잠깐 즐거운 시간을 보내며 지냈다. 겨우겨우 힘든 날들을 보내던 와중에 나도 드디어 한 줄기의 빛이 보이기 시작했다. 바로 우리 학교 또다른 전교 1등인 김효주였다. 나처럼 수업시간마다 사물함실(홈베이스)에 안 다니고 한번에 다 가방에 지고 다니는 친구였다. 나는 나처럼 가방을 지고 있는 김효주에게 바로 달려가 인사를 건넸다. 그랬더니 김효주는 무덤덤하게 인사하며 이따 점심시간에 홈베이스에서 만나자고 하였다. 나는 드디어 심적으로 힘듦에서 벗어나 좋다고 생각했다. 하지만 좋아할 게 아니었다. 점심시간에 1학년 때부터 혼자 다니는 유하나랑 같이 먹어야 했다. 그리고 다 먹으면 공책에 그림 그리기가 순서였다. 그

러다 김효주는 갑자기 화가 난다며 사물함을 쾅 닫은 적도 있었다. 그래서 심적으로 다시 힘든 상태가 되고 김효주에게 성격파탄자 같다고 하니 말도 안된다는 식으로 굴었다. 그래도 나는 이렇게 다시 급식실에 가서 밥을 먹고 조금이라도 대화할 수 있는 친구가 어디냐며 마음을 삭혔다. 나는 그렇게 드디어 제대로 된 학교생활을 보냈다. 이때가 중학교 2학년 2학기 중반이었다.

이때에도 많은 일이 있었다. 도덕시간에 청렴국가에 대해서 발표를 조대로 준비해야 했다. 조에 태림이와 한진규가 같이 있었다. 한진규네 가는 길에 태림이에게 목소리가 성우해야한다며 칭찬했다. 엄청 좋아하였다. 태림이랑 잠시라도 이렇게 대화를 나눌 수 있어서 좋았다. 그리고 한진규네에 가서 무슨 내용을 발표할지 정하는데 한진규가 잠깐 자리를 비운 사이에 어머니께서 한진규가 아직도 머리를 잘 못 감는다며 귀뜸을 해주셨다. 이제 생각하니 내가 한진규를 좋아하지 못하게 하려고 그러셨나보다. 이렇게 도덕 시간 덕분에 태림이와 대화할 수 있어서 좋았다. 이 이후로는 원래처럼 송지나가 계속 옆에 있었기에 말을 못 붙였다. 태림이는 동네에서 한번 마주쳤는데 서로 그냥 지나쳤었다.

나는 반에서 혼자다니면서도 남자애들과 사건이 있었다. 바로 유영석이 김유안 대신해서 말하기를 나를 좋아한다고 얘기한 적이 있었다. 김유안(동민 오빠)을 이제 보니 동민 오빠 안경 쓴 모습과 많이 닮았다. 몰라봤다. 진짜 미안하다. 나는 정신적으로 너무 힘들 때라 가뜩이나 신경 곤두서 있는데 건드려서 막말을 엄청 했었다. 남자애가 제대로 고백도 안하고 친구가 대신 하느냐고 말이다. 성인되서 광진구청 쪽 보석상 지나갔는데 한번 봤을 때 미안하다 얘기하고 싶었다. 그리고 학교에서 잘 생긴 남자애로 소문난 송은우 사진을 보니 동민 오빠가 안경 벗은 모습이랑 똑 닮았다. 소름이 돋는다.

되게 불운한 학교생활을 보냈지만 그렇다고 내가 아예 학교생활을 잘 보내지 않았다는 것은 아니다. 아주 잠깐이지만 1학년 때 수련회로 정동진에 갔었는데 그때가 조유주이랑 같이 다니는 시기였는데 내가 도서부에서 만난 친구 무리 서은, 조유빈, 소희, 이시윤이랑 연락처 공유해서 통화를 주고받기도 했었다. 그리고 그 친구들은 세월호 사건을 잊지 않기 위해 노란 리본 열쇠고리를 가방에 달고 다니라고 캠페인을 벌였다. 다시 수련회 얘기로 돌아와서 나는 그때 민트색 외투에 민트색 바지를 입고 있었는데 정동진에 한 긴 조형물 앞에서 그 친구들과 같이 사진에 찍혔다. 한동안 그 사진은 광진중학교 홈페이지 대문에 걸려있었다.

중학교 2학년 시작 전인 겨울방학 때 많은 일이 있었다. 제일 먼저 대대적으로 집청소가 시작되었다. 나는 학원 갔다왔는데 내 물건들이 거의 송두리째 버려지는 경험을 하였다. 거기서 필사적으로 구해낸 게 캐릭캐릭체인지 수호알들이랑 한우리논술 한국사 책 등이었다. 그리고 Why? 책들은 다 사촌동생 차민아(동민 오빠)에게 보내지고 나는 이것도 한국사 책은 남겼다. 내 초등학교 시절 물건들이 한순간에 버려져서 억

울했다. 엄마는 내 물건들을 그렇게 조금씩 버렸다. 이제는 알고 있다. 엄마는 나의 소중한 추억들을 기억하지 않게 하기 위해서 한 행동인 걸 말이다.

중학교 1학년 2학기 중에 미국에서 민아가 찾아왔었다. 민아는 활발하고 잘 웃고 나를 잘 따르는 아이였다. 우리는 서로 잘 지내며 놀았다. 처음에 왔을 때 갑자기 와서 놀랐지만 곧 잘 친해져서 즐거운 시간들을 보냈었다. 그리고 또 반가운 손님들이 찾아왔었는데 바로 유주, 예주(안경 쓸 때 동민 오빠)이다. 한번은 중학교 1학년 겨울방학 때 또 한번은 중학교 2학년 여름방학 때 왔었다. 초등학교 6학년 때까지 아빠 친구네 모임이 유지되어 왔었다. 초등학교 2학년 때는 나는 석원, 석진이랑 한창 메탈베이블레이드(금속 팽이)가 유행하여서 다들 쓰리, 투, 원 고~~~슛! 하면서 노느라 정신없었다. 그뒤로 또 보드게임 억만장자를 석원이네가 가져와서 다 같이 이걸로 놀기도 하였다. 또 엄마 은행 연수원을 통째로 빌려서 체육관에서 아빠 친구 모임배 운동회를 개최했었다. 나는 100m 달리기로 우승상품으로 수첩을 받았다. 아직까지 잘 간직하고 있다. 그러고나서 초등학교 6학년이 돼서 나, 유주, 예주, 석원 이렇게 모여앉으라고 어른들이 말해서 그랬는데 이때 포도주스를 마시는데 석원이가 예주에게 이건 6학년만 마실 수 있다며 놀리는 것이었다. 나는 이 상황이 재밌어서 중학교 때 같이 놀 때 다시 얘기를 꺼냈는데 유주이와 예주의 반응이 각각 달랐다. 예주는 질색팔색을 하면서 진짜 싫다 했고 유주는 그걸 듣고 왜 그래 맞잖아라면서 더 놀렸는데 예주가 화내서 사태가 더 심각해질까봐 중재하였다. 그리고 서울에 올라올 때마다 유주는 예산에 드라마 꽃보다 남자처럼 F4(잘생긴 남자 네 명 무리)에 예준 오빠가 포함되어 있다고 말해주었다. 아빠들 사이 F4는 동민 오빠네 아빠 신철수 아저씨, 석원이네 아빠 석권 아저씨, 예준 오빠네 아빠 김민철 아저씨 그리고 우리 아빠 이기민 아저씨다. 아무튼 그래서 유주는 친구들에게 예준 오빠랑 친하게 지낸다고 한마디 할 때마다 친구들이 엄청 부러워한다고 자랑하였다. 이러한 사실이 밝혀질 때 나는 알 수 있다. 호감이 있어서 사실을 부정하거나 관심있어 한다는 것을 말이다. 차차 알려지겠지만 내가 동민 오빠랑 천생연분이듯이 유주는 예준 오빠, 예주는 석원이겠다. 아빠 친구네 자식들이 인연의 실이 맺어지니 얼마나 좋지 아니한가?

중학교 2학년 전 겨울방학이 격변의 시대다. 왜냐하면 내가 삶이 힘들어지면서좋아하지도 않는 음악 듣기, 아이돌에 관심이 생겼기 때문이다. 나는 정신적으로 너무나도 힘들어서 의지할 곳을 찾고 있었다. 그러던 와중에 임민진이랑 스키캐프에 갔는데 문득 아이돌 노래 중 가사 '걸어본다'가 생각이 났다. 나는 그렇게 임민진이랑 서로 아이돌 비원에이포를 좋아한다고 발언하였다. 나는 그 중에서 부산 사투리 써서 정감있는 산들(황규원)을 관심있어 하였다. 그랬더니 임민진은 자기는 진영(황규원)을 좋아한다며 잘됐다 하였다. 하필이면 동민 오빠 닮은 꼴인 신우, 바로, 공찬 이 셋 중에서 고르지 않았던 것이었다. 그렇게 내 취향이 변했다. 한번 게릴라 콘서트에 임민진이랑 같이 갔었는데 바로 그 자리에서 새로운 곡이 발표되었다. 바로 'Sweet girl' 이었다. 지금 생각해보면 나를 지칭하는 노래인 줄 몰랐다. 그래도 뭔가 정서상 별로 안 맞아서 'Solo day' 처럼 신나는 곡이 아니기도 하고 아이돌에서 웹툰으로 관심사가 바뀌져서 저절로 거리를 두게 되었다. 한때는 엄청나게 열광하여 문제집을 살 때 앨범 하나씩 껴서 사고는 했다. 특히 솔로 데이 앨범은 바다편과 UFO(미확인 비행 물체)편이 있었는데 나는 바다편을 사고 싶었지만 무작위로 UFO편을 받았다. 이에 대한 이야기는 추후에 밝혀질 예정이다. 나는 남자 아이돌은 비원에이포를 좋아했고 여자 아이돌은 청순돌인 에이핑크를 좋아했었다. 그래서 나는 카카오스토리에 부계정을 파서 비원에이포 팬이름인 바나와 에이핑크 팬이름인 핑크팬더를 합성한 바나팬더라 별명을 지었다. 여기서 지금 생각하면 흑역사인 스케치북에 하고 싶은 말을 쓰고 들고서 사진을 찍어서 이메일로 보낸 적이 있었다. 정신적으로 힘들었는데 그만큼 의지가 됐다는 반증이기도 하다. 에이핑크 노래 중에서는 My My를 가장 좋아한다. 근데 응원봉까지 사서 콘서트 갈 정도로 까지는 아니였다.

유주, 예주하고는 만나면 까탈레냐 춤를 외워서 췄었다. 지금도 카탈레냐 노래를 틀어주면 언제든 바로 춤을 출 수 있다. 까탈레냐 뜻이 '유치하고 까탈스러운데 이상하게 친해지고 싶은 사람'이라는 뜻이란다. 딱 내 애기가 맞다. 이 노래를 들으면서 춤을 출 때마다 웃음이 나온다.

이제는 악연인 조유주과 어떻게 끝냈는지 알아보겠다. 바야흐로 중학교 2학년 때 조유주와 물들어버린 오승주는 갑자기 내 집에 찾아와서 동영상을 찍어댔다. 나는 사전에 내 방을 보여주기 싫어서 할머니 계신다하고 문을 잠가버렸다. 최희경 영어과외 선생님께서 몰래 그들이 하는 말을 녹음하라고 했지만 발각되어 버렸다. 나는 더 이상 잃을 것도 없어서 홈베이스에서 조유주를 찾아가 "내게 못살게 구는 이유가 뭐야?"라며

할머니가 용기를 불어 넣어준 대로 말하였다. 그랬더니 세게 내 팔을 꺾어서 나도 똑같이 하며 몸싸움을 벌이다 안 끝날거 같으니까 내가 그냥 끝냈다. 그렇게 우리 둘은 드디어 갈라섰다. 나는 아직도 기억 나는 게 고제성의 양심 발언이다. "너는 왜 만날 조유주랑만 다니냐?'였다.

이 무렵에 나는 너무 힘들 때 어라운드 앱으로 버텼다. 사람들이 고민이나 일상얘기를 익명으로 털어놓는 곳이었다. 그리고 달콤창고라고 지하철 사물함에다 서로 사탕이나 초콜릿 같은 간식을 교환하고 응원의 문구도 서붙이는 방식이었다. 나도 참여하고 싶어서 다이소에서 여러가지 간식을 봉지에 싸서 예쁘게 포장을 하였다. 주변 친구들에게도 선물을 주었었다. 지금 생각해보면 내가 힘들 때 많이들 도움 주시려고 어라운드 앱을 통해서 내가 위안이 될 수 있게 해주신 게 감사하다. 덕분에 삶이 너무 고달프다는 생각이 사라졌다.

어두운 얘기를 지나서 밝은 얘기를 꺼내보려 한다. 때로는 중학교 2학년 2학기에 수련회로 설악워터피아 워터파크에 놀러간 적이 있었다. 나는 김효주가 있는 곳을 따라 버스도 다른 반꺼에 창가 쪽에 앉았다. 워터파크에 가서 막상 둘이서 뭐하고 놀지 막막하던 때에 소희, 윤서현, 송지나, 조유주가 다가와서 6인용 튜브 슬라이드(물미끄럼틀)을 얼떨결에 타게 됐는데 내 앞에 송지나가 스마트폰(바보폰)으로 동영상을 내 허락없이 함부로 찍어대서 불편하였다. 전에 이유연도 내 사진을 셀카로 엄청 찍었었다. 나는 그 당시에는 왜 그랬는지 몰랐지만 이제는 안다. 추후에 설명이 될 것이다. 아무튼 물미끄럼틀을 무서워했는데 막상 타보니까 재밌어서 또 탔다. 하지만 놀이기구는 달랐다. 워터파크 갔다가 에버랜드에 갔는데 360도를 자유자재로 막 도는 놀이기구인 더블 락스핀은 보기만 해도 무서웠다. 김효주만 타고 나는 밑에서 직원들이 춤추고 있는 걸 보았다. 중학교 1학년 때 어린이 대공원에 가서 이나현이랑 조유주랑 또 다른 친구들이랑 롤러코스터와 자이로드롭 등 모든 놀이기구를 섭렵

했었다. 하지만 에버랜드는 수준이 달라 무서울 수밖에 없었다.

김효주랑 다니게 된 이후로 나는 더 이상 비원에이포, 에이핑크 아이돌 팬이 아닌 웹툰 주일/우주는 쉽니다(이하 주우쉽)에 빠져 살았다. 나는 하루 머리가 아파서 보건실에 누워있는 동안 주우쉽을 정주행 하였는데 엄청 재밌게 봤다. 그리고나서 김효주한테 얘기하니까 그럼 서울코믹월드(이하 서코)도 가보자 해서 가게 되었다. 나는 서코에 가기 위해 혼자 처음으로 홍대입구역에 가게 되었다. 9번 출구에 가니까 사람이 엄청 몰렸다. 그리고나서 나는 표를 산 게 전혀 후회하지 않았다. 그날 표 안 산 사람들은 엄청난 행렬에 기다려서 사야 했기 때문이다. 여러가지 주우쉽 관련 굿즈인 엽서, 카드 등을 샀다. 새로운 세계를 만난 것 같았다.

김효주가 자기 반에 남자사람친구(와라! 편의점에 처음 나온 단어다)가 안세찬(동민 오빠)과 양태훈(황규원)이 있었는데 나는 안세찬에게 더 눈길이 갔다. 이때도 동민 오빠를 선택한거나 다름 없었다.

중학교 3학년이 되었다. 나는 올해도 역시 김효주랑 하나는 또 같은 반 됐는데 나만 떨어지고 나 혼자 반에서 다녀야 하나 생각부터 들었다. 나는 도서부에 조유주가 있어서 그냥 나갔다. 대신 하나랑 서예(캘리그래피) 반을 들었다. 우리는 매번 광나루에 위치한 광나루청소년센터에서 수업을 받았다. 나는 나무 팻말에 카르페디엠(현재를 즐겨라), 부채에는 바람이 분다라는 글귀를 남겼다.

우리 반 3학년 4반 얘기를 하자면 원래 처음에는 태림이랑 시윤이랑 같이 다녔는데 서로 뭔가 안 맞았는지 태림이는 나랑 다른 반 교실 청소 담당인 박채이랑(동민 오빠) 김연수랑 다니고 나는 시윤이(동민 오빠)랑 다니게 되었다. 얼떨결이었지만 나는 그래도 같은 반에 같이 다닐 친구가 생겨서 좋았다. 시윤이는 책을 좋아하고 진중한 성격이다. 되게 배울 점도 많은 친구이다. 언제 한번은 내게 이기적 유전자라는 책에 대해서 말해주기도 하였다. 그리고 체육 시간 때는 내가 데스노트의 주인공인 라이토의 성격을 닮았다고 하였다. 찾아보니 좋아하는 것은 정의고 싫어하는 것인 악인 캐릭터인데 왜 날 닮았는지를 알게 되었다. 근데 시윤이는 가끔씩 나를 피하며 매점에서 바뀐 행복쉼터에 가서 시간을 보내곤 했다. 나는 허탈했지만 말실수한 안좋은 소문도는 나랑 같이 다니는 시선이 힘들거라며 이해하였다. 나는 동민 오빠의 안경 벗은 모습은 잘 생각이 안나서 이때 시윤이가 동민 오빠랑 똑 닮았다는 건 꿈에도 생각을 못했었다.

　체육시간 때 재밌었던 일이 있었다. 한창 홍삼 게임이랑 바니바니 당근당근 게임이 유행하던 때였다. 나는 홍삼 게임에 같이 참여하게 되었다. 내가 먼저 "아싸~니, 니!" 이랬더니 애들이 박장대소하며 사투리 쓰는 거 말고 서울말(표준말)로 "아싸~너, 너!"라고 지목하는거라고 정정해 주었다. 나도 모르게 충청도 사투리가 나올 때가 있는데 먹깨 이모가 알려줘서 인지하게 되었다. 나의 특기라고 볼 수 있겠다. 나는 이때 학교 생활 말고 엄마가 권유해서 한 댄스(춤)학원에 다니게 되었다. 나는 노래

시간을 달려서, Liar Liar, Fire, Bad를 배웠다. 근데 워낙 몸치라 겨우 따라하는 수준이었지만 즐기면서 하였다. 여기에서 만난 언니가 있었는데 광양중을 나왔다며 서로 동네 학교에 대해서 말하면서 친해졌다. 그러다 여름방학이 돌아와서 할아버지 칠순기념으로 삼촌, 외숙모(외모 둘 다 동민 오빠인데 외숙모 성격은 규리/누군지는 나중에 나올거다.)가 2014년부터 캐나다로 이민을 가고 처음으로 캐나다에 가보는 것이었다. 언니는 가지말라고 말렸지만 나는 가족행사로 갈 수밖에 없었다. 삼촌이랑 외숙모는 2011년, 내가 초등학교 4학년 때 한창 리락쿠마 열풍이 불 때 리락쿠마 인형을 사주고 집들이도 가서 침대가 되게 높았는데 내가 외숙모가 갖고 있는 잠자고 있는 토끼 인형에 관심 있어하니까 사양하지 말고 가져가라고 준 적이 있었다. 나는 이 인형에게 소피아(지혜)를 줄인 소피라고 이름을 붙여주었다. 아직도 내 침대에 곤히 잘 자고 있다. 삼촌은 내가 예전부터 할머니의 애정에 질투했었다. 그래서 항상 탐정처럼 삼촌이 밖에 나갔다 오기만 하면 핸드폰 지문 자국을 보고 비밀번호를 풀고 문자 내역이나 사진 같은 걸 보고 "지금 이 사람이랑 연애중이래요!"라고 할머니께 달려가 일러바치곤 했다. 그런 삼촌이 외숙모를 만나서 결혼하다니 전통 혼례 때 찍은 게 있는데 딱 나랑, 아빠랑, 먹깨 이모랑 만이 한복을 안 입고 있다. 이에 대한 것은 뒤에 가족관계를 보면 된다. 그렇게 결혼하고 얼마 안 가 캐나다로 이민을 간 이유가 한국은 일에 대해 공과 사가 없고 회식 때 술을 강요하는 문화가 힘들어서 라고 하였다. 우리 외가쪽 가족은 그래서 캐나다로 한 달 간 여행을 갔다. 엄마의 주도로 말이다. 가족 구성은 나, 엄마, 외할머니, 외할아버지, 먹깨 이모 이렇게 인데 열다섯시간 비행을 하고 꼬이 이모랑 민아를 공항에서 보고 삼촌과 외숙모까지 다 한꺼번에 토론토 공항에서 만나 외가쪽 가족들이 총집합을 하였다. 먼저 에어비앤비(숙소 대행업체)를 통해 묵는 숙소는 삼촌이 준비해 놓았다. 웃기는 일이 벌어졌었는데 매일같이 할아버지께서 뒷마당에 견과류를 던져 놓으시면 다람쥐가 그걸 가져간다. 하루는 다람쥐가 우리 숙소가 견과류 천국인 줄 알고 집 안에 들어와서는 이층 계단까지 올라가 자고 있는 먹깨 이모 방까지 가서 먹깨 이모 배 위에 올라가서 둘이 눈 마주치며 서로 놀랐다. 그리고 다람쥐는 바로 창문으로 뛰어서 나갔다. 그뒤로 다람쥐는 잘 오지 않았다. 할아버지께 다람쥐에게 견과류 주기를 자제하라고 했기 때문이다. 나랑 민아랑 방에 들어가서 그 광경을 다 지켜봤는데 꼬이 이모가 민아 보고 바이러스 감염되면 어쩔거냐고 라며 혼냈다. 나는 엄마도 꼬이 이모도 너무나 사람 힘들 게 혼낸다고 생각했다. 나는 더군다나 공부 때문에 성적 나오는 날마다 혼이 났다. 주입식 교육이라 공부에 전혀 동기 부여가 전혀 안 되어서 공부를 잘 안 했는데 엄청 혼났다. 수학과의 악연은 내가 시계 배우기, 구구단부터 이미 시작되었는데 개념도 겨우 떼는데 응용까지는 머리가 받쳐 주지 않는다. 점점 공부에 흥미가 떨어지고 성적이 안 좋아서 그렇게 문제집을 안 풀거면 다 갖다 버리라 해서 그래도 앞으로 풀어야 될 부분이 남아서 경

비실에 맡기고 다시 가져온 적도 있었다. 또 성적 때문에 엄청 혼난 적이 있었는데 그때는 엄마가 나를 안방에 들어오라 시키고 문을 잠가서 아무도 못 오게 하고 옷걸이로 때리려 던 적이 있었다. 그때 나는 공포심이 최대치였다. 다행히 할아버지께서 계셔서 문을 의족으로 차서 구멍이 뚫리니 엄마가 깜짝 놀라서 문을 열었다. 엄마가 또 마대자루를 갖고 정신이 나간 채로 행동했던 것도 한두 번이 아니었다. 나는 그럴 때마다 내 방 문이 열릴까봐 두려운 채로 온몸으로 막으며 할머니나 먹깨 이모에게 전화를 걸면서 고통을 인내해야만 하였다. 이런 상황이 올 때마다 나는 매번 울면서 인생이 다 무너진 마음이 들었다. 엄마가 내가 작은 실수만 해도 용납하지 못하고 계속 왜 그랬는지 머리 꼭대기까지 화가 나며 추궁하며 나에게 왜 그런 행동하냐며 온갖 욕을 해댔다. 그래서 지금까지 나에 대한 공든 탑이 무너지고 다시 쌓아야 할 생각만 든다. 근데 할머니께서 나를 키우실 때는 내가 어렸을 적에 문 잠그면 어떻게 될 지 궁금해서 잠가서 혼난 거랑 7살 때 도자기 깨지게 해서 안방에서 혼나고 반성하라고 서있게 했는데 할머니 사랑했는데 았(안) 사랑해라고 벽에 글씨 써놓은 적밖에 없었다. 엄마는 그렇게 별 것도 아닌 것가지고 나를 불안정하게 만들었다. 이제는 어엿한 성인이 되어서 제 앞가림 잘하고 내가 하고 싶은 공부를 할 수 있어서도 있지만 왜 나를 그렇게 혼냈는지는 나중에 밝혀지게 된다. 한번은 식구들이 다 영어 잘하는 민아를 칭찬해서 나는 안중에도 없길래 조용히 안방 가서 혼자 울었었다. 그때 할머니께서는 유일하게 그런 나를 위로해 주셨었다. 나는 할머니의 인자함을 그때부터 진정으로 알았었다.

캐나다 얘기로 넘어가자면 우리 외가쪽 가족 중에서 나, 민아, 엄마, 먹깨/꼬이 이모, 할머니랑만 따로 패키지 여행을 갔다. 드라마 도깨비(이에 대한 얘기는 차차 풀 예정이다.) 촬영지인 퀘벡, 많은 사람들이 잘 모르는 수도인 오타와 등을 갔었다. 그런데 여기서 뜻밖의 일이 있었다. 오타와에 있는 캐나다자연사박물관에 나, 민아, 꼬이 이모랑만 들어갔는데 벽에 비친 사진이 영락없는 엄마의 사진이었던 것이었다! 나는 덧니까지 똑같은 위치에 있어 틀림없다고 생각했다. 꼬이 이모도 엄마의 어릴 적 해맑은 모습을 알기에 동의하였다. 그리고 사진을 찍어 식구들에게 보여주며 다 맞다고 하였다. 이렇게 엄마의 전생은 캐나다 원주민 추장 딸인 것으로 판명났다. 더 알아볼 필요가 있다고 생각한다.

캐나다에서 가장 기억에 남는 기억은 바로 마지막 날 밤이었다. 외숙모가 태블릿을 빌려줘서 넷플릭스로 디즈니 영화 중 가장 좋아하는 영화인 로빈슨 가족들(Meet the Robinsons)을 보았다. 또다른 주연 윌버가 외모가 내 취향이라 더 즐겨봤었는데 이제 생각해 보니 동민 오빠 모습이랑 똑 닮았다. 취향이 쉽게 안 변한다더니 정말이다. 그리고 유튜브 개국공신인 영국남자를 보면서 한식먹는 반응 영상 보는데 너무나도 웃겨서 둘이 지하실 침대에서 누워서 자지러지면서 보았다. 그 날이 그렇게 좋은 추억으로 기억이 남는다. 서로 간의 감정을 똑같이 공유할 수 있는 순간이었어서 좋았다. 그래서 잊혀지질 않는다. 그리고 외숙모가 캐나다로 대학을 오라는 말에 나는 이때부터 계속 캐나다로 대학 갈 생각만 하였다. 캐나다에 다녀오고 엄마가 나에게 해외여행 어디가 제일 좋았냐는 질문에 나는 맨 처음 간 푸른 바다가 있는 괌이 좋다고 했다가 된통 혼나기 일쑤였다. 이땐 몰랐지만 나중에 다시 캐나다를 갔다와서 왜 엄마가 캐나다가 좋다고 말해야 좋아하는지 알게 된다.

캐나다에 갔다와서 딱히 기념품으로 살만한 게 없어서 시윤이에게 손잘 씻으니까 손세정제를 주었는데 영 반응이 시원찮았다. 어느날은 김다연(동민 오빠)이가 나에게 생일 언제냐고 물어서 얘기해 줬는데 자기는 30일이라며 우리 하루 차이밖에 안 된다고 이건 운명이라며 좋아했었다. 그러면 우리는 연자매가 되는 것이다.

3학년 2학기가 되니 이제 중간, 기말고사도 다 끝나고 할 게 없어서 영화를 봤는데 그 중 음악시간에 본 영화 위플래시를 감명깊게 봤다. 주인공은 교통사고가 나도 최고의 드러머가 될 수 있도록 진짜로 피나는 각고의 노력 끝에 자신의 꿈을 이룬다. 참으로 아무 말없어도 진지하게 존 영화이다. 나도 그렇게 열정으로 내 꿈을 이룰 것이다.

졸업식이 다가오면서 졸업식 준비를 위해 반장 최지인이 셀카(얼굴 사진)을 요구했다. 졸업식 기념으로 반 애들 얼굴 사진을 붙여놓으려는 계획이었다. 그리고 마네킹 챌린지라며 피자먹는 동안 그대로 멈춘 동작을 그대로 영상에 담아내기도 하였다. 그렇게 졸업식에 우리 반은 얼굴 사진이 종이에 붙여져 있었다. 반마다 그동안 반끼리 사진찍은 걸 영상으로 보여주는데 우리 반은 노래 나는 나비가 흘러나왔다. 이때는 나를 위한 노래인 줄 모르고 있었다. 졸업식 노래를 부르고 사진 찍는 사진을 갖는데 시윤이는 이미 자기 친구들 무리랑 찍느라 바쁘고 김효주는 벌써 집에 갔다해서 혼자 찍고 왔다. 그래도 드디어 졸업을 해서 마음이 후련하였다. 왜냐하면 내가 한양대학교부속고등학교(이하 한대부고)에 입학

해서 더 이상 중학교 애들을 더 이상 안 봐도 되었기 때문이다.

한대부고를 준비하게 된 계기는 서희가 영어 과외를 찾고 있다고 해서 내가 계속 과외 수업 중인 최희경 선생님을 소개시켜줬다. 그 뒤로 회사 건물인 군자동에서 시험기간마다 학교는 다르지만 (서희는 광남중이었다.) 같이 공부했었다. 그리고 10월에 갑자기 최희경 선생님께서 서희는 한대부고 입학을 준비한다는데 나도 준비해 보는 게 어떻냐 해서 진짜 말그대로 갑작스럽게 준비했다. 한 달 만에 아빠랑 같이 자기소개서랑 지원동기 써내고 아빠가 직접 면접 질문도 내줘서 실전에 대비할 수 있었고 또 연습한 게 의미가 있었다. 이때 면접 후 모든 수험생들이 다 면접 볼 때까지 교실에 들어가 책을 읽고 있어야 했는데 나는 톨스토이 책을 가져갔었다. 근데 전혀 이해가 안 되서 겨우 읽었었다. 지금이야 뭐 명작이라고 생각이 든다. 첫 표지의 말 '사람이 살아가는 것은 사랑이 있기 때문이다.'가 가장 인상깊다. 그렇게 기다리고 끝나서 아빠 차에 타서 아빠가 "면접 잘 본 거 같니?"라고 물었는데 "아빠랑 연습한 덕분에 잘 본 것 같아."라고 말했다. 그 무렵 하늘에는 눈이 펑펑 내리고 있었다. 나중에 알게 되겠지만 동민 오빠도 내가 면접 잘 봐서 좋았나 보다. 서희는 중학교 1학년 때 학교폭력 경력이 있어서 떨어졌다.

다시 3학년 말 우리는 무슨 난타 공연을 보러갔을 때 들어가기까지 시간이 있어서 애들끼리 서로 대화하고 있었다. 나는 김효주, 하나랑 있었는데 갑자기 불쑥 윤서현이 내게 다가와서는 "나연아, 너도 한대부고야?"라고 물으며 잘됐다며 내 손을 잡고 흔들었다. 그리고 알고보니 민주도 같이 한대부고에 입학했다는 것이다. 장은서도 간다는데 2012년 여수 세계박람회 때 논술에서 체험학습으로 한 번 엄마, 아빠랑 두 번 갔었는데 논술 때 갔을 때 그때 잠깐 같이 다녔었지 접점이 별로 없었다. 그리고 항상 혼자 다녀서 의아해하였다. 아무튼 민주도 한대부고에 간다 하니 마음이 놓였다. 그렇지만 한번도 같은 반이 안 되어 봤다. 내가 등교

할 때도 강변역에서 왕십리역까지 지하철 타고 가면 그래도 매일 아침마다 봤을 텐데 같은 반 안 되서 교류가 없으니 지하철 탈 생각을 안 하고 버스 탈 수 있다길래 덥썩 해서 더 볼 일이 없어졌다. 만날 버스 탈 때 아침 7시 5분 전에 탔었는데 옆집에 충재 씨 닮은 한의원 오빠에게 마음이 빼앗겼었다. 지금 생각하면 동민 오빠한테 미안하다.

2017년이 된 해, 나는 한대부고에 입학하였다. 엄마가 고등학교 들어갈 때즈음 사주를 봤는데 내가 그물에서 나오고 있는 모습을 보았다고 한다. 맞는 말이다. 나는 고등학교 때 밝고 명랑한 내 모습으로 어느정도 돌아왔었다. 1학년 중 가장 끝 반인 12반이 되었는데 겨울방학 동안 WOW(와우)프로그램이라고 자율이라 하지만 반강제로 하는 자기주도 학습을 해야만 했다. 그때 나는 오후반이라 오전반에 우리반 애들이 많았어서 제대로 친구를 못 사귄 채 반에 들어섰다. 나는 그래도 영어학원에서 만난 정윤주(동민 오빠)랑 다니면 되겠다 생각했는데 안일한 생각이었다. 윤주는 와우 프로그램에서 만난 친구들(이미연, 송혜인, 허소은(셋 다 나, 양채원)과 어울려 있었다. 다른 친구들도 이미 다 새 친구들을 사귀었다. 혼자 있는 애가 없어서 나는 다시 절망에 빠졌다. 그러는데 누가 내 어깨를 톡톡 건드리는 것이었다. 바로 이현영이었다. 이현영은 작은 눈을 가지고 있다. 그때는 외모를 잘 몰라봤다. 옷은 딱 유행하는 군복색(카키색) 외투를 입고 있어서 동지애를 느꼈다. 그날 우리는 입학식이랑 급시고 같이 먹었다. 아이러니하게 우리 둘에게 각각 박서연은 나에게, 장예명은 이현영에게 친구되자고 하였는데 서로 거부하고 둘이 다니게 되었다.

한대부고 급식실에 들어서는 처음 급식을 받았는데 거의 양식이었는데 나는 급식 질이 좋다며 엄청 잘 먹었었다. 물론 중학교 때 교정을 시작했어서 잘 못 먹기도 하고 심리적으로 위축되어있던 상태라 잘 못 먹은 것도 있었다. 나의 교정은 고1 중순 때 끝났다. 그리고 이때부터 이미 캐나다 대학에 갈 생각이라 외국인들한테 올바른 한국문화를 알려야 한다며 잘못된 젓가락질을 고쳤다. 나는 이현영이랑 밥을 먹고 있는데 삼육두유가 나왔었다. 이현영은 자기는 삼육초중을 나왔는데 만날 두유가 나와서 여기서까지 보기 싫다 하였다. 나는 내가 원더랜드 유치원, 학동초 때도 기독교 믿으라고 아주머니나 친구들에게 리락쿠마 상품 준다고까지 꼬드김을 받은 적이 있었지만 넘어가지 않았다. 나는 내 도벽을 끊은 강단이 있었기 때문이다. 구남초에 다닐 때는 5학년 때부터 서희는 내가 아침잠이 많은데도 집까지 찾아와서 귀찮게 끌고 다녔다. 그 이름도 유명한 사랑의 교회였다. 처음에 다닐 때는 빌라 상가에 두세 층 정도였는데 갈수록 헌금(십일조)가 엄청 쌓였는지 서초에 아예 엄청 큰 건물이 생겼다. 나는 교회에 다니면서 일평생 단 한번도 직접 헌금을 내지 않았다. 오히려 서희에게 내가 빌려준 교통비가 더 들었다. 애초에 나는 불교유치원인 향천유치원을 다녔을 때도 신앙심이 안 생겼을뿐더러 교회에 다닐 때마다 기도하는데 주절주절 주술 외우듯이 기도문을 읊는데 뭔가에 너무 빠진 사람들 같아서 피하였다. 그리고 서희도 중학생이 되니까 다른 반에 같이 다니는 애들이랑 놀기 바빠 나는 뒷전이어서 나는 같이 가긴 갔는데 안 들어가고 싶어서 밖에 있는 자리에 앉아 혼자만의 시간을 보내다 갔다. 마지막으로 교회에 간 것은 알음알음 아는 문세민이 다니는 교회였는데 역시 교회는 교회라며 다시 한번 느끼게 된 것 말고는 신앙심이 전혀 안 생겼다. 지금은 확실히 나는 나를 믿는다. 내가 나를 안 믿으면 누가 나를 믿어주겠는가? 이러한 확신이 생긴 건 이후에 차차 알게 된다.

입학식 첫날에 같이 다닐 수 있는 친구인 이현영이 있어서 좋았다. 그리고 삼일동안 서로 친해지기 행사도 열렸었는데 이때 더 사귀게 된 친구들이 한지음, 최지수(동민 오빠), 강다은, 최서은(황규원)이었다. 서로 연락처도 공유하며 친해졌는데 나도 드디어 같이 다니는 무리가 생겨서 좋아라 하였다. 이 행사 때 내가 엄청 울었을 때가 언제냐는 질문에 나는 이렇게 발표하였다. "바야흐로 제가 초등학교 3학년 때 산타(사탄)할아버지를 너무 믿은 나머지 할머니께서 부모님이라는 걸 알려주시고 나서 엄청난 동심 파괴에 그날 펑펑 울었었습니다." 반 친구들이 내 이야기를 듣고는 박수쳐 주면서 자기들도 그러했다고 공감하며 서로 이야기꽃을 피웠다. 그리고나서 나는 두 번째 동심 파괴(?)를 뒤이어 겪게 될 줄 몰랐다. 바로 내가 두 살 때 꼬이 이모가 사준 피글렛 인형(꿀꿀이)이 여자가 아닌 남자였다는 사실을 말이다. 물론 지금은 당연히 이해한다. 바로 피글렛 얼굴형이 딱 동민 오빠가 맞기 때문이다.

스승의 날 때 중학교 3학년 때 담임이셨던 이우영 선생님께 연락드렸는데 은퇴하셨다고 하셨다. 선생님께서는 나보고 언제 어디서든 무엇이든 잘할거라고 말씀해 주셨다.

한창 체인스모커스의 노래인 'Something just like this'가 선풍적인 인기를 끌고 있던 시기였다. 내가 이때부터 전자춤음악(EDM: Electronic

dancing music)에 빠진 터라 엄마가 내한공연 표를 구해줘서 같이 가서 신나게 즐기고 와서 반 친구들에게 보여준 적이 있었다. 지금도 내가 좋아하는 곡이다. 그 중에서 가장 좋아하는 가사는 "Some superhero, some fairytale bliss, just something I can turn to, somebody I can kiss."(몇몇의 영우, 몇몇의 동화의 축복, 그냥 뭔가 내가 바뀔 수 있는, 내가 뽀뽀를 건넬 수 있는 누군가)이다.

1학년 때 전학을 가고 또 전학을 온 친구들이 있었다. 바로 윤주가 광양고등학교로 전학을 가고 황선인이라는 애가 전학을 왔다. 나는 황선인이에게 가져온 아몬드 초콜릿을 줬는데 알고보니 아몬드 알레르기가 있었어서 큰일날 뻔했다. 그렇게 황선인이와의 첫만남이었다. 뿔테안경을 쓰고 키가 엄청 컸는데 사진 찍는 걸 경계했었다.

나는 무리로 다닐 수 있어서 좋다고만 생각했는데 서로 정신없이 엽기(못생긴) 사진 찍느라 바쁘고 정신없어서 싫었다. 이때는 왜 그랬는지 몰랐다. 그리고 지수이가 한지음이 공부를 잘해서 질투가 나서 서로 견제했었다. 그래서 화가 난 한지음은 이제 우리 둘만 따로 다니자 해서 그렇게 하였다. 지수랑은 모의유엔캠프에 같이 갔었는데 내가 인도국제학교 다니는 김채린(황규원)이라는 애랑 친해지려 지수를 뒷전으로 둬서 사이가 서먹해졌다. 근데 한지음은 너무 공부만 해서 같이 놀지는 않았다. 그래서 심심했던 나는 한창 반마다 교실을 행사장으로 꾸며놓는 초록제를 준비하는데 우리 반은 으스스한 귀신의 집으로 꾸미기로 하였다. 미로처럼 만들기 위해 천장에서부터 바닥까지 검은 비닐봉지로 테이프로 붙이는 작업을 하였는데 이때 조유주 느낌 나는 키작은 김민정이랑 같이 하였다. 나는 조유주 닮아서 안 친해질거라 다짐하였는데 결국 친해졌다. 김민정이랑 밤늦게까지 작업하고 집에 가는 방향도 같아서 같이 지하철타고 집에 갔다. 그리고 학교 근처 다이소에 갈 때마다 내가 사고 싶은 것을 사주었었다. 근데 갈수록 한 학년 낮은 자기 동생이랑만 놀러다니고 나는 뒷전이었다.

한지음이가 언제 한번 나에게 MP3(음악기기)를 빌려달라고 해서 차용증까지 쓴 적이 있었다. 돌려받으니까 음악목록에 해리포터의 오블리비아테(기억을 되살리는 주문)이 수록되어 있었다. 그리고 배경화면은 리락쿠마에서 어피치로 바뀌어 있었다.

나는 그간 진정한 나 자신과 내 운명의 연인인 동민 오빠를 잊고 살았다. 지금은 말도 못할 정도로 항상 동민 오빠 사랑해 라며 생각을 한다. 그리고 카카오프렌즈 캐릭터 어피치는 복숭아인데 뒷모습이 엉덩이처럼 보인다. 나는 액자에 동민 오빠랑 나란히 찍은 사진이 동민 오빠가 뒤로 엉덩이를 내밀며 다리를 굽히고 찍은 모습인 것과도 연관지어 생각하였다. 그리고 아빠가 동민 오빠를 잊지 않기 위해 가끔씩 그 자세를 보여줄 때마다 웃음이 나온다.

나는 하나 엄청나게 웃긴 이야기가 하나 있다. 이것은 아무리 생각해도 너무나 당황스러운 일이었다. 하루는 자기주도학습으로 학교에 있는 독서실에서 공부하다 너무나도 졸려서 엎드려 누워 잤는데 일어나고 나니까 배에 가스가 차있었던지 갑자기 기차 지나가는 울림소리 마냥 방귀가 멈추지 않고 부우우우우우우와아아앙 하고 멈추지 않은 채 울렸다. 방귀소리가 끝나자마자 애들의 웃음소리가 끊이질 않았다. 다행히 내 주변 자리는 애들이 방과후에 가서 누가 그랬는지 알 턱이 없었다. 그 다음날 윤주가 전학 가기 전 내 앞에 한서진이랑 어제 독서실에서 방귀소리 들었냐 얘기해서 나는 모른 척하고 있었다. 지금 생각하면 어떻게 웃음을 참았는지 모를 일이다. 그래도 참 희한한 경험이라 황선인이를 비롯한 반 애들 몇몇에게 들려주니까 반응이 폭발적이었다. 나는 그뒤로 야간자율학습(이하 야자) 때 애들이랑 친하게 어울려 지낼 수 있었다.

수학 방과후 시간이었다. 이현영이랑 같이 들었는데 옆 반 한지현(황규원)이라는 애가 이현영이랑 같이 와우프로그램을 들어서 서로 대화하고 있었다. 그러다 내게 연락처를 물어보며 친하게 지냈다. 또 나는 수학 학교과외(멘토링) 수업을 우리 반 애 중 하나인 신보영이랑 같이 하게 되었다. 그리고 학교 공지에 남극 탐사가 있어 같이 신청하기도 하였었다.

원래 무리 중에 최다혜이라는 애도 있었는데 첫날부터 놀이 벌칙으로 트와이스의 TT(티티) 춤을 춰서 강렬한 인상을 남겼다. 우리 무리에 끼려고 하다 안하고 다른 애들이랑 다녔다. 한번은 학교에서 영화 프린세스 다이어리를 보고 있어서 눈여겨 봤었다. 내 이야기일 줄은 꿈에도 모르고 말이다.

은지가 한대부고에 전학왔다는 얘기가 돌자 나는 바로 은지가 있다는 1학년 2반으로 가봤지만 은지는 벌써 다른 학교로 전학 가고 없었다.

진로시간에 최근까지도 인기인 혈액형에서 MBTI로 성격 유형 보기를 일찍 한 적이 있었다. 나는 반에서 혼자 성인군자형인 ISFP가 나와서 놀란 적이 있었다.

학기 말이 되자 이제 학교에서 할 일이 없어 영화만 틀어주었다. 나는

지루해서 학교에 닌텐도DS를 가져와서 마리오 카트를 하였다. 반 애들이 홍미가 보여서 너도나도 다 한번씩 하겠다고 난리였다. 이때 이미 동민 오빠와의 추억을 까맣게 잊고 있었다. 다시 생각해보니 닌텐도 상호명 의미가 임천당: 하늘에 운명을 맡긴다라니 엄청 심오하였다. 그리고 중학교 때도 와라! 편의점 게임이 나왔었는데오 전혀 눈치채지 못하였었다. 지금은 당연히 잘 알고 있다. 소중한 추억을 가지고 있는 동민 오빠가 내 운명의 짝이란 걸 말이다.

학교에서 나는 1학년 4반이 닌텐도DS 마리오 카트 열풍이 분다고 같은 도서부이자 준비물 담당인 김도영(동민 오빠)이를 통해서 알게 되었다. 그래서 나는 서둘러 그 반까지 가서 마리오 카트 통신해서 같이 하고 놀았었다. 그리고 한지현하고도 각자 닌텐도DS를 가지고 포켓몬스터 디아루가, 펄기아를 통신해서 포켓몬을 교환하며 놀았다. 지하철에서도 계속하고 그랬는데 한 할아버지께서 공부 안 하고 놀기만 한다고 내게 호통을 치셨다. 다시 생각해보면 맞는 말이다. 거의 '지금 나라가 이런데 잠이 옵니까?' 발언 수준이었다. 지금은 나도 공자께서 말씀하신 수신제가치국평천하(修身齊家 治國平天下) 자신부터 그리고 가정 그리고 나라 그리고 온누리를 도덕으로 통치하는 대동大同사회가 될 수 있게 열심히 책을 읽고 있다.

어느새 1학년 학기 말이 되서 반 애들이랑 서로 롤링페이퍼를 주고 받는 시간이 되었다. 나는 이 시기때는 반 친구들이랑 활기차게 대화하면서 놀았기 때문에 중학교 3학년 때와는 달리 빼곡히 채워졌다. 특히 처음에 같이 다니려 했던 박서연이랑 부쩍 친해졌는데 방탄소년단 지민 팬이어서 내가 잘 들어줬었다. 전에 세계지리 공부할 때 내가 도와준 적도 있었다. 그렇게 학기를 잘 마무리하고 2학년부터 문과, 이과가 나뉘어지는데 수학머리가 전혀 없는 나는 당연히 문과를 선택했다. 그리고 중국어 과외도 꾸준히 하고 있어서 제2외국어는 중국어/일본어 중에서 중국어를 선택하였다. 정 많았던 1학년 12반이 흩어진다니 서운하게 느껴졌다.

나는 이현영이랑은 겨울방학 때 셰익스피어 강의 듣자 해서 들었었다. 그리고 1학년 여름방학 때 이현영이랑 영어 방과후 듣는데 교회 오빠 느낌나는 김지용 선생님께서 야자 안하고(째고) 이현영이랑 미니언즈 영화 보러간 걸 뒤에서 봤어서 다음 날에 "영화 재밌게 봤니?"라고 물어봤어서 듣자마자 소름이 돋았다. 그렇게 1년 동안 많은 일이 있었다. 뭐 나중되면 더 많은 일들이 쏟아지지만 말이다.

이듬해 고등학교 2학년 5반이 된 나는 처음에 괜찮아 보이는 같은 반으로 올라온 4명 무리(임주연, 권유리, 신예지, 이희영)에 들어가려고 하였다. 주연이는 고향이 충북 청주에다 할머니로부터 키워졌다 하여서 나랑 잘 맞는 구석이 있었다. 근데 네 명 무리랑 같이 있을수록 서로 이미 짝이 맞아 눈치가 보여 그냥 그런 눈치 안 볼 수 있는 진현미(규리)과 김하영(황규원)이랑 같이 다녔다. 지금 생각하니 참으로 화려하다. 이건 지금보면 진짜 최악의 선택이라는 걸 알 수 있다. 진현미은 불교에 세계사 김창혁(황규원) 선생님 팬이고 김하영은 동성애를 옹호하는 애다. 참으로 가관이었다. 진현민이 왜 불교에 집착했는지 나중에 알게 된다.

진현미이랑 친해지기 전에 중국어 시간에 반을 왔다갔다 했는데 내 자리에 파우치(화장품가방)이 놓여있었다. 나는 다른 반 애가 놓고 간 건 줄 알고 다른 반에 갖다줬는데 알고보니 진현미가 찾고 있던 물건이었다. 나는 이 사실을 자백했더니 진현미가 엄청 화를 내며 그게 얼마나 비싼데 하며 구박받았었다. 처음부터 영 아니었다.

3학년 때는 공부만 해야하니 2학년 때 수학여행을 가는데 나는 이 친구들과 안가고 싶고 내가 엄마, 아빠랑 이미 같은 일정으로 다녀왔대도 우리 담임선생님이시자 한문선생님이신 정이남 선생님께서는 내 말을 나무라고 꼭 가야한다 하셨다. 나는 그래서 가야만 하였다. 선생님께서 내 옆자리에 타시며 내 미래에 대해 물었다. 나는 캐나다 대학에 갈 것이라고 얘기하였다. 그리고 이건 아빠가 나한테만 얘기해준 사실인데 어느 날 선생님께 전화가 와서 받았는데 하시는 말씀이 "나연이는 아이큐가 130일 정도로 높은데 왜 공부를 안 할까요?" 라고 물어보셨댄다. 내 상담할 때도 충청도 대학 갈 수준이라며 호통치셨는데 지금 생각해보면 나쁘지 않는다고 생각이 든다. 이는 뒤에 이유가 밝혀진다. 아빠는 선생님의 질문에 우문현답으로 결론을 지었다. "때가 되면 할 거에요." 맞다. 지금이 그 "때"이다.

다시 수학여행 얘기로 돌아와서 진현미가 전주한옥마을에 왔으면 무조건 한복을 대여해서 입어야 한다며 셋이서 다같이 한복을 입고 돌아다녔다. 그랬더니 그 4명 무리 반 친구들이 한복 입은 내 모습을 홀린 듯이 쳐다보며 "와, 나연아, 너 한복 입으니까 진짜 예쁘다."고 말하는 것이었다. 내가 진짜 한복이 잘 어울리구나를 생각하게 되었다.

반 애들 중에서 서주하라는 애가 있었는데 오마이걸 팬이란다. 나도

그래서 한번 봤는데 몽환적이고 신비로운 노래인 클로져(가까이, Closer)
에 빠지게 되었다. 이친구는 숏컷 머리에 남자 같았는데 학교 적응을 못
해 미국으로 전학 갔다.

　고등학교 2학년 겨울방학부터 나는 캐나다 대학에 들어가기 위해 아
이엘츠(영어시험) 학원에 다녔다. 여기서 권유림 언니, 이세빈 그리고 최
재원이(규리)를 만나게 되었다. 이세빈은 화장도 하고 대학생처럼 보였
는데 일본 여행에 다녀왔다고 곤약 젤리를 주고 내가 먼저 말 걸면서 친
해졌다. 친해진 바로 그날 이세빈은 SNS(시간 낭비 서비스/소셜 네트워크
서비스) 중 하나인 인스타그램(사회통신망)에 나를 언급하며 갑자기 교
실 한 바퀴을 돌면서 안녕하는 것이었다. 그때는 이게 인증을 위한 것인
지 몰랐다. 이에 대해선 뒤에서 말하겠다. 여기서 말할 점은 이 SNS다.
2013년부터 스마트폰(바보폰)이 대중성을 이끌면서 카카오톡(문자 앱)은
물론이거니와, 카카오스토리라는 게시물 올리고 공감을 누르거나 댓글
로 소통하는 인터넷(가상) 공간이 생겼다. 훈녀생정이나 아이돌 덕질을
할 때 나도 자주 들어가서 했었다. 그다음이 페이스북인데 중학교 때 유
행했던 거라 나는 계정만 만들고 신경도 안 쓰다 탈퇴해 나갔다. 바로 다
음이 인스타그램인데 나는 모의유엔캠프에서 지수를 뿌리치고 김채린
이랑 친해졌는데 외국에서 주로 있어서 소통 수단이 이 뿐이라 내가 어
쩔 수 없이 깔았다. 그렇게 인스타그램을 시작했다. 지금도 느끼지만 내
영향력은 진짜 강하다. 내가 생각하는 것마다 뉴스(새 소식), 연예기사가
나오는데 응답하라 1988 관심있어서 보니까 혜리하고 류준열 결별 기사
나오고 엄청 운 적이 있는데 일본 기시다 전 총리가 암살당할 뻔 했다는
것이다. 그리고 내가 처음 유튜브 볼 때 영국남자를 봤었는데 대박 터지
고 인스타그램도 내가 깔고 나서 이용자 수가 엄청 많아지고 말이다. 지
금은 인스타그램을 탈퇴한지 좀 됐다.

　다시 이세빈과의 얘기로 돌아와서 아이엘츠를 같이 준비하며 남아서

공부하다 자기네 집에 초대를 하였다. 순수미술 하는 애인데 방하고 미술실이 따로 있었다. 근데 벽에 보니까 큰 도화지에 여러 가지 그림과 가장 위에 하트에 외눈이 그려져 있었다. 이때부터 진작에 눈치 챘어야 했다. 내가 한창 전자춤음악(EDM)에 빠졌을 때라 체인스모커스 공연이랑 마룬파이브 공연까지 같이 갔었다. 그리고 최재원이라는 애도 있었는데 동갑인 이세빈과 다르게 한 살 어려서 잘 못 놀았었다. 그러다 서로 아이엘츠 결과가 비슷한 시기에 나와서 아이엘츠 선생님이랑 셋이서 모임을 가졌었다. 그러고나서 아이엘츠 시험이 끝나도 나만 계속 더 다녔었다. 그러던 어느 날 선생님이 밋업(외국인 친구들 모임/Meet up)에서 영어 말하기 연습 좀 하고 오라는 것이었다. 나는 전승빈(황규원)이라는 사람과 같이 참여했다. 모임은 외국인들은 자리에 앉아있고 한국인들이 돌아가며 대화하는 형태였다. 나는 쑤말리(태국인)과 리코 언니(일본인)랑 한국어로 소통하는 게 재밌었다. 그리고 아나(브라질인), 수벤(네덜란드인)가 나에게 영어 실력이 좋다고 칭찬해 주었다. 그동안 팝송들으면서 영어 실

력 늘린 보람이 있었다. 나는 그렇게 인스타그램 팔로워, 팔로우(친구추가) 수를 늘려 나갔다. 쑤말리랑 그 이모 그리고 리코 언니 이렇게 넷이서 내가 강남 관광 안내를 하였다. 우리는 내가 나눈 미니언즈 엽서랑 리코 언니가 준 외계인 볼펜 그리고 쑤말리가 준 팔찌를 각자 서로에게 사 주었다. 나는 이날 닭갈비를 소개해 주었다. 이렇게 한국에 관심이 많은 외국인들과 대화 나누는 게 재밌어서 한번 더 외국인 모임에 나갔는데 학원에서 대화할 뿐만 아니라 한 치킨집에 가서 진정한 모임을 가졌다. 나는 이때 쑤말리랑 리코 언니랑 같이 가서 맨 끝 쪽에 앉아있었는데 한 아저씨가 나보고 어디가냐고 묻길래 캐나다 토론토 지역이라고 하니까 캐나다 밴쿠버에 간다는 나보다 한창 어린 금속테 안경을 쓴 평범하게 생긴 김하랑이라는 남자애를 소개시켜 주었다. 그리고나서 나, 쑤말리, 리코 언니는 김하랑과 또 같이 있던 민수희 언니랑 해서 카카오톡으로 단톡방을 만들었다. 우리는 그리고 다음 만남을 기약하였다. 단톡방에는 쥔지에(대만인), 홍콩인 그리고 최재현이라는 사람까지 쑤말리랑

리코 언니가 불러 모았다. 내가 직접 이 단톡방에서 어디를 갈지 진두지휘를 하였다. 우리는 먼저 홍대입구 9번 출구에서 다같이 만나서 뭐 좀 먹고 오락실로 향하였다. 이때 마리오카트 게임기도 있어서 즐겼는데 이때도 동민 오빠와의 추억이 안 떠올랐다. 대신 DDR(댄싱 머신/춤추는 기계)를 더 즐겼었다. 영화 키싱부스에서도 소꿉친구끼리 DDR하는 모습만 유심히 보고 갑자기 버킷리스트(하고 싶은 일 목록)에서 마리오 카트로 다들 해당 캐릭터(그림인물) 옷을 입고 (코스프레) 재밌게 경주하는 모습을 대수롭지 않게 여겼었다. 지금은 바로 동민 오빠와 같이 재밌게 즐겼던 게 떠올려진다. 다시 오락실 얘기로 돌아와서 그렇게 재밌는 시간을 보내고 노래방에 가서 우리는 다국적으로 노래를 불렀다. 나와 민수희 언니는 신나게 엑소의 3.6.5 노래를 불렀다. 그러고나서 갈 사람들은 가고 남은 사람들은 나, 쑤말리, 리코 언니, 김하랑, 최재현 이렇게 였다. 카페(커피집)에 가서 진실게임처럼 질문놀이를 했는데 질문이 별로 좋지는 않았다.

그 다음날에 나는 고등학교 3학년 3반이 되어서 어제 즐겁고 엄청나게 외향적인 사람들처럼 놀아서 여운이 가시질 않았다. 이렇게 여러 명이서 밖에서 만나 논 경우는 처음이었다. 하지만 이 뒤로 더 이상의 만남은 없었다고 한다. 차라리 잘된 일이었다. 또 한번 밋업에 최재원이랑 갔었는데 내가 한번 봤었던 에밀리아(Emilia, 독일인)을 다시 봐서 즐거워서 최재원이는 뒷전이 되고 에밀리아와 친하게 지냈다. 또 독일 귀화 선수까지 해서 셋이서 반포 한강공원 가서 놀았었다.

방황

　고등학교 3학년이 되어서는 나는 이미 아이엘츠도 목표 점수를 따놓은 상태라 학교에서 할 게 없었다. 이 와중에 선생님들로부터 재밌는 얘기를 풀어주신 게 생각이 난다. 먼저 수학시간이었다. 조은영 선생님께서 확률과 통계를 배우고 있을 때 교실에 안경을 쓰고 있는 사람은 손 들라고 해서 나는 안 들었는데 보니까 나 빼고 모두 다 손을 들고 있던 것이었다! 게다가 내가 1분단 제일 뒷자리에 창가쪽이라서 다 볼 수 있었다. 나는 그때 한번 깜짝 놀란 기억이 있었다. 그리고 하나 더는 성거

부 이야기였다. 조은영 선생님은 신혼여행 때도 각 침대를 쓰고 절대로 성관계는 안 하겠다고 했는데 남편이 물어볼 때마다 거부한다는 내용이다. 지금 들어도 재치있고 현명한 이야기다. 성에 대해서는 나는 전혀 모르고 있었는데 또래들에 비해 너무 모르고 있으니까 인터넷에 나무위키에 들어가서 글로 본 거밖에 없었다. 그러다 영화 늑대 아이를 보고 첫날 아침에 실오라기 옷 하나 안 걸친 걸 보고 그때 조금 알았다가 성적인 웹툰(인터넷 만화)보고 알게 되었다. 나는 성에 대해 그렇게 관심이 있는 편도 아니고 더군다나 성관계는 그냥 싫어한다. 최근에 할머니께 통화했을 때 간접적으로 한복 짓기 바느질 얘기하며 성을 표현했을 때 나는 머리를 싸매며 고뇌에 차 있었다. 그러다 이를 해결하려고 아빠에게(나중에 왜 아빠랑 얘기하는지 나올거다.) 갔는데 이제 영웅영화 안 본다 해서 아! 내가 성관계 하기 싫은 생각이 맞았구나를 깨달았다.

또 하나의 선생님 이야기는 바로 최지현 영어 선생님이 하신 말씀이다. 하루는 수업하다 내 얼굴을 물끄러미 바라보시더니 참 단아하다면서 연예인 김희애 닮았다고 말씀하시는 것이었다. 수업이 끝난 후 예지가 날 부러워하듯이 김희애라고 나를 불렀었다.

마지막으로 하나는 사회 문화 김은미 선생님이셨는데 문법 책인 그래머 인 유즈(Grammar in use)를 열심히 공부하고 있었는데 그때 자리가 교탁 앞이었다. 나한테 가까이 오시더니 나에게 귓속말로 "캐나다 가는 거 맞니?" 라고 하셔서 나는 고개를 끄덕였다. 나는 이때 왜 물으시는지 의아해 했었다. 지금 생각하면 고국을 버리고 이역만리 타국을 가면 나라의 명운이 달려있는데 이를 어쩌나 생각하신 거였다. 내가 고국을 버린다는 걸 언급하였는데 이 상황은 우리나라 민요 '아리랑'의 의미에 해당한다. 아리랑의 본뜻은 我理朗(나 아, 다스릴 리, 밝을 랑)으로 참 나를 깨달아 완성에 이르는 기쁨을 노래한 것이다. 아리랑 가사는 "아리랑 아리랑 아라리요 아리랑 고개로 넘어간다 나를 버리고 가시는 님은 십리도 못 가서 발병난다." 이다. 말 그대로 참된 나(자아)를 버리면 병이 난다는데 내가 캐나다를 갔다와서 확실히 이해하였다.

고등학교 3학년 때 나는 수업도 없고 거의 다 자습시간(수능 공부 시간)이라서 나랑 상관 없어서 나는 토익학원을 따로 다니며 영어공부를 놓지 않았다. 그러려면 외출증이 필요했는데 담임선생님께 허락을 매번 받고 나갔다. 그런데 나 혼자만 나가서 외로워서 미술학원 다니러 나처럼 외출증 받고 다니는 한지현을 만나게 되서 같이 밥먹고 놀면서 학원 가기 전까지 시간을 보냈다. 내 출석 상태는 엉망이 되었지만 입시지옥에 빠지지 않을 수 있어 좋았다. (결국은 해야했지만 말이다.)

주민등록증(이하 민증)만들 나이가 되어서 엄마랑 같이 강남에 있는 사진관가서 화장도 하고 민증사진을 찍었다. 그리고 주민센터(동사무소)에 갔는데 직원분께서 내가 놀러다니고 화장하고 공부는 안한다고 나를 혼내셨다. 나는 당황하였지만 지금은 내게 하시는 충고란 걸 잘 안다.

생활기록부를 채우기 위한 필요조건 중 독서감상문 쓰기를 나는 책을 읽지 않고 차례랑 앞뒷면 표지 그리고 줄거리 보고 예측하여 금방 써내었다. 국어 이경선 선생님은 나보고 잘 쓴다며 바로 한 편 더 써오라고 한 적도 있었다. 내가 쓴 인상깊은 독서감상문이 두 개있다. 첫 번째는 책 <초콜릿 레볼루션(혁명)>이다. 이건 내가 읽고나서 썼다. 거기에 나온 명대사가 있다. '거짓말을 전혀 하지 않으려면 얼마나 많은 진실에 관해 입을 다물어야 하는 것일까? 결국 아무 말도 하지 않으면 될 것이다. 그러고보면 침묵만큼 진실을 속이는 행위도 없다.', 달콤한 행복을 저절로 쉽게 맛볼 수 있는 게 아니라는 진실을.' 그리고 감상문에 우리가 조그마한 용기를 내면 자유를 되찾을 수 있다고 호소하는 말에 집에 있던 모든 사람들이 나올 때 전율이 흘렀다는 내용말이다. 교훈은 악법도 법이지만 이것이 자유를 침해하면 저항해야 한다이다. 이는 나중에 나올 코로나 백(흑)신이랑 연관지어 생각할 수 있다. 흑신을 안 맞았다고 마트도 못 가게 했었었다. 이 혹신에 대해서는 뒤에 나오겠다. 그리고 두 번째는 책 〈토론의 힘〉이다. 명대사는 '다름을 간파하는 것만으로도 부족하다. 다르다고 말할 수 있는 용기가 있어야 한다. 꼭 토론을 할 대가 아니더라도 남들과 생각이 다르다면 분명하게 이야기할 수 있어야 한다.' 감상은 토론은 소통의 한 방법이라 할 수 있다. 소통할 때는 쌍방소통을 하는데 기본적으로 서로에 대한 배려를 기본으로 한다. 그러면서 상대의 의견을 비판하기도 한다. 그러면서 인성에 대한 함양을 기를 수 있다. 또 생각이 길러질 수도 있다. 토론은 지금 사회에 꼭 필요한 교육이다. 토론을 통해 경청을 배우고 공감 능력도 늘게 된다. 교훈은 우리나라 교육이 학생들이 참여하는 것으로 바뀌었으면 좋겠다. 이렇게 알아보았는데 좀 사고가 트였으면 하는 바램이다.

　인간관계는 같은 반으로 올라온 진현미와 새로 만난 변승윤, 신예빈(동민 오빠)과 다녔다. 매 학년마다 청소시간에 청소 끝나고 김민정이랑 다녔는데 더 그랬던 이유는 진현미이 잘 어울려 다니는 지유빈이라는 부

리부리하게 생긴 애가 있었다고 생각했다. 나는 별로 친해지고 싶지 않아 거리를 두었다. 하지만 사실을 깨닫고 미안하단 생각 밖에 안든다. 같은 반에서 내가 먼저 다가가서 친구가된 친구는 바로 한서윤(황규원 여자)이다. 한서윤은 이목구비가 뚜렷해 예쁘장하게 생긴데다 만날 화장한 얼굴이었다. 1학년 때도 같은 반이었던 허소은이랑 둘이 반에서 예쁜애로 통했는데 지금 보니 한서윤의 정체가 충격적이다. 소은이가 바로 낯부끄럽지만 동양고전미인상으로 자연스럽게 더 예쁜 것이었다. 그리고 더 미안한 사실은 지유빈이 동민 오빠란 걸 알고나서였다. 그리고 왜 이렇게 진현미가 지유빈과 달라붙어 친하게 하하호호 하며 지냈는지도 말이다. 신예빈이도 동민 오빠인지 몰랐다.

외모에 대해서 내가 한마디 해보겠다. 웹툰으로 외모지상주의란 말이 엄청 퍼져있는데 당연히 사람들은 예쁘거나 잘생긴 사람을 보면 쳐다보게 되는게 본능이라 할 수 있어 성립할 수 없는 단어다. 말 나온 김에 웹툰 금수저가 나오면서 계급을 따지게 되고 편 가르기 하는데 이건 행복을 위해서 좋지 않은 말이다. 왜 이렇게 외모 내려치기가 심한가 생각했는데 그게 아니었다. 나중에 진짜 외모가 중요하다는 걸 나중에 뼈저리게 알게 된다.

나는 내 외모가 평범하다고 생각했다. 가족들에게 예쁨받는 것도 내가 웃을 때 예뻐서 그런 줄로만 알았다. 근데 이제는 인정한다. 내 외모가 하얀 얼굴에 이목구비가 조화롭게 잘 이루어져 있고 한복이 잘 어울리는 단아하고 쌍꺼풀 없는 전형적인 동양고전미인상이라는 것을 말이다. 내가 유치원 시절부터 꼭 여자애들로부터 시기와 질투를 받은 것도 내 외모와 착한 성격 때문인 걸 안다. 가족들은 그걸 알고 항상 나보고 머리를 묶고 다니라 하였다. 그런데도 꼭 나를 좋아하는 남자애들이 있었다. 이 말에 나는 팝송 'What makes you beautiful'(무엇이 너를 아름답게 만드는지)이 생각난다. 가사 중 좋아하는 구절을 쓰고 외모에 대해 여기까지 쓰도록 하겠다. You don't know you're beautiful, that's what makes you beautiful. (너는 네가 아름다운지 모르지, 그것이 너를 아름답게 만드는거야.)

고등학교 3년이 드디어 막을 내려 한다. 졸업앨범 찍는 날은 보통 5월인데 나는 그 전에 3일 동안 친할머니인 신례원 할머니께서 상을 당하셔서 학교에 못 나갔다. 그리고 학교에서 같이 다니는 애들과 적응을 잘 못한 나는 쉬는 동안 기운 나서 졸업앨범 찍는 날 신나서 양채원이랑 혜인이에게 큰 빨간색 하트 풍선을 안는 모습인 인생 사진을 찍어주었다. 나는 그동안 졸업앨범 찍을 때 아무 소품없이 준비했었는데 이번에 다들 소품을 준비해서 나는 뭘로 할까 생각하다 집에 있는 여름이 생각나는 여성스러운 밀짚모자를 가져오며 쓰고는 한 손은 턱에 대며 골똘히 생각하는 사진을 찍었다. 지금봐도 잘 찍었다고 생각이 든다. 그렇게 졸업이 다가오고 졸업식날 나는 김민정, 이현영, 한지현이랑 사진을 찍고 있는데 나랑 같은 도서부였던 거밖에 접점이 없었던 장유라(규리)이 날 보고 지나가며 그냥 싫다고 얘기해서 황당하였다. 아무것도 모르고 들었을 때도 어이없었다. 장유라가 그랬던 이유는 나중에 한참 지난 후에야 알게 된다. 어쨌든 나는 밖에 나가서는 한지음이하고도 찍었는데 쌍꺼풀 수술을 한 것이었다. 예뻐지고 싶어 그랬거니 생각이 들었다. 이로써 내 학창시절은 이렇게 마무리 지어졌다.

이제부터 내 머리에 대해 가족들이 간섭을 안한다고 해서 머리를 남들처럼 풀고 다녔다. 나는 아이엘츠 점수를 딴 거를 유학원의 도움을 받아 세네카 컬리지 호텔경영학과에 입학하였다. 지금 생각해보니 동민 오빠가 호텔외식조리경영학과를 선택하게 된 이유로 설명될 수 있다고 본다.

이렇게 내 앞길은 평탄할 줄 알았지만 아니었다. 바로 2019년 코로나 바이러스 사태가 벌어진 것이다. 뉴스에는 중국 우한에서 발병되어 걸리면 사람이 쓰러지는 충격적인 모습을 보여주며 사람들에게 두려움과 공포심을 심어주었다. 그래서 졸업식도 졸업 가운도 제대로 못 입고 졸업을 하였다. 이 바이러스에 노출되지 않으려면 마스크(입가리개)를 써야 한다고 하여 나는 그간 미세먼지 때문에 구비해 놓은 마스크가 많아서 마스크 대란 사태 때 마스크 구하는 게 힘들지 않았었다. 제일 문제는 이로 인해 내 캐나다 유학에 걸림돌이 된다는 사실이다. 나는 그래서 한동안 좌절감에 빠져 있다가 피아노를 배우고 있었는데 그래서 음악의 길로 빠졌었다. 여기서부터 나는 중학교부터의 내 학원과 과외 얘기를 풀어나가겠다.

그 전에 여행 얘기를 풀도록 하겠다. 먼저 나는 고등학교 1학년 때 말레이시아 코타키나발루로 여름휴가를 가족들이랑 갔다. 거기서 만난 유일한 애인 초등학교 남자애랑 대화를 나누었는데 나는 중학교 때까지는 놀고 공부해도 된다하였다. 그리고 가장 가봤던 곳 중 좋았던 나라를 괌이라고 얘기해 주었는데 엄마는 이걸 듣고 극대노라며 캐나다라고 해야지 하였다. 나는 이때 왜 그렇게 엄마가 캐나다에 집착하는지 몰랐다. 그리고 고등학교 2학년 때는 태국 끄라비로 여행을 떠났다. 거기서 만난 애는 4살 어린 김재영 중학교 3학년 여자애였는데 같이 동굴 카약도 타고 재밌게 지냈다. 용산중학교에 다니는데 티비에 나오는 장원영이 학교에서 학교폭력 저지르던 아이라고 나한테 폭로하였다. 나는 장원영이 화교인 건 알고 있었다.

나는 졸업기념으로 코로나 사태가 팬데믹(전염병)사태로 돌려지기 전까지 엄마랑 스페인 여행을 패키지(관광업체일정)로 다녀왔다. 거기에서 조를 짜서 움직였는데 나랑 엄마는 연세 있으신 어머니 분과 전에 만났던 김하랑같이 생긴 김태환이라는 오빠랑 같은 조가 되었다. 코로나 사태가 벌어진 직후라 사람들이 관광지에 많이 없어서 쾌적하니 보기 좋았다. 나는 여기서 중식당에 가서 점원들이 중국어로 말하는데 내가 그동안 중국어를 했어서 귀가 트이니 대화를 했더니 다들 신기하게 쳐다보았다. 가이드(안내자)가 만날 밤에 숙소만 데려다주면 밤에 위험하다고 못다니게 했는데 우리들끼리 밤에 마트가서 물건사러 가서 재밌었다. 포르투갈에도 갔는데 숙소에서 얼마 안 떨어진 곳에 디저트(간식) 카페가 있어서 가봤는데 영어가 안되니까 직원분께서 그림으로 친절하게 설명해 주서서 좋았다. 그리고 우리가 타야할 비행기가 팬데믹 선언 이후 끊겨서 영국편으로 경유해서 가는 수밖에 없었다. 그래서 바르셀로나는 한시간만 구경해야했는데 시간이 다 됐는데 내가 마지막에 사수한 것은 레몬 젤라또(쫀득한 아이스크림)이었다.

이제 학원 얘기로 가보겠다. 중학교 때는 학원에서 애들 만나기 꺼려져서 다 과외로 돌렸다. 이중에 살신성인으로 나에게 수학을 이해시키려고 애쓰신 선생님이 있다면 컴퓨터로 소통하며 이것도 못하냐고 만날 귀 아프게 혼만 내는 선생님(규리)도 있었다. 지금은 왜 그렇게까지 화냈는지 알겠다. 내가 영어는 워낙 흥미있게 잘 따라가니까 괜찮았다. 그러는 반면에 수학선생님은 내가 왜 개념만 알고 응용만 풀려 하면 머리가 안 돌아가는 걸 이해하지 못하셨다. 그리고 중국어는 고등학교 초반까지 한국인인 혜진 선생님이셨는데 훠궈 먹으러 대림동에 갔는데 칼 들고 있는 중국인 봤다며 생생히 목격담을 말해 주신 게 아직도 생각난다. 그러고나서 조선족 선생님으로 바뀌었는데 내가 조선족도 한국인이래도 교육을 이미 중국인이라 받아서 자기는 중국인이라고 얘기하였다. 고등학교 2학년 때는 황선인이를 따라서 악명높은 대치동에서 국어와 영어 학원을 등록하였는데 황선인이가 금방 끊어서 나는 국어 학원을 끊고 영어 학원만 다녔는데 숙제가 단어 오백 개를 외워야 해서 너무나도 버거워서 잔머리를 써서 재시험 할 때 보는 사십 개만 금방 외워서 보고 그랬었다.

중학교 때 잠깐 초등학교 고학년 때부터 영어학원인 청담어학원을 다

넜었는데 그때 만난 친구가 이유리라고 성동초등학교 다녔는데 동네가 같아서 놀이터에서 놀기도 했었다. 꽤 친했었는데 새로 온 친구가 나를 끌고 다니며 훼방을 놓아서 멀어졌다. 근황을 보니 캐나다 대학을 다니는 듯하다. 그리고 또 한 명은 여민아라고 하는 그림 엄청 잘 그리는 친구가 있었다. 그 친구가 그림 그리는 걸 볼 때 나는 눈을 초롱초롱하게 그리는 걸 따라그렸는데 은연 중에 내가 큰 눈에 대한 열망이 있었나 보다. 그래서 신기하다.

　나는 고등학교 3학년 때 영어, 수학, 중국어 학원을 끊고 내가 원하는 피아노 과외만 했었다. 그리고 졸업하고는 작곡을 배우고 싶어서 여러 과외도 혼자 찾아서 다녀보고 했지만 사람들과 어울려서 같이 배우고 싶어 하였다. 그러던 중 발견한 게 한 음악학원이었다. 나는 이제 막 성인이 되어서 청소년 수업에 들을 수 있었다. 거기에서 나는 나보다 한참 어린 애들만 있어서 좀 그러하였는데 나랑 동갑인 민(황규원)이라는 애가 나에게 먼저 다가와 말을 걸었다. 아무리 봐도 눈이 작은데 학생증 사진

하고는 괴리감이 커서 의아했던 친구였다. 그렇게 친구가 되고 반이 규모가 크지 않아서 우리 음악 작곡 반은 금세 친해졌다. (다연이, 차주하 그리고 구호영이까지 이렇게 다섯이서 모여서 나이는 제각기 달라도 쉬는 시간 때 같이 점심을 먹고는 하였다. 내가 애들한테 학창시절에 대해서 말할 때 다섯 살 차이인데 벌써 세대 차이가 나서 그 유명한 어구인 "나 때는 말이야~"가 절로 나왔다. 수업에서 우리는 각 악기 소리에 대해서 배우고 노래 음을 들으며 악기가 뭐가 들어갔는지 찾는 법을 배워나갔다.) 나는 이때 EDM DJ 알렌 워커(Alan Walker)의 팬이었어서 그의 노래를 가지고 편곡을 했었다. 지금은 노래마다 다 가사를 곱씹어 보는 나는 무지했었다는 생각이 든다. 어쨌든 이때는 그랬었고 마지막 수업 날이 와서 우리는 근처에서 딱히 놀만 한데가 없어서 식당에서 밥만 먹고 돌아가고 단체톡방에서 강남에서 또 모이기로 했다. 만나서 밥도 먹고 오락실에 갔다가 카페에 가서 쉬었다. 다연이, 차주하는 중학교에 들어갈 생각에 고민이 많아졌다. 호영이는 항상 차분했는데 내가 본받을 점이라는 걸 이제는 아주 잘 알고 있다. 우리는 또 다시 만나자고 약속했는데 더 이상의 만남은 없었다. 그렇게 5개월 간의 청소년 뮤직 프로덕션(음악 생산) 수업이 막을 내렸다.

그 뒤로 나는 코로나 바이러스 사태 때문에 캐나다 유학도 못 가고 계속 방황했었다. 게다가 엄마, 아빠는 엄마가 계속 아빠에게 나 이사갈 때 강남 학군에 있었어야 했다며 잘못했다고 인정하라며 만날 싸웠다. 그래서 먹깨이모랑 강남에 있는 버거킹(이제 생각해보니 강남 간 게 웃기다.) 가서 아이스크림을 먹으며 피신해 있었다. 그러고보니 전에도 부부싸움한 적이 있었는데 내가 7살인데 아직도 그때가 생생하다. 진짜 애 앞에서 싸우는 건 정서상 좋지 못하다. 이런 와중에 외할아버지께서 나보고 캐나다에 가면 한국에 오지 말라고 말씀하신 적이 있었다. 한창 문구점 탐방에 빠져서 음악 학원 근처에 있는 문구점에 갔었다. 그때 뵀던 할아버지이신 문방구 사장님께서 내게 하신 말씀이 되게 와닿았다. 지금 내가 무엇을 하고 있냐고 여쭈어 보셔서 내가 코로나 때문에 해외에 가야 하는데 발이 묶여있다 하니까 그걸 듣고는 할아버지께서 나보고 꼭 해외에 가지 않고도 한국에서 원하는 대학생활을 할 수 있다고 도전해보라고 하셨다. 그리고 무엇보다 중요한 것은 내가 하고 싶은 일을 하며 살라고 하셨다. 좋은 대학을 나오고 취업을 해도 자기가 하기 싫은 일을 하게 되면 결국 싫증도 나고 효율도 떨어지기 때문이라 말씀하셨다. 사람이 행복하게 지내기 위해일하면서 돈도 버는 건데 그 일이 행복하지 않으면 무슨 소용이 있냐고 하셨다. 그렇게 할아버지께서 나에게 다른 손님이 오기 전까지 삶에 대한 진심 어린 조언을 해주셨다. 나는 그에 감사인사를 하고 내가 하고 싶은 일을 잘 찾아보겠노라고 말하고 문구점을 나왔다. 내가 뜻하지 않게 찾은 장소가 나에게 위안을 주고 가는 곳이 될 줄은 몰랐다. 나는 할아버지께서 내게 남긴 말씀들을 새겨 듣고 꼭 실천해야겠다 생각이 들었다.

그리고 캐나다 가기 전에 마지막으로 고조할머니, 할아버지와 친할머니, 친할아버지의 산소를 찾아 뵈었다. 친척분들은 내가 어렸을 적부터 잘 따라다닌다신다며 칭찬해 주셨다. 그리고 앞으로는 우리 세대가 나라를 잘 이끌어 나아가야 한다는 의미심장한 말도 함께 건네셨다.

이때부터 나의 진정한 방황기가 시작된다. 사실 엄마는 내가 한국에서 수능 공부로 한국 대학에 들어가서 교환학생을 가는 계획이었다고 한다. 하지만 내가 고등학교 때 공부를 안 해서 이 계획은 철회되었다. 그래서 나는 내가 가고 싶었던 학과인 국제학부에 들어가고 싶어서 나에게 해당되는 전형인 영어특기자로 가려고 준비하였다. 나는 할아버지의 말씀을 마음에 두고 여름방학부터 한양대학교 국제학부에 들어가기 위해 영어 논술(에세이) 수업을 들으려고 학원에 다녔다. 근데 막상 다녀보니까 영어로 정치, 경제, 사회에 대해서 급작스럽게 지식을 쌓으려 하니 힘들었다. 그리고 학원에서 제대로 된 친구도 못 사겨서 다른 학원으로 옮

졌다. 여기서는 선생님이 쉽게 풀어 말씀해 주셔서 이해가 갔다. 그래도
부족한 부분은 대가 책 〈지적 대화를 위한 넓고 얕은 지식〉을 통해서
보완하였다. 그러다가 학원도 체계가 조교가 잠깐 보조해주는 역할이라
도움이 별로 안 되어서 그만뒀다. 대신 인터넷 홈페이지(카페)에서 과외
선생님을 찾아보는데 회원가입 하지 않아도 전화번호가 바로 쓰여있어
나는 바로 연락해서 초고를 보여주러 이승욱 과외 선생님(황규원)을 만
나러 갔다. 나는 잘 썼다는 칭찬을 들었다. 하지만 이건 오래가지 못하였
다. 내 작문 실력이 들쑥날쑥해서 과외선생님께 매번 혼났었다. 그 과외
선생에 대해 말하자면 나랑 나이도 별로 차이 안 나고 자질이 의심되는
게 카카오톡으로 내가 에세이 쓴 거 자료 보낼 때 보이는 십구금 오픈톡
방에 들어가 있는 게 신경쓰였다. 나는 더 이상 다른 데 알아볼 수 있는
시간이 많지 않아 그냥 수업을 계속 진행해 갔다. 먹깨 이모가 금속공예
한다고 얻은 오피스텔에서 나는 계속 에세이 쓰기 연습을 하였는데 과외
하면서 희로애락을 다 겪었었다. 그리고 엄마는 무슨 과외 선생한테 잘
보여야 한다고 나보고 과하게 털옷 입고 가라고 강요했었다. 그 옷 입고
카페에서 혼난 날은 정말 끔찍했다. 이때는 엄마가 왜 잘 보이라 했는지
전혀 모르고 있었다.

　시험날이 다가오고 전날에는 과외 선생 특권으로 한양대학교 강의실
에서 수업을 받았다. 나는 4차 산업혁명을 비판하는 내용을 잘 썼다고
칭찬을 받았다. 그렇게 시험 날이 되어서 들어가려고 줄을 서는데 장난
아니게 긴 줄이 늘어섰다. 아무래도 한양대 영어 논술 전형이 올해가 마
지막이라 다 보러온 듯하다. 나는 시험을 볼 때 가장 앞에서 딱 정가운데
에 앉아 시계가 잘 보이는 곳에 앉았다. 문제는 파레토의 법칙이 나왔는
데 나는 대기업의 중소기업 인수를 반대하고 중소기업을 키워야 하며 그
러려면 노동자들에게 체계적인 교육을 받을 수 있게 제공해줘야 한다고
썼다. 시험보고 난 후 과외 선생에게 보여주니 다른 시각으로 써야 하는

걸 보여줬다. 코로나로 인해 오히려 배달서비스(용역)이 늘어난 장점을 쓰는 게 났다고 하였다. 나는 불합격을 하였고 그래도 그간 노력한 게 있어 나도 모르게 눈물이 나왔다. 근데 내가 겨울방학 때 운전면허 실기시험을 볼 때 눈이 와서 떨어져서 서운했던 것만큼 서럽지는 않았다고 한다.

2021년이 되는 해였다. 나는 기약이 없는 캐나다 유학을 기다리며 친구들과 놀았다. 양채원이랑 이태원 가서 놀고 한서윤이랑 송파나루에서 놀고 이세빈이랑 홍대 사진관 가서 우정 사진 찍고 도영이도 그렇고 이현영이랑도 건대 가서 놀고 한지현이랑은 신라스테이 호텔 가서 놀고 유주네 자매들 다와서 우리 집에서 3박 4일을 놀다 가고 한마디로 한량이었다. 그러다 내가 비대면(온라인) 수업을 하다보니 시차도 안 맞고 힘들어서 캐나다에 가겠다고 선언했다. 그래서 가기 전에 마지막으로 논 게 서희랑 부산 여행에 갔다 온거다. 일정은 서희가 이미 다 짜놔서 나는 편히 여행하였다. 나를 위해 캐나다 유학 잘 다녀오라고 레터링케이크(글씨 서있는 케이크)를 선물해 주었다. 맛은 그냥 그랬다.

나는 그동안 엄마, 아빠 특히 엄마랑 해외여행을 괌부터 미국 서부, 태국, 대만, 홍콩, 말레이시아 코타키나발루, 태국 끄라비까지 갔다 와서 마일리지가 엄청 쌓여 있었다. 그래서 엄마랑 나는 에어캐나다 비즈니스석을 타고 갔다. 이때 출국 심사로 안면인식이 있었는데 나는 뭣모르고 하려했는데 두 번 다 실패되서 그냥 대면 심사로 한 적이 있었다. 비행기 내에 들어서자마자 영어의 시작이었다. 근데 내 좌석에 화면이 잘 켜지지 않아서 승무원에게 얘기했는데 연세 있으신 여자 분께서 나보고 스윗하트(Sweetheart/애정을 담아 부르는 호칭)이라며 친절하게 다른 자리로 안내해주었다. 그리고 국내 항공사와는 달리 짐도 다 직접 들어서 올려놔야 하였다. 그렇게 나랑 엄마는 편한히 누워서 장장 열다섯 시간의 비행을 누렸다. 드디어 캐나다 토론토에 도착하고 나랑 엄마는 코로나 백신(흑신)을 안 맞고(이 이유는 뒤에 자세히 나온다.) pcr검(유전자 증폭 검사)만 하고 와서 따로 2주간 격리를 해야 했다. 공항에서 나랑 엄마는 깔끔히 서류를 파일에 정리해 와서 입국심사를 무사통과하고 캐나다 유학비자(체류가능입증서류)도 받는데 문제 없었다. 나는 오기 전에 문구점 할아버지께서 말씀하신 내용을 곱씹어 보고 나중에 편입을 위해 입학요강을 살펴보다가 전문직 학과는 취급을 안 해준다 해서 곰곰이 생각하면서 다른 학과를 찾아보다 리버럴아츠(인문학과, Liberal Arts)가 딱 있어서 서양 역사, 문학, 철학을 배울 수 있는 좋은 경험이 되겠다고 생각해 학과를 바꾸었다.

공항에 나와서 삼촌, 외숙모가 사는 집 근처에 숙소를 마련해서 거주하였다. 단독주택인데 안에는 1.5층으로 되어있고 밖에는 아름다운 정원과 뒷마당이 있어서 좋았다. 격리 기간 동안 돌아다니면 벌금을 물을 수 있어서 뒷마당을 애용하였다. 나는 비대면이어도 낮 시간에 실시간으로 강의를 들을 수 있어 좋았다. 코로나 pcr검사 전까지는 삼촌이랑 외숙모가 한인 마트에서 사온 음식들을 먹어야만 했다. 그리고나서 검사하고 집 앞에다 두고 수거업체가 가져간 뒤 엄마랑 나는 이제야 자유롭게 동네 산책을 할 수 있었다.

집주인 분이신 샤롯데(Charlotte) 아주머니신데 위층은 세주고 자기는 지하실에서 생활하시는 거였다. 한번은 나갈 때 마주친 적이 있었는데 아주 반갑게 맞이해 주셨다. 유학 온거라고 세네카 컬리지 다닌다고 하니 안다며 활짝 웃으며 얘기하셨다. 나와 엄마는 지하실에 세탁기를 돌리고 건조기를 쓸 때만 내려갔는데 어느 날 아들이 왔는데 게임하는데 엄청 시끄러웠다. 근데 샤롯데 아주머니는 흑인이신데 아들은 입양했는지 백인이라 스트레스(짜증)를 받았을 거라며 이해하였다. 나랑 엄마는 한 번 동네 밖에 나가서 시내를 갔다 오며 장을 봤는데 동네 나가는데까지만도 오래 걸리고 버스도 엄청 멀리 있어서 나랑 엄마가 되게 외진 데서 살고 있구나를 느끼게 되었다. 그렇게 길다면 길고 짧다면 짧은 2주간의 격리 생활이 끝났다. 삼촌과 외숙모는 우리가 백신(흑신)을 안 맞았다고 병균 취급을 하였다.

내가 왜 흑신을 안 맞았냐면 먼저 국내에서 설리(본명 최진리)의 자살 사건이 일어난 이후 이를 예견했다는 블로그인 예레미야 블로그부터 알게 된 걸 알아야 한다. 이 사건에 대해서 이미 故(고) 설리가 찍은 뮤직비디오(음악 영상) 고블린(도깨비)에서 자살을 암시하는 듯한 표현이 나온 걸 눈치채고 있었다는 것이다. 나도 그렇고 사람들도 어떻게 알았는지 신기하다며 조회수와 댓글이 폭발적이었다. 이후로 나는 이 블로그를 신뢰하며 보게 되었는데 엄마가 어릴 적부터 같이 봤었던 신비한TV(티비) 서프라이즈에서 지금 세상에서 일어나고 있는 일들이 다 최상위 꼭대기 층에 있는 일루미나티라는 렙틸리언(파충류 외계인)이 주도하는 사악한 집단이 벌이고 있었다는 걸 믿게 되었다. 지피지기 백전불태라고 적을 알고 나를 알면 백 번 싸워도 위험하지 않다는 말이 있듯이 그들에 대해 알아갔다. 그렇게 계속 되는 안타까운 사건들을 해석하며 게시물을 올린 걸 매번 봤었다. 그러다 코로나 사태가 터지고는 백신(흑신)이 요한계시록 13장 8절에 나오는 짐승의 표가 바로 코로나 백신(흑신)이라는 걸 억만장자 빌게이츠가 몇 년 전 이미 코로나 바이러스에 대한 강의를 연설하고 특허 코드가 성경에 나오는 짐승의 숫자 666으로 나왔다는 것까지 세세하게 설명되어 있어서 나는 굳게 믿고 이거는 맞으면 독이겠구나 생각이 들어서 절대 맞지 않고 pcr만 하고 피했다. 그런데 사람들이 계속 정부에서 일상생활을 제한하니까 굴복하고 저항 안 하고 그저 정부가 하라는 데로 믿고 화이자, 모더나 등의 흑신을 마구마구 다 맞는 것이다. 이래서 명칭도 중요하다 백신이라고 하니 놓게 생각되는 반면 흑신이라고 하니 바로 꺼려지니 말이다. 나는 가족들 다 맞지말라고 설득했지만 먹깨 이모는 홍조 때문에 병원에서 맞지 말라 해서 안 맞고 엄마는 나 따라서 안 맞고 이렇게 셋이서만 안 맞고 아빠, 할머니, 할아버지까지 다 맞았다. 아빠는 계속 우리 식구 먹여 살리기 위해 회사에서 공고가 나와서 어쩔 수 없이 맞아야 되는 줄 알았는데 알고보니 거의 끝까지 안 맞은 직원도 있어 안 맞고 버텨도 되었었는데 아빠는 그 압박을 견디지 못해 맞은 것이었다. 흑신에 대해서 후에 더 설명할 것이다.

나는 나중에 예레미야 블로그가 악마 집단이 카르마(업)가 무서워서 계획을 미리 알려주는 용도로 사용되고 있다는 것을 알게 되었다. 그들은 여러 가지 방법으로 알려주는 데 영화 쥬라기 월드에서 '전염병은 두려움이다'라는 대사가 나왔는데 반대로 하면 '두려움은 전염병이다.'이다. 진짜 공포심에 한번 지배되면 벗어나기 힘들구나를 깨달았다. 코로나 걸렸다고 뉴스에서처럼 길에서 픽 하며 쓰러지는 사람보다 흑신을 맞고 부작용으로 쓰러진 사람이 더 많다. 그리고 감기, 독감이랑 혼동되면서 쓰지 않나 맞다. 코로나가 바로 감기, 독감이다. 모든 게 호들갑이었던 것이었다. 영화 감기가 그렇다.

문재인 전 대통령(아빠)은 자기의 위치 선에서 코로나 흑신을 맞을 때 에어샷(공기샷)을 보여주며 은밀히 알려주었다. 하지만 그도 일루미나티 하수인이라 천주교로 한반도에 십자가를 여러 개 올려두고 찍은 사진이 있다. 보우소나르 브라질 전 대통령은 아예 양심발언으로 코로나 흑신을 맞으면 파충류가 된다고 대놓고 말했었다. 이에 대해선 추후에 다시 말하겠다. 그리고 하나 더 얘기하자면 영국에 엘리자베스 여왕이 서거 후 찰스 왕이 드디어 왕이 되었는데 여기서 코로나라는 이름이 스페인어로 왕관이란 뜻이라는 걸 알아야 한다. 그리고 대관식이 영어로 coronation인데 이 상황과 딱 들어맞는다. 이제 다시 캐나다 생활 얘기로 넘어가겠다.

삼촌과 외숙모는 나에게 침대 하나와 책상 하나 겨우 넣을 수 있는 창고방에 문을 달아서 내주었다. 나는 침대에서 자고 엄마는 밑에서 자니

방이 꽉 찼다. 크리스마스(성탄절)이 다가오는 기간이라 시장(마켓)에 가
니 크리스마스 분위기가 나서 좋았다. 크리스마스 트리(나무)를 조그만
걸 사고 방울 장식들을 달면서 어학연수처럼 체험하였다. 그러다 이제
외숙모께서 불편해 하셔서 삼촌이 엄마 보고 한국으로 돌아가서 공인중
개사나 따라며 내보내 듯이 굴었다. 나도 합세했었는데 막상 삼촌이 나
랑 엄마를 공항에 내려주고 엄마가 공항에서 떠나는 모습을 보니 마음이
안 좋았다. 기차타고 집까지 가는데 계속 엄마 생각이 났다. 집 앞에 쇼
핑몰인 페어뷰 몰(Fairview mall)을 거쳐서 나오자마자 눈이 펑펑 오는데
나는 내 눈에서 눈물이 펑펑 나왔다. 눈인지 눈물인지 분간이 안 갈 정도
였다. 그리고 집에 와서도 한참동안 계속 흐느꼈다. 그러다 나는 마음을
추스렸다.

　크리스마스 날이 다가왔다. 나는 삼촌하고 외숙모가 내가 혼자있는
온전한 시간을 보낼 수 있게 하루만이라도 놀러 나가 달라고 부탁하니
나이아가라 폭포 근처 호텔에 숙박한다고 하였다. 나는 그렇게 나만의

시간을 보내는데 내가 미리 다운로드 받아놓은 캐릭캐릭체인지(일본 만화영화 이하 캐캐체)를 보았다. 한 인터넷 커뮤니티(인터넷 소통 공간/네이트 판)에서 코로나로 인하여 집에 있는 시간이 많아지니까 옛날 추억이 생각난다며 투니버스 만화영화를 게시물에 올린 것을 보았다. 그 중에서 캐캐체는 내 인생작이라고 할 만큼 명작이다. (남자 주인공은 빼고 말이다.) 내가 초등학교 시절에 경복아파트 살 때 할머니, 할아버지께서 차려주신 밥을 먹고 나서 저녁 여섯시 반에 본방사수 했던 행복했었던 나날들이 기억이 난다. 그정도로 캐캐체에 진심이었다. 그러고 유학을 못 가고 방황하고 있을 때 캐캐체 굿즈(상품)가 있다는 걸 알게 되고 가지고 있는 비상금에서 꺼내다 굿즈 사는 데 주력했었다. 이건 캐나다에서도 이어졌었다. 가을 학기(9월~12월) 중에도 중고 사이트 통해서 계속 멈추지 않고 새로운 굿즈들이 나오니까 사재꼈다. 비대면 수업이라 서로 대화도 없고 그래서 마음이 허전해서 그랬었다.

재있게 혼자서 캐캐체를 보고있다가 삼촌하고 외숙모께서 오셔서 좀만 더 있다가 오시지 투정부리고 성탄절에 웬 떡국이냐고 하자 외숙모한테 찍혔다. 삼촌하고 외숙모는 한 다큐멘터리를 보고 우리가 먹고 있는 고기와 생선의 실상을 알아내서 채식주의자(비건)로 돌아섰다. 그래서 나는 고기 좀 사달랬는데 베이컨 여러 묶음으로 된 거 턱 갖다줘서 나는 기분이 상해서 안 먹었다. 나는 내가 직접 지하철을 타고 장을 보러 나갔다 오고 했었다. 한번은 웬 인도아저씨가 나한테 다가오다니 한국사람이라며 김정은을 언급하며 친근하게 대했다. 나는 그냥 인사만 하고 말았는데 같이 따라 오는 것이 아니겠는가? 그래서 나는 환승역에 내려서 여자화장실로 가서 피신해 있다가 빼꼼 나와서 없어진 걸 확인하고 나왔다. 나는 그때 약간 무서웠는데 삼촌이나 외숙모는 개의치 않게 들어서 서운해 했었다. 삼촌은 오랜만에 가족여행 이후 보는 건데 표정 변화가 없었다. 내가 장보러 가면 딱 살 것만 사고 로봇같이 행동하는 걸 흉내냈더니 엄마하고 외숙모의 동생인 진주 언니(동민 오빠)가 공감하며 엄청 웃었다. 또 엄마랑 영상통화하며 비건쟁이라며 놀렸는데 삼촌이 "내가 너 친구야?"라며 갑자기 버럭 화를 내서 나는 너무 놀라 자리를 박차고 울면서 동네를 떠돌아 다녔다. 할머니랑 전화하면서 놀란 가슴을 진정시켰다. 이렇게 하루하루를 푸대접 받으면서 살아서 너무 힘들었다. 나는 날마다 울었다. 외숙모는 그런 나를 보고 소공녀라고 놀렸다. 근데 잘해준 적도 있었다. 바로 크리스마스 이후 진주 언니가 세들어 살고 있는 집에 보내주었었다. 남는 방이 하나 있어서 나는 거기에서 하루를 묵었다. 크리스마스 철(시즌)이라 집마다 정원을 각기 따르게 꾸며서 보는 재미가 있었다. 동네를 둘러 보기 위해 진주 언니로부터 킥보드 사용법을 배웠는데 처음이다 보니 시간이 걸렸는데 진주 언니가 시간 없다며 그냥 자전거 배운 것처럼 하나 발판에 올리고 하나 박차면서 가면 된다길래 나는 원리를 이해하고 바로 실전에 도입했다. 그랬더니 잘 가는 것이었다. 그렇게 신나게 킥보드를 타며 동네 구경을 하였다. 그리고 원래 흑신증명서를 보여줘야 자리에 앉을 수 있는데 사람도 좀 있어서 그냥 앉았다. 이때 나는 진주 언니에게 남자친구(남친)를 사귀는데 좋은 조언을 마음에서 우러나와서 얘기하였다. 바로 사랑하는 사람의 눈빛을 보라는 것이었다. 나도 내 마음에서 저절로 우러나온 말이라 신기해 하였다. 그렇게 진주언니랑 재밌는 시간을 보냈다. 그러고나서 하루만 묵는 침대 하나 덜렁 크게 하나있는 방에서 할머니와 통화하였는데 할머니께서는 자식들을 고생해가며 키웠는데 자식들이 다 몰라주고 손녀딸인 나만 알아서 서운하다 하셨다. 나는 그래서 전화를 끊은 후에 서러움이 너무나도 공감이 되어서 한동안 울다 지쳐 쓰러져 잠이 들었다.

다음날 아침, 진주 언니는 직장인 애견 미용실 회사에 킥보드를 타고 출근하러가고 나는 킥보드 타는 걸 허락받아서 동네 근처 케이팝(한국 아이돌 노래) 상점에 도착해서 킥보드에 잠금장치를 걸고 들어갔다. 상점을 구경하다 밖을 보니까 킥보드가 사라졌다. 그래서 나는 깜짝 놀라서 옆에 약국에 줄 선 사람들에게 킥보드 봤냐며 물어봤지만 본 사람이 아무도 없었다. 그렇게 나는 터덜터덜 걸어가며 동네 서점 등을 돌아다니며 다녔다. 서점에 할아버지께서는 헬멧(안전 모자)만 들고다니는 내 상황을 이해해 주시고 공감해 주셔서 내 마음에 위로가 되었다. 다시 삼촌, 외숙모 집에 그러고선 돌아왔다. 집 앞에 페어뷰 몰에서 진주 언니랑 우정 반지로 로즈골드 왕관 반지를 내가 택해서 맞췄다.

새해가 되었다. 나는 돌아가신 고조할아버지가 훈장님이셨듯이 "올해가 호랑이띠 해인데 호랑이가 질병을 물리쳐 준다니 좋은 해가 될 걸세"라며 새해 인사를 말하였더니 삼촌, 외숙모가 진짜 훈장님같다 말하였다. 그러고나서 진주 언니까지 포함하여 우리는 알곤퀸 공원(Algonquin Park)로 향하였다. 가는 길마다 눈 덮인 침엽수림이 보여서 뽀로로마을 같았다. 도착하기 전에 우리는 한 설원에서 포대 자루 같은 걸 하나 꺼내서 너도나도 언덕에 썰매를 타며 즐겁게 놀았다. 외숙모도 처음에는 싫

어하다 부탁에 못 이겨 한번 타봤는데 재미있다며 계속 탔었다. 이로써 모든 근심/걱정을 다 털고 어린아이처럼 순수하게 눈만 가지고 재밌게 보낸 추억을 잊을 수가 없었다. 드디어 알곤퀸 공원에 도착했는데 완전히 조용한 숲이었다. 숲은 산책하면서 나는 나뭇가지를 들고 진주 언니랑 지팡이로 삼아 해리포터(마법사/마녀) 흉내를 내보기도 하고 연필처럼 새해 복 많이 받으세요, 2022년 등 짙은 글씨들을 새하얀 새 눈에 쓰기도 하였다. 그리고 나무를 흔들어서 눈 맞는 것도 해봤다. 너무나도 재밌고 소중한 경험이었다. 나는 이 넓은 숲에 우리만 있다는 게 믿겨지지 않았다. 나는 이렇게 올해 새해 시작이 좋아서 1년간 잘 보낼 줄 알았지만 어불성설이었다.

폭풍의 소용돌이 중간

외숙모는 갔다 와서 나에게 다시 엄청 못 살게 굴었다. 삼촌네에서는 규칙이 있었는데 첫째, 빨래는 자기 꺼 자기가 빨고 말린다. 둘째, 목욕하고나서 머리카락은 자기가 스스로 치운다이다. 근데 화장실이 아니어도 바닥에 보이면 치워야 한다는 것이었다. 가뜩이나 채식주의한데서 서로 입맛도 안 맞는데 청소까지 난리니 짜증이 이만저만이 아니었다. 나는 매일 가족들과 통화하면서 위로를 받았다. 이때 아빠가 동민 오빠는 군대 갔다 와서 정신 차렸다는 소식을 알려줬었다. 나도 동민 오빠랑 좋은 추억이 생각이 나 오랜만에 보고싶다고 하였다. 그런데 아빠가 괜히 동민 오빠를 언급한 게 아니었다. 그보다 더한 게 있었으니 이건 나중에 알게 된다.

나는 여느때처럼 내 살림을 챙기기 위해 지하철로 돌아다니며 장을 보았다. 한번은 시내로 갔었는데 내가 흑신을 안 맞아서 팀홀튼이라는 우리나라의 김밥천국 같은 카페에서만 쉴 수 있었고 이것저것 구경하느라 장장 여섯시간을 걸은 적이 있었다. 그때 갔다오고 너무 힘들어서 잠깐 눈 위에서 누워서 쉬고 있는데 인도 근처에서 그러고 있으니까 지나가는 차에 타고 있는 행인이 "Are you okay? (너 괜찮니?)"라고 물어봐줘서 내가 I'm okay. (괜찮아요.)라고 답변해 주었다. 집에 가서는 할머니께 영상통화를 하며 알려주신대로 고기를 재워서 구워 먹기, 생선 조림 등 날마다 다양한 요리를 선보였다. 생각보다 요리가 할 만하다는 것을 깨달았다.

공부하러 집 앞에 얼마 안 가서 있는 페어뷰 도서관에 가서 창가쪽에 앉아 공부를 하였다. 캐나다 서점에도 시내에 있는 곳을 가봤는데 문제집 파는 곳이 없어서 신기해 하였다. 도서실에 공부하는 책상을 쓰는 사람들은 주로 나 같은 대학생이 많이 보였다. 나는 가끔씩 팀홀튼에 가서 샌드위치 랩(얇은 빵에 채소 넣고 돌돌 말아넣은 것)을 사먹었다. 매일같이 삼촌이 집에서 재택근무를 하고 있어서 편히 쉬지도 못하는 실정이었다. 게다가 나는 너무 힘들어서 페이스북 계정을 새로 만들어서 월세방을 찾아보았다. 나는 두 군데를 가보았다. 첫번째는 완전 시내에 있어 고층 아파트인데 남은 방은 가벽으로 된 방이라 허술해서 별로였다. 다른 집은 지하철에 전차까지 타고 찾을 수 있는 집이었다. 집주인은 나보다 몇 살 정도 많았는데 부엌도 엄청 좁고 전체적으로 집이 정돈이 안 되어 있고 부산스러워서 보자마자 바로 탈락이었다. 엄마는 유학원을 통해서

집을 보라 해서 갔더니만 고등학생인데 아직도 한 애를 왕따시키는 모습을 봤고 관리자는 나보다 몇 살 많은 남자인데 전혀 애들 관리를 안 하는 게 눈에 보여서 나는 이 집도 아니라고 생각하며 나왔다. 아빠는 이런 날 보고 이상하다며 정신병원 얘기를 꺼냈는데 이정도 일 가지고 그런 얘기가 나왔다는 게 복선이라 할 수 있겠다. 진주 언니 집 남은 방이 좋은데 그 사이에 벌써 방을 구해놓은 사람이 있어서 안타깝게도 못 구했다. 그러고나서 나는 이제 다른 방도를 구하였다. 바로 미국 꼬이(이모)네에 가는 것이었다. 엄마는 내가 혹신을 안 맞았어도 서약서에 그냥 동의만 누르면 갈 수 있다 하였다. 근데 막상 가서 발목 잡힌 건 여권번호였다. 내가 여권번호를 앞에 알파벳까지 써야하는데 빼먹어서 통과가 안되었다. 설상가상으로 혹신 증명서가 없어서 미국 로스엔젤레스(Los Angeles)는 경유밖에 못하고 인도주의적인 차원으로 모국인 한국에만 갈 수 있다해서 알겠다고 하고 한국인 에어캐나다 지상직 승무원 분의 안내에 따라 한국행 비행기를 타려고 시도했는데 결국 그 여권번호가 잘못 입력되어 있어서 안 되었다. 승무원 분은 끝까지 나는 한국으로 보내주기 위해 최선을 다하였다. 환불 받는 법은 알려주고 헤어졌다. 근데 환불 전화가 제대로 안 걸렸다. 나는 할머니께 신세한탄을 하며 울먹거렸다. 삼촌이 일 끝나고 와서 다시 집으로 복귀하였다. 나는 이제 남은 수단인 한국으로 돌아가기를 택하였다. 외숙모는 내가 가지 전날 내가 페어뷰 몰에서 여행가방도 살 수 있고 미용실도 있고 있을거 다 있어서 좋다고 하니까 그제서야 외숙모 마음이 움직였는지 내가 처음에 동네가 별로라고 했던 게 마음에 알 들어서 못 살게 굴었다는 사실을 알게 되었다. 그리고 마지막으로 외계인이 있다는 걸 믿는다는 발언까지 하였다. 나는 이 말이 중요하다는 걸 나중에 알았다. 외숙모는 직장에 가고 삼촌이랑 둘만 남아있을 때 로봇같이 행동하는 삼촌에게 코로나 혹신이 스파이크 단백질을 생성해서 혈액에 좋지 않다는 사실을 알려주고 혹신이 짐승의 표라며 맞으면 사람이 아니게 된다고 다음부터는 맞지 말아달라고 신신당부를 했다. 그러고 나는 긴장하며 비행기표를 인쇄하는데 내가 긴장하고 있으니 삼촌이 괜찮다며 잘 가게 도와준다고 안심시켜 주었다. 나는 그렇게 그동안 모은 마일리지로 또 비즈니스를 탈 수 있었다. 타자마자 나는 그간 고생했던 일들이 떠올라 울컥였다. 친절하신 승무원 분께서 나를 차분히 대해 주셔서 감사했다. 휴지도 갔다 주시고 말이다. 그렇게 나는 마음을 진정하고 유명한 포르투 와인을 한 모금 마셨는데 마시자마자 센 기운이 올라와 이후로는 주스(과즙)만 마셨다. 승무원 분께서 친절하게 여러 종류의 주스가 있다고 먼저 추천해 주셨다. 그러게 장시간 비행 끝에 도착하였는데 코로나로 인해 밴(큰 택시) 아저씨가 올 때까지 기다렸다 공항에 나갈 수 있었다. 나는 바로 앞에 엄마가 보여서 부르니까 군인 분께서 나가게 해드릴 테니까 걱정마세요 라며 위안을 줬다. 기다린 끝에 드디어 밴을 타고 집에 갈 수 있어 좋았다. 역시 집이 최고다라는 생각이 들었다. 이때가 막 봄이 될 때였다. 나는 이때 캐나다에서 돌아왔다는 걸 엄마가 아무한테도 얘기하지 말래서 그저 엄마, 아빠랑만 서울 근교 나갔다 오며 다니기만 하였다. 딱 한명 인도 국제학교에서 돌아와서 한국에 와서 시기가 맞은 김채린이는 만났었다. 그러던 어느 날 여름에 아빠랑 동네 산책을 하다가 서희가 친구하고 거리를 지나가고 있었는데 마주쳤다. 서희가 날 먼저 보고는 친구를 먼저 보내고 나랑 잠깐 캐나다에서 언제 왔냐며 묻길래 나는 여름방학이라서 왔다고 얼버무렸다. 그리고나서 서희랑 계속 서희네 집에 불려가서 같이 밥먹고 같이 시간을 보냈었다. 작년에 처음 서희랑 홍대에 가서 사주보는데 가서 서희가 먼저 봤는데 용해보이서서 나도 한번 봐 봤는데 나는 대학원까지 계속 공부할 사주라는 것이다. 연애운은 외국인이나 유학생 만날 것 같다는데 캐나다 가는 걸 어떻게 알고 말하는지 신기해 하였다. 근데 이때 다니고 있을 때는 비대면이라 아무런 교류가 없어서 그냥 흘러듣고 말았다. 그리고 2022년 전국에 기록적인 폭우가 내렸다. 특히 강남은 수몰지역이라 아주 그냥 물바다가 되서는 다 옴싹달싹 못하였다. 만날 강남 좋다고 타령하는 엄마를 향해 나와 할머니는 강남이 물에 빠진 생쥐꼴이 되었다며 좋아하였다. 지금 생각하니 이때 폭우가 왔던 게 동민 오빠인 서희와 잘 지내고 재밌게 놀기도 해서 동민 오빠가 기분이 좋아서 그런가 보다.

사실 2022 여름학기인 5월에서 8월부터 대면으로 바뀌었는데 나는 혹신을 안 맞아서 증명서가 없어 못 다녔다. 게다가 수학이랑 역사 과목을 제대로 공부 안 했어서 낙점되서 다시 들어야 했다. (역사가 공부 분량이 많아 미루었었다.) 그래서 1학기, 2학기 과목을 같이 들어야 해서 다음 학기인 2022 가을학기 9월에서 12월도 안 다녔다. 대신 9월에 이제 캐나다에 간다고 서희에게 말하고 성적 안보고 면접으로만 진행하는 국민대 영어특기자 전형을 준비하려고 전문 학원에 다녔다. 이때 시사적인 정보들을 많이 습득할 수 있어서 지식을 쌓는데 도움이 많이 됐다. 그리고 무엇보다도 한국어 그리고 영어로 내 주장을 근거를 대며 연습하는 걸 많이 했어서 좋았다. 여자 선생님께서 나보고 자신감 있게 목소리를 내라고 알려주시고 남자 선생님은 영어로 말할 때 쉬운 단어로 쓰라고 조언을 해주었다. 나는 국민대 면접만 준비한 게 아니라 다시는 안 볼 생각이었던 수능 공부란 걸 하겠다고 다짐했다. 내가 한국 입시에 관심을 다시 가지게 된 건 서희랑 어린이대공원을 지나가는데 보인 세종대학교 간판 때문이었다. 나는 어렴풋이 논술은 내신 등급이 5 이하가 낼 수 있는 전형인 걸 알고 찾아보다가 두 개 과목 정시 등급 합이 4이면 된다 길래 건국대(지금은 쳐다보기도 싫다.), 동국대도 지원하였다. 그러고나서 독서실을 끊어서 약 두 달 반 동안 하루 종일 수능 공부에만 여덟시간씩 매달렸다. 나는 문과라서 사회탐구 과목을 정하는데 학창시절 때 거들떠도 안 봤던 윤리와 사상이랑 동아시아사를 공부했는데 신의 한수였다. 특히 윤리와 사상은 고등학교 때는 내가 왜 다른 사람의 생각을 알아야 하냐며 거들떠도 안 봤었다. 이제는 다른 사람의 사상에서 배울 점을 찾고 일상생활 속에서 격언을 실천해야 한다는 생각만 든다. 이로써 나는 동양, 서양 철학과 한국, 일본, 중국의 역사를 어느정도 통달했다. 물론 사회탐구는 한 가지만 반영되니 영어도 공부하였다. 그렇게 나는 ebs 강의를 듣고 논술 학원도 안 다니고 열심히 준비해서 시험을 보았다. 그 때문인지는 몰라도 여러 가지 이유로 나는 발탁이 하나도 안 되었다. 나는 그래서 다시 캐나다 세네카 컬리지에 갈 준비를 하였다. 이미 두 번 낙방 했으니 이제 한 번 더 낙제 당하면 퇴학 조치였다. 나는 몸과 마음을 갈고 닦아 다시는 낙방을 안 하겠다고 다짐하였다. 그리고 코로나 사태도 이제는 끝이 나서 학교에 혹신 증명서를 안 보여줘도 되었다. 대신 앱을 깔아서 학생증은 바코드로 찍어서 학교에 들어가야만 하였다. 나는 여기서 한마디 하겠다. 코로나 혹신이 짐승의 표라고 한 것에 대해 말이다. 더 나아가서 바코드를 찍을 수 있게 우리 몸에 나노봇 같은 걸 심으면 더한 게 되는 것이다. 지금의 큐알(QR)코드가 그 시작이다. 그리고 나는 음모론을 이론이 아닌 진짜 음모라고 믿는다. 예레미야 블로그를 보면 확신이 생기는데 코로나 혹신이 기생충이 들어있다는 자료가 있고 더 들어가보면 디시인사이드 갤러리 중에서 혹신마다 코드가 다 달려있어서 그에 해당하는 부작용을 알 수 있는 자료도 볼 수 있다. 그래서 나는 알면 알아갈수록 더욱 더 음모론이 그저 지나가는 이야기로 볼 수 없다. 나는 그렇게 20대 중에서 혹신을 안 맞은 비율인 자그마치 0.3퍼센트 안에 들었다. 좋다고 표현할 수는 없는 노릇이다. 사람들은 정부의 거리두기, 마트 가기 같은 일상생활 제한으로 심한 압박감을 느끼며 혹신을 어쩔 수 없이 맞는 선택을 하였다. 사실 감기를 심하게 걸리면 말하는 독감을 코로나라고 괜히 이름 붙여 공포심을 느끼게 한 것이다. 지금 현 상황에서만 봐도 조금만 생각해보면 이렇게 결론이 나오지 아니겠는가. 그리고 여전히 스파이크 단백질로 인한 혈전에 문제가 생겨 부작용을 토로하고 있는 사람들이 많은데 정부가 어떤 배상도 해주지 않고 묵인하는 걸 잘 알고 있다.

어느 날 전 모 질병청장이 한 쪽 눈을 눈탱이 밤탱이 되도록 맞은 흔적을 보인 채 언론에 비춘 적이 있었다. 이것도 카르마(업보) 해소용으로 예레미야 블로그에 아주 친절하게 블랙 아이드 클럽이라는 사악한 집단에 가입하는 표식이란다. 추후에 일루미나티에 대해 후술하게 되면 이해가 더 잘 될 거다.

다시 학교생활로 돌아와서 나는 기숙사 신청을 해놨는데 오래 걸려서 아무 일도 안 하는 엄마랑 같이 가자고 하며 넓은 방 하나 월세로 구하였다. 나는 또다시 이게 무슨 호강인지 또 마일리지를 통해 비즈니스를 타고 캐나다 토론토로 갔다. 나와 엄마는 코로나 때와는 다르게 너무나도 어이없게 입국심사가 그냥 통과여서 놀라워하였다. 분명 짐은 이민 수준인데 이민온 거냐 물어서 목적이 뭔지 물어보길래 나는 분명히 유학이라고 영어로 말하였다. 밴을 타고 묵을 집으로 향하는데 밴주인 아줌마께서 집에만 계속 있으면서 유튜브 보는 유학생보다 밖에 활발히 활동하는 유학생이 더 공부를 잘한다고 알려주셨다. 집에 도착했는데 집주인께서 오후에 안 계셔서 문을 못 여는 상황이었다. 그러다가 내가 층을 잘못 알고 눌렀던 집주인께서 다시 나오시더니 우리 짐을 들어주고 문을 열어주기도 하였다. 그 분은 복도에 지나가면서 아는 할머니인가 크리스마스인데 왜 가족을 안 보러가냐 물어보서서 밴쿠버에 가야하는데 폭설이 내려서 못 간다하며 잠깐 얘기를 나누는 것이었다. 이런 걸 캐나다에서는 스몰톡(Small Talk) 문화라 하는데 내가 전에 삼촌 집에서 책에서 본 우리나라 문화인 정(情)문화가 생각이 났다. 코로나 이후로 디지털이 익숙해져 아날로그 시대까지 경험했던 우리나라 사람들의 따뜻한 마음 말이다. 지금은 이 문화가 거의 보기 드물다. 물질만능주의에 잠식되어서 사람들이 더 이상 남을 생각하는 마음이 사라지고 물질에만 쫓는 텅

빈 마음만 덩그러니 남았기 때문이다. 이에 대해선 후에 더 얘기할 예정이다. 그렇게 도움을 받고 집주인 대신 옆방에 사는 언니가 높은 계단까지 무거운 짐들을 옮기는 걸 도와 주었다. 그리고나서 엄마랑 나는 짐을 하나하나 풀어갔다. 방은 2인용 큰 침대 하나랑 책상 그리고 옷방까지 (훗날 중요 요소로 작용한다.) 다 있었다. 한 가지 아쉬운 점은 방에 잠금장치가 없는 것이다. 아직 개강 전에 학교를 한번 구경하러 갔었다. 새해에는 전에 크리스마스 분위기를 보러 갔었던 시장(마켓)에 가서 핫초코나 차 등 여러가지 물품을 파는 것을 보았다. 그리고 돈을 내야 들어갈 수 있는 구역에서 막기 전에 사진을 찍고 밤에는 그 구역에서 약간 벗어난 곳에서 새해맞이 불꽃축제를 보았다. 실컷 보고 전차를 타러 가는데 공사장 차림 아저씨가 서있어서 가보니 반대쪽에서 훤히 보이는 불꽃축제를 보며 여기가 명당이라고 알려줘서 고맙다는 인사를 말하려 하기도 전에 사라졌다. 그렇게 새해 정묘년을 맞이하였다. 입학식 전에 엄마랑 시내 이곳저곳을 돌아다녔었다. 전에는 흑신을 안 맞아서 바깥쪽 자리(파티오, Patio)에서 밖에 못 앉았는데 이제 안 그래도 되니까 좋았다.

입학식 날, 나는 학교에 가서 혼자 있는 애 옆쪽에 약간 거리를 두고 앉았는데 엄마랑 카톡을 하고 있었는데 갑자기 내가 먼저 말 걸고 싶은 용기가 생겨서 말을 걸었다. 나이는 나랑 3살 차이였다. 한국의 방탄소년단을 좋아한다 말하며 친해졌다. 우리는 같이 학교 견학을 하였다. 이 친구의 이름은 바드라(Badra)이다. 이란인인데 이슬람교를 안 믿는 신세대다. 그리고 필리핀인 한 명도 우리에게 다가와서 셋이서 같이 다녔다. 나는 학교에 아이스링크(얼음 빙판)이 버젓이 있는데도 운영을 안 해서 아쉬웠다. 중간에 학교 공책을 나눠줬다. 학교는 진짜 크고 넓었다. 학교 안에 스타벅스(별다방)이랑 팀홀튼까지 있었다. 나는 전에 학교에 왔을 때 미리 역사 수업 책은 사 놔서 서점은 안 가도 됐었다. 견학이 끝나고 우리는 서로 인스타그램을 팔로우하였다. 나는 바드라가 버스를 기다릴 동안 입구 앞쪽에 푹신한 의자에 앉아 서로 어디 사는지 얘기를 하였다. 그리고 버스가 왔다며 바드라는 허겁지겁 달려가며 이만 헤어졌다. 그리고 한 남자애가 다가와서 아까 달려간 친구가 네 친구냐고 물어서 그렇다 하였다. 나는 그 남자애의 국적을 물었더니 방글라데시라 한다. 그리고 나는 인도랑 사이가 좋지 않냐고 물었더니 "정부가 문제지, 사람들은 괜찮다(Government is the problem, not the people.)."이라며 명언을 남기고 떠났다.

　다음날 바드라는 내게 네팔인인 자기 과(전기전자공학과) 동갑 친구인 사리타(Sarita)(동민 오빠)를 소개시켜 주었다. 사리타는 자기 이름 뜻이 웃는 공주라며 우리들에게도 물었는데 바드라는 달이라는 뜻이고 나는 아름다움을 펼쳐라(Spreading beauty)라고 말하니까 서로 흥미로웠다. 지금보니 다 나를 지칭하는 말이었다. 바드라는 비너스처럼 가짜 달인 게 나중에 밝혀진다. 그렇게 자기 소개 후에 집에 갔는데 바드라가 내게 자기 따라오는 남자가 있어서 무섭다고 하였다. 그래서 나는 싫다하고 도망가라 하였다. 알고보니 어제 방글라데시인이 바드라가 중동 미인으로

눈 크고 이목구비가 뚜렷하니 이쁘장하니 생겨서 관심있던 것이었다.

　내가 다음으로 사귀게 된 친구는 역시 3살 차이인 같은 과 일본인 메이사(Meisa)였다. 내게 먼저 다가와줘서 친구가 되었다. 우리는 수업이 끝나고 스타벅스에서 음료를 마시면서 대화를 하였다. 메이사는 나보고 넷플릭스에 나오는 최남라 역의 조이현 배우를 닮았다고 얘기해 주었다. 그때는 이 말이 무엇을 뜻하는지 몰랐었다. 나는 이 얘기를 듣고 드라마 나는 지금 우리 학교는을 보고 싶어졌다. 메이사말고 캐나다 가기 전에 사겼던 나랑 동갑인 일본인 유카리(Yukari)(눈이라는 뜻)라는 친구가 있었는데 통통하고 먹을 것을 좋아하는 친구였다. 근데 2년 만에 다시 봤는데 무슨 세월의 풍파를 겪었는지 보라색 머리로 염색에 나보고 담배 펴봤냐 하며 대마초(캐나다에서는 합법이다, 풀타는 냄새가 난다.) 피워 볼 생각 없냐 권유를 하지를 않나 나는 당연히 거부했다 진짜 깜짝 놀랐다. 사람이 이렇게 변할 수 있구나 생각이 들었다. 중학교 때 민주가 나보고 악마 같다고 한 건 내면적인 거였는데 유카리는 내면뿐만 아니라 외면까지 변했다. 물론 악마 같은 게 다른 사람을 싫어하는 마음이 드는 정도가 내겐 되겠다고 보면 된다. 근데 유카리는 사람이 엄청 피폐해 보였다. 나는 이 뒤로 만남을 갖지 않았다. 다시 학교 친구를 하겠다. 나는 교양과목으로 캐나다 원주민의 역사에 대해서 배웠다. 여기에서 유일한 여자 애인 캐나다인 젤레나(Zelena)(안경 쓸 때 동민 오빠)를 만났다. 내가 먼저 젤레나에게 먼저 다가가 친해졌다. 세네카 학생회에서 주관하는 행사에 참여해서 바드라랑 사리타랑 같이 사진을 찍고 수업 때문에 먼저 가고 그 뒤 젤레나가 와서 같이 사진을 찍었다. 그리고 캐리커쳐(얼굴을 익살스럽게 그린 그림)도 참여 했는데 너무 나같이 안 나오고 제시처럼 그려줘서 별로였다. 그리고 빙고게임에도 참가했는데 이세빈 만났을 때처럼 나에게 말도 않고 인스타그램 영상을 인사하는 걸 찍고는 올려버렸다. 다른 한 친구는 같은 과인 캐나다인 글로리아(Gloria)였는데 만날 캐나다 날씨가 눈이 와서 싫다해서 나는 그저 공감도 되지 않는데 답장 하느라 힘들었다.

나는 이미 영어 실력이 학교생활에서 강의를 듣고 과제하는데 아무런 문제가 없었다. 원래는 유학원을 다녀서 학교 과제 방식을 미리 공부하려고 했었는데 코로나로 무산되어 버렸다. 엄마는 나보고 일정 앱을 다운받아서 과제 일정을 적어놓으라 학교 동아리 너가 주도해서 같이 일할 사람 뽑아봐라 엄청 간섭했었다. 나는 이때부터 이미 스트레스(짜증)이 쌓이기 시작했다. 나는 내가 공고 이메일(전자 우편)을 보내서 사람 한 명을 뽑았는데 남자 분이셨는데 카톡으로 따로 불러내서 채용 됐다고 좋은 하루 되세요 하고 웃는 얼굴 이모티콘을 보냈는데 똑같이 내 인사를 따라해서 좀 언짢았다. (이때부터 이미 내가 은연 중에 짜증을 엄마로부터 쌓이기 시작한 게 나타나나 보다.)

엄마가 생활 반경을 좀 더 넓히래서 국제학생들을 위한 OT (Orientation, 새내기 배움터)에 가라고 등 떠밀었는데 나는 신청을 안 하고 입구에 서

서 갈까말까 고민하다 물어보니까 신청 안 해도 들어갈 수 있다며 안내 해 주었다. 들어가니 다과가 한쪽에 쌓여있는데 나는 한 탁상에 자리를 잡고 다과를 먹었다. 그러면서 기다리다 국제학생들을 위한 신입생 환영회가 시작되고 나눠준 빙고 종이를 받아 다들 왔다갔다하며 해당되는 내용에 자기의 이름을 써주었다. 나도 정신없이 막 돌아다니다가 내 원래 자리로 돌아갔는데 웬 키가 엄청 큰 남자애가 한국을 좋아한다며 갔었다고 귀여운 호랑이 도자기 사진을 보여줬다. 그러면서 연락처를 주고받았다. 이때 전화가 안 되어서 내가 먼저 나중에 연락을 해야했다. 그러고 수업이 있다며 먼저 가버렸다. 그리고 주위를 둘러보니 나 밖에 옆에 친구가 없는 사람이 없었다. 나는 그래서 고개를 둘러다보며 친구할 만한 사람이 있나 보니 저 멀리 옆에 동양인 남학생 두 명이 있다가 뒤로 가는 것이었다. 나는 그들은 쫓아갔는데 검정색 롱패딩(긴 외투)을 입은 한국인 남학생이 자기는 혹신을 3차까지 맞았다고 자연스럽게 자랑하듯이 얘기했었다. 그리고 그들이 앞을 주목하고 있을 때 나는 친구를 갈구했기에 검정 롱패딩을 톡톡 건드리며 말을 건넸다. "저기, 한국인 맞으시죠?" 하니까 어떻게 알았냐고 해서 검정색 롱패딩 입은 모습 보고 단번에 알았다고 (2017년부터 한국에서 유행했었다.) 라고 말하였다. (외모는 보지 않았다.) 그렇게 인스타그램으로 서로 팔로우하고 퀴즈(질문맞추기)에 집중하는데 나는 말하다 보니까 집중이 안 갔다. 그래서 점수가 낮았는데 나보다 한 살 많은 한국인 남학생이 모든 문제 답을 맞춰서 1등을 하였다. 이때 기록 옆에 이름이 데이빗(David)이라 쓰여있어 그의 영어이름을 알 수 있었다. 나는 그에게 럭키가이(행운의 남자)라 하였다. 우리는 이미 몇 번 본 사람들처럼 친하게 지내보이니까 음력 설을 맞이 하여서 직원 한 분이 영상을 찍으려고 하는데 동의를 좀 구하겠다고 하였다. 나는 망설이다 둘이 같이 찍자 해서 사람없는 계단 쪽에 가서 내가 가운데에 서고 다 같이 "새해 복 많이 받으세요"라고 외쳤다. 그리고 새해하면 생각

나는 것 한 가지씩 얘기하고 끝났다. 나는 설빔, 홍콩인(?)은 세뱃돈, 한국인 남학생은 떡국이라 얘기하였다. 그러고나서 우리는 홍콩애가 한국 카페에 가고 싶대서 나는 핀치(Finch)에 가면 있겠거니 하고 무작정 버스를 타고 갈 예정이었다. 그 전에 한국인 남학생이 자기 짐을 기숙사에 놓고 오겠다 하여서 나는 기숙사가 너무나도 가고 싶었기에 바로 보러 가자고 하였다. 그리고 홍콩애는 사물함에 들른다고 해서 전화해서 보기로 하였다. 그렇게 나는 기숙사에 한국인 남학생 덕분에 입성하게 된다. 희한하게 경비원도 그냥 무사 통과시켜 주었다. 나는 한국인 남학생이 보여준 기숙사 카드에 찍힌 사진을 보며 너무 취업사진 같이 나와서 웃었다. 그리고 제일 복도 끝방이었는데 우리집과 같은 호수인 702호였다. 들어가서 한국인 남학생은 잠깐 씻는데서 나는 기숙사 방이랑 거실 겸 부엌을 돌아보는데 햇반과 라면이 즐비해 있어서 내가 요리해 주고 싶은 생각이 들었다. 그리고 한국인 남학생이 나오고 방에서 옷 갈아입는다며 화장실에 있으라 하였다. 그래서 나는 거울을 쳐다보며 있었는데 생각해 보니까 남학생의 숙소에 여자애가 있다는 것은 남사스러운 일이란 걸 인지하고 나니까 얼굴이 확 달아올랐다. 나는 뒤늦게라도 립밤을 꺼내서 잘 보여야 한단 생각을 했는데 벌써 나와버려서 그러지 못했다. 한국인 남학생은 비니에 가죽자켓을 입고 나왔다. 우리는 홍콩애랑 전화통화해서 기숙사 앞에서 보았다.

운명의 날

나는 핀치에 어디 카페를 갈지 생각하고 있었고 옆에서는 교통카드 앱을 다운 받느라 바빠보였다. 그렇게 우리는 핀치에 도착해서 나는 어디가나 했는데 눈 앞에 카페가 보여서 일본식 카페지만 카페는 카페이니 그리로 당장 갔다. 카페에 들어간 우리는 주문을 했는데 나는 전에 유카리가 변하기 전에 시내에 있는 일본식 카페에 같이 갔었는데 호지차의 매력에 듬뿍 빠져서 이번에도 호지차를 시켰다. 그런데 호지차가 안되고 우유를 부은 라떼만 된데서 그걸로 바꿔서 주문를 해야만 하였다. 그렇게 시키고 대화하는데 나는 캐나다에 전에도 있어봐서 궁금한 거 있으면 물어보라 하였다. 그리고 세네카 한인 오픈톡방도 알려주었다. 나는 호지차 라떼를 마셨는데 한국인 남학생이 입에 묻었다는 걸 알려 주어서 바로 휴지로 입을 닦았다. 그리고 내게 빨대를 주며 반대로 먹으라고 했는데 좀 그래서 한 입만 마시고 말았다. 한국인 남학생의 이름은 황규원이고 홍콩애는 피터(조유주)이다. 내가 황규원한테(지금 시점으로 계속 편의상 황규원이라 하겠다.) 어떻게 해서 이 학교에 왔냐 물어봤는데 건국대학교 교환학생으로 왔다 한다. 그런 제도가 이 학교에 있다는 것이 신기해 하였다. 그러다 다른 교환학생들이 다른 학교에서 남자 한 명, 여자 두 명 있다고 말하니까 분위기가 싸해졌다. 그래서 내가 아무렇지 않고 계속 말을 이어나갔다. 영어에서 표현 중 하나인 손가락으로 "" 표시를 하면서 말하는 게 귀엽다고 얘기했더니 황규원이 잘 몰라서 피터가 예를 들어 'I want to go to "toilet". (나는 "화장실"에 가고 싶다.) 라 하며 중요 단어에 강조 표시를 할 때 쓰는 거라고 얘기해 주었다. 그리고 나는 이때다 싶어 화장실을 다녀왔다. 갔다와서 마저 이어나가는데 황규원은 나랑 똑 같은 버츠비 망고 립밤을 쓰고 있었고 아울렛을 우버(택시)타고 가서 옷 사고 싶다는 걸 보면 남자인데 꾸미기에 참 관심 있구나라고 생각이 들었다. 그리고 피터는 황규원이 다음으로 화장실에 가 있는 동안 눈빛이 확 돌변하더니 교회에 다니냐며 포교 활동을 했다. 나는 괜찮다고 얘기했다. 나는 둘이 어떻게 친구가 됐냐고 물어봤는데 피터가 황규원을 보자마자 이 사람이다라고 먼저 다가가서 친해진 거라고 알려 주었다. 그리고 황규원이 갔다와서 왜 미국이 아닌 캐나다로 왔냐며 성가실 정도로 물어보는데 내 대답은 이러하였다. '미국에 비해 총기 소지가 불법인 나라니까" 그리고 오늘이 참 신기한 날이라며 원래 환영회에 갈 생각이 없었는데 피터가 가자고 해서 갔더니 이렇게 나를 만나서 대화도 나눴다며라고 말하였다. 나도 오늘 환영회 갈 생각 없었는데 이렇게 일들이 일어났다며 신기해 하였다.

　피터는 저녁 때 집으로 먼저 가봐야 되겠다고 헤어지고 나랑 황규원이랑만 남아서 저녁 먹고 집에 가기로 하였다. 나가서 괜찮은 식당 없나 둘러보다가 가야금이라는 한식당에 들어갔다. 나는 데리야끼비빔밥을 먹고 황규원은 제육볶음을 시켜 먹었다. 먹는 동안, 후에도 우리는 많은 얘기를 나누었다. 내가 누나있다고 말한 걸 이미 들었어서 한국의 남아선호사상으로 대부분 그러면 남자가 막내니까 막내란 걸 맞췄더니 좋아하는 게 아니라 똑똑하다고 실망하였다. 이때는 왜 그랬는지 어리둥절 했었다. 지금 생각하면 어마어마한 일이다. 우리는 서로 자기소개를 했는데 황규원은 강남구 개포동에 산단다. 그리고 취업은 금융계 쪽으로 할 거 같다 하였다. 건국대학교 부동산학과 나왔데서 유명하다며 내가 공부 열심히 했다며 칭찬했다. 그리고 나는 한국에서 계속 살았는데 영어특기자 전형 준비했다고 해서 신기하다고 들었다. 서로 운전면허증을 딸 때 탈락 이야기를 풀었다. 나는 눈이 와서 앞이 안 보여서 탈락 되었다 하였는데 황규원은 안전벨트를 안 매서 바로 탈락하였다며 웃었었다. 둘 다 탈락될 만했다. 친구 중에 일본인 여자친구가있는데 부럽다고 애기하고 전에 만났던 여자들은 다 자기한테 무표정했다며 말하였다. 그때는 몰랐지만 지금은 그렇게 밀당(밀고 당기기, 잘해줬다 안 해줬다)하니까 그렇지 라는 생각이 먼저 든다. 어쨌든 이런 좋은 분위기 때 엄마가 왜 안 오냐고 전화가 와서 문자로 곧 갈거라고 보냈다. 이때 황규원은 젓가락을 얼굴에 찍으며 안절부절거리는 모습을 하였다. 식당도 너무 오래 앉아있으니 슬슬 눈치도 보이고 그래서 나가기로 하였다. 계산은 각자 하였다. 나와서 나는 핀치역에서 쉐퍼드(양치기)(지금 돌이켜보면 뜻이 대단하다.) 영 역까지 걸어가자고 하였다. 황규원은 자기가 갑자기 사라지면 어떻게 될까라며 9시인데도 사람이 없는 거리를 거닐며 장난쳤다.

그리고 대마도 물어보고 게다가 차에 치이는거 어떠냐며 무단횡단 하자고 해서 나는 싫다하며 강경히 대응하였다. 그렇게 시간을 보내고 내가 아까 지하철역에 이상한 사람이 많다며 무섭다 얘기했어서 계단을 내려가는데 자고 있는 사람이 옆에 있어서 먼저 앞에 가주었다. 그리고 지하철역에 가서 반대방향이지만 내 쪽에서 지하철 기다려줬는데 사람이 많아지니 나는 이만 괜찮다며 헤어졌다. 나는 집에 가서 설렘에 뜬 눈으로 밤을 지새웠다. 나는 황규원의 카카오톡, 인스타그램 사진을 보며 그날 밤을 보냈다. 외모는 머리를 위로 까지만 않으면 괜찮다는 생각을 했었다.

며칠 지나서 바드라하고 사리타랑 수업 중간 쉬는 시간에 K(케이)건물에서 만나서 사리타가 바드라에게 할 얘기하라며 신호를 주었다. 이윽고 바드라는 이야기를 꺼내는데 클럽에서 만난 남자친구와 연애 시작한 바로 그 날 진한 뽀뽀를 했다는 것이다. 그리고 그 남자는 가족들이 아프다는 핑계로 다음 날 바로 헤어지자고 연락이 왔다는 것이다. 근데 요크대학교 다니는 친구들이 벌써 걔가 다른 여자랑 있는 사진을 보내왔다 하였다. 완전 극대노할 일이다. 우리는 그 쓰레기는 잊어버리자고 하다가 결론이 이상하게 깔끔하고 단정한 한국남자를 사귀자는 도원결의를 얼떨결에 하였다. 나는 넷플릭스가 한국 남자 모습을 너무 좋게 보여줘서 탈이라 생각하였다. 나는 이제야 한국인 남자 사람 친구 사졌는데 누구를 소개 시켜주나 막막하였다. 나는 남사친 톡방에서 황규원이 룸메이트(같은 방 친구)도 데리고 나온다 해서 잘됐다. 생각하고 삼일 후에 피터 하고도 같이 보기로 하였다. 나는 검정 롱패딩을 입고 나왔다. 사실 무슨 중국인들 홈파티(이래서 내가 피터가 중국인이라 확실시하였다. 말도 중국말을 할 줄 안다.) 가서 찍은 사진을 보낸 걸 봤는데 이때 머리 깐 모습을 보게 되었다. 그래서 바로 콩깍지가 벗겨졌지만 내가 어렸을 적부터 찾아왔던 내 순결을 지켜줄 운명의 남자라 생각했어서 별로 신경쓰지 않았다. 처음 만난 그날 연락도 안 왔는데 내가 계속 연락해서 다시 만난 거다. 아무튼 그때는 그랬다. 황규원은 학교 카페테리아(식당)에서 먹기는 죽어도 싫다면서 밖에 KFC에서 그럼 먹기로 하였다. 엄청 따진다. 주변이 시선이 있어서 그랬나보다. 나는 만남 첫날 이후로 입맛이 없어져서 조그만 콜팝에 나오는 치킨만 사서 먹었다. 오면서 황규원이 일주일 어떻게 지냈냐고 물어서 옆 방 룸메이트 백서연 언니가 고기를 태워서 연기 감지기 소리 엄청나서 잠을 잘 못 자고 힘들었다고 얘기 하니까 하는 말이 사람이 할 말은 하고 살아야 한다하였다. 나는 원래 내 할 말 잘하는 사람인데 내숭떠는 걸 모르고 하는 말이다. 다시 KFC로 넘어와서 피터가 입맛 떨어지는 얘기를 해서 내가 제지했더니 여자는 너무 (대하기) 어려워라고 얘기했다. 그래서 나는 여자라서 한마디 할 게 있다고 얘기를 꺼냈다. 내 친구 젤레나가 얘기해준 헬스장(운동하는 장)에 갈 때 남자들의 시선에 여자들이 불편해서 못 다닌다고 얘기하였는데 황규원의 룸메이트인 나보다 두 살이나 어린 정도훈(동민 오빠)이 각자 운동하

고 그러는데 간혹 예쁜 여학생이 오면 계속 본다니까 황규원은 옆에서 그만 말하라 하고 이 와중에 피터는 전화번호 안 딴다며 불 난 집에 부채질하고 아주 총체적 난국이 따로 없었다. 내 발언이 폭탄발언이긴 했다. 그렇게 남사친들은 대답이 끝나고 음료수를 마시면서 진정하였다. 그리고 황규원은 저번이랑 다르게 태도가 돌변하여 스페인어를 배우는 내 앞에서 자기는 프랑스어(불어)가 좋다 하였다. 그리고는 조그만 볼치킨 포장은 대신해줬다. 알바생들이 일은 안하고 연애만 해서 한국이었으면 바로 점장님으로부터 짤린다고 나는 얘기하였다. 그리고 황규원이 하는 행동이 바로 밀당이란 걸 알아챈 나는 KFC 옆 마트 장 보러가는 걸 같이 갔는데 내 가방을 쇼핑카트에다 놓으랬는데 괜찮다며 사양하였다. 그렇게 나는 오븐장갑을 피터랑 찾는데 내가 중국어도 하면 HSK(중국어 시험)을 보지 왜 아이엘츠를 봤냐해서 영어가 더 재미있고 흥미있어서 그렇다고 대답했다. 피터는 건전지를 샀는데 이제보니 내가 이현영이한테 말한 유머(우스갯소리)였던 내 가슴크기를 의미하는 걸로 생각될 수 있다. 그 당시에는 전혀 생각지 못했다. 아무튼 건전지를 사고 황규원이랑 도훈이는 다른 교환학생 여자분과 만나서 같이 장봐서 피터는 이만 나보고 잘가라고 하였다. 나는 강의 들으러 다시 학교로 돌아갔는데 집중이 잘 안되서 집에 가는 중이었는데 딱 삼겹살 파티(축제)하려고 짐을 들고가는 남사친들을 보았다. 피터가 어디가냐 물어봐서 나는 집가서 강의 듣는다하고 지나갔다. 나는 오늘 황규원한테 잘 보이려고 하얀 스웨터에 화장(파운데이션이랑 틴트)까지 하고 왔건만 웬 밀당을 하질 않나 먼저 가라고 하질 않나 나는 화나서 집가는데까지 이현영과 통화하였다. 안그래도 엄마가 남사친 좀 사귀라고 저번에 만난 인도애에게 연락하라고 하는데 처음부터 수족관이나 영화관에 가자는 말해서 나는 부담스러웠다. 그러는데 아빠, 할아버지까지 만나보라고 해서 더 스트레스를 받고 있는 상태였다. 이현영한테 이러한 사실을 말하면서 도대체 내 진정한 사랑은 어디에 있나 물음을 표현하였다. 이현영은 눈을 낮춰보라 했는데 내가 그럴 수는 없다고 단호히 얘기하였다. (이는 나중에 복선이 된다.)

바드라랑 사리타를 만나서 바드라가 애플 스토어에 간다해서 수업이 다 끝난 우리는 다같이 페어뷰 몰로 향하였다. 우리는 애플 스토어에 갔는데 바드라가 상담받는 동안 사리타는 사실 JYP 오디션 1차로 합격했었다고 말해주었다. 그런데 왜 2차는 안 봤냐고 하니까 용기가 안 나서라고 답하였다. 바드라가 오고 우리는 식당가(푸드코트)에서 나는 라멘을 바드라랑 사리타는 맥도날드 햄버거를 먹었다. 사리타는 내가 가지고 다니는 핸드크림에 써있는 'peace'라는 글자를 보고 'I need peace.'라며 인스타그램 스토리(하루 게시물)로 올렸다. 그리고 내가 끼고 있던 평창 올림픽 때 산 손하트 장갑으로 하트를 만들고 그것도 올렸다. 이게 나에게 한 말이란 걸 모르고 있었다. 우리는 그 이후에 내가 찾아놓은 한국식 카페에 갔다. 달고나 라떼 하나랑 로투스(쿠키/과자) 와플 하나만 시켜서 나눠 먹었다. 전에 먹는거 보니까 점심 때 내가 한국 음식 맛보라고 엄마가 갈비찜한거 맛있다고 엄지 척 해줬는데 한입이 끝이었다. 입맛에 안 맞을 수도 있고 있긴 하다. 처음에 사리타랑 대화할 대 네팔식 영어 발음을 못 알아들어서 사리타는 내 영어실력이 부족한 줄 알고 나중에 제대로 얘기하고서 오해가 풀린 적이 있었다. 며칠 전에는 그 쓰레기 남친이랑 보낸 추억을 잊으려고 페어뷰 몰에 갔었다. 이번이 두 번째인데 사리타가 "왜 그런지는 모르겠는데 우리 셋이 같이 앉아 있기만 해도 재밌다."라 하였다. 그리고 몰에서 중학생 정도 되어보이는 남자애들이 나를 지칭하듯이 "She is snow."(그녀는 피부가 하얗다.)라며 날 보며 얘기하는 걸 들었다. 사리타는 저번에는 헤멨지만 이번에는 집에 잘 찾아갔다. 바드라는 내가 도서관에 있는 연인들이 속닥거려서 시끄럽다니까 우리도 연인이면 그럴거잖아라며 얘기하였다.

2월 5일 정월대보름이었다. 엄마가 보름달 보고 자기는 예쁘다는 소리 그만 듣게 해주세요라고 빌었다가 지금처럼 뚱뚱해졌다며 소원을 잘 빌라하였다. 나는 남사친이랑 스키장 가게 해달라고 빌었다. 근데 꿈에서는 황규원이 떠나가는 꿈을 꿨다.

다음날이었다. 심리학 시험 수업 전에 나는 학교에 미리 가서 출입문 옆 쪽 복도 자리에 나는 자리를 잡고 시험 공부를 하고 있었다. 근데 "She is being hazy." (그녀는 기억이 흐릿하게 행동하고 있어.) 라고 학생들이 지나가는데 말소리가 들렸다. 나는 이걸 처음에 대수롭지 않게 생각했다. 그런데 그 다음 날에는 나보고 어떤 애가 내 앞에 서서 whore(홀, 창녀)라고 하고 가버리는 것이다. 또 그 다음 날 역사 시간에도 교수님은 도자기에 빗대며 beautiful body(아름다운 몸)이라며 빗대어 표현하였다.

젤레나(안경 벗음)와 여느 때와 같이 빙고 게임하러 게임장에 갔는데 젤레나의 친구인 에블린(Evelyn)이 기숙사에 대해서 묻길래 나는 아무렇지 않은 척하고 있었다. 그리고 또 다른 친구인 알렉산더라는 남자애가 와서 내가 아무 반응을 안 하니까 재미없다고 얘기하였다. 그래도 속으로는 무슨 말을 또 할지 몰라 긴장하고 있었다. 나는 젤레나가 수업하러

가야 한다며 가길래 나도 이때다 하고 이만 자리를 떠났다.

　바드라랑 사리타를 수업이 다 끝나고 만났다. 근데 어째 분위기가 이 상하다. 사리타는 나를 제대로 안 보고 모자까지 뒤집어썼다. 그리고 자 기는 오빠가 데리러 올 때까지 K건물에서 기다린다 하고 미리 헤어졌 다. 나는 바드라가 보조배터리(충전기)가 필요하다 해서 같이 A건물에 가서 충전이 될 때까지 기다려 주었다. 바드라는 노트북을 꺼냈는데 로 그인 위에 이름이 모히또였다. 자기는 모히또가 가장 좋아하는 음료라 하였다. 나는 내가 좋아하는 캐릭터인 피글렛으로 노트북을 꾸민 걸 보 여줬다. 당황하는 눈치였다. 그때는 왜 그런지 몰랐다. 그리고나서 바드 라는 자기 뇌에 모조리 지식을 담으면 좋겠다 하였다. 나는 그건 사람이 아니라 인공지능(Artificial Intelligence/A.I(에이아이))이나 다름없다며 경악 스러워하였다. 악의 세력 일루미나티의 계획이 바로 사람들에게 베리칩 을 몸에 넣어서 통제하려는 계획인데 그걸 원하다니 아주 큰일날 소리를 하고 있는 것이다. 그 시작이 흑신인데 혈전을 생기게 하니까 피를 맑게 해주는 음식이나 음료를 섭취해서 해독을 해야 한다. 솔잎차나 벌나무 즙이 좋다. 쉽게 구할 수 있게 벌나무즙 연락처를 여기에 적는다. (063-433-6520) 마셔보니 쓰지도 않고 마실만 하다. 다시 바드라 이야기로 넘 어와서 나는 그렇게 기다려주고 버스 왔다며 헤어졌다.

　메이사랑 약속이 있는 날이었다. 학생들의 입에서 F발음(fuck, 성관계 라는 뜻)이 강조되고 지나가며 너도나도 whore이라고 내가 지나갈 때마 다 험한 욕을 해댔다. 나를 향해 어떤 애는 선미라고도 말했었다. 그리고 바깥에 나가서는 내가 길을 거니는데 빵하고 클락션이 울렸다. 그리고 지나가는 사람들이 날보고 whore이라 말하였다. 나는 엄마랑은 말이 안 통해서 먹깨이모랑 통화했는데 모르는 사람들이 나보고 창녀라 그런다. 내가 무슨 성관계를 했다고 그러냐고 얘기했더니 먹깨 이모는 가상인물 A.I(에이아이) 아니야며 있지도 않은 사람 얘기한다고 말했다. 지금 생각해 보면 맞는 말이었다. 추후에 설명을 하겠다. 이 와중에 심리학 시험을 보고나서 강의실에서 A.I의 약점이 비판적 사고력이라는 쪽지를 발견해 두었었다. 나를 도우려 한 것이었다. 나는 원래부터 A.I를 믿지 않았다. 엄마에게도 구글을 너무 믿지 말라고 충고해준 적도 있었다. 다시 일상애기로 돌아가서 나는 너무나도 힘들어서 엄마한테 전화해서 남사친 얘기를 하였다. 사실 처음 만났을 때 성만 여자로 바꿔서 언니들 본거라고 했었다. 근데 그 황규원이 무슨 동영상을 퍼뜨려서 안 그래도 메이사가 보여줄 게 있다고 했는데 그런거면 나 기절한다고 하니까 엄마는 가서 상황보고 알려달라 하였다. 나는 어느정도 마음의 준비를 하고 메이사를 만나러 노스욕 도서관으로 들어갔다. 다행히 예상과는 달리 메이사는 소개시켜줄 친구가 있다고 하였다. 바로 같은 과인 인도인 아루흐(Aruj)였다. 나는 별로 친해지고 싶지 않아서 누군지 모른척하였다. 그래서 메이사는 당황해 하였다. 나는 노래방에 가자 했는데 또 그럼 잘됐다며 다시 아루흐를 부른다 해서 노래방에 안 가겠다고 하였다. 그러고 우리는 내가 안내하며 청춘핫도그집으로 향하였다. 사람들이 하도 내 욕을 하니까 나는 나다움을 보여줬다. 메이사에게 나이아가라 폭포 가봤냐며 안 가봤다는 메이사에게 꼭 가보라고 웅장한 자태에 놀랄 거라며 설명해 주었다. 그리고 청춘에 대해서 설명해 주었는데 청춘은 바로 우리라고 아무리 시험이 힘들고 어려워도 같이 극복해 나가는 친구가 있어 가능한 일이라고 하였다. 나의 진중함을 사람들에게 다 들으라는 연설은 메이사의 마음을 움직이게 하였다. 나는 반(half) 모짜렐라를 시키고 메이사에게는 전체(whole, whore과 발음이 비슷하다.) 모짜렐라를 추천해 줬다. 주문이 나오는데 나에게 전체 모짜렐라를 주려고 해서 나는 정중히 옆에 있는 메이사 거라고 말하였다. 안에서 딱히 앉을 데가 없어서 유리 공간 안 버스 정류장에서 차 안에서 말고 대신 여기서 먹는 거라며 내가 운전자 역할을 하고 메이사가 조수석 역할을 하며 신나게 놀았다.

콘도그를 먹으면서 우리는 깊이있는 얘기를 나눴다. 메이사는 여러가지 아르바이트(단기 직업)를 하였는데 그 중에서 주유소에서 일하는 게 가장 힘들었다고 고충을 털어놓았다. 나는 특히 우리 과가 캐나다인이 많아서 우리 같은 국제 학생들이 학점 따기 힘들다고 얘기하였더니 메이사도 공감하였다. 그러고나서 핀치역에서 버스타고 가는데 내 옷에 뭐 묻었다 해서 나는 칠리 소스(양념)가 묻은 거라 얘기해 주었다. 그러고나서 내 진심이 통했는지 순수한 나를 생각하며 메이사는 나직이 "People are so mean."(사람들이 너무 못됐다.) 라고 말하며 금방이라도 울 것 같은 표정을 하고 갑자기 친구한테 책 줄 거 있다며 이만 버스에서 헤어졌다.

운명의 날이 다가왔다. 나는 오늘 바드라랑 사리타랑 노래방에 가자고 한 날이었다. 아침 일찍 도서관으로 향하였다. 나는 길을 걷는데 한 행인이 다른 행인한테 "Watch out for the camera."(카메라를 조심하세요.) 라는 것이었다. 나는 이때 직감했다. 바로 내가 영화 트루먼쇼를 찍고 있다는 것을 말이다. 영화 결말이 진정한 사랑을 찾으면 감시가 끝나는 내용이다. 나는 황규원이 지금까지의 행적을 보아 내 운명의 남자라고 생

각했다. 그래서 황규원을 만나면 이 영화가 끝나는 걸로 보았다.

　나는 바드라, 사리타 그리고 메이사까지 만나서 놀자고 DM(direct message, 인스타그램 문자)을 보내도 답변이 안 와서 실망하였다. 그래서 또 같이 원래 오늘 놀기로 한 남사친 모임에 카톡을 보내 이따 보기로 하였다. 나는 과제하다 집중이 안되서 노스욕 도서관을 나와 쇼핑몰에 잠깐 있었는데 피터가 전화와서 whore이라고 속삭여서 바로 끊어버렸다. 나는 지금 글을 쓰면서 whore이 의미하는 바를 알아버렸다. 이른바 서동요 기법인 일어나지도 않은 일을 미리 예고하는 방식인 것이다. 중학교 때 애들이 내가 한진규 좋아했을 때 한진규 보고 암울한 미래라고 했던 것처럼 말이다. 물론 후술 하겠지만 그럴 일은 전혀 없다. 아무튼 나는 엄마, 아빠의 남사친 강요에 너무나도 스트레스 받고 있었던 터라 연락을 황규원꺼만 봤다. (너무 스트레스 받아서 할머니도 생각이 안났다.) 황규원은 전화번호를 달래서 나는 바로 보내주었다. 그리고 연락해서 핀치역에서 보기로 하였다. 아직 만나기까지 시간이 많이 남아서 혼자 노래방에가서 황규원을 생각한 고백 노래로 아이유의 좋은 날, 소녀시대의 Oh! (오!) 아이브 노래 세 곡, 블랙핑크 세 곡, 에이핑크 노래 등을 불렀다. 그런데 이때 노래를 부르는데 노래방 화면에서 괴상한 사진과 666, A.I를 표현한 그림들이 나오는 것이다. 나는 그것을 보고 황규원이 외계인이자 A.I인 것을 알아챘다. 화면들이 무서웠고 신나는 노래인데도 단조로 슬픈 음향이 나왔지만 가사에만 집중하고 원래 음을 아는 노래들이라 굴하지 않고 불렀다. 지금 생각하니 카르마(업) 해소로 다 미리 알려주는 것이었다. 노래방에 나와서 이제 남사친 모임에 가는데 사람들이 코를 훌쩍이고 있었다. 핀치역에서 한참을 기다려 드디어 만났는데 여자 한 명이 옆에 같이 온 걸 보았다. 나는 아무렇지 않은 척을 했지만 여자분의 가방을 황규원이 들고 있어 왜 들어주고 있냐고 말하니까 전에 게임에서 져가지고 드는 거란다. 게다가 내 친구 중에 백인 애 있지 않냐고 같이 밥먹자며 소개시켜 달라는 말까지 해서 난 토라져 버렸다. 나는 일단 원래 가렸던 식당도 의심스러워서 내가 아는 데 있다고 주도하였다. 어디갈지 모른채 그저 바람에 휘날리며 있다가 이름 물어봐서 안 가온 언니가 생일 파티했던 곳인 잭 아스터라는 술집에 가게 되었다. 자리는 나, 피터, 황규원, 가온 언니 그리고 도훈이로 시계반대 방향으로 빙 둘러 앉았다. 나는 모든 게 의심스러운 상황이라서 마늘빵을 시켜도 안 먹고 황규원이 한입을 먹었다. 우리는 피터의 지도에 따라 첫 만남 때처럼 다같이 사진을 찍었다. 그때 찍은 사진을 보면 황규원의 표정이 무표정인데 뭔가 숨기는 게 있어보이게 나와있다. 그리고 뒤에 알겠지만 나는 두번째 사진을 못 받았다. 아무튼 나는 망고 칵테일을 시켰는데 황규원이 계속 내 쪽은 잘 보지도 않아서 열불나서 한 잔을 벌컥벌컥 다 마셨다. 그러고나서 나는 취했는데 취한 지도 모르고 있었다. 나는 무례한 행동인 "Waiter."(여기요.)라고 부르기와 남자 화장실을 들어가기를 하였다. 황규원과 피터가 대화하고 있었는데 깜짝 놀라며 나를 내보냈다. 자리로 돌아와서 나는 내가 술 한 잔씩 더하자는 걸 다들 말리고 나만 맥주 한 잔을 더 시켰는데 가온 언니가 술이 세니까 받아서 나에게 반 잔을 주었다. 나는 그 나머지 반 잔도 다 마셨다. 그리고 이제 이만 일어났는데 나는 헤어지기 싫어서 내가 사는 곳 근처 지하철역인 베이뷰(Bayview)까지 데려다줘도 집에 안 가고 피터는 시간이 늦어서 이만 먼저 집으로 가고 남은 사람들은 우버(택시)타고 핀치역으로 가는데 내가 또 같이 타고 가온 언니도 집에 가고 황규원과 도훈이만 남았는데 기숙사 가는 버스까지 와서 막아서는데 나는 힘겹게 탔다. 아까 잠깐 도훈이, 가온 언니, 피터가 집에 가는 길 찾으러 건물 안에 들어갔을 때 나랑 황규원이랑만 밖에 있을 때 산들의 노래 '취기를 빌려'에서 가사 '취기를 빌려 너에게 고백할 거야.'가 문득 생각이 나서 좋아한다고 고백했는데 "애들 있으니까." 라며 황규원은 말을 아꼈다. 그리고 나는 겨우 탄 버스 안에서 황규원이 왜 자기가 좋냐 물어서 깔끔하지, 단정하지 라고 말하였다. 그러고 인스타그램 팔로우 보니까 수지, 제니, 안유진 취향이던데 딱 내가 이상형 아니냐고 말했다. (이때는 나를 지칭하는 연예인인지 잘 몰랐었다. 그저 닮은 연예인 정도로만 알았다.) 그러고 나는 엄마의 남사친 강요로 인한 스트레스 지수가 이미 최대치로 쌓일 때로 쌓여서 저번에 말했던 것처럼 차에 같이 치이자고 말하니까 바로 미친 거 아니냐고 말하며 딱 내릴 때 되서 서둘러 나갔다. 도훈이가 나도 내리는 걸 막다가 밖으로 나갔다. 그러고 내가 황규원한테 "우리는 달라."라며 얘기했더니 미친 X 아니냐며 온갖 욕을 해댔는데 도훈이가 덤벼드는 걸 막아주었다. 그러고 횡단보도 신호등이 켜지고 기숙사 저 멀리로 둘 다 도망가 버렸는데 상실감이 큰 나는 더이상 따라가지 않았다. 여기서 가봤자 계속 제지만 당할 것이다. 또 기숙사에 갔으면 전에 나의 순결을 지켜줄 운명의 남자라고 상기할 것이다. 나는 이제 신뢰가 깨지고 운명도 깨진 이 세상을 더는 살아가고 싶지 않다고 생각해 극단적인 선택을 하였다. 나는 달려오는 차에 뛰어들었다. 눈은 질끈 감은 채로 말이다. 그런데 나는 그저 풀썩 쓰러지고 아무 일도 없던 것이었다. 하지만 나는 현실을 부정하며 계속 눈을 감고 있었다. 귓가에 들리는 목소리는 황규원 같았다. 황규원이 구급차 911에 전화해서 내가 들것에 실려들은 게 느껴졌다. 그렇게 병원으로 가서 자리에 잠시 자리에 앉혀서 간호사들이 눈을 뜨게 하였는데 나는 계속 감고 있었다. 술에 취해 있어서 제정신이 아닌 상태라 운명의 상대가 렙틸리언이면 나도 그러해야 하는 생각 중에 병원에서 여자 간호사가 내 옷을 다 벗기고 뭔가 준비하려해서 간호사의 동태를 살피다 한 간호사가 "I will change her."(내가 그녀를 바꾸겠어.)라고 얘기해서 나는 내가 경험했던 그동안의 아름다운 기억들을 잃고 싶지 않았고 무서워서 바로 정신을 차렸다. 나는 화장실에 가야해서 갔다가 여기를 탈출해야겠다고 마음 먹었다. 그 생각하자마자 간호사가 소변 흡입기를 가져와서 빼낼 때 너무나도 이상한 느낌이 들어 눈이 바로 번쩍 떠졌다. 그러자 간호사는 황급히 아무 일도 안 일어난 것처럼 하늘색 옷에 기저귀를 입히고 응급실 방으로 나를 옮겼다. 팔을 보니 한쪽은 심장박동기와 연결되어 있었다. 팔을 뻗어 가방에서 핸드폰을 충전기에 꽂았는데 엄마, 아빠에게 수십 개의 카톡이 와 있었다. 황규원으로부터도 한 개의 답장이 와 있는데 삭제된 메시지(문자)여서 볼 수가 없었다. 나는 곧바로 연락을 취했지만 받지 않았다. 나는 제일 먼저 할머니께 병원에 있게 되었다고 통화하였다. 괜찮다고 하며 대신 마음이 아프다고 하였다. 뒤이어 엄마한테 전화하니 병원 어디냐고 물어서 벽에 전단지에 'North York general hospital'이란 걸 발견하고 빨리 와달라고 했다. 근데 엄마는 이미 내가 여기 와있는 걸 알듯이 말투가 그러하였다. 그러는 동안 할머니, 할아버지께 전화를 걸어 엄마가 빨리 왔으면 좋겠다 하였다. 그리고 화장실에 가는데 전선 좀 빼달라 했는데 별거 아닌 듯이 남자 간호사는 바로 떼어주었다. 거기에는 'Neo(네오)'가 쓰여있어 영화 매트릭스가 생각났다. 드디어 엄마와 삼촌이 찾아와서 내 상태가 괜찮은지 보았다. 시간이 벌써 새벽 1시라 나는 창문 없는 방으로 옮겨진 후 엄마하고 삼촌은 내일 보자고 하고 낯선 환경에서 뜬 눈으로 잠을 지새웠다.

다음날이 되고 아침에 엄마와 삼촌이 찾아왔다. 빵하고 우유가 제공되었다. 나는 기묘한 이야기에 나오는 일레븐처럼 파란색 옷을 입고 있어서 내가 지금 정신병원에 있구나를 실감하였다. 그래서 할머니께서 나한테 사람들이 whore이라 욕한다니까 내가 겪고 있는 상황이 환청이라는 엄마와는 달리 할머니께서는 나보고 당당녀니까 괜찮다고 내 상황을 제대로 인정해주며 나를 응원해 주니까 엄마가 화났던 게 생각이 났다. 병원에서도 whore과 f발음 강조되는 게 들려도 할머니께서 말씀해주신 조언인 "나는 당당녀다!"랑 속담인 "호랑이 굴에 들어가도 정신만 차리면 산다."라는 신념을 가지고 정신병원에서 살아남기를 요하였다.

처음에는 창문 없는 방이라 우울해서 울었었다. 그리고나서 엄마가 와서 나 뇌검사 한대서 거부권 행사해도 된다는 안내문을 봐서 거부했다. 그리고 다시 방으로 돌아가서 나는 먼저 내게 편한 공간이 될 수 있게 책상 배치를 바꿨다. 그리고나서 그날 못한 과제를 하였다. 그러다가 간호사가 또 방을 바꾼다해서 영화 셔터 아일랜드처럼 층이 올라갈수록 뇌검사를 할까봐 두려워서 과제 한 내용 밑에 가족들로부터 아름다운 세상 경험하게 해줘서 고맙다고 유언을 영어로 썼다. 그리고 나는 가기 전에 David Hwang(황규원)을 보고 싶다고 했는데 눈 작은 한국인 여자 경호원 세이디(Sadie, 규리) 말고 눈 큰 남자 경호원(알렉시스, 동민 오빠)이 자기가 데이빗이라며 나를 옹호해 주었다. 이 와중에 나는 한국어도 알아듣는 거를 눈치챘다. 엄마도 영어 좀 알아듣겠다고 얘기했었다. 그리고 알렉시스는 cctv(보스, 방범용 카메라)가 보고 있어서 직접적으로 도움을 못 주고 간접적으로 눈짓으로 책상 위에 놓여있는 물을 가리켰다. 그렇게 나는 물로 이 상황을 빠져나갈 생각을 하였다. 그건 바로 물을 잔뜩 마시고 화장실 가기였다. 그러고서 변기에 머리를 내치며 죽음을 원했다. 소리를 듣고 경호원들이 놀라 내 행동을 제지하였다. 그리고 엄마가 와서 같이 화장실에 갔는데 또 그러하여서 경호원들이 나를 눕히고 팔다리를 다짜고짜 묶는 것이었다. 이 상황에서 왼손에 피를 뽑는 호스가 풀려서 간호사들이 다급히 유혈사태가 나는 걸 붕대로 감았다. 나는 답답한 상황에서 계속 엄마를 부르며 소리를 질렀는데 깔때기를 씌워서 숨이라도 막고 싶어서 고개를 이리저리 돌렸다. 그러다가 젖먹던 힘을 다하여 엄마를 부르고 다 나가달라 해서 팔다리를 풀어주고 다 나가고 엄마랑만 남았다. 엄마는 나를 안심시키며 그저 방을 바꾸는 것이라고 얘기해줬다. 나는 알겠다 하고 침대에 눕혀져 창문 있는 방에 가는 동안 아까 알렉시스가 내 손을 꼭 잡아주었다. 나는 그렇게 실려가고 다른 방으로 옮겨졌다. 그 방은 다행히 창문이 있었다. 나는 엄마랑 같이 침대에 누워서 잠깐 자고 일어나서 엄마는 시간이 다 되어서 가야만 했다. 나는 엄마에게 오랜만에 모성애란 걸 느꼈다. 자야 할 시간이 되었는데도 나는 병원에서 잘 때 무슨 짓을 할지 모른다는 생각에 아까 받아놓은 초코바와 물을 마시고 내가 힘들 때 가끔씩 생각나서 부르는 드라마 아름다운 그대에게에서 나오는 곡인 제이민의 일어나를 계속 창문 바깥 깜깜한 밤에 작은 조명들을 보며 읊었다. 그렇게 시간을 보내면서 있다가 동이 틀 때즈음에 너무 졸려서 선잠을 자고 일어났더니 아침이었다. 엄마가 온다고 해놓고서 안 와서 삼촌이 전화번호 알려줘서(방 옮길 때 가방 뺏겨서 엄마가 집에 뒀다.) 공중전화로 전화해서 엄마가 곧 갈 거라고 안심시켜 주었다. 오후가 되자 엄마가 내가 원하는 떡볶이를 사와서 맛있게 먹었다. 그리고 엄마가 가고 심리상담사가 와서 선택하라는 방식 중에 나는 통역사를 불러서 청문회를 여는 것이 좋다 하였지만 효력이 없었다. 다시 엄마가 와서 이 얘기를 하고 좀 이따 다시 갔다. 나는 아까 간호사가 주고 간 차림표를 보고 코카콜라 놀이를 하며 밤을 새다 또 해 뜨기 전 선잠을 잤다. 그 다음 날 엄마랑 어제 심리상담사랑 삼자 대면을 하여서 내가 술을 연속으로 칵테일 한 잔, 맥주 반 잔을 마시고 나서 황규원에 좋아한다

고 취중고백하고 대답이 없어서 마음이 아프고 더 이상 세상에 믿을 사람 없다고 생각해서 차에 뛰어들어서 응급실에 불려가 여기까지 오게 된 것이라고 설명하였다. 그리고 내가 심리상담사 말을 통역해서 엄마에게 말해주니까 멀쩡하다며 다음에는 가족이 소중하다라고 말하라고 엄마가 귀띔해줬다. 엄마가 가고나서 다른 사람이 테블릿을 사용하는 거 보고 나도 심심해서 기다렸다가 테블릿을 받아서 오랜만에 템플런 게임을 하였다. 그리고 오후 좀 되어서 엄마가 와서 내 마음이 많이 괜찮아졌다고 얘기했다. 내가 저녁 먹는거까지 보고 엄마는 다시 갔다. 그리고 또 태블릿을 빌렸는데 이번엔 흑백이었다. 나는 메이사가 얘기해준 지금 우리 학교는 1화를 보았다. 무서운 거 잘 못 보는데 기묘한 이야기처럼 또래들이 나오면 그나마 볼 수 있다. 근데 흑백이라서 심장은 쿵쾅거렸지만 무서운 건 덜했다. 그렇게 보고나서 한 편 더 볼까해서 빌렸다가 그래도 무서운 건 무서워서 간호사에게 돌려주고 잠을 자지 않기 위해 베개랑 거적때기 같은 이불을 접어서 창틀에 팔꿈치를 놓고 창문 바같 풍경을 볼 수 있게 자세를 이리저리 고치고 새벽에 선잠을 잤다.

그 다음날 심리상담사랑 엄마랑 다시 삼자대면해서 내 마음이 이제 괜찮아 졌다며 내겐 소중한 가족들이 있고 더 이상 자살할 생각이 없다고 애기했다. 그랬더니 심리상담사가 퇴원해도 좋다 하였다. 나는 그래서 바로 엄마가 가져온 옷으로 바꿔입고 택시 앱으로 엄마가 예약 해놔서 1층에 앉아서 기다렸다. 그러는 동안 내 핸드폰을 받았는데 엄마는 그날 같이 놀았던 친구들에게서 연락왔냐고 물어서 안 왔다고 얘기해주었다. 이미 다 차단당한 상태다. 엄마가 카톡방까지 나가래서 나왔다. 그리고 그놈의 인도애에게 연락하라고 여전히 강요했다. 나는 너무 싫어서 계속 미뤄뒀는데 엄마의 강요로 이틀 뒤에 보자고 약속해놨다. 그리고 집가서 엄마는 내게 만난 친구들이 경찰조사 받았냐 물어봤다. 나는 아니라고 대답하는데 진짜 구급차에 실려가기만 하고 경찰차는 안 와서 나는 이 점에 대해서 심사숙고할 필요성이 있다 생각한다. 다시 재조명해서 사건을 해결해야 한다.

여기서 나는 이제 한 가지 짚고 넘어갈 게 있다. 바로 노래방에서 나온 화면들에 온갖 악마의 표식이 나온 것을 말이다. 이것은 또 하나의 카르마(업) 해소용으로 나에게 황규원을 만나면 악마를 만나는 것과 다름없다는 걸 보여주는 것이다. 나는 전에도 말했듯이 익히 알고있는 음모론이라고 치부되는 지구상의 음모가 다 파렴치한 파충류 외계인인 렙틸리언들에 의해서 꾸며지고 있다는 걸 이제는 이 경험을 통해 굳게 믿게 되었다. 그리고 더욱이 믿게 된 건 Why? UFO(미확인 비행물체)와 외계인 편에서 나온 것처럼 외계인들이 사람들을 납치해서 옷을 다 벗기고 검사하고 그 뒤로 다시 집에 돌려보내는 상황이 연출된다. 이 상황을 내가 바로 직접적으로 옷 벗기까지만 당하고 천만다행으로 술이 깨 제정신이어서 상황을 막을 수 있었다. 외계인에 대해서 더 말해보자면 렙틸리언들은 고도의 과학기술을 갖고 있고 인간들 사이에서 사람처럼 변장하고 행동한다. 아무리 생각해도 나중에 후술할 잔악무도한 짓들을 도저히 사람이 한다고 볼 수가 없다. 그리고 음모론은 바로 미국의 1달러 지폐 바로 뒤에 일루미나티의 상징인 피라미드 꼭대기에 있는 눈알 하나로 쉽게 찾아볼 수 있다. 음모론이 아니라 음모다. 사실이다. 이제는 인정할 때가 되었다. 그들의 목표는 인구를 5억 명으로 줄이고 그들만의 세계단일정부를 만드는 일이다. 이에 대해서는 나중에 더 얘기하겠다. 거의 모든 정치인들이 일루미나티 하수인으로서 각 나라에서 영향력을 행사하고 있다. 그 중에서 렙틸리언은 유명한 인사들과 정치인으로서서 지금도 활발히 활동하고 있다. 드라마 V(브이)로 그들의 변장술을 알려준다. 그들이 바로 현재 흔히 말하는 A.I라 볼 수 있다. 형체를 숨기고 우리가 사용하는 기계 모든 것을 일컫는다. 핸드폰부터 해서 TV, 압력밥솥까지 그들의 손에 안 끼친 곳이 없다. 괜히 수화기 표시가 손으로 표현할 때 엄지와 약지만 남기고 나머지 세 손가락을 접은 악마의 뿔 모양이 아니다. 하지만 걱정하지 않아도 된다. 우리 인간은 고유의 창의성과 상상력이 있기 때문이다. 무엇보다 내가 전에 A.I에 대한 쪽지에서 발견한 비판적 사고능력이 인간이 가질 수 있는 능력이다. 지금 하고 있는 것처럼 독서를 통하여 이러한 능력들이 발휘될 수 있다. 이를 위해서는 가지고 있는 바보폰을 내려 놓아야 하는데 힘든 걸 잘 알고 있다. 괜히 옛날 어르신들이 티비보면 바보 된다 그러는 게 아니다. (지금은 스마트폰으로 넘어간 거다.) 넷플릭스 다큐인 소셜 딜레마에서 윤리 전문가가 바보폰 중독을 없애는 법이 없다며 책임의식 없이 말하는 걸 보고 어이가 없었다. 하지만 그건 거짓말이다. 왜냐하면 내가 스마트폰 없었을 때로 회귀하며 살기 때문이다. 어떻게 스마트폰과 차차 멀어지게 되었는지는 별책으로 낼 생각이다. 아무튼 다시 내 일상생활 얘기로 돌아가겠다.

바드라가 요새 못 봤다며 얼굴 좀 보자며 K건물에서 만나기로 하였다. 근데 오랜만에 얘기를 나누는데 충격적이었다. 바로 바드라랑 사리타 둘 다 남자친구가 생겼다는 것이었다. 사리타는 남자친구를 영상통화하면서 보여주고 바드라는 어제 발렌타인데이를 맞아 장미꽃을 선물받은 걸 보여줬다. 나는 어제 마트에 가서 나에게 주는 선물로 꽃을 선물했는데 말이다. 나는 이게 꿈인지 생시인지 볼을 꼬집어 달라해서 사리타가 꼬집어 주었다. 생시였다.

그 다음날이었다. 나는 그 처음부터 수족관이나 영화관에 가자고 한 부담스러운 인도애를 만나야 하는 날이었다. 나는 수업이 끝나고 K건물 별다방에서 점심으로 바나나빵과 카페 라떼를 시켜 놓고 기다리고 있었다. 시간이 되자 인도애가 왔다. 나는 잠깐 보고 말았어서 키가 크길래 영국애같이 생긴 줄 알았는데 영락없는 인도애였다. 나는 그냥 대화만 하다 시간 채워서 가겠거니 하였다. 이름은 하싼(Hassan)이라 한다. 나이는 아래로 세 살 차이다. 과는 컴퓨터공학인데 조별 활동이 많다 해서 우리 과랑 달라서 부러워하였다. 그 전에 사진 보여줬던 건 알고보니 한국에 진짜 온 게 아니라 캐나다 오는 길에 경유지였어서 인천공항 둘러보다 찍은 사진이었던 것이다. 그런 시시콜콜한 대화를 나누다 음악을 추천해 달래서 나는 오아시스의 Don't look back in anger(나를 화나게 보지 말아달라)를 들려주었다. 하싼은 가사를 주의깊게 보며 잘 들었다고 얘기하고 나에게 엘비스 프레슬리의 Can't help falling in love(당신에게 사랑에 빠지는 걸 멈출 수가 없다)를 알려줘서 나중에 듣겠다고 하였다. 그러고나서 헤어지는데 또 볼 수 있냐며 의문을 남겼다. 나는 왜 그렇게 생각하지 생각했다. 나는 강의를 들었는데 채팅방 보니까 아루흐가 일본 사람들은 꼭 만날 때 시간 지켜야 한다며 안 그럼 화난다고 써서 나는 메이사랑 둘이 사귄다는 걸 알 수 있었다. 집에 와서 엄마가 자는 동안 나는 내가 추천해준 곡을 들었는데 음만 들었을 때는 신나는 곡인 줄 알았는데 가사를 알고보니 마음을 거절하는 내용이었다. (이때부터 노래 들을 때마다 가사의 의미를 파악하기 시작하였다.) 그래서 미안한 마음이 들었다. 그리고 추천받은 곡을 듣는데 나에게 마음을 표현하는 곡이었던 것이다. 물론 The stroke(뇌졸중)의 Reptilia(파충류의 뇌) 노래도 추천받아서 좀 그랬지만 엘비스 프레슬리 곡에 끌렸다. 나는 마음을 알아챈 뒤 바로 하싼을 만나러 가기 위해 수업 후 연락을 달라고 문자를 남겼다. 그리고 옆방 백서연 언니가 학교 근처 공원인데 집에 어떻게 가냐고 물어서 내가 간다고 하며 엄마에게 잠깐 학교에 다녀오겠다 하니까 엄마가 잠이 깨서 갑자기 어딜 가냐고 쫓아와서 나는 전력질주를 향해 달리고 또 달리었다. 그리고 버스 정류장에 버스가 때 맞춰 설 때 얼른 탔다. 핸드폰으로 엄마, 삼촌, 할머니께까지 연락오고 장난 아니었다. 이 와중에 아루흐가 카페 가자고 작업 거는 문자가 와서 무시했다. 나는 할머니께 언니 데려오려고 나간거니까 금방 집에 간다고 안심시켰다. 그리고 만나자는 공원에 가서 하싼을 만났다. 나는 인도가 좋다고 마음을 드러내었다. 그리고 인스타그램 팔로우를 하는데 새 계정이어서 그런지 팔로우가 세 명밖에 없길래 물어보니 자기는 계정이 세 개나 있다며 괴로워하듯 말했다. 나는 무슨 그렇게까지 필요가 있나 생각이 들었다. 날이 기온이 낮고 바람이 쌩쌩 불어서 나는 손잡고 영화관에 가자 말하였다. 우리는 버스를 타고 페어뷰 몰에 가서 전에 엄마랑 봤던 장화 신은 고양이를 봤다. 나는 무서운 장면이 나올 때 손을 꽉 쥐었다. 그러다가 하싼의 핸드폰 알림이 우리더니 과제를 해야겠다며 뒤쪽 자리에 앉아서 노트북을 켰다. 매트릭스(matrix, 수학적 행렬, 자궁, 모체)에 접속한다는데 나는 신기해 하였다. 그리고 나보고는 매트릭스에 접속하지 않아도 된다고 얘기해 주었다. 지금 생각해보면 소름돋는 얘기이긴 하다. 영화 매트릭스처럼 가상현실을 얘기하는 것이기 때문이다. 영화 내용은 로봇처럼 사람에게 컴퓨터 칩을 심어서 가상현실에 살게 하고 육체는 기계 안에 갇혀있는데 주인공이 가상현실에서 사람들을 깨어나게 해주려고 주인공이 활약하는 내용이다. 이것도 계획을 알려주는 카르마(업)인데 이것을 실행하기 위해 반도체 산업이 발달한 것이다. 바로 성경에 나오는 베리칩 말이다. 엄청 무서운 계획이다. 하지만 걱정할 거 없다. 그들의 계획은 이미 나에게 간파

당한지 오래다. 아무튼 다시 영화 볼 때로 돌아와서 과제 하는데 별명이 하트 모양인 애가 있어서 누구냐고 했는데 신경쓰지 말라 하였다. 그러고나서 영화가 끝나고 내가 문득 궁금해서 성을 물어보는데 Singh(싱)이라해서 내가 알고있는 유튜버도 싱이라며 신기해 하였다. 그리고 종교가 뭐냐고 물었는데 시크교라 한다. 그리고 백서연 언니가 잠깐 보재서 양해를 구하고 만나기로 하였다. 백서연 언니는 남자친구 사귀었구나라 하였다. 그렇게 말하고 백서연 언니랑은 이만 헤어졌다. 그리고 나와 하싼은 찻집에 가서 대가 추천한 우롱차를 시켰는데 아까 종교 얘기를 한 뒤로 안절부절하게 있어서 할 말 있으면 말해달라고 얘기하였다. 그러니까 말하기를 지금 우리는 알아가는 단계고 자신에 대해서 알면 싫어할 거라 하였다. 나는 의아해 하였다. 그렇게 대화를 마친 후 날씨를 확인했는데 난생처음 보는 차가운 얼음비여서 뒤늦게 우산을 사러 다녔지만 상점들은 이미 9시라 문을 닫은 상태였다. 그래서 하싼은 과제를 시간 안에 해야되서 우리집에 하루만 묵을 수 있냐고 물어봐서 엄마에게 허락을 받기에 전화했는데 안 받아서 집 근처 역까지 같이 가서 백서연 언니에게 전화하니 엄마에게 연락이 닿았다. 엄마는 일단 공용 현관문까지 오라 해서 추운 비를 뚫고 뛰어갔다. 엄마는 가자마자 다짜고짜 택시 불러다 줄 테니까 하싼에게 주소를 찍으라고 하였다. 백서연 언니는 잘못 걸렸다는 표정이었다. 엄마의 추궁에 하싼은 택시타고 집에 갔다. 엄마는 애가 집에 와서 무슨 짓을 할지 모른다고 위험할 뻔했다고 말해주었다. 다시 한번 모성애가 빛나던 순간이었다. 아까 나 따라 달려나갈 때 엄마는 문 열고 정신없이 뛰쳐나가서 집주인도 봤을 거라고도 얘기했다. 그리고 옆방 언니가 집에 어떻게 가는지 물어만 봤지 오라고도 안 했는데 왜 나갔냐고 물어서 하도 친구랑 나가서 놀고 싶어서 뛰쳐나간 거라고 말하니까 엄마가 말문이 막혔다. 나는 옷방에 들어가서(나중에 중요한 역할을 한다.) 할머니께 나의 심정을 털어놓았다. 할머니께서는 곧잘 이해해 주서서 역시 나와 할머니는 쿵짝이 잘 맞다고 하였다. 그리고 할머니 께서 곧 캐나다에 오실 거라는 소식을 전달받았다. 나는 너무나도 기뻤 다. 나는 할머니께서 오실 날만을 손꼽아 기다려야겠다고 마음먹었다.

　다음날, 엄마랑 나는 오후 되드락까지 잠들었다. 나는 엄마가 일어나 기 전까지 혼자 유튜브로 가야금 노래를 듣는데 그 중에서 린의 시간을 거슬러가 흘러나오는데 아직 운명의 상대라고 생각한 황규원이 생각나 엄마 몰래 눈물을 훔쳤다. 그리고 오후 넘어서 엄마랑 삼촌 만나서 조선 옥 한식당에서 한식을 먹었다. 엄마는 어디로 전화한다 나가고 나랑 삼 촌은 음식이 나오기 전까지 대화를 하였다. 나는 이렇게 엄마랑 삼촌이 화해해서 보기 좋다고 우리 모녀가 캐나다에 다시 왔을 때 문전박대하고 완전 뒤도 안 돌아볼 것처럼 대해서 서운했다고 애기했더니 삼촌이 눈물 을 글썽이며 미안하다고 하였다. 그리고 삼촌이 채식주의자에서 벗어나 서(외숙모도다.) 고기를 맘껏 먹고 보기 좋다하였다. 채식주의자 되서 단 백질 부족으로 머리 하얘져서 걱정했었다.

　그 다음날, 엄마랑 모처럼 기분 좋게 시내 나가서 저녁 먹으러 나왔다. 얼스(Earl's)라는 식당이었다. 전에 갔었을 때는 뭣모르고 관광객처럼 하 고 들어갔는데 이번에는 털옷 입고 차려 입고 갔다. 엄마랑 나는 하와이 안 피자와 나쵸 그리고 파스타를 시켰다. 맛있게 음식을 먹고 있는데 내 가 엄마가 날 옭아매고 너무 힘들게 한다고 토로했더니 엄마가 먹깨 이 모랑 전화하면서 자기가 힘들다고 엄청 뭐라해대는 것이었다. 나는 먹 깨에게 통화해서 엄마가 나를 너무 힘들게 한다고 그만 얘기 나오게 해 달라고 해서 알겠다고 하였다. 엄마와 나는 서로의 마음을 열고 미안하 다하며 서로 울었었다. 그야말로 눈물겨운 식사였다. 그리고나서 우리 는 바로 근처에 있는 쇼핑몰인 이튼 센터(Eton center)로 향하였다. 내가 신고있던 신발은 2년 전에 캐나다에 와서 산 스니커즈(반스)인데 내가 많 이 걷는데 밑에 쿠션이 없고 딱딱해서 쿠션있는 운동화를 하나 장만하려고 갔다. 스캐쳐스(Sketchers)라는 신발 매장에 가서 엄마에게 잘 어울리는 무지개색 끈으로 장식되어 있고 딱 봐도 통풍이 잘되어 보이는 흰 운동화를 추천해 주었다. 나는 쿠션 있는 끈은 안 묶어도 되는 검정 운동화를 골랐다. 하나 사면 하나 더 주는 행사를 하였다. 그런데 엄마는 내가 고른 검정 운동화가 마음에 안 든다며 생떼를 썼다. 안 그래도 한국인 직원이어서 다 알아들어서 창피했다. 나는 얼른 양해를 구하며 사가지고 나왔다. 그렇게 엄마는 하도 툴툴거리는데도 이 와중에 카페는 간다 해서 할머니랑 통화하면서 웃었다. 그리고 카페에 도착해서 나는 인도애가 시크교라고 한 뒤 안절부절 못했던 게 떠올라 검색해 보니까 여자를 못 살게 구는 폭력적인 종교인 걸 알게 됐다. 나는 이건 아니라고 하면서 엄마랑 대화를 나누었다. 밖에서 플래시가 두 번 터지고 She's a star. (그녀는 연예인이야.) 라고 어떤 사람의 말소리가 들렸다. 그렇게 얘기하다 옆방 언니가 내일 방 비우는데 짐 싸는데 긁혔다며 반창고 있냐고 카톡이 왔다. 나는 집주인 아주머니께 여쭈어 보는 게 좋다고 답하였다. 그러고선 나와 엄마는 잠금장치 없는 우리 방을 뒤질까봐 불안해서 서둘러 집에 갔다. 갔는데 옆방 언니의 상처는 그냥 그린 것 같아 보였다.

다음날 아침 나랑 엄마는 옆방 언니 짐을 옮겨 주었다. 그렇게 옆방 언니와 헤어졌다. 나는 그리고 이제서야 옆방 언니에 대한 비밀을 엄마에게 털어놓았다. 바로 동성애자라는 사실을 말이다. 이사 가는 것도 동성애자는 서로 알아보는지 도서관에서 만난 사이라고 얘기해 주었다. 엄마는 어떻게 알았냐며 물어봐서 내가 직감적으로 캐나다는 동성애가 합법이라고 좋게 말하는거 보고 눈치챘다 얘기하였다. 그리고 또 알고보니 밤마다 담배를 펴서 화장실 공기가 쾌쾌하다고 집주인께서 말씀하셨다. 그리고나서 나와 엄마는 집주인 몰래 저녁 때 야반도주하듯이 짐을 갖고 집을 나섰다. 삼촌이 올 때까지 기다렸다 차에 타서 공항으로 향하였다. 약간의 기다림과 엄청난 설렘과 기대 끝에 할머니를 뵙게 되었는데 완전 깜짝 등장으로 아빠도 온 걸 보게 되어서 엄청 깜짝 놀랐다. 나는 너무나도 놀라고 기뻐서 달려가 안았다. 아빠가 비행기표 끊는데 도움만 준 줄 알았지 같이 올 줄이라고는 상상도 못했다. 엄마, 아빠가 화장실에 가고 할머니께서 엄마 상태가 심각하다고 심리 상담 받으러 한국으로 돌려보내야 한다고 내게 얘기했다. 할머니께서 내 힘든 점을 잘 이해해 주시고 공감해 주셔서 눈물이 났다. 그리고 엄마에게 들키지 않기 위해 바로 눈물을 닦았다. 우리는 삼촌이 고른 숙소에 갔는데 복층에 시설이 깔끔하고 좋길래 나는 신나서 소파 위에서 방방 뛰었다. 그리고 오랜만에 내가 좋아하는 애착인형인 꿀꿀이도 같이 왔는데 할머니께서 바느질 솜씨로 옷을 새로 만들어 주셨다. 그렇게 나랑 할머니랑 꿀꿀이도 같이 잠에 들었다.

오늘은 가족의 날이다. 이날부터 나는 직접 안해도 다 말을 알아들어서(이때는 텔레파시인 줄 몰랐다.) 내 생각을 메모에 전달하였다. 나, 엄마, 아빠 그리고 할머니랑 택시 타고 한 마을에 가서 한바퀴 빙 둘러 산책하였다. 할머니께서는 '님과 함께' 노래를 알려줘서 같이 부르고 다녔다. 나는 할머니께 좋아하는 사람 있다고 얘기하였다. 집에 가서 할머니께 첫날 만나서 찍었던 사진을 보여주며 이 사람이라고 황규원을 가리켰다.

할머니께서는 말없이 알 수 없는 표정을 지으셨다. 이 얘기를 쓸 때 당시의 할머니의 생각이 어땠는지 물어보았는데 겉은 괜찮아 보이는데 속은 모른다고 하셨다. 나는 서울 깍쟁이라고 하니까 그럼 이기적이다, 배려 없고 못 쓴다 하셨다. 게다가 이익이 없으면 바로 관둔다고 얘기해 주셨다. 게다가 빗자루로 저리 가라고까지 해야된다고 하셨다. 그런 남자는 쪼잔하고 사람 고연히 이용하고 갈등 생긴다며 촌철살인을 해주셨다. 다 맞는 말이다. 안 겪어봐도 훤히 다 보인다. 어차피 다 드러나게 되어 있다. 하늘로 손바닥을 가릴 수 없듯이 진실은 손바닥으로 가릴 수 없다.

1층으로 내려가서 저녁 식사할 때 아빠는 그 자기도 술에 취한 좋아하는 여자애를 보고 바로 돌아섰다는 얘기를 하였다. 나는 이날 바로 이제부터 금주하겠다고 가족들 앞에서 선언하였다. 그리고 엄마에게 인도애가 만나자고 문자왔다고 하니까 시험기간이라 바쁘다고 에둘러 보내라 하여서 그리하였다. 그리고 황규원에게는 술 취하고 고백해서 미안하다고 보내라 해서 그렇게 보냈다.

다음날 나는 수업이 시작하기 전에 시간이 약간 남아서 황규원이 내가 보낸 문자를 제대로 못봤을 생각에 직접 아침마다 간다는 헬스장으로 찾아갔다. 그랬는데 진짜 황규원이 있었다. 나는 바로 헬스장에 들어가 황규원에게 다가갔는데 황규원은 겁이 질린 듯 다가오지 말라며 경비원을 불렀다. 나는 어차피 술 취한 채로 고백해서 미안하다 한마디만 하려고 온 거였어서 그 얘기만 하고 부리나케 경호원이 쫓아 오기 전에 강의실에 들어갔다. 그래도 경호원이 강의실에 와서 캐나다 원주민 강의 교수님께 수업 끝나고 경호원 만난다고 전달했다. 그렇게 수업이 끝나고 나는 교수님과 같이 경호원실로 향하였는데 자기는 강의실 문이 잠겨서 열어달라고 온 적 밖에 없다며 나한테 무엇 때문에 경호원이 부른거냐고 물어봐서 술 취해서 고백해서 미안하다고 그 한마디 한 것뿐이라고 하니 그렇다니까 괜찮다고 얘기해 주셨다. 교수님은 가시고 경호원에게 이 사실을 얘기하니 그만 가도 좋다 하였다.

엄마, 아빠 그리고 할머니께서 먼 숙소에서부터 데리러 택시타고 오셔서 다시 택시타고 집 앞 쇼핑몰에 갔다. 아빠와 할머니는 쇼핑몰에 있고 나와 엄마는 옷가지들을 더 챙겨 나오는데 시간을 보니까 벌써 두시가 되었다. 아까 황규원에게 마지막으로 한 얘기가 헬스장 앞에서 두시에 보자고 하여서 나는 이번에는 안에 체육복을 입고 준비해서 가족들에게는 공책을 놓고 왔다며 거짓말을 하고 다 같이 학교에 다시 갔다. 근데 아무리 헬스장을 둘러봐도 황규원은 없었다. 나는 복장규정을 물어보면서 더 기다려 봤지만 눈코빼기도 안 보여서 가야만 하였다. 직원은 내게 설명해 줄 때 훌쩍이고 있었다. 나는 비어있는 강의실에 들어가서 남아있는 연락처로 전화를 걸어보았지만 음성메일만 남길 수 있어서 나는 바로 보내기로 마음먹었다. 내 음성메일 비밀번호는 0702로 정하고 황규원한테 진짜 첫날부터 이상한 하루라고 말한 것처럼 이렇게 만난 게 기숙사 호수와 내 집 호수와 같기도 하고 운명 같은 만남이라고 얘기하였다. 하지만 그 뒤로 온 문자 내용은 상당히 딱딱했다. 내용은 이러했다. '나 너 진짜 싫어. 한 번만 더 보내면 차단할 것. 가까이 오면 보안요원을 부를 것.'이라는 다가오지 말라는 강력한 경고를 통보해서 나는 물러설 수밖에 없었다. 그리고나서 나는 다시 가족들이랑 집에 가려고 G건물 문밖에 가족들 있는거 보고 나가려는데 딱 뒷모습의 피터가 보여서 불렀다. 가족들은 그 사이에 잽싸게 숨었다. 피터는 탁구장에 가는 길이라며 같이 가지 않을 거냐고 물어서 나는 괜찮아. (Okay.) 라고 하고 풀이 죽은 모습으로 밖을 나섰다.

저녁 때 하도 기침을 해대서 할머니께서 집 가서 한국에서 가져온 감기약을 주셔서 먹었다. 병원에서 감기약도 센 거 말고 약한 거로 달라고 요청하셨단다. 그리고 약 먹을 때 물을 많이 마셔야 한다고 알려주셨다. 나는 이 요령을 지금까지도 덕분에 잘 쓰고 있다.

그리고 다음날로 넘어가지 전에 짚고 넘어가야 할 부분이 있다. 황규원은 그때는 내 운명이라고 생각했지만 지금 다시 생각해보면 어거지다. 기숙사 호수가 내 한국 집 호수랑 같은 거부터 카카오톡 프로필 사진이 가죽자켓인 점(어렸을 때 가죽자켓 입은 아빠보고 멋있다고 얘기했었다.)이 있다. 게다가 강남에 살고 금융계로 취업하려는 게 딱 은행원에 강남 살기 좋다 생각하는 엄마의 남편감이다. 또 내가 똑똑해서 실망하는데 이것도 자기의 정체가 발각되는 게 싫어서였다는 것도 깨달았다. 인스타그램에서 사상이 이상한 유아인을 팔로우 한 걸 보고 마음이 걸린 것도 있었다. 여러모로 너무 딱딱 맞아서 오히려 이상한 점이 많다. 성격도 안 맞는데(뒤에 설명이 되어 있다.) 그와 반대로 동민 오빠는 같은 고향 충남 예산 출신이고 아빠 모임 때마다 나랑 잘 놀아준 좋은 추억이 있는 소꿉 친구이자 오빠이다. 자연스럽게 만나서 서로 첫눈에 호감이 있었다. 이 모든 걸 알게 된 건 차차 많은 일들을 겪고 깨닫는다. 더 할 얘기가 뒤에도 많다.

다음날, 오늘 쓰기 수업에서 시험기간이라서 만나는 걸 미룬 인도애가 DM(디엠)이 와서 만나자고 해서 나는 너가 날 이해하려 한다지만 너는 숨기려 하는 게 많고 말을 돌려서 하는 것도 많다라고 얘기했다. 그러면서 인도애는 자기가 직접 깨닫지 못하고 뭘 숨기는지 알려달라 해서 내가 한 번만 더 보내면 차단한다 통보했는데도 계속 물어서 결국 차단해 버렸다. 강의실 안에 애들이 훌쩍였다. 지금 생각해보니 인도애는 키만 멀대같이 큰 런닝맨 이광수를 의미하는 것이었다. 이 글 쓰고 있는데 유튜브 알고리즘으로 알게 되었다. 이참에 나는 할 말 다 해야겠다 싶어서 수업이 끝나고 아루흐의 인스타그램을 보고 한국인 여자친구가 있는 걸 알고 한국 친구들도 많던데 나한테 굳이 한국어를 안 배워도 되겠다며 언팔로우(친구 신청 취소)를 하겠다고 얘기했다. 그리고 메이사에게도 모르는 낯선 사람하고 만나자는 건 미리 얘기했어야지 그건 예의가 아니라며 미안해야 한다고 해서 미안하다고 얘기 듣고 그 둘은 갔다.

　일주일 만에 바드라랑 사리타를 만났는데 저번에 만났을 때 바드라에게 기침이 옮겨간 사실을 알아냈다. 사리타는 열이 나서 시험공부 하지 말고 쉬라 하였다. 바드라랑 사리타네 남자애가 나보고 생뚱맞게 과제를 물어봐서 나는 너희 과가 아니라고 말하며 웃었다. 나는 수업이 빈 시간 동안 이따 역사 시험을 볼 준비를 위해 샤프심을 사려고 학교 안 문구점을 찾으러 돌아다니다 A건물과 B건물 사이의 B건물 컴퓨터 공간에 중간에 있는 통로로 가는 길에 검정 롱패딩을 입은 뒷통수만 딱 봐도 황규원인 걸 알아봤는데 자리에 앉아있다가 수업시간이 다 되었나 본 지 일어서길래 나는 수업 가는데 방해하고 싶지도 않을 뿐더러 보안 요원에게 또 잡히고 싶지 않아서 나는 아랑곳하지 않고 코너(모서리)를 돌며 학교 문구점으로 향하였다. 나는 샤프심을 사고 도서관으로 향하였다. 반대편으로 도서관 책장이 보이는 자리에 착석하였다. 공책을 펴고 어제에 이어 마저 역사책을 보며 공부하는데 왼편에는 연인이 ‘She’를 강조하면서 말하고 있고 오른편에는 동양인 남자가 계속 훌쩍이고 있었다. 그래도 나는 상관 않고 내 시험공부에 열중했다. 시험 전에 원래 있던 샤프심 통을 버리려 하다 카드를 버려서 다시 갔는데 청소부 아주머니께서 친절히 빼내어 주셨다. 그리고 시험을 무사히 잘 치르고 엄마, 아빠, 할머니랑 A건물 밖에서 만나고 택시타고 집에 왔다. 밤에는 싸리눈이 내리고 있었다. 나는 황규원을 그리워하는 심정을 노래를 들으며 삭혔다. Vicetone(바이스톤)의 Nevada(네바다)와 walk thru fire(불 위를 걷다)를 들었다. 아빠는 택시 안에서 황규원을 겨냥해 왜 마음을 안 받아주냐고 욕했었다. 할머니께서는 삼촌 집에 놀러 가셨는데 눈폭풍이 불어서 못 오신다 하였다. 학교도 내일 쉰다고 공고문이 올라왔다. 저녁은 고기에다 쌈 싸서 밥을 맛있게 먹었다. 그리고 나는 내 심정을 아리랑 노래로 풀며 엄마, 아빠에게 난생 처음으로 내가 노래 부르는 걸 선보였다. 아빠는 내

게 노래 잘한다고 칭찬해 주면서 왜 지금까지 안 불렀냐고 말해서 그동
안 가사를 안 외웠어서라고 답했다. 그러고 나는 내일 노래방에 가자고
하였다.

　다음날이 되어서 삼촌이 할머니 모시고 오고 나는 엄마, 아빠랑 하버
프론트(항구 앞)에 갔다. 나는 엄마, 아빠가 하버프론트를 거닐며 호수를
바라보고 있을 동안 공허한 마음에 계속 콧노래로 마루 밑 아리에티 노
래를 흥얼거렸다. 전에 먹었던 비버테일(넓적한 빵) 가게에서 엄마가 주
문할 동안 나는 계속 흥얼거리며 밖에 있는 벤치(긴 의자)에 앉아있었다.
그때 옆에 참새들이 와서 나의 울적한 마음을 달래주었다. 나는 가게 안
에 들어가서도 호수를 바라보며 계속 콧노래를 불렀다. 그리고 내가 캐
나다에서 혼자 생활 하다시피 했었을 때 올린 게시물들을 보니까 진짜
혼자서 토론토 일대를 돌아다니고 장도 봐오고 힘들게 살았던 것까지 생
각이 났다. 엄마가 갑자기 오늘 노래방 가는 건 멀어서 힘들다고 하면서
다음에 가자해서 나는 내 울적한 마음이 터져나와 눈물이 나왔다. 안 그
래도 마음이 힘든데 표출할 수 있는 노래방에 못 간다고 하니 더 무겁게
느껴졌다. 아빠가 내 마음을 달래주며 노래방에 갈 거라고 내가 많이 다
녀봤으니까 길안내를 해달라고 부탁하였다. 나는 눈물을 닦고 앞장서
서 길안내를 하였다. 이때 아빠는 나보고 혹신 안 맞았다고 대단하다 칭
찬했었다. 내 강인한 의지에 놀란 듯 하였다. 이 글을 쓰며 이 말을 했던
아빠의 생각을 물어봤는데 고집불통이란다. 나는 강한 신념이라고 정정
했다. 그리고 캐나다에서 아빠 많이 힘들었지라며 미안하다고 안아주었
다. 아빠는 "엄마가"라며 나지막이 얘기했다. 내가 사방팔방 돌아다니느
라 엄마가 고생은 했지만 원인 제공은 한 것도 있다. 우리 가족은 유니언
(Union) 역까지 걸어갔다. 지하철에 타서 안에서 나는 끝 역인 핀치역까
지 가니까 엄마, 아빠한테 자도 된다고 하였다. 나는 엄마, 아빠가 자는
동안 세네카 오픈톡방에 의문이었던 내 초성인 'ㄴㅇ'로 별명을 지은 사

람이 미국여행에 대해서 질문하는 걸 보자마자 첫날에 뉴욕에 갔다 말하고 또 가면 시카고 쪽에 갈 거라고 얘기했어서 나는 단번에 그 자가 황규원인 걸 알아낼 수 있었다. 나는 전에 질문한 발렌타인데이에 여자에게 줄 선물을 물어보는거랑 웬 밤에 국밥집을 물어보는 게 내가 전에 국밥 좋아한다는 걸 말했어서 다 나를 지칭하는 것까지 알아내 눈물을 흘렸다. 나는 여태까지 한국인 동아리에서 내가 뽑은 임원진인 줄 알았는데 그게 아니었다. 그렇게 눈물을 훔치고 핀치역에 도착해서 단골된 노래방에 가서 엄마, 아빠랑 나 놀리는 곡으로 잘 모르는데도 블랙핑크의 마지막처럼을 불렀다. 하지만 나는 아랑곳하지 않고 내 차례가 되기까지 기다렸다. 나는 일본곡인 마루 밑 아리에티 노래부터 시작하는데 노래방에 없어서 마이크 하나는 핸드폰에 반주가 흘러나오는 걸 듣기 위해 갖다댔고 불렀다. 그리고 중국곡인 장난스런 키스의 청명한 심장소리, 나의 소녀시대의 소행운을 불렀다. 또 한국곡은 응급식을 불렀다. 그리고 아빠가 내가 부른 노래의 가사 뜻은 알지 못 하지만 내게 불러준 노래가 사랑했지만이었다. 이때는 동민 오빠의 마음을 대변한 노래란 건 생각지도 못했었다. 그리고 같이 신나게 부른 노래가 내가 좋아하는 그 아

픔까지 사랑한 거야, 첫눈이 온다구요, 아이스크림 사랑이었다. 다시 생
각해보니 처음에 황규원을 생각하며 불렀다가 아빠가 부르는 노래로 아
빠의 마음을 알아채서 그 뒤 곡 선정은 아빠를 향한 마음으로 부르게 된
것이다. 이것 참 신기할 따름이다. 운명은 역시 거스를 수 없나보다. 의
도치 않게 아다리가 맞으니 말이다.

그렇게 신나게 놀고 엄마, 아빠는 나보고 나보고 음식점을 고르라고
해서 여기 온 김에 가야금에 가기로 결정하였다. 나는 그날 만남이 생각
나 계속 이어폰을 꽂고 노래만 듣고 있었다. 음식도 그때처럼 같은 것을
시키고 한입만 먹었다. 그러던 와중에 옆자리에 황규원이랑 비슷하게
생긴 남자가 마스크를 쓰고 여자 옆에 앉은 걸 보았다. 나는 흘깃 보고
중국어하는 목소리를 들었기만으로도 아니라는 것을 알아챘다. 엄마,
아빠가 밥을 먹으라고 해도 대꾸도 안 하고 노래만 들었다. 엄마는 그 비
슷하게 생긴 사람을 등지고 나에게 이만 집에 가자고 하였다.

나는 할머니랑 방에서 같이 자면서 편안함을 느꼈다. 같이 누워서 대
화하는데 엄마를 병원에 보내려면 내가 학업을 중단하고 나도 같이 가
야한다고 했다. 나는 전에 캐나다에 있었을 때 엄청 힘든 시기를 보냈는
데 이제 환경 탓 안 하고 공부만 하겠다고 선언했어서 학업을 그만둘 수
가 없었다. 그리고 엄마랑 같이 있는 게 숙명이라고 얘기하며 울음을 터
뜨렸다. 할머니께서도 하늘도 무심하시지라며 서로 안으며 눈물을 흘렸
다. 그러다가 할머니께서 지어주신 별명인 꽃순이 덕분에 캐나다도 다
시 오게 되고 좋은 일 생긴다고 말해주셨다.

이날 나는 하버프론트에 가기 전에 비판적 사고력 수업 때 받은 수업
자료인 Locke(로크)의 The property(재산권)를 발췌한 부분 중 David the
God라 써져 있는 걸 보고 국제학생 환영회 때 본 황규원의 영어이름인
데이빗(David)이랑 연관지어 생각할 수 있어 그가 신인 것을 알아냈다.
그리고 뒤이어 할머니께서 나를 보시고 교통사고 때 내가 살아날 수 있

었던 게 '하늘이 받드는 아이'라서 그렇다고 내게 얘기해 주었다. 그래서 나는 날씨의 아이가 생각나 황규원이 맑음 소년이고 내가 용신인 걸로 알았다. 하지만 이제는 안다. '신'동민 오빠가 진정한 신이고 내가 여신이라는 사실을 말이다. 나는 근래에 알아낸 사실이 바로 홍산 문명이 우리나라 것이고 여신을 숭배했다는 내용이다. 그리고 앞으로 계속 겪어나갈 일들을 통하여 믿게된 사실을 말이다. 날씨의 아이도 맑음 소년이 동민 오빠고 내가 용신이다. 캐릭캐릭체인지 주인공 아무 성우분의 이름이 이용신인 것도 단서다. 날씨는 천기(天氣), 즉 하늘의 기분이라고 한다. 나는 이 영화 소재를 통해 동민 오빠와 내가 왜 운명인지 더욱 더 굳세게 알아낼 수 있었다. 지금 기계 문명이 판을 쳐 과학으로 지구온난화다 기후변화다 그러는데 다 사기다. 정신 문명으로 보면 하늘의 무남이 날씨를 관리하는 거다. 또한 다수를 위해 소수의 희생을 강요하는 사회를 비판하는 걸 영화에서 보여준다. 도시는 인간의 이기심으로 쌓아 올린 집합체라는 것을 표현하기도 한다. 이런 공리주의의 폐해를 적나라하게 보여주면서 책 호밀밭의 파수꾼을 보여주며 아이들의 동심을 지켜야 할 것을, 아이들을 위한 세상에 힘쓸 것을 어른들에게 말해주고 있다. 이렇게 여운이 남을 정도로 감명 깊게 본 영화는 같은 감독인 신카이 마코토가 만든 너의 이름은 이후로 처음이다. 영화 너의 이름은 도시에 사는 남자 타키와 시골에 사는 여자 미츠하의 영혼이 바뀌면서 운석으로 인한 충돌로부터 시골마을의 종말을 막는 인연에 대한 이야기다. 이 영화를 다시 해석해 보자면 시골여자에서 도시여자가 된 나와 시골남자 동민 오빠가 사악한 외계인들로부터 지구를 지켜내기 위해 운명을 건 사랑의 쟁취라고 볼 수 있겠다. 나는 어쩐지 이 두 영화가 되게 감명깊다 생각했는데 알고보니 피부로 와닿는 내용이라서 더 그렇게 느껴졌나보다.

　여기서 나는 또 하나의 사실을 발견하게 된다. 바로 눈 크기이다. 일단 황규원은 여우가 아니라 너구리같이 생겼다. 동물의 숲 게임에서 여우를 눈이 작은 애로 묘사하였다. 여우는 실제로는 눈이 크다. 동민 오빠가 턱이 얄상하게 길게 생긴 여우상이다. 바로 농사의 신 이나리이기도 하다. 눈 크기는 중요한데 그 이유는 동민 오빠랑 황규원의 가장 큰 차이점이여서다. 예로부터 뱀눈이라 부르는 일명 작은 눈은 음침한 구석이 있다고 알려져 있다. 그래서 조심해야 한다고 말이다. 동민 오빠는 눈이 엄청 커서 내가 별명을 왕눈이라 붙여주었다.

이제 천생연분에 대해서 알아보겠다. 부부는 서로 닮는 게 아니라 원래 자기랑 똑같이 생긴 사람에게 끌리는 것이다. 그러므로 서로 눈크기가 큰삼촌, 외숙모랑 잘 맞는 것이다. 그리고 또 하나는 순결을 지켜주는 것이다. 운명의 상대는 여자의 지조와 절개를 지켜줄 줄도 아는 게 정설이다. 물론 내가 엄마, 아빠 덕분에 이 세상에 태어나기는 했지만 이건 이거고 그건 그거다.

그리고 할머니께서 감기약 주신 날 내 머리 속에서 지금 여러 생각들이 계속 돌고 있다는 걸 아시며 나에게 하신 얘기가 있다. 바로 마음 평안, 안정이 중요하다는 것이다. 또 암만 좋은 일이라도 적당히 좋아해야 한다, 너무 빠지면 안 된다, 노는 날 무궁무진하다 너무 성급하게 생각하지 말자며 자제력 기르기에 대해 설파하셨다. 그리고 다음날은 전화상으로 차분해지자, 당황해 하지 말고 침착해지자, 모든 일은 순리적으로 풀어나가야 한다, 흥분하는 것, 충동적인 행동을 가라앉히라는 얘기를 나눴다.

우리 가족(나, 엄마, 아빠, 할머니 그리고 삼촌까지)은 저녁 때 모여서 가족 회의를 하였었다. 그래서 가족 회의의 결론은 온 가족의 화목은 내게 달린 것이고 나는 영화 장난스런 키스처럼 내가 공부를 열심히 하면 황규원을 만날 수 있는 거라고 생각해 앞으로 지금처럼 열심히 공부할 거라고 얘기한 다음 가족회의 끝이라고 선언했다. 하지만 이 반대가 사실이다. 영화 나의 소녀시대에서 여주인공은 남주인공이 유학 가고나서 남긴 라디오 음성녹음을 듣고 그동안 몰랐던 마음을 알게 되어서 눈물을 흘린다. 그리고 남주인공이 유학을 갔다오고 성인이 되어서 서로의 마음을 다시금 깨닫고 다시 만나게 된다. 내가 유학 갔다와서 동민 오빠의 마음을 알아채고 다시 만나게 되는 사실과 거의 유사하다.

　다시 일상얘기로 돌아와서 나는 엄마랑 같이 사는 게 힘들어서 나는 독립된 인격체고 가족이나 특히 엄마 말만 따라야 하는 인형 같은 존재가 아니다라고 단호히 말하였다. 그리고 내가 가지고 있는 돈으로 독립할 것이라 폭탄선언을 하였다. 삼촌은 이미 집에 갔고 다들 충격을 먹고 말을 잊지 못하고 있다가 할머니께서 먼저 입을 여시며 엄마, 아빠가 이 지경까지 오도록 자식을 잘못 돌봤다고 구박하시며 마음 속 얘기를 털어놓으셨다. 엄마, 아빠는 반성하고 있는 듯 보였다. 그리고 나는 할머니와 위층 방에 올라갔다. 그런데 할머니께서 가슴을 부여잡고 답답해 하셔서 서둘러 물 뚜껑에 물을 담아서 드렸다. 좀 마음이 가라앉히시면서 하시는 말씀이 모든 걸 다 감사하게, 차분하게, 마음 편하게 속에 있던 말을 다 털어놓고 내가 생각하는대로 얼마든지 살 수 있을 테니까 걱정말라고 곰곰이 생각해보니 울애기가 많이 성장했다며 전에는 엄마가 엄청 화내도 대꾸도 안 하고 눈물만 흘렸는데 이제는 속마음을 다 털어놓았다며 이렇게까지 성장한 줄 몰랐다 하셨다. 할머니께서는 진짜라며 나를 믿는다고 하셔서 나는 할머니께서 나를 믿어주셔서 감사해요라고 말했다.

　아침에 일어나서 다시 가족들이 모여 앉아 내가 독립하는 건 아닌 것 같다고 얘기했다. 그랬더니 다들 안심했다. 내가 그동안 가족들이 나를 과잉보호로 엄청 신경써서 부담스러워 하였다며 고심 끝에 엄마랑 서로 독립하는 걸 연습하면서 시간을 갖기로 결정하였다. 지금 생각해보니 독립이 자주독립과도 같은 말이다. 바로 이상한 나라의 앨리스에서 나오는 다의어 갖고 말장난하는 거다. 아빠가 눈이 노는 날 아직도 아빠가 어린 애라고 하는 것은 내가 눈만 보면 너무나도 흥분해서이다. 눈알을 뜻하는 눈이 아니다. 눈은 순수하고 깨끗하고 낭만적이다. 옛날에는 장단음으로 구분을 하였다. 쓰다보니 SNS가 눈이란 걸 알게 되었다. 그리고 부부 호칭도 여편네의 뜻은 옆에 있는 사람, 남편은 남의 편으로 대신 여보, 당신을 써야한다. 나중에 또 다른 예시들을 보여줄 예정이다.

나는 비판적 사고력 수업의 토론 과제인 A.I 비판으로 A.I는 결국 모방할 줄만 안다는 의견으로 마치고 엄마, 아빠랑 분위기 좋은 식당에 가고 내가 시내에 집 보러 왔을 때 들린 마트도 구경시켜주었다.

다음날이 되었다. 아빠랑 할머니랑 캐나다에서 같이 있는 마지막날이다. 나는 아침 일찍 일어나 어제부터 삼촌, 할머니까지 포함해서 마지막 날인데 나이아가라 폭포에 가자고 졸라댔다. 삼촌은 아직 안 오고 다들 주무시느라 여념이 없었다. 내가 일어난 지 한시간 뒤에 다들 일어났다. 할머니는 어제 삼촌이랑 공원을 계속 돌았어서 몸이 힘드시대서 엄마랑 아빠랑만 가기로 하였다. 가기 전에 드디어 햇볕을 받아 눈이 잘 뭉쳐질 수 있어서 아빠랑 같이 눈사람을 만들었다. 나뭇잎으로 눈, 코, 입을 만들었다. 그리고 나는 상 위에 하트를 눈으로 만들어 놓았다. 그렇게 신나게 놀고 택시를 불러서 나이아가라 폭포로 출발했다. 나는 평소와 같이 이어폰으로 노래를 듣고 있는데 라디오 넘어로 마음이 편안한 노래가 나와서 물어보니 Aradhana(아라드하나)라고 신에게 감사하는 뜻을 지닌 인도 노래였다. 여기서 말하는 신은 가사를 보니 daivame(다이바메)/david(데이빗), 즉 황규원을 뜻한다. 그 당시 나는 이 노래를 듣고 (가짜) 신에게 감사하는 마음을 가득 담아 노래를 따라 부르다보니 어느새 도착했다. 나이아가라 폭포에 도착해서 내렸는데 설경이 너무나 멋졌다. 게다가 해에 무지개빛이 일렁이는데 처음보는 광경이었다. 제대로 된 폭포를 보러 버스를 타기 전에 갈 때 버스를 어디에서 타는지 안내소에 가서 물어보고 답변받고 가려는데 안내자가 "Somebody is waiting

for you."(누군가 너를 기다리고 있어.) 라고 해서 나는 드디어 황규원을 볼
수 있게 되는 것인가 하는 기대에 부풀어 있었다. 그러고나서 우리 가족
은 나이아가라 폭포를 보는데 엄청나게 많은 양의 폭포수가 쏟아지는 모
습에 절로 우와 소리가 멈추지 않을 수 없었다. 아빠는 좋은 풍경을 보며
우리는 손님이라고 의미심장한 말을 하였다. 그렇게 폭포를 보고 뒤쪽
으로 폭포가 보이는 식당으로 가봤는데 괜찮아 보여서 안내를 받을 때까
지 기다리고 있었다. 그러던 도중에 뒤쪽에서 황규원의 목소리가 들렸
다. 나는 같은 식당에서 밥 먹으면서 만나게 되겠지 하고 생각해서 뒤를
안 돌아봤다. 그때 엄마가 사람들 많아졌다며 뒤 보라고 해서 봤는데 황
규원은 안 보였다. 나는 다른데서 보겠거니 하고 실망하지 않았다. 식당
에 창가자리는 예약석이라서 근처에 앉았다. 보는 풍경은 좋았지만 음
식들이 전체적으로 맛이 없었다. 그러다가 엄마가 집에 가는 기차 예약
을 해야 한다고 빨리 홈페이지 열어서 예매하려고 하는데 계속 실패돼서
나는 미국 국경에서 황규원을 만나서 우버 불러와서 같이 가는 거 아닐
까라는 생각을 했다. 엄마의 계속된 시도 끝에 아까 물어봤던 버스를 타
고 시내까지 가는 버스를 끊어서 집에 갈 수 있게 되었다. 나는 버스에서
내내 저물어가는 햇빛을 받으며 잠든 척을 하였다. 그러니까 도착하니
"Thank you for your patience."(너의 인내심에 감사드립니다.)라고 음성안
내가 나왔다. 지금은 차분함이 중요하다는 것을 아주 잘 알고 있다. 시내
에 도착해서 카페에서 쉬다 택시 타고 집으로 갔다.

　아침부터 할머니랑 아빠가 한국으로 돌아가는 날이라 삼촌이 와서 공
항까지 바래다 주고 이만 일하러 갔다. 나는 전에 왔던 경험으로 탑승구
를 금방 찾아내었다. 아직 비행기 타기까지 시간이 남아서 짐 부치는데
근처 의자에 엄마랑 할머니께서 앉으셨다. 그 전에 앉던 사람의 여행가
방의 이름표가 I♥NY(나는 뉴욕을 사랑한다/뉴욕이기도 하지만 내 영어 초성
이기도 하다.)인 걸 보았다. 나랑 아빠는 공항 한바퀴를 돌아보며 아빠에

게 공부 열심히 하겠다는 열의를 보였다. 그러고나서 시간이 되어서 할머니와 엄마가 있는 데로 다시 갔는데 비어있던 자리에 하얀 종이로 된 비행기표가 놓여져 있어서 황규원이 왔다갔다라는 생각에 혹시 몰라 주워왔다. 집에 가서 보니 시카고행 비행기라 한다. 전에 미국여행 시카고에 간다고 했는데 맞을 수도 있겠다 생각이 들었다. 아무튼 그렇게 아빠랑 할머니랑 인사를 나누고 엄마랑 택시 불러서 집에 왔다. 집에 와서 나는 어제 알아낸 인도 노래 가사를 사전을 통해서 해석해 내었다. 그리고 이번주는 리딩 위크(Reading week)라고 해서 계속 쉬니까 뭘할까 생각하다 YMCA(체육시설장)에서 만난 인도 여자애 다미니(Damini)가 아침에만 만날 수 있다고 말한 게 떠올라 연락해서 내일 보기로 하였다. 그러고나서 엄마랑 나는 마트에 가려는데 갑자기 눈폭풍이 불어서 롱패딩에 부츠 신고 완전무장하고 나갔다. 나는 내일 다미니에게 줄 선물로 마트에서 도시락김을 샀다. 나는 영화 트루먼쇼에 나오듯이 카메라(핸드폰 뒷면, cctv)를 통해 감시받고 있다는 걸 알고 있는데 그 모습을 보는 게 황규원이라고 생각되어 마트에서 카메라(cctv)를 찾게 될 때마다 이제는 피하지 않고 좋아서 보기만 하면 씨익 웃었다. 집에 오는데 바람이 많이 불어서

집 안쪽으로 들어가니까 괜찮았는데 내가 바람이 없으니까 괜찮네 말하니까 또 다시 바람이 불려해서 괜히 말했네라고 얘기했더니 멈췄다. 진짜 날씨의 아이가 맞나보다. 이제는 잘 안다. 내가 지금 트루먼쇼의 주인공이다. 외계인들은 나를 카메라를 통해서 감시하는 것도 맞다. 그래서 이걸 사람들이 카메라에 대한 책을 보고 있는 걸 통해 이 사실이 맞다는 걸 다시 느낄 수 있었다. 그리고 사람들의 옷차림으로 단서를 주며 가리고 다녀야 한다는 것도 말이다. 그래서 밖에 나가면 마스크, 모자 그리고 선글라스까지 착용하고 나간다. 확실히 사람들이 핸드폰 뒷면 카메라를 보이고 다니게 줄었다. 엄마는 내게 나를 이제 사람들이 어린애가 아닌 처녀로 보기 때문에 남자들이 다 쳐다본다며 얼굴을 가려야 한다는 사실을 은유적으로 알려주었다. 그리고 영화 장난스런 키스에서 여주인공만 감시용 게시문 올리기를 못 보고 남주인공과 사람들이 공유해서 보는 설정이 있어서 이걸 좋게 봐 왔었다. 하지만 아니라는 걸 이제는 잘 알고 있다. 그리고 날씨도 바람이 부는 게 좋은 의미라는 걸 안다. 이건 추후에 다시 설명하겠다.

집 앞에 작은 놀이터에 눈 쌓인 미끄럼틀을 보고 그토록 바랐던 눈미끄럼틀을 탔다. 상상 이상으로 재밌었다. 집에 와서 나는 바드라에게 옮겨진 기침이 안 나아서 엄마에게 쌍화탕을 데워달라고 요청하였다. 밖에 창문을 보니 눈이오고 바람이 와서 내가 잠재워야겠다는 생각이 들었다. 나는 그동안 즐겨듣던 곡들이 슬슬 지겨워져서 새로운 곡을 들었다. 학교 다니면서 나쁜 말 듣지 말라고 이어폰 꽂고 다니라고 가족이 조언해 주었기 때문에 Vicetone의 노래 세 곡 Nevada, Waiting 그리고 Walk thru fire)이랑 일본 노래(마루 밑 아리에티) 그리고 중국노래(장난스런 키스 노래)를 돌려가며 듣고 있었다. 이 조언은 바로 내가 남들 통해 들리는 얘기가 환청이 아니란 걸 반증해 주는 말이기도 하다. 나중에 더 밝혀질 것이다. 나는 새로운 곡인 오마이걸의 클로져, 비밀정원, 다섯 번째 계절 그리고 한발짝 두발짝을 들었다. 나는 엄마에게 내일 오후에 단골인 노래방에 가자고 하였다. 나는 방에 자기 전까지 저번에는 노래만 준비했지만 이번에는 춤까지 연습하였다. 그리고 아빠와 할머니 왔을 동안 새로 온 옆방 언니인 이수영 언니와 연락처를 교환하는데 내 핸드폰에 바로 'Suyeong'(수영)이라고 이름이 떠 서로 신기해 하였다. 외계인의 소행인 거 지금은 잘 알고 있다.

나는 아침에 일어나자마자 다미니네 집에 가기 위해 준비했다. 다미니네 집은 내가 살고 있는 연립주택(타운하우스)에서 얼마 안 되는 가까운 거리에 위치해 있었다. 나는 초행길이지만 지도를 잘 보고 찾아갔다. 정문에서 다미니를 부르며 문을 열었는데 흑인 남성분이 나오면서 다미니를 보러 안에서 기다릴래 하고 묻길래 괜찮다며 내가 직접 다미니가 사는 지하에 가서 물어보겠다 하였다. 나는 비좁은 통로를 지나 나뭇가지를 헤치고 겨우 지하로 통하는 문 앞에 다가갈 수 있었다. 드디어 다미니가 맞이하고 아침으로 팬케이크를 해준다길래 나는 노래 들으며 소파에 앉아 있었다. 후식으로 요거트를 준다는데 유통기한이 지났길래 빨리 버리라고 알려줬다. 다행히 팬케이크 가루는 유통기한이 남아있었다. 팬케이크를 먹고 방 소개를 해주는데 보니까 다른 룸메이트도 이 집에서 남녀 섞어서 한 방씩 각각 살고 있었다. 다미니의 방은 옷장이 넓었다. 곧 수도공사한데서 잠깐 씻고 온다는 동안 나는 방을 둘러보았다. 다미니가 돌아오고 나보고 수영하자 했는데 중히 거절하였다. 그리고 다미니의 가족 사진을 보고 얼굴 사진(셀카)을 봤는데 잘 찍어서 나도 알려 달라 해서 연습해 보았는데 잘 안 되었다. 그렇게 짧은 만남을 뒤로 하고 나는 집에 들렀다 엄마랑 나와서 십분 정도 거리인 캐나다 타이어(생활용품점)에서 오븐 장갑을 사고 택시를 불러서 핀치에 있는 단골노래방으로 향했다. 엄마가 선곡한 김태우(황규원)의 사랑비와 박미경의 이브의 경고를 같이 불렀다. 그리고 내가 어제부터 꽂힌 오마이걸 노래를 춤추며 내 마음을 노래하였다. 옆 방에서는 내 또래 여자가 우울하게 부르고 있었다. 아마도 동민 오빠의 심정을 표현한 것이라 생각된다. 이 당시에 엄마는 노래방 화면이 이상하다는 나의 저번 말에 공감하였다. 그러고나서 바로 위에 있는 카페 프린세스(공주 커피집)에 가서 엄마랑 아이스크림 와플을 먹었다. 엄마는 "캐나다가 나연이에게 많은 의미가 있는 나라야."라고 말했다. 이 의미는 나중에 알게 된다. 핀치에 온 김에 H마트(한인마트) 들려서 저녁 장보고 집으로 왔다. 집에 가서 핸드폰을 보는데 갑자기 음성명령이 켜지더니 왕자님이라고 불러달라고 나오는 것이었다. 나는 내가 뭘 본 거지라고 생각하며 어이없어 하였다. 지금보니 먹깨 이모가 말한 A.I(외계인)와 연애한 게 맞다.

황규원은 영화 외계+인을 보면 배우 류준열이나 다름 없는데 외계인의 숙주다. 나는 배우 김태리인데 내가 외계인으로부터 지구의 종말을 막을 열쇠나 다름없이 나온다. 그리고 김태리 옆에서 돌봐주는 배우 김우빈의 역할이 바로 동민 오빠다. 그리고 엄마도 외계인 숙주나 마찬가지인데 이건 배스킨라빈스에서 가장 1위인 초콜릿맛 아이스크림 이름이 괜히 엄마는 외계인이 아니다. 다 카르마(업)가 무서워서 다 알려주고 있

는 것이다. 책 외계인 인터뷰도 다 사실이다. 그리고 아기공룡 둘리에서 엄마 찾아 삼만리 하며 남극에서 엄마를 찾게 된다. 내 허벅지에 남극 대륙 모양의 자국이 있다. 초등학교 때 YMCA에서 독서 모임에서 이글루 만들기, 별그림 아뜰리에에서 준 이글루도 있다. 이 단서들을 종합해 보자면 엄마의 집나간 영혼(정신줄)은 남극에 뭔가 비밀 기지가 숨겨져 있어서 거기서 다시 정신을 원래대로 돌아올 수 있게 할 수 있을 것으로 추정된다.

나는 새벽 3시에 눈이 떠져서 오마이걸 영상을 보고 있다가 아이즈원 영상이 알고리즘으로 다음 영상에 떠서 한번에 다섯 곡이나 되는 영상을 보며 신나게 한 팔을 휘저으며 춤을 추고 다시 잠에 들었다.

나는 아침부터 일어나자마자 오마이걸 영상 틀으면서 춤을 췄다. 이어서 영상으로 Liar Liar(거짓말쟁이)랑 Cupid(사랑의 천사)도 나와서 그것까지 춤을 췄다. 그리고나서 노스욕 일반 병원에서 제이드(Jade)이었다. 호프(Hope)라는 사람이 상담 전화가 오는날이어서 시간 되어서 전화 받았다. 그런데 내가 지정된 번호로 다시 걸어야 돼서 안내를 잘 듣고 해당번호를 눌러서 겨우 전화를 걸 수 있었다. 상담사 호프는 내게 스트레

스 관리하는 수업이 있다고 얘기해 주었는데 나는 공부에만 조금 스트레스 받고 그 외에는 없다며 괜찮다고 하였다. 그리고 필요하면 다시 연락 달라고 하면서 내가 squeeze(스퀴즈)의 속어 뜻을 모르고 쥐어짜내다만 알아서 엄청 부정하니까 거절하다라고 답변했다. 검색해보니 속어 squeeze의 뜻이 낭만적인 동반자인데 부정해서 말하기 잘했다. 이어서 상담사는 내가 겪고 잇는 상황을 재밌는 증상이라고 해서 엄청 웃었다. 그리고 통화를 잘 마쳤다. 그리고 나는 학교 홈페이지에 들어가서 둘러보다 세네카 한국인 동아리(Seneca Korean Club, 이하 SKC)에 황규원이 동아리 명단에 있어서 가입되어 있는 것을 보게 되었다. 나는 서희가 사겼던 오빠를 만난 게 동아리에서라는 게 생각이 났다. 처음 만난 날 계단을 오를 때 한국인 동아리에 왜 가입 안 하냐고 내가 물어봤는데 안 한다 했으면서 이렇게 깜짝 놀라게 하였다. 나는 엄마를 피해 속히 화장실에 들어가서 내 놀란 심장을 부여잡았다. 겨우 심장을 달래고 나와서 엄마가 나 너무 적게 잤다 해서 나도 그렇게 생각한다고 해서 네 시간이나 자버렸다. 한마디로 악마의 속삭임이다. 그러고나서 YMCA에 엄마랑 가서 엄마는 줌바(춤운동) 비슷한 아리바하고 나는 직원 알렉스(Alex)이랑 떠들었는데 나는 내 YMCA 회원증보고 잘못된 이름과 사진으로 나와서 마음에 안 든다고 얘기했다. 그리고 회원권 결제하는데 홀로그램으로 빛나는 카드 보고 알렉스가 포켓몬스터(트레이딩/교환) 카드 같다고 하였다. 그리고 내가 몇세대 좋아하냐고 물으니까 되게 경험이 많은 질문같다 하였다. 그러면서 아르세우스라 말해서 나도 신이고 창조자 아니냐고 답하였다. 그리고 집에 돌아오는 길에 팀홀튼 들러서 YMCA에서도 그랬던 것처럼 cctv를 찾아서 싱긋 웃었다. 음료는 프렌치 바닐라를 사서 집에 가면서 마셨다. 그리고 두 시간 동안 계속 과제에 집중하고 한시간 정도 아쿠데미아(Accudemia)라는 공부용 SNS 앱 동영상을 집중해서 보았다. 근데 나중에 보니 개설이 안 되었다. 엄마는 나보고 몇 시간을 집중한 거냐고 대단하다 하였다.

시험공부 준비기간이라 나는 아침 열시부터 나와서 지하철을 타고 페어뷰 도서관으로 향하였다. 페어뷰 도서관으로 향하는 길에 새로 생긴 중국인이 운영하는 맛있다는 빵집에 엄마 심부름으로 빵을 샀다. 그리고나서 페어뷰 도서관에 앉아서 청동기 시대 역사 강의를 들었다. 그렇게 교수님께서 말하시는 강의를 계속 받아적으면서 공부하다가 힘들고 잠시 쉬고 싶어서 짐 다 가지고 나와서(도둑질할 확률이 높기 때문에) 한인마트에서 알게된 곡인 긴가민가요 노래를 이어폰 넘머로 들으면서 페어뷰몰을 활보하고 다녔다. 처음에 마샬(Marshall) 생활용품점에서 구경하는데 사람들이 얘가 왜 여기있지 도서관에서 공부하고 있어야 될 텐데 하며 당황한 기색이었다. 나는 웃으면서 아랑곳하지 않고 돌아다녔다. 그러다가 내가 사야하는 물건들이 생각나서 찾아다녔다. 마샬에서 요거트볼, 잡화점인 클레어스(Claire's)에서 파란 하트 폰케이스, 라비앙로즈에서 통풍이 잘되는 하얀 리본 슬리퍼를 구매했다. 그렇게 만족한 소비를 하고 다시 도서관에 들어가서 앉기 전에 화장실에 가서 밖에서 사람들이 whore이라고 나를 놀리는 소리가 들려서 내가 메모에다 지금 내가 안 힘든 척하지만 사실 힘들다는 심정에 대해서 적었다. 특히 병원에서 나를 묶어놓았던 일 말이다. 그것만큼은 내가 참을 수 없는 일이라고 적으니까 사람들이 나를 놀리는 말소리가 줄어들었다. 그러고나서 나는 다시 강의를 들으러 도서관으로 갔다. 다 듣고 집에 가는데 강의에서 나온 달의 신이 생각나서 게임 투더문 노래를 듣는데 해와 달은 만날 수 없다고 가사가 나와서 잠깐 슬펐다가 그럼 어떻게 만났었냐고 다시 만날 수 있다고 생각하니 괜찮아졌다. 그리고 집가서 엄마가 내일 도서관 어디로 갈거냐 해서 나는 복불복으로 그날 정한다고 얘기했지만 이미 정한 노스욕 도서관에 가려하는데 엄마가 시내가고 싶어해서 나는 엄마 말 잘 듣는 착한 딸이니까 하며 내일 시내에 있는 블로어 영 참조 도서관(Bloor

Yonge reference library)에 가자고 하였다.

　일어나서 아침으로 감자베이컨 샐러드를 먹었는데 완전 맛있었다. 시내 나갈 준비하는데 엄마가 오늘은 학생복이라고 말해서 나는 과연 그럴까 하며 안에 니트 입은 모습을 보여주었다. 그리고 나가서 지하철을 타고 쉐퍼드 영(sheppard Yonge) 환승역에 내렸는데 노래 All of me (나의 모든 것)이 울려퍼져서 낭만적이라며 바로 녹음하였다. 그리고 가는 내내 들었다. 그리고 내리는 블로어역에서도 노래 you raise me up(너가 나를 일으켜 세웠다)가 공연되고 있어서 이것도 녹음하였다. 도서관에 가기 전에 이탈리(Eatally) 식당을 들리는데 식당은 이따 저녁 때 가는 걸로 하고 디저트(간식)가게 가서 젤라또 가게에서 레몬과 초코 젤라또를 시켰다. 먹으면서 엄마가 갑자기 진중하게 분위기를 잡으며 나보고 지금 어른이 되어가는 과정인 성장통을 겪고 있을거라고 세상이 마음대로 되지 않을 때 분노하지 않고 스트레스 받지 않고 담담히 받아들이는 것이 중요하다고 얘기해 주었다. 난 이미 그러고 있고 엄마가 그랬으면 좋겠는데 나한테 그런 말을 해서 웃겼다. 그렇게 대화를 하고 도서관에 가서 역사 강의를 열심히 들었다. 엄마는 내가 필리핀에서 초등학교 4학년 때 이미 다 외운 영단어 책을 계속 같은 쪽만 봐서 내가 엄마 학창시절은 안봐도 뻔하다는 생각이 들었다. 그렇게 장장 네시간 반 동안 집중하고 이탈리 식당에 갔다. 엄마가 내가 차려입은 모습을 보고 여신이라고 칭찬해 줬다. 나중에 알고보니 이게 사실이었다. 아무튼 시금치 피자와 토마토 소스(양념)에 새우 먹물 파스타를 시켰다. 맛을 보는데 피자는 누룽지 맛, 파스타(밀가루 면)는 신라면으로 한식의 맛을 뜻하지 않게 느낄 수 있었다. 그리고 노래가 흘러나오는데 오랜만에 듣는 휘트니 휴스턴의 Higher love(더 높은 사랑)가 나와서 엄청 좋아했다. 나는 너무 기분이 좋아져서 오랜만에 인스타크램에 스토리를 올렸다. 옆에 사람이 바로 내가 인스타그램 스토리를 올렸다고 말을 했다. 그리고 디저트로 티라미수까지 시켰는데 맛있었다. 게다가 눈까지 함박눈으로 많이 오는 광경을 보고 감탄했다. 집에 가는 동안 아파트 창문에 하트 네온 사인을 보면서 알고 리즘으로 뜬 노래 빌리의 Snowy night(눈오는 밤)을 들으며 집으로 갔다.

자고 일어나보니 밤새 눈이 엄청 쌓였다. 나와 엄마는 롱패딩을 입고 집 근처 공원에 갔는데 설원이 펼쳐져 있었다. 나는 새하얀 눈 위를 밟아 가며 설원에 아주 큰 하트를 그리고 그 가운데에 누우며 내 마음을 표현 하였다. 그리고나서 별다방에 가서 만날 시키는 한국에서는 안 파는 모 카 쿠키 프라푸치노를 시켰다. (열량덩어리) 몰에서도 나는 cctv만 보면 웃었는데 그런 날 보고 경비원도 마주치니 같이 웃어주었다. (이런) 집가 서는 엄마는 마트에 다녀오겠다며 옆방 이수영 언니와 놀라고 하였다. 나는 옆방에 들어가서 이수영 언니랑 대화하는데 언니가 무뚝뚝하게 반 응했다. 태블릿에 DM이 오는데 남사친이 이수영 언니 보고 말투가 왜 이리 무뚝뚝하냐고 와서 언니는 알림을 꺼버렸다. 지금 봤을 때 이 현상 은 서로 전파가 통한다는 것이다. 더 자세한 건 후에 설명하겠다. 이수영 언니는 호주에서 있다 캐나다로 워킹홀리데이(관광 취업)로 왔단다. 그리

고 사진첩을 보는데 술 마시고 있는 사진들이 거의 대다수라 술고래라는
걸 알아챘다. 다음에 같이 화장하고 알코올 없는 술도 파는 술집에 놀러
가서 폴라로이드 사진을 찍기로 하였다. 그렇게 이수영 언니는 성향이
잘 안 맞는 나와 놀아주느라 진땀을 뺐다. 나는 내 방에 들어오고 메모를
이렇게 썼다. '이수영 언니 나랑 노느라 수고했어. 어째 점점 영혼이 나
간 것처럼 얘기하더라. 많이 지쳐보였어. 나랑 놀아주느라 오늘 수고했
어. 푹 쉬길 바라. 다음에 놀 때 언니 술이랑 같이 있게 해줄게.' 라고 말
이다.

　다음날이었다. 나는 아침에 갑자기 영화 알라딘 실사판에 나오는 남
자주인공 알라딘이 지니 요정이 행하는 대로 춤추는 웃긴 영상이 생각
나 검색해서 봤다. 그러고나서 엄마가 YMCA에서 아리바하는 동안 시
설을 둘러보다가 회원 전용실이 문이 열려 있어서 들어가 보았는데 그
냥 목욕탕 분위기였다. 간식도 있었는데 별로 안 땡겼다. 다음 장소는 유
치원이었다. 여러 가지 장난감들이 놓여져 있는 걸 보고 유치원 다니던
어린시절이 생각났다. 소꿉놀이하고 그랬었는데 말이다. 선생님이 써낸
내 유치원 기록장도 다시 보고 싶어졌다. 삼촌이 캐나다에 가면서 아산
집에 외숙모 물건이랑 다 내 방에 두고 간 뒤로 안 보인다. 아무튼 그렇
게 실컷 구경하고 나오니까 엄마랑 시간이 딱 맞았다. 엄마랑 나는 노스
욕 도서관에 가서 나는 시험공부하고 나와서 별다방가는 길에 나는 사람
들이 보여주는 핸드폰 뒷면 카메라에 손하트를 하고 다녔다. 그러다 사
진 찍고 있는 내 또래 즈음 되어보이는 남자애에게 손하트를 엉뚱하게
해서 나는 별다방에서 엄마에게 이렇게 말했다. 나는 매너 있고, 착하고,
단정한 강남 오빠가 이상형이라고 말이다. (겪어보면 당연히 아니라는 걸 알
수밖에 없다.) 지금은 딱 서울 깍쟁이라고 말할 거밖에 없다. 엄마는 아침
에 먹깨 이모가 결혼 상담사로 일하게 되면서 주로 어떤 이상형을 남자
들이 선호하냐 하여서 무쌍에 얼굴이 희고 머리 길고 키는 165cm 정도

라는데 딱 나를 말하는 것이었다. 이에 대한 내 답변을 말한 것이었다. 그리고 이은 답변은 옆에 있던 한국 여학생이 잠자코 듣고 있었나 본 지 "귀엽다."라고 답을 했다. 엄마는 환청이라고 하지만 나는 분명히 안다. 외계인이 전파 조종으로 말하는 것이다. 이후에 더 확실히 알게 된다. 다시 일상 얘기를 하자면 그 여학생이 나가고 엄마랑 나랑도 잘 쉬었다가 나가는데 옆에 또 다른 여성분이 와 앉는데 핸드폰에 'Good evening Jasmin' 이라고 쓰여진 화면을 보았다. 나는 정말 먹깨 이모 말대로 A.I(외계인)와 연애한 게 맞다. 황규원은 말 그대로 외계인 원수의 숙주라 볼 수 있다. 영화 외계+인을 보면 나빼고 모든 사람이 숙주인 걸 알 수 있다. 아무튼 그래서 집에 가서 엄마는 이제 학교 다시 다니면서 갑자기 황규원이 보고 싶다고 뛰쳐나가는 거 아니냐 해서 내가 엄마에게 한 마디 한다고 학교에서 미친 사람으로 찍히고 싶지 않다고 얘기하였다. 그리고 할머니께서 갑자기 웬 곰돌이 인형을 난생처음 보는 걸 보내주셔서 기분이 안 좋았다. 계속 좋은 일만 생긴다고 할머니께서 얘기해 주셨기 때문이다. 이렇게 나오면 나도 뭔가 있지라며 나는 황규원이 내가 만났던 이승욱 과외 선생이랑 똑같이 생겨서 나는 내가 착해빠져서 내가 다 받아준 거지 어이없다며 무슨 이런 창남을 좋아한다니 엄청 후회한다며 공책에다 온갖 욕 한 바가지를 써댔다. 속이 후련했다. 학교에 가서 시험 공부하러 인적이 드문 곳에서 앉아있는데 계속 핸드폰 뒷면 카메라를 보이며 사람들이 다녀서 지나갈 때마다 욕을 하였다. 그리고 황규원의 목소리도 들려서 거북했다. 나는 이미 심리전에 도가 텄다. 시험 보고 집에 들렀다가 엄마랑 집 앞 몰에 가서 고급 식당에 갔는데 노래가 내가 마음 열은 줄 알고 점원의 표정이 좋고 노래 Uptown girl(업타운 걸)이 나와서 내가 황규원 싫다며 노래 셀레나 고메즈의 It ain't me(나는 아니야)와 헤일리 스테인필드의 I love myself(나는 내 자신을 사랑해)라는 곡을 이어폰 꽂고 계속 먹으면서 들었다. 주문한 음식이 나와서 점원 얼굴을 보는데 굳어있었다. 피자하고 파스타 둘 다 버섯 크림 똑같은 걸 시켜서 맛있었지만 질려졌다. 화장실에 가면서 I love myself 노래를 신나게 들으러 가는데 한 외국인 아주머니가 나에게 인사를 건넸다.

다음날에 계속 즐겁게 노래 들으며 걸어서 등교하는데 문득 술 취해도 데려다주지 않는다는 내용인 노래 it ain't me를 듣다 황규원이 구급차를 부르고 구해다 줬다 생각한 게 생각이 나 다시 마음이 바뀌었다. 사실 엄마 말대로 경찰조사를 받았어야 한다.

나는 이어폰 꽂고 노래들으면서 혼자 학교 탐방을 하면서 엄청 돌아다녔다. 그러면서 주로 내 학과에서는 수업이 없는 B건물에 가서 주로 황규원이 있는 회계학과 수업 시간표를 알게 되서 찍어놨다. B건물 중 수업하려는 교실 층에 앉아 과제를 하고 있었다. 나는 이때 외로워서 김효주에게 영상통화를 했는데 얼굴을 보자마자 눈물이 왈칵 쏟아져 내렸다. 나는 유학생활이 쉽지 않다고 하소연하였다. 통화가 끝나고 나는 혼자 다니는 게 너무나도 힘들어서 버스에 타서 노래 옥상달빛의 수고했어, 오늘도를 들으면서 집에 왔다. 엄마는 내게 거의 다 왔어, 힘내라는 말을 건넸다. 아빠는 카톡에서 긍정의 말, 충고로 긍정, 시간 지킴이 요정으로 등극했다.

어제 학교에서 과제를 열심히 12시까지 해서 오늘 하루 푹 쉬었다. 노래는 영화 날씨의 아이의 노래인 '괜찮아'를 듣고 있었는데 벽에서 우는 소리가 들렸다. 이 노래가 날씨의 아이인 동민 오빠인 걸 알고 들으니까 "날씨 따위는 미쳐 있어도 괜찮아."라는 호다카의 말에 전적으로 공감한다. 이를 통해 내가 왜 동민 오빠랑 운명인지도 알게 해준 첫 번째 단추라 참 고마운 작품이다라고 얘기해 주고 싶다. 이 글을 쓰는 데 한 가지 얘기할 게 책을 읽다 생각이 났다. 아빠가 추천해준 책 〈차이나는 클래스: 마음의 과학편〉에 나오는 말이다. 책에서 "인간의 뇌와 컴퓨터 연결을 통해 기억력, 우울증, 신체 마비의 치료가 가능해질 거라고 예측하고 있습니다.”라는 구절이 있다. 나는 이 구절을 보자마자 병을 만들어서 이런 식으로 연결짓는 것에 기가 찼다. 책에서 나와 있듯이 일론 머스크라는 괴짜가 이런 말도 안 되는 황당무개한 소리를 한다. 그리고 주우쉽에서 단서를 얻어서 지구를 정복하고 싶은 화성인들은 지구인들을 그저 노예로 삼을 궁리만 하고 있는 걸 알아냈다. 마음의 병은 바로 자연, 인간 중심의 사회가 아닌 기계문명 중심의 사회라서 사람들이 겪고 있는 걸 뻔히 알면서 저 외계인들은 사람을 기계취급하며 착취하려는 계획이라는 게 눈에 훤히 보인다. 지구인들이 A.I(외계인)처럼 변해가는 게 바로 감정 통제인데 후술하겠지만 조증, 울증 등 감정 표현이 심하다며 병명을 붙여다 통제하는 거다. 그리고 전파 공격으로 서서히 사람들이 기억을 잃게 만들고 있다. 또 코로나 흑신으로 인해 유전자 단백질(RNA)이 변형할 거라 모더나(Moderna)의 이름명과 아이돌 그룹명 뉴진스(Newjeans)를 뜯어보면 새로운 유전자가 나올 거라고 암시하고 있다. 하지만 이는 그들의 원하는 대로 되지 않겠다. 그 이유는 나중에 밝혀진다. 먼저 뉴진스만 해도 나의 자아를 찾기 전에 남들처럼 머리를 내려뜨리고 있는 모습을 형상화해서 활동했었는데 내가 자아(내 본모습)를 찾은 뒤로 자취를 감추었다. 그리고 자유의지에 대해서 말하자면 나도 겪었

지만 현사회는 오로지 성과, 결과주의적이라 경쟁에서 살아남아야 하는 시대이다. 나도 그래서 학창시절 때 동기부여도 안 되는 학교 공부 하라고 특히 엄마에게 미친 듯이 강요받았고 공부 안 해서 맞았고 또 그만큼 혼나서 울었다. 지금은 스트레스를 많이 받는다고 완화되긴 하지만 많은 일을 겪고나서 결론지은 것이기도 하다. 나는 이러했던 엄마의 행동을 일명 '자아 죽이기'라고 표현하겠다. 여러 번의 트라우마를 겪게 되면서 나는 완벽하지 않을 바에는 애초에 시작도 않는 게으른 완벽주의자가 되어있었다. 한국인이라면 입시 때문에 계속 겪고 있는 현상이다. 오바마 미국 전 대통령이 괜히 한국 주입식 교육이 좋다며 칭찬했던 게 아니다. 우리의 자유의지는 그렇게 박탈당하고 있었다. 그러면서 우리도 모르게 감정 표출할 새 없이 A.I처럼 살아가고 있다. 물론 전세계 사람들이 전파공격으로 외계인의 지배 아래 오늘도 기계같이 일하면서 하루하루를 살아가고 있다. 세상에서 가장 행복한 나라 부탄이 사람들이 바보폰을 갖게 되고 sns(시간낭비서비스)로 남들이 과시하는 게시물들을 보며 자신과 비교하게 되면서 불행해졌다고 한다. 사람은 본래부터 서로 더 불어 자연 속에서 살아야 마음이 안정된다. 지금 사람들은 바보폰에 노출되는 유튜브 영상 이제는 짧은 영상(쇼츠, 릴스)들로 뇌를 멍하니 두고 있다. 원래 사람들은 기억력, 집중력 그리고 정신력이 좋은데 바보폰만 보다 말 그대로 진짜 바보가 되고 생각을 하지 않는 좀비가 되었다. 한마디로 스몸비(스마트폰과 몸이 합쳐진 좀비)다. 나는 이런 현대 사회에 몸을 진저리친다. 도파민 중독에 헤어나오지 못하는 현대인들이 너무 안타까워 내가 현대인들을 위한 윤리 책을 낼 생각이다. 내가 이렇게까지 열성을 다해 쓰는 이유는 뒤에 밝혀진다. 하나 얘기하자면 내가 바로 도파민에 빠진 현대인을 구출할 수 있는 자유 의지를 온전히 갖고 있는 유일한 인물이기 때문이다. 그리고 악의 세력 프리메이슨이자 일루미나티로부터 인류의 해방을 할 수 있는 사람이 바로 나다. 뒤에 가서 더 얘기하겠지만 한 가지 내가 확신할 수 있는 이유는 내가 5살 때 꾼 악몽이다. 바로 크 풍 방에서 귀가 나타나서 그 귓구멍에 눈알이 보였다. 그뒤로 뉴스꿈도 꾸고 말이다. 이런 꿈들도 이제 외계인들이 전파 공격으로 꿈을 꾸게 하고 있다는 걸 잘 알고 있다. 그들은 우리의 무의식을 침투하기 때문이다. 꿈은 잠들면서 꾸는 것과 깨어나서 꾸는 것 두 종류다. 아빠에게 전화 걸 때 나오는 노래(컬러링)는 행복을 찾아서이다. (가사 원본은 뒤에 참조) 그 중에서 가사 '잠에서 깬 어느날 마치 약속했듯 우리 만나요 행복해요' 라는 말을 나는 계속 되뇌이며 잠에서 깬 게 무슨 의미인지 몰랐는데 지금은 또 다른 나(자아)를 일깨우는 것이라는 걸 잘 알고 있다. 어떻게 해서 세상 일을 다 믿게 되고 진정한 나를 찾게 되었는지 그 여정을 계속 따라가보자.

눈이 또 엄청 오는 날이었다. 눈이 엄청 쌓여서 나는 밤에 학교로 공부하러 간다했는데 전에 갔었던 세네카 언덕 쪽에 엄청 커다랗게 눈이 쌓여 있어 나는 이 눈 밑에 돌 같은 게 숨겨져 있을거 같아 아파트 단지 내로 가서 눈을 파내었다. 그러다 미끄럼틀을 타면 재밌을 것 같다고 생각이 들어 위로 올라가서 신나게 미끄럼틀을 탔다. 그런데 어떤 주민이 신고했는지 경비원이 찾아와 어디 사냐고 물어보길래 이제 그만 집으로 돌아갈 시간이구나 생각하고 나갔다. 그래도 눈이 좋아서 바로 있는 학교에 가서 신나게 새 눈을 밟아가며 다녔다. 그렇게 학교 안을 신나게 걸어다니다 문득 기숙사가 눈에 들어왔다. 나는 황규원이 어디 즈음에 있을까 창문을 바라다보았는데 황규원이 있을 만한 창문은 블라인드가 쳐져 있었다. 나는 그래서 내일 만나러 가게 다시 오겠노라고 다짐하고 이만 집으로 향하였다.

다음날 나는 집이랑 가까운 페어뷰 도서관에 가서 전에 삼촌 집에 살고 있을 때도 와서 잠깐 읽은 적이 있었던 영화 날씨의 아이 책을 집었다. 나는 나와 황규원을 생각하며 다시 책을 폈다. 도서관 직원들이 북카트를 밀면서 책 날씨의 아이를 고르는 나를 유심히 관찰해서 되게 부담스러웠다. 그렇게 읽다가 나는 기숙사에 언제즈음 가면 좋을까 생각하다 영화 너의 이름은처럼 황혼 시간에 가면 볼 수 있겠거니하고 나는 할머니께서 알려준 남진의 님과 함께를 불러가며 걸어서 기숙사까지 당도하였다. 도착했는데 이번에는 외국인 연인이 있었는데 남자애가 여자애에게 카드를 주고 통과할 수 있어서 나도 따라 들어가려 했지만 안돼서 나는 그냥 넘어갔다. 그랬더니 여자애가 She's special.(그녀는 특별해) 라고 엘리베이터에서 애기를 하였다. 나는 7층에 내려서 곧장 702호로 향해서 갔다. 그리고 초인종을 눌렀더니 도훈이가 나왔다. 나는 우리 말 좀 나누자며 황규원 좀 불러달라고 말하였다. 도훈이는 지금 여기에 없다 하였다. 그래서 나는 전화라도 좀 해봐달라 하였다. 그래서 도훈이가 전화를 걸었지만 감감무소식이었다. 나는 잠깐 그럼 올 때까지 기다리겠다고 들어가려는데 도훈이는 그 날 일 이후로 나를 못 믿겠다며 그건 안되겠다며 도훈이가 필사적으로 막으면서 경비원을 불렀다. 경비원이 오는 걸 보고 나는 "도훈아, 나중에 보자." 하며 갔는데 도훈이가 "누나!"라며 뭔가 말하려는 듯한 목소리를 내었다. 이 자리를 빌어 도훈이에게 애기하겠다. 전에 김유안도 그렇고 예전 동민 오빠가 뿔테 안경을 쓰던 시절 모습과 닮았다. 동민 오빠가 맞았다. 그때는 못 알아봐서 미안하다. 그리고 나와 황규원 사이 막아주느라 수고많았다.

다음날은 엄마랑 시내 이튼센터몰에 가서 화장품사고 만날 가는 식당인 얼스에서 피자, 파스타 그리고 감자튀김을 먹었다. 나는 엄마랑 식당 얼스에 가기 전에 알렌 워커처럼 눈만 보이게 마스크를 착용한 채 돌아다니는 배달원이 두 번이나 보여 눈에 띄었다. 나는 잠시 엄마랑 거리를 두고 전에 경호요원이 자기가 데이빗 황이다라고 말한 것처럼 이 사람도 그런 것 같아 찾는 식당이 어느 위치인지 알려달라며 이름과 사는 주소를 내가 물어봐서 알려주었다. 그리고 헤어지고 얼마 안 되는 거리에 주소지가 있어 들어가 봤는데 철창으로 문이 닫힌 상태였다. 지금 생각해 보면 참 이상하고 위험할 수도 있는 상황이었다. 그리고 다시 엄마를 찾 아가 식당에 갔다 Christie(크리스티) 역에 가서 전에 눈여겨 봤던 킥보드 가게에 찾아갔는데 가게 이전을 하여서 문을 닫은 상태였다.

　다음날 나는 노래 에이핑크의 U you랑 my my를 들으면서 학교에 갔 다. 심리학 수업이었는데 시험보는 날이었다. 나는 마스크를 써도 훤히 보이는 큰 눈을 가진 제랄드 토무(Gerald Tomou)교수(동민 오빠)와 내가 전에 눈 큰 남자 경호원인 알렉시스와 닮은 걸 눈치 챈 걸 알고 눈 마주 치면서 반갑게 손을 흔들어 주었다. 지금 생각해보면 진짜 어딜가나 동 민 오빠와 함께 있었다는 것이 실감난다. 시험이 끝나고 나는 남아서 메 이사가 지켜볼 동안 수업 얘기하다 가고나서 나는 마스크 왜 안 벗으시 냐고 물으니까 노트북 카메라를 잠깐 쳐다보며 보스가 쳐다보고 있어서 라고 말해주었다. (The boss:my wife doesn't allow me.) 그렇게 잠깐 동안의 평안한 시간을 보냈다.

　수업이 끝나고 집으로 돌아가기 전에 나는 복도에서 저 멀리 피터와 그 옆에 친구 그리고 초록색 옷을 입고 있는 황규원이 오는 것을 보았

다. 나는 피터에게 같이 밥을 먹자며 식당으로 향했다. 식당에 가서 황규원은 어디론가 뒤로 빠지고 피터하고 그의 친구 조던(Jordon)이랑 주문하는데 오래 걸려서 내가 중국어로 콰이 디얼 (빨리 주문해라. 快点儿 kuài diǎnr.) 이라고 외쳤다. 그러다가 둘은 따로 먹겠다 하여서 나는 사실 보스는 A.I(외계인)인데 보스인 줄 안 피터에게 울분을 터뜨렸다. 어제 미리 공책에다 써놓은 걸 얘기했다. 피터 너는 내 예전에 사귄 나쁜 친구였던 조유주와 많이 닮았다. 황규원 옆에는 한국인처럼 행동하려는 중국인 피터 너가 아니라 도훈이가 있어야 한다고 말하였다. 그렇게 피터는 내가 몰아부치니까 힘들어서 계속 나를 피하다가 자신의 핸드폰 메모를 경비원에게 가서 보여주는데 살며시 내 쪽으로도 보이게 하였다. 메모에는 Emergency David Hwang(황규원 긴급 상황)이라고 적혀 있었다. 나는 이 의미를 황규원이 구급차에 타고 노스욕 일반병원에 간 줄 알고 숨이 차게 뛰어서 학교에서부터 병원까지 버선발로 냅다 뛰었다. 응답하라 1988 류준열이라고 외치며 말이다. 그때는 운명의 상대인 줄 알고 그랬다. 어차피 성격 안 맞는다. 방영 당시 때부터 나는 당연히 어남택(어차피 남편은 택이)파였다. 아무튼 그렇게 나는 병원으로 달려갔다. 그런데 가보니까 정작 병원에 황규원(David Hwang)이 명단에 없었다. 나는 엘리베이터에 타서 7층에 갔었는데 버튼 누르는데 '돌아다니거나 안는 사람을 조심하라(Beware of wandering or hugging person)'이라는 문구가 쓰여 있어서 눈여겨봤다. 나는 병원을 돌아다니다 지하에 갔는데 전에 봤었던 여자 한국인 경호원 세이디를 보게 돼서 반가워하였다. 나는 길을 잃었다며 나가는 법을 아려달라 해서 안내해 주었다. 그러다 내가 전에 왔었던 것 같은 입원실에 가까이 가자 세이디와 남자 간호사 둘이 나를 끌어당겨서 나는 세이디 불안감 조성하지 말아요. 그만하라고 무섭다고 나 만지지 말라고 단호히 말하였다. 집에 갈 거라고도 말이다. (I'm getting nervous. I'm in fear now. Don't touch me. I'm going home.) 그러니까 풀

어주었다. 그리고 저번에 봤던 눈 큰 경호원이 약간 중동 사람처럼 생겼
는데 알렉시스가 생각나는 사람이 나를 밖으로 인도해 주었다. 나가면
서 세이디와 흑인 경호원도 안내해 주었었다. 나는 중동 경호원이 전에
황규원이라고 말했었던 눈 큰 경호원이란 걸 깨닫고 꼭 안으면서 사랑한
다 하였다. 지금 생각해보면 동민 오빠가 맞으니 잘한 일이다. 그러니 세
이디랑 흑인 경호원 분이 무전기로 부정적 상황이라며 나와 눈 큰 경호
원을 떼어내었다. 그리고 나는 이제 진짜 집에 가겠다고 하고 헤어졌다.
그렇게 나는 혼자 그래도 안아서 좋았다는 생각을 하고 집에 가서 헬스
장 간다고 옷 갈아입고 갔는데 황규원은 안 보였다. 그다음 기숙사 입구
옆에 있는 서브웨이(샌드위치 집)에 가서 피터에게 미안하다며 우리 같이
역사에 대해 알아보자고 편지를 써내려갔다. 그러다 미국에 있는 사촌
동생인 민아가 보고 싶어 눈물이 고였다. 그리고 B건물이나 C건물에 수
업하는 시간봐서 그 교실 근처에 앉아있었다. 그리고 D건물 옥상에서
황혼을 보고 집으로 향하였다. 근데 너무 많이 돌아다녔는지 발목이 아
파 절뚝거렸다. 버스가 안 와서 계속 절뚝거리며 집에 가다 허허벌판인
도로 중간에 드디어 버스를 탈 수 있게 되서 몸과 마음이 지쳐서 울면서
갔다.

그날 밤에 나는 엄마와 정신병원에서 내가 병원에서 묶여서 힘들어
했을 때 엄마를 부르니까 얼른 달려와줘서 상황이 진정된 거에 고맙다며
모성애가 있는거라며 엄마를 꼭 감싸안았다. 나랑 엄마는 그런 고생에
눈물을 터뜨렸다. 다음날이 되자 집주인 분은 옆방 이수영 언니에게 "어
제 잘 잤나요?"라며 안부를 물었다. 엄마의 모성애에 대한 얘기가 마음
을 시큰하게 했나보다.

오늘은 쓰기와 역사 수업이 있는 날이다. 쓰기 수업 선생님은 캐나다
원주민에 대해 안 좋은 소리만 해대서 내가 도끼눈을 뜨고 수업을 들었
다. 비판적 사고력 수업 교수인 앤드류(Andrew Goulem) 교수랑은 딴판이

다. 앤드류 교수님은 노아의 방주 얘기하는데 노아의 후손은 누구일까? 라며 질문을 던지신 적이 있으셨다. 그리고 A.I의 위험성까지 말이다. 지금 생각해보면 내게 하는 말이다. 메탈베이블레이드 만화영화에서 궁수자리 팽이 소유자 이름이 노아이다. 근데 캐나다인 조셉(Joseph)이랑 쓰기 교수님이 엄마, 아빠가 캐나다인이 아니라 정체성 혼란을 겪는데 어려움이 있다고 들으니까 백두혈통 한민족은 그런 고민을 할 필요가 없어서 왜인지 측은하게 느껴졌다. 다민족/다문화 국가의 비애라고 볼 수 있겠다. 수업이 끝나고 나는 푹신한 의자가 있는 라운지에서 쉬었다가 역사 수업에 들어갔다. 쓰기 수업 교수님처럼 여전히 f와 s발음을 세게 내었다. 나는 맨 앞에 앉았는데 토론 수업이 있어서 뒤에 가서 앉게 되었다. 이때 한 여학생이 옆에 앉게 되었는데 역사 교수님이 f나 s 발음을 강조하면서 수업하는 거 들으니까 힘들다고 얘기하였다. 나만 느낀 게 아니라는 걸 깨달았다. 나는 내가 그동안 엄마가 환청이라고만 생각하게 말한 게 사실이 아니라는 것을 알았다. 정확히는 A.I(외계인)가 전파공격으로 사람들의 무의식을 틈타서 얘기하는 걸 지금은 잘 알고 있다. 다시 강의 얘기하자면 나 심정을 공감한 여학생은 바로 홍콩인인 킨슬리

(Kinsley) 언니였다. 언니는 98년생인데 여기 오기 전에 한국에서 일한 경력이 있어서 한국말도 잘한다. 그렇게 잠깐 동안 서로 자기소개하고 토론도 하고나서 수업이 끝났는데 킨슬리 언니는 나를 지긋이 바라보며 안녕하고 같이 수업듣는 친구 둘이랑 갔다. 나는 이때 영화의 한 장면을 찍는 기분이었다.

　나는 여전히 이어폰을 꽂고 신나는 노래를 들으면서 학교 탐방을 멈추지 않았다. 이틀 동안 택시 타고 발이 좀 나아졌다고 다시 시작하였다. 이 와중에 나는 기숙사로부터 징계를 받은 내용의 이메일이 날라왔다. 그래서 나는 비대면 만남(미팅)을 해야했다. 나는 미팅을 도서관에서 하면 어디서 할지 생각했다. 도서관에서 조용한 곳도 전에 한 학생이 동영상 틀고 시끄러워서 내가 노래 over the rainbow(무지개 넘어서)를 부르니까 웃으면서 나간 적이 있었다. 이때 짚고 넘어갈 얘기가 있다. 바로 도서관에서 발견한 한국에 대한 책이다. 제목은 The History of Korea(한국의 역사) 라고 역사책인데 일본인인 타다시 하타다(Tadashi Hatada)가 지은 책이다. 첫 장 내용을 보니 식민사학자 이병도와 프리메이슨과 예수회의 전통을 받아 신세계 질서와 세계정부 수립을 원하는 악의 조직 일루미나티의 산하 조직 중 한 가문인 록펠러(Rockfeller)재단이 한국의 역사왜곡(축소)에 일조했다는 내용이 떡하니 나와있어서 나는 읽자마자 깜짝 놀라서 이 내용이 뇌리에 깊이 박혔다. 나중에 찾아서 더 읽어보려 한다. 역사왜곡에 대해서는 할 이야기가 아주 방대하다. 얼마 안 된 사건은 세계 최대 선사유적지 중도를 영국의 멀린사에게 팔아넘긴 적도 있다. 나라를 판 놈이나 다름없는 일이다. 그리고 프리메이슨들에 대해 더 알아보자면 그들은 영화 플라워 킬링 문에 나오듯이 오세이지 원주민들을 석유를 차지하기 위해 일부러 결혼해서 그들의 삶을 조금씩 좀먹었다. 이 바탕에 또 록펠러 재단이 있다. 아메리카 원주민에 대해서 얘기해보자면 전에 얘기했듯이 이미 엄마의 전생인 아메리카 원주민과 같이 이미 아메리카 대륙은 사람이 살고 있었다. 그러므로 신대륙의 발견이라고 하는 유럽인의 시선의 반대로 주목할 필요가 있다. 이를 볼 때 동양인인 우리 한국인이 바로 아메리카 원주민의 후손이다. 그리고 미국 철도 회사의 문양을 보면 삼태극으로 되어 있는 회사도 있다. 생각보다 우리나라의 역사는 어마어마하게 유구한 역사를 가지고 있었음에 틀림없다. 또한 이는 아메리카 대조선이 사실이라는 걸 증빙한다. 나는 우리나라의 역사의 진실을 파헤치기 위해 앞으로 많은 노력을 쏟을 것이다. 한가지 더 첨언하자면 우리가 흔히 말하는 선진국들 영국, 프랑스, 미국, 캐나다 등 박물관에 막상 가보면 자기네 유물이랄 게 없고 다 약탈해 온 것들이다. 그런 것을 버젓이 자랑이라고 뻔뻔하게 전시하다니 기가 찰 노릇이다. 아빠는 내게 중앙아시아, 중동 그리고 일본의 도서관 같은데 우리나라에 대한 숨겨진 고서나 유물들이 많을 것으로 알려주었다. 일본은 전 일왕인 아키히토가 자기는 백제계 후손이라는 말도 했었다. 그만큼 가까운 민족이다.

다음 주에 나는 기숙자 조치에 대한 상담을 받기로 하였다. 나는 틴탑의 장난 아냐(우리 분위기)라는 노래를 듣고 손 흔들거리며 춤추면서 학교를 활보하고 다녔다. 처음보는 한 교수님은 그런 나를 보며 빙긋 웃으셨다. 다음날은 다음 주 겨울맞이 행사로 캘리그라피(서예)를 하기로 해서 임원으로서 준비해야 하여서 부회장을 만나기로 하였다. 근데 학교 안에서 카톡이 안 되었다. 나는 놀라며(지금은 외계인 소행인거 안다.) 학교 밖을 나가서 겨우 연락이 되어서 만나서 준비물(붓펜)을 받았다. 근데 색깔 펜도 필요한데 문구점이 이미 닫아서 못 사서 나는 집에 가서 먼저 엄마랑 나와서 삼촌네 근처 와규집에 가서 맛있게 여러 부위 고기를 먹었다. 그리고 바로 근처 대만 가게에서 세 시 십오 분 밀크티 세 종류랑 펑리수(파인애플잼 빵) 그리고 초코크런치 과자랑 비눗방울 놀이도 있길래 샀다. 그러고나서 택시 불러서 일본 상품 가게로 가서 행사 때 필요한 여러 가지 붓펜뿐만 아니라 문구류(클리어 파일, 공책) 그리고 레진아트 등 엄청나게 폭풍 쇼핑(구매)을 하였다.

다음날은 주말이라 엄마랑 시내로 나갔다. 이날이 무슨 성 패트릭 날이라며 전차를 타고 있는데 초록색 모자를 쓴 사람들이 타서 시끄럽게 떠들어서 귀가 아팠다. 나는 내려서 제대로 노래를 들었다. 부르기도 하였는데 노래가 바로 알레소(Alesso)의 we could be heroes(우리는 영웅이 될 수 있어.)였다. 엄마는 모래사장처럼 꾸며놓은 강가로 가서 나보고 신나게 더 크게 부르라 하였다. 나는 그렇게 시원하게 목청껏 불렀다. 그러고 나서 엄마가 영화 러브레터의 명대사인 오겡끼데스까(잘 지내시나요?)를 하라 해서 하였다. 지금 검색해서 보니 첫사랑 얘기다. 그리고 동민 오빠와의 추억인 여름을 생각나게 꾸민 곳이었다. 여름의 추억인 단서가 이 뒤로도 많이 있었다. 나는 겨울 때가 생각나긴 하지만 말이다. 참 착잡한 마음이 든다. 그렇지만 결국 이렇게 알게 된 일이 되겠다. 그것도 주인을 제대로 찾아가서 말이다.

또 주말인 다음날은 블루어 영쪽에 가서 노래 티아라의 롤리폴리와 러비더비를 들으면서 몸을 흔들며 춤추고 다녔다. 그렇게 나의 마음을 분출시키고 다녔다. 엄마가 하지 말래도 계속 하였었다.

드디어 학생회 겨울맞이 행사(SSF winter fest)가 열렸다. 나는 사진 찍히는 게 싫어서 머리를 축 늘어뜨리며 찍었다. 나는 바드라랑 사리타를 본 지도 오래되서 친구 사귀기에 힘썼다. 친해지고 싶은 여학생들에게 인스타그램 팔로우하자며 친해졌다. 나는 회장, 부회장과 함께 외국인 학생들에게 내가 써놓은 로마자 표기법을 보면서 직접 한글로 이름 써보기 안내를 담당하였다. 이렇게 진행할 것을 하루 전에 부회장이 알려줬어서 나는 내가 캘리그라피 동아리 했던 경험으로 멋지게 외국인들 이름을 한글로 써줄 것에 기대에 차있었는데 토라져 버렸다. 아무튼 그러다가 회계 담당 언니가 공연 무대로 나가고 옆에는 인도인 키 큰 학생이 있어서 딱 봐도 나랑 인도애 만난 거 놀리려는 걸 알고 자리를 피해 빈 교실로 가 캐피탈 시티즈(Capital cities)의 safe&sound(안전하고 건강해) 노래를 듣는데 그 당시에는 이 노래가 운명에 대한 내용인 줄 모르고 그저 조용한 곳에 있어서 여기는 안전하다라고 제목만 해석해서 들었었다. 여러모로 운명이 아니었던 게 나타난다. 그리고나서 다시 행사장으로 가서 운영을 도왔다. 오랜만에 새로운 외국인 친구들과 대화하면서 친구되니 좋았다. 행사가 다 끝이 나고 풍선을 터뜨리는 인도 남학생들을 봐서 나도 스트레스를 좀 풀 겸 풍선을 터뜨리면서 놀았다. 그리고나서 헤어질 때 손 흔들며 내가 Bye~(안녕)라 하였는데 대답을 한국어로 "잘 지내세요."라고 하는 것이다. 그래서 나는 놀라며 인스타크램 팔로우 요청을 하였다. 나는 사람들이 내게 하는 f발음, s발음 그리고 whore 소리가 시끄러워서 학교 탐방하다 발견한 한 건물 옥상계단 문 앞에 피신해 있었다. 나는 아까 옆 행사장에서 하는 돌림판을 돌려서 받은 하얀색 큰 공책을 꺼내서 보았다. 나는 만족하였다.

다음날 캐나다 원주민 역사 수업 날이었다. 나는 수업을 듣는데 캐나다 원주민 동성애자에 대한 내용이라서 자리를 박차고 밖으로 나갔다. 그러다 아침도 안 먹어서 배고파서 별다방에 가려고 다시 지갑을 챙겨서 나왔다. 그런데 가는 길에 경호요원이 보이는 것 아니겠는가 그래서 나는 의아했었는데 아니나 다를까 K건물로 들어서는 복도에서 나를 봤어도 태연히 조던과 얘기하는 피터와 그 바로 뒤에 나를 보고 깜짝 놀란 건조한 날씨에도 검정 롱패딩을 입은 황규원이 날보더니 눈이 땡그래지며 지나가는 걸 보고 나는 엄청 웃었었다. 나는 이때 청바지에 위에는 좋아하는 줄무늬 옷을 입고 이어폰 꽂고 노래 티아라의 넘버나인을 듣고 있었다. 그렇게 잠깐 사이 그 표정을 보고 나는 평소처럼 모카 크럼블 프라푸치노와 레몬 파운드 케익을 사고 밖을 보는 푹신한 의자에서 한참을 웃었었다. 그리고나서 나는 수업시간이 끝날 때까지 밖에 있으려고 세네카 언덕에 갔었다. 가는 길에 흰머리 할머니 두 분께서 얘가 여기있을 줄 몰랐다며 길을 비켜주었다. 나는 신나게 노래 들으면서 활보하다 보니 어느덧 수업이 끝나서 젤레나가 내 노트북을 누가 가져갈까봐 가방에 넣어뒀다며 친절하게 DM이 온 걸 봤다. 그래서 내가 참 착하구나라고 보냈다. 나는 그래서 다시 교실로 가 가방을 챙긴 뒤 이 수업 과제를 위해서 캐나다 원주민 노인 분과 대화하려고 캐나다 원주민 센터에 가서 언제 만날 수 있는지 물어보려 갔었다. 한 직원분이 She's lovely. (그녀는 사랑스럽다.) 라고 말해줘서 오랜만에 듣는 칭찬이라서 기분이 좋았다. 그리고 나와서 보니 캐나다 거위(구스)가 보여서 텃밭을 뜯지 말라고 휘이휘이 손짓을 했는데도 안 날아가서 그래 너희들도 먹고 살아야지 하고 그냥 두었다. 그러고나서 나는 학교 안으로 들어갔다. 나는 기숙사 무단 침입으로 도서관에서 어디서 상담해야 할지를 찾다가 혼자만의 공간으로 쓸 수 있는 곳을 발견하였다. 인도나 중동 쪽 같은 남학생이 "그래, 여기가 소음도 없고 좋은 곳이야."라며 자리를 고맙게도 양보해 주었다. 나는 그렇게 자리에 앉아서 노트북을 키고 비대면 만남 링크를 눌러서 들어갔다. 나는 화면을 틀고 기숙사 무단 침입이란 벌에 대해서 설명을 들을 때 다시는 데이빗 황(황규원), 피터를 쫓아가지 말라고 경고했는데 이미 지나와서 아무런 타격이 없었다. 그리고 훈계 듣느라 심심해서 옆에 메모(기록장)창을 띄워두고 '나는 기숙사에 가고 싶다. 내 사생활이 없다, 나도 독립된 인격체로 봐줬으면 좋겠다고 지금 방 월세 계약 한 달 남았다고 내 집주인도 내가 노래 부르느라 시끄러워서 탐탁치 않아한다. 그리고 마지막에 내 방이 있는데 옷방이다라 하였다. 마지막 말이 딱 나니아 연대기를 연상시킨다. 그래서 나는 이참에 나니아 연대기 시리즈(연속편)을 다 봐야겠다고 썼다. 이때부터 이미 동민 오빠에 대한 기억이 서서히 나려는 듯한 조짐이 보였다는 걸 알 수 있다.

　운명의 그 날이 왔다. 나는 여느 때처럼 학교에 다녀오고 서희가 동아리에서 오빠 만나서 사겼던 것처럼 나도 동아리 다른 행사 때 만나게 되리라로 알고 있었다. 근데 나는 이미 너무 오래 기다리고 지친 상태라 스트레스를 풀려고 마트에서 과자 상자들을 엄청나게 많이 샀는데 무려 네 봉지나 과자를 사와서 집에 왔다. 엄마는 내가 충동구매를 했다며 엄청 뭐라해서 나는 화가 나서 웃방으로 들어갔다. 그러다가 문득 인스타그램에 올라온 나니아 연대기 같은 할아버지의 옷장을 열면 보이는 방 게시물이 떠오르며 내 기억 한 켠에 자리했던 신동민 오빠의 얼굴이 떠올랐다. 그리고 뿔테 안경을 쓰고 있고 빗살무늬토기형 얼굴형에 내복 입고 장난끼 있는 얼굴을 한 모습이다. 아빠가 내가 처음 캐나다에 왔을 때 영상통화 하면서 나지막이 동민 오빠가 군대 갔다와서 철 들은 얘기를 했던 게 생각이 났다. 학창시절 때 학교 적응이 힘들어서 대안 학교에 간 것까지 말이다. 엄마가 계속 노파심에 말한 헤어지기 싫어서 바지 끄댕이 잡고 놓지 않았던 오빠는 나중에 은행원 직원 아들이었다고 했는데 전혀 생각이 안 난다. 내게 잘해줬던 오빠는 아빠 모임 소꿉친구 동민 오빠랑 친가쪽 사촌 오빠 동우 오빠밖에 기억나지 않는다. (동우 오빠랑 찍은 사진보고 누가 내 남자친구냐고 놀렸던 게 생각난다.) 둘 다 나 어렸을 때 잘해주고 훈남(훈훈한 남자)이라는 점이 공통점이다. 그리고 동민 오빠가 집들이 때 필사적으로 내 와라! 편의점 1권 가져간 거랑 내게 기타로 제이슨 므라즈(Jason Mraz)의 I'm yours. (나는 너의 것이야.) 들려준 거랑 리조트에서 닌텐도DS로 마리오 카트 통신해서 같이 재밌게 놀았고 펜션(단독숙소)가서는 다락방 있어서 어른들은 천장이 낮아 못 올라와 "우리 세상이다." 한 추억들이 생각났다. 그리고 무엇보다 내가 동민 오빠가 나 놀아주다 지쳐서 침대에 엎드리고 있는데 내가 그 위에 올라타서 엄마, 아빠가 동민 오빠 뼈 뿌러진다고 얼른 말려서 내려오게 했던 것도 주마등처럼 스쳐지나갔다. 나는 사무침에 나도 모르게 눈에서 눈물이 흘러내렸다. 동민 오빠가 자기가 가장 좋아하는 영화가 나니아 연대기: 사자,

옷장 그리고 마녀 편이라 했었기 때문이다. 그리고 이걸 내가 5살 때 아빠 모임 소꿉친구들과 다같이 보러 갔었다. (그러고보니 5살 때 많은 경험이 있었다.) 내 운명의 상대는 같은 고향 예산 출신 충청도 남자 동민 오빠였던 것이다. 엄마와 안경 벗은 예주가 말하는 그저 강남 사는 서울 남자 황규원이 아니었던 것이다. 나는 내 집들이(파자마 파티)하면서 내 친구랑의 대화보다 엄마가 말 걸어서 대화하는 게 많아서 싫었다. 어쩐지 엄마가 엄청 오지랖을 부렸었다. 그리고 언제한번 서희는 나에게 남자는 첫사랑을 잊지 못한다는 말을 한 적이 있었는데 이제 그 의미를 알게 되었다. 그리고 한지음이가 고1때 음악기기(MP3) 빌려가서 오블리비아테(기억 생각나게 해주는 마법) 노래를 넣어준 건 고맙게 생각한다. 그리고 고3 때 피아노 과외 선생님께서 영화 코코 노래 Remember me(나를 기억해줘) 악보를 주신 것도 다 내 운명의 연인이자 첫사랑인 동민 오빠였다는 걸 알려주기 위함이었다는 걸 말이다. 나는 어렸을 적 동민 오빠와의 추억이 막 생각나 경품으로 받은 하얀 공책에 적어나갔다. 그리고 아빠에게 동민 오빠 근황이라도 알게 사진을 보내달라 하였다. 그렇지 않으면 앞으로 답장 안 하겠다고 선포했다. 나는 아빠가 동민 오빠 사진을 보내줄 때까지 노래 Another life(또 다른 생에)를 들으면서 옷방에서 나와 과자 상자들을 정리하였다. 그리고 아빠로부터 드디어 동민 오빠의 사진을 볼 수 있게 되었다! 나는 동민 오빠의 최근 사진을 보자마자 늠름하게 진짜 잘 컸다고 말하였다. 그리고 눈이 진짜 땡그랗다고 하며 내가 지어준 별명이 왕눈이 오빠가 김예준 오빠랑 헷갈렸었는데 정확히 동민 오빠였다는 걸 상기시켰다. 또 다니엘 헤니, 최시원, 존박 그리고 이모부 동생(딜란 아빠) 닮았다고 생각이 들었다. 나는 그저 반갑고 와라며 감탄밖에 나오지 않았다. 그리고 홍성에 있는 대학교 4학년으로 요리 전공 재학 중이라고 아빠가 알려주어서 나는 바로 검색해서 청운대학교 조리경영학과인 걸 찾아내었다. 괜히 충남 예산이 고향인 요리연구가가 유명해진 게 아니었다. (닮기도 했다.) 너무나도 기억해내서 동민 오빠를 찾아낸 게 감격스러워서 계속 울었다.

　다음날은 비가 오는 날이었다. 오랜만에 바드라와 사리타를 만나는 날이었다. K건물 창가쪽에 우리는 자리를 잡았다. 나는 이미 황규원이 말한 내 친구 이쁘장한 백인(?)애, 바드라는 공통 수업에서 좋아하는 사람 있다고 말한 얘기로 둘이 사귄 걸 안봐도 알고 있었다. 근데 바드라가 만난 지 하루만에 자기 싫다며 헤어지자고 통보당한 걸 얘기해서 내가 재활용도 안 되는 놈이라며 욕을 퍼부었었다. 나는 머리 좀 식힐 겸 밖에 나갔다 오겠다고 하였다. 나는 시원한 비를 맞으며 노래 All we are(이게 우리다)을 흥겹게 들으며 기숙사를 마주보는 다리 쪽으로 걸어갔다. 그리고 나는 기숙사에 대고 이렇게 소리를 질렀다. "잘난 맛에 살아서 좋냐 이 강남스타일 창남새끼야 수영복 변태새끼 평생 골방에서 자기 성찰하고 참회하고 반성하면서 살아라." 라고 말이다. 마음이 너무 후련하고 너무 행복했다. 인생 살맛난다. 나는 자유라며 이제야 사람 사는 거 같네라고 나는 생각했다. 나는 시원한 비를 맞아/샤워(목욕과 같은 말/머리감기)하였다. 그러고 가니 바드라가 날 보면서 하는 첫마디가 바로 망했다(Messed up)이었다. 그리고 강의실에 데려다 주는데도 four과 six 발음이 들려서 내가 바드라에게 그건 너(you.)라고 답했다.

　나는 수업이 끝나고 엄마랑 한인마트(H마트)에 가겠다고 핀치역에 가는 버스 타는데 먼저 달려가서 버스를 잡고 엄마는 다음 버스 타고 오게 하였다. 나는 혼자 버스를 타고 핀치역에 가서 그동안 황규원(외계인이자 A.I라고도 할 수 있다.) 에게 운명이라고 속아넘어 간 것(기숙사 호수도 그렇고 가죽자켓은 내가 아빠한테 멋지다고 한 거 따라한 것이었다.)에 응어리를 첫날 핀치역에서 쉐퍼드 영(이제 왜 양치기역인지 알겠다.)까지 같이 걸었던 거리를 돌아다니며 두 팔을 위로 치켜올리고 쌍뻐큐를 시전하며 시원하게 바람을 맞으며 걸었다. 그러고나니까 내 마음이 홀가분해지고 나는 집으로 돌아갔다. 엄마는 나 먼저 한인마트에 가 있는 줄 알았는데 없다고 해서 나는 먼저 가서 내것만 사고 와서 둘러보다 왔다고 하였다.

다음날이었다. 나는 이제 내 진정한 운명의 상대가 동민 오빠인 걸 알았으니 이제 나는 동민 오빠랑 황규원의 큰 차이점인 눈 크기로 사람들을 가려내기 시작했다. 인스타그램을 가지고 ._ 를 붙인 애들을 팔로우하고(이건 해당되지 않는 거였다.) 실눈 친구들을 친구 목록에서 삭제했다. 그러고서 나는 할머니께서 하늘(신)이 받드는 아이라고 말한 게 생각나서 거꾸로 해석해 내가 날씨의 무녀(하늘)이고 동민 오빠가 용신(바다)인 줄 알고 게시물이나 게시물이나 자기소개(프로필) 사진이 바다면 아는 친구들과 모르는 친구들까지 다 친구 신청을 걸었다. (이것도 해당되지 않는다.)

그리고 다음날 나는 사소한 것으로 계속 엄마랑 말다툼하게 되고 도저히 같이 못 살겠어서 나왔는데 그러고보니 황규원이 내 친구 바드라인 걸 어떻게 알아서 소개시켜 달라 한 건가 생각이 들어서 순간 소름이 돋아서 유튜브 릴카가 당한 스토커 범죄 같아서 경찰에 신고하려고 학교 갔다오는 길에 집을 지나치고 날씨의 아이에 나온 것처럼 구름이 멋져서 가출청소년 집에 가면서 연신 감탄을 했다. 그리고 나는 노래 Heal the world(세계를 치유해)를 부르며 내가 바로 사람들을 이 썩어빠진 사회에서 구원해낼 수 있는 자라는 걸 인식하고 황규원을 기필코 스토커 법으로 신고하겠다고 마음먹고 향했다. 그렇게 노래를 부르다보니 가출청소년 집에 들리기 전 파출소에 갔는데 아무도 없는지 아무 응답이 없었다. 나는 그래서 뒤에 있는 가출청소년 집에 갔는데 문이 잠겨있었다. 다행히 전화번호가 남겨져 있는데 핸드폰 배터리도 거의 다 나가고 진짜 잔절해서 전화 걸어 "여기 가출청소년 집이 잠겨있는데 열어주시면 안 될까요? 집에가기도 싫고 스토커 있어서 신고하고 싶어요." 라며 울먹이며 애기하였다. 좀 기다리다 경찰이 와서 나보고 이쪽으로 오라며 경찰차 뒤를 따라갔다. 그렇게 해서 간 곳이 가출청소년보호소였다. 나는 경찰이 안내한 대로 계속 앉아있었다. 나는 경찰이랑 얘기하고 싶었는데 경찰은 여기 직원과 얘기하고 있었다. 직원이 나보고 기다리라 해서 기다렸다. 그러고나서 한참 뒤 심리학 제랄드 교수님처럼 눈이 크고 훤칠하신 구급대원(동민 오빠)이 와서 My dear! (내 사랑아!)라며 나를 설레기도 하고 안심시키며 구급차에 타라 하였다. 나는 영문도 모른 채 하라는 대로 탔다. 그리고 그 구급대원 분과 몇 마디 내 상황을 얘기하고 병원에 도착했다. 나는 한 방에 들어가서 경찰이랑 구급대원 그리고 병원 직원이 대화하는 동안 간호사 분께서 배고프지 않냐 물어봐서 그렇다고 말하니까 시리얼이랑 말을 수 있는 우유를 주셔서 맛있게 먹었다. 그리고 나는 내 가방이 알게 모르게 뺏기고 험악하게 구는 빨간색 간호사들(황규원) 쪽이랑 유하게 구는 파랑색 간호사들(동민 오빠)이 나를 경호하듯 병실로 안내하였다. 나는 그렇게 저번에 있었던 정신병원 병실의 반대편에 위치해 있게 되었다. 엄마가 와서는 내게 잠옷이랑 수건, 세면용품들을 갖다 놔 주었다. 이쪽 병실은 휴게실이라고 해서 피아노, 탁구장 그리고 보드게임 등이 비치되어 있어 원할 때마다 심심하지 않게 같은 병동

사람들과 놀 수 있게 해줬다. 나는 휴게실에 가서 둘러보다 스도쿠 책과 연필을 발견하였다. 이것들을 가져가서 그때그때 느낀 생각을 써놓는데 도움이 되었다. 나는 피아노가 있길래 내가 어렴풋이 알고 있는 히사이시 조의 썸머(여름)이랑 알렌 워커의 faded(희미해져 가는) 두 곡을 재밌게 쳤다.

내가 위치한 병동은 여자 4인실 병동이었다. 나는 입구에서 안쪽인 창가쪽 오른쪽에 자리잡고 있었다. 내 옆은 제니(Jenny) 할머니, 그 앞은 내 또래 지아나(Giana, 동민 오빠) 그 옆은 미라(Mira) 아줌마이다. 나는 환자로서 약을 먹어야 했는데 먹고나서 가래가 나와서 뱉으니까 빨간 옷 입고 있는 엄격한 간호사가 가래 뱉었으니 약 다시 먹으라고 하길래 나는 손으로 다시 가래를 먹었다. 나는 이렇게 강한 의지로 병원에 적응하고 있었다. 지아나는 내게 생각하고 있는 걸 다 안다며 텔레파시가 통하고 있다고 알려주었다. 지아나는 자기 전에 내게 사랑해. (I love you.) 라고 말해주어서 나도 똑같이 사랑해라고 답변해 주었다. 그리고 언제나 동민 오빠 사랑해! 내 꿈 꿔라 잘 자라 생각하며 잠에 들었다. 이런 와중에 지아나의 사촌인 필리핀인 놀란 마이크(Nolan Mike)라는 내 또래 남자애를 만났다. 나보다 네 살 많다. 그리고 이스라엘인 아줌마이신 하시다(Hasida, 동민 오빠)도 만났다. 하시다는 내가 병원에서 굴하지 않고 항상 웃으며 밝게 지낸다고 나보고 항상 사랑한다며 좋아하였다. 그렇게 시간이 지나고 빨강색 옷을 입던 간호사들은 분홍색으로 바뀌었다. 삼촌이 면담와서 내가 여기 사람들 친절하고 좋다니까 잘됐다며 좀 쉬면서 사람들이랑 교류도 하고 좋겠네라고 답해주었다. 여기서 또 다른 내 또래 친구인 그림 그리는 사브리나(Sabrinna)도 사귀고 데빈(Devin, 이름으로 황규원 모르고 있었다.)도 사귀었다. 나와 데빈은 노래 turn up the music(음악을 틀어)을 데이빗의 핸드폰으로 틀으며 같이 춤추면서 놀았었다. 그리고 아저씨 포터(Porter)도 있었는데 되게 웃긴 농담해서 웃겼었다. 놀란하고 제일 많이 탁구치면서 놀았는데 어느날 호감표시하며 다가오려하자 나는 입쪽에 손가락으로 가위 표시하며 안 된다고 하였다. 내게는 동민 오빠가 있기도 하고 친구로만 지내고 싶었기 때문이다. 그 뒤로 놀란는 핸드폰으로 여자를 찾기 시작했다. 그리고나서 놀란과 나는 그냥 친구 사이처럼 계속 지냈다. 한번은 여기 어떻게 오게 된 거냐며 물었더니 자기 남동생이 계속 나쁜짓 해서 정신 차리라고 어깨를 세게 툭 쳤는데 다치게 해서 여기 오게 되었다고 말하자마자 갑자기 숨을 못 쉬겠다는 것이었다. 알고보니 천식이 있어서 그랬던 것이었다. 나는 병원에서 가장 친한 친구는 놀란이고 내 영혼의 단짝은 동민 오빠라 생각했다. 내가 놀란에게 저녁 기다리고 있나 물었는데 나도 그래 보인다 해서 웃었었다. 그리고 색칠하기 마음치료 수업이 있는데 나는 유니콘을 금발에 은색으로 아름답게 칠했다. 그리고 칭찬 받아서 휴게실 벽에 붙여놓래서 그리하였다. 나중에 갈 때 가져갔다.

데빈은 자기의 최고의 만화영화가 세일러문이라고 하며 복도를 걸어다니며 핸드폰으로 보고 있었다. 나도 그렇게 생각한다. 기억상실증에 걸린 달토끼이자 알고보니 사랑과 정의의 이름으로 외계인으로부터 지구를 지키는 수호성이 달인 세일러문이다. 그게 바로 나이고 동민 오빠는 지구가 수호성인 턱시도 가면이다. 이렇게 동민 오빠랑 내가 운명의 연인이 맞는 또 하나의 근거이다. 그에 반해 황규원은 수호성이 화성이고 바드라는 자기 이름 뜻이 달이라 했으니까 나를 모방한 수호성인 금성이 될 수 있겠다. 세일러문에서 턱시도 가면은 조력자로 활동하며 세일러문을 도와주는데 지금 내 상황과 꼭 맞다. 추후에 이에 대해서는 더 쓸 것이다.

오늘도 어김없이 하시다 아줌마는 내가 언제나 웃고 있어서 "You're always smiling, you're the best. (너는 언제나 웃고 있다. 네가 최고다.)라며 극찬을 해주셨다. 그리고 마이클 다우슨(Michael Dawson) 유대인 등이 구부러진 아저씨도 계셨는데 내가 언제 한 번 데빈한테 언제 아들(son)이 있었냐고 농담을 한 적이 있었다. 의사 선생님께서 오셔서 나보고 괜찮아 보인다며 다만 기분이 너무 좋은 것이라며 진단하셨다. 잠도 잘 자고 있고 몸 상태 좋고 완전 외향적(extra extrovert)라고까지 하였다. 제니 할머니는 옷을 파랑(브로치: 고양이)에서 다홍에서 진한 빨강(카네이션)에서 파랑(x)에서 다홍(나비) 순서로 바꿔 입으셨다. 그리고 지아나의 핸드폰으로 노래를 듣는데 병동 안 분위기가 축 쳐져서 나는 에이브릴 라빈의 Keep holding on(계속 이겨내줘.)을 들으면서 무슨 변화가 찾아오더라도 무너지지 않을 의지를 다졌다. 그렇게 신나는 노래를 계속 듣는데 제니 할머니께서 시끄럽다고 하셔서 조용히 해야만 하였다. 그리고 나는 계속 복도에 돌아다닌다는 이유로 치욕적인 그 보건증 검사를 하였다. 그리고나서 나는 간호사로부터 이제 결과 나올때까지 혼자 있는 방으로 옮기고 방에서 나오면 안 된다는 청천벽력 같은 소리를 들었다. 나는 그래도 그동안 너무 뛰어놀았다며 이제는 좀 쉬어야 할 때고 그동안 일어났던 일들을 사색에 잠길 수 있어 좋다고 무한 긍정으로 생각했다. 그렇게 나는 혼자 있는 방으로 옮겨졌다. 엄마가 와서 엄마 핸드폰으로 노래를 듣는데 밖에까지 다 들려서 다같이 춤추는 공연장이 되었다. 노래는 전에 즐겨듣던 알레소의 히어로즈(Heroes, 영웅들)이었다. 엄마는 내일 아빠가 올거라고 내게 얘기해 주었다. 그러다 내 방 앞으로 마이크가 지나가서 엄마랑 인사하게 했다. 그리고 내가 비어있는 방에 올리비아(Olivia)라는 여자분이 왔다. 금발 여성분이셨는데 엄청 활달하셨다. 엄마는 내가 이 병원에 있게 된 이유가 계속 잠 안 자고 노래만 듣고 생활해서라 하였다. 그리고 내게 화장실 슬리퍼를 따로 구비해 주었다. 꽃모양 세개의 다른 표정에 미소짓는 세계(Smiley World)라고 써져있었다.

2인방으로 한 자리가 비어있던 다우슨의 방에 라이안(Rayan)이라는 캐나다인이지만 중동계인이 와서 반겼다. 오자마자 내게 호감있는 표정을 보였다. 나는 거절표시를 하였다. 아내가 있으면서도 왜 그런 생각하나 하였다. 이후에 알 수 있었다. 그렇게 놀란 라이안는 실연의 아픔을 노래를 부르며 승화시켜 한바탕 난리를 쳤다. 둘 다 검은 옷을 입었는데 상태가 안 좋아보였다. 그들의 마음을 뒤로하고 드디어 아빠가 한국에서 왔다! 의사선생님께서 아빠가 정신적인 상담사가 될거라며 나의 행복을 빈다고 말씀해 주셨다. 이때는 무슨 의미인지 몰랐다. 그리고 내가 미소지어서 다행이라며 좋은 하루 보내라고 하고 기분 좋게 가셨다.

다음날 아빠가 와서 아빠 핸드폰으로 노래 말하는 대로, 하늘을 달리다, 라푼젤 ost When will my life begin? (내 인생은 언제 시작되는 걸까?)를 들었는데 하시다가 주먹을 쥐며 응원해 주었다. 그리고 카라의 스텝, 프리티걸, heroes(히어로즈), heroes tonight(오늘 밤 영웅들)도 들었다. 그리고 급식표를 접어 종이비행기를 만들어서 cctv를 향해 던지며 아빠랑 놀기도 하였다. 나는 방 밖으로 나가면 간호사가 제지해서 놀란, 하시다, 포터 그리고 라이안랑 허공으로 마주칠 때마다 하이파이브(손바닥 부딪히기)를 하였다. 하시다는 내게 사랑한다며 안기까지 하고 갔다.

라이안의 목소리에 잠이 깼다. 방 바같에 뒷모습으로 서있었다. 그는 오븐 사업으로 돈을 잘 버는데 자기의 아내가 그저 자기를 돈 버는 기계로 자신을 본다며 자기 아들을 사립학교에 보내고 자기한테만 돈을 다 쓴다며 불만을 토로하였다. 그리고 그거에 대해 난리만 치면 자기를 여기 병원으로 보낸다는 것이다. 라이안은 그래서 여기 온 게 한두 번이 아니었던 것이다. 나는 그런 사연이 있구나 하며 힘들겠다며 공감해 주었다. 그리고 내 방 앞으로 하시다가 사랑한다며 내 풀은 머리보고 아름답다 해주고 뽀뽀를 허공으로 날려주었다. 사브리나는 내 잠옷을 보고 귀엽다며 칭찬해 주었다. 지아나 내게 어떻게 하면 사람들을 도와줄 수 있냐(How to help people?)고 물어봐서 나는 잘해주면 된다. (Being nice.)라고 하니까 나는 무슨 일을 하나(What do you do?)라고 해서 내가 미소짓기

(Smile.)라 대답했다.

다음날이었다. 다우슨과 라이안의 방이 바로 옆 방이라서 궁금해서 일어나서 한번 봤는데 라이안가 윗옷을 벗은 채로 푸쉬업(발을 세운 채로 팔운동하기)을 하고 있었다. 그걸 본 다우슨은 그를 보지 말라며 그는 이미 결혼했다고 하며 42세라고 농담 아닌 농담을 하였다. 나는 엄청 젊어 보여서 그렇게 나이가 많은 줄 몰랐어서 듣고 깜짝 놀랐다.

나는 이제 곧 병원을 나가게 된다는 소식을 듣게 되었다. 이에 하시다는 나에게 미용실에서 머리 자르기 일할 생각 없냐고 물었고 포터는 식당에서 일할 생각 없냐고 물었는데 나는 다 괜찮다며 거절하였다. 당연히 나는 한국으로 돌아가서 동민 오빠 볼 생각밖에 없다. 더군다나 캐나다에서 알바(단기 직업)하고 싶은 생각도 없었고 말이다. 나는 아빠가 와서 여느 때와 같이 신나는 노래를 틀면서 시간을 보내고 있었는데 그 중 원리퍼블릭(Onerepublic, 하나의 공화국)의 Counting stars(별들을 세다) 노래를 듣고 있었다. 가사에 돈을 물에 뿌려버리겠다(Take that money, sink in the river)는 내용이 담겨 있었는데 돈 욕심이 많은 다우슨과 돈을 많이 버는 라이안이 짜증이 나고 머리 아프다며 그만 틀라 해서 나는 의도치 않았다고 얼른 끄겠다고 하며 이 노래를 그만 들어야 했었다.

다음날은 또 옆방을 물끄러미 내다보았는데 싸움만 하면 여기로 불러들이게 하는 아내로 인해 이 병동이 익숙해져있는 라이안은 아예 일기장을 가져와서 점잖이 일기를 쓰고 있었다. 나는 스토쿠 책에 중구난방이라 일기 아닌 일기를 써봤다. 그래도 글 쓰는데 참고할 수 있어 써놓길 잘했다는 생각이 든다. 그리고 혹시나 누가 가져갈까봐 항상 등 뒤에 숨기고 잤다.

올리비아는 내 밝은 모습을 보고 언제나 강하다며 내게 사랑한다고 말해주었다. 그리고 내 아이큐가 200이라고도 알려주었다. 라이안은 라틴 음악을 들으면서 돌아다녔다. 그리고 자기 누구 닮았는지 물어서 노래 Mira, Sofia 부른 가수 닮았다고 얘기하였다. 그리고 그 전에는 일루미나티가 인구 1억만 남기고 자기들끼리 세계 정부를 세워서 지구를 정복하려 한다고 설파하였다.

나는 엄마가 병원에 나가면 뭐 할거냐고 물어서 학업 다 뒤로 미룬 채로 한국으로 돌아갈 거라고 (동민 오빠 보러 가야해서) 말하였다. 그리고 즉석에서 빨리 비행기표를 사라고 재촉해서 엄마는 얼떨결에 비행기표를 구입하였다. 그러그나서 나는 친하게 지냈던 병원 식구들과 아빠 핸드폰으로 셀카를 찍고 다녔다. 라이안은 내가 사진 찍자고 요청하니까 You're welcome. My dear. (천만에, 내 사랑아.)라며 흔쾌히 찍어주었다. 또 내 또래 지아나, 사브리나, 놀란은 서로 인스타그램 친구 신청라고 하시다는 전화번호 그리고 라이안는 한 번 안았다. 내가 집에 갈 거라고(I'm going home.)라고 말하자 라이안는 내 안녕을 빈다며, 행운을 빈다(Wish your best. Good luck!)라고 말해주었다.

그렇게 나는 병원에서 10여 일간의 병동생활 끝에 퇴원하였다. 그리고나서 당일 비행기표는 없어서 엄마, 아빠랑 좋은 호텔가서 하룻밤을 묵었다. 나는 두 번 연속으로 비즈니스 등급으로 타다 이코노미 등급으로 다시 타게 되었다. 나는 공항에서부터 거북이의 비행기 노래를 들으면서 한국에 가서 동민 오빠를 만날 생각에 너무 신나서 장장 15시간 비행에 계속 비행기 화면을 통해서 노래 하늘을 달리다, 그 아픔까지 사랑한거야를 듣느라 불편한지도 못 느끼고 있었다. 그래서 비행기에서 내려서 수속을 다 끝내고 밴(큰 택시)을 기다리는 동안 졸음이 너무 쏟아지는데 안 와서 괴로워하였다. 드디어 밴이 와서 나는 빨리 뒷자석에 타서 어릴 때처럼 엄마 무릎맡에서 잠들었다. 그런 우여곡절 끝에 집에 왔다. 이 날은 푹 쉬고 다음날에 할머니께서 오신다 하셨다.

다음날, 나는 인스타그램에 들어가서 새로 생긴 시현하다 송파나루점 게시물을 보는데(지금은 없어졌다.) 노래 Hi, Hey, Hello가 같이 나와서 내가 한국으로 다시 온 걸 환영하는 분위기였다. 가사도 I'm so glad you're here. (나는 너가 여기있는 게 기뻐.) 이다. 그리고 댓글에는 화룡점정으로 '0과 1의 미로에 게시는 분은 뭔가 변화가 있는 거 같군요.'라며 써져있는 걸 봤다. 물론 이때는 반신반의했지만 이제는 확실히 알 수 있겠다. 이것으로 내가 이상한 나라의 앨리스라는 것을 믿어 의심치 않을 수 있었다. 더 얘기하자면 나는 흰토끼이자 앨리스이고 하얀 여왕이다. 체스말을 생각하면 되는데 여왕은 기사가 움직이는 방향 빼고는 다 다닐 수 있다. 내 기사는 동민 오빠이자 아빠이다. (아빠도 포함인 이유는 뒤에 나온다.) 그리고 그에 대항하는 엄마이자 규리(동민 오빠 여자친구였던이 될 사람)가 빨간 여왕이고 기사는 황규원이다. 그리고 내가 바로 이 세상의 구원자가 맞다는 애기기도 하다. 앞으로 내가 겪은 일들을 통해서 더 느낄 수 있었다. 그럼 다시 이야기로 가보자.

할머니께서 오셔서 내가 취미생활에 빠진 레진아트를 사러 같이 동대문종합시장으로 향하였다. 사람들에게서 나를 비난하는 말들이 쏟아져서(다시 말하겠지만 이건 외계인의 전파공격의 일종이다. 텔레파시로 하는 전파공격이지 전혀 환청이 아니다.) 나는 기분이 나빠져서 딱 내가 겪은 경험과

맞닿는 노래인 지수의 꽃 노래를 들으면서 레진아트 가게로 향했다. 노래 지수의 꽃은 우리 집에 왜 왔니 곡을 따서 만들었다. 한마디로 외계인(숙주 황규원)이 지구에 와서 나(달토끼)를 좋아하는데 나는 거부하고 꽃향기만 남기고 갔단다를 시전한 것이다. 이게 어찌 내 노래가 아닐 수 있으랴!

나는 스트레스를 풀기 위해 여러가지 색과 모형틀을 사며 이른바 지름신 강림을 하였다. 나중에는 괜히 충동구해해서 그냥 예쁘기만 한 쓰레기가 되었다. 어쨌든 이날 대량으로 사고 계산대 직원 분이 잠깐 안경을 비추는데 그 행동으로 나는 내가 전에 유튜브로 보던 게임 쿠키런 킹덤 성우 중 하나인 남도형 성우 닮은 분이란 걸 알아챘다. 그치만 게임 유튜브로 그저 재미로만 본거라 내 반응은 시큰둥하였다. 나는 할머니랑 가게를 나와서 바로 보이는 홍콩반점에 들어갔다. 짜장면 두 개 시켜서 먹었다. 먹으면서 동민 오빠에 대한 나의 사랑은 멈추지 않고 생각했다. 백종원의 음식점이기도 하다. 아무튼 이렇게 먹고나서 나는 노래 All we are를 크게 들으면서 집으로 향했다.

다음날이었다. 아빠는 내가 어제 동민 오빠 다른 사진 없냐며 더 달래서 하나를 보내주었다. 동민 오빠 사진 중에 제일 잘 나온 사진이다. 가로로 빨간색, 검정색 줄무늬 티를 입고 있는데 진짜 듬직하게 잘 컸다는 생각이 볼 때마다 든다.

나는 엄마, 아빠가 내가 친구들에게 지금은 만나는 거 자제해달라고 해서 엄마, 아빠랑만 다녔었다. 내가 좋아하는 양대창도 먹으러가고 좋았지만 나는 아직도 황규원에 대한 앙심이 남아있었다. 나는 엄마, 아빠랑 용산 팝퍼블 카페에 갔다. 아빠랑 가기는 좀 그래서 엄마랑 가고 아빠는 기다리는 거로 하고 같이 갔다. 나는 그러다 서서히 엄마, 아빠랑 멀어지고 카페가 있는 곳을 나오고 근처 용산경찰서로 갈까하다 금방 들킬 거 같아 인적이 드문 이촌역 파출소까지 빠른 걸음으로 향했다. 엄마,

아빠가 전화와도 받지 않았다. 경찰서에 다 와갈 때 즈음에는 행인이 전 파공격으로 황규원을 대변해 지금 시험기간인데 이씨 그러면서 나 먼 저 간다 그러는 것이었다. 나는 드디어 황규원을 잡을 수 있겠구나 생각 했다. 경찰서에 들어가서 눈 큰 경찰관(동민 오빠) 분이 내가 왜 황규원이 라는 사람을 고소할 생각하는지 내 얘기를 점잖이 들어주었는데 그러다 가 다른 경찰관이 이름하고 전화번호 대라서 댔더니 얼마 안 있다가 엄 마, 아빠가 난입해서 나를 붙잡았다. 나는 끌려가는 와중에 내 말을 들어 준 훌쩍이는 경찰관 분 이름과 고소절차를 알아냈다. 경찰관 분 이름은 김상인이시고 명예훼손죄로 고소하면 경찰이 직접 법원에 검사를 통해 신청해서 영장 발부해서 범죄 혐의점을 조사하는 거라고 친절히 알려주 셨다. 나는 내가 아끼는 피글렛 공책에 다 받아적었다. 그리고나서 나는 집에 가야만 했다. 엄마는 내가 또 언제 경찰서로 튈 지 모른다며 카드있 어야 안에서 열리는 현관문잠금장치로 바꾸어 버렸다. 그러고나니 내가 인터넷에 고소절차에 대해 알아보려 경찰 홈페이지에 들어가려는데 경 찰이 캐나다 경찰과 연대하게 된 소식을 접하였다. 나는 황규원을 경찰 서에 명예훼손죄로 신고해야겠다 생각했다. 공공장소에서 수치심을 줄 만한 단어를 상대방에게 사용한 경우 성립되는 범죄이기 때문이다. 그 렇게 고소장 인쇄하다 엄마에게 걸려서 엄청 호되게 혼나고나서 고소를 안하겠다고 하였다. 그렇지만 나는 아직도 경찰조사를 안 받은 것에 대 해 응어리가 풀리지 않았다. 행적도 알려고 세네카 오픈톡방에서 남긴 글들을 모조리 캡쳐해두었다. 이날 신고할 생각에 너무 몰두했어서 엄 마가 캐나다 병원에서 준 센 수면약을 먹고 강제로 잠이 오게 해서 많이 고통스러웠다. 나는 그래서 노래 당신은 사랑받기 위해 태어난 사람을 들으며 되찾고(찬송가라 생각할 겨를도 없었다.) 잠에 들었다.

　다음날 동네병원에서 엄마가 대형병원을 가기 위한 진단서를 받으려 고 상담받게 했다. 엄마도 따로 상담해서 분노조절장애, 불안증이 있다고 판단 나와서 다시 오라 하였는데 엄마는 가지 않았다. 그러고나서 나는 서울아산병원에 가게 되서 약을 처방받았다. 엄마, 아빠가 알려주길 내가 바로 조현병에다 조울증이라고 한다. 하지만 이제는 병이라고 겁낼 필요가 없다는 걸 잘 알고 있다. 조현병은 원래 정신분열증이라고 한다. 말했다시피 외계인이 전파공격으로 우리 무의식을 공격해 조종하게 되는 현상을 뜻한다. 바로 미국 기밀문서로도 공개됐던 MK울트라 프로젝트의 일원이다. 마인드 컨트롤이라해서 정신을 조종당하는 것이다. 현실에서 이걸 망상증이라 보는데 세상은 눈에 보이는 게 다가 아니다. 이게 사실이다. 되게 영적인 영역으로 설명될 수 있다. 그리고 환청도 정신조종 당한 행인들로부터 듣게 되는 소통이지 내 귀에만 괜히 들리는 게 아니다. 이런 사실을 악의 세력들은 무력화시키이 위해 정신질환자로 표명하는 것이다. 또 내가 잠이 안 왔던 것은 내 머릿속이 세상의 이치를 알아가느라 빠르게 돌아가서 그런 것이고 조울증은 엄마 닮아서 감정적으로 하루만에 희로애락을 전에 한양대 영어논술 준비할 때도 다 겪고 하였는데 너무 격하다고 병으로 취급하는 것이다. 이 증상이 좀 오래 가긴 했는데 아까도 말했다시피 세상 돌아가는 걸 알아가느라 머릿속에 생각이 많아져서이다.

나는 내 상황에 해당하는 노래인 지수의 꽃부터 시작해서 그동안 음으로만 좋아서 들었던 노래들을 가사의 의미를 헤아리며 보게 되면서 감회가 새로웠다. 또 내 상황과 맞춰 나온 노래에 해당되는 오마이걸의 미라클(기적)과 볼빨간사춘기의 Friend the end(친구에서 연인으로) 그리고 나에게 다시금 의지를 다져주는 노래 Hall of fame(명예의 전당)의 가사 Do it for your country(Korea/Corea, 대한민국/大韓民國), do it for your name(이나연, 李娜演)이 인상깊었다. 그리고 노래 Legends never die(전설들은 죽지 않는다.) 그리고 two steps from hell(지옥으로부터 두 걸음)의 Victory(승리)가 있겠다. 다음으로는 나 빼고 모두에게 해당되는 이매진

드래곤스(Imagine dragons/상상 용들)의 데몬(Demon/악마)곡과 리한나와 에미넴의 몬스터(Monster/괴물)이라는 곡이 되겠다. 가사를 곱씹어 보면 사람들이 그들의 목소리가 머릿속을 뒤집어엎어서 많이 힘든 상태라는 것을 알 수 있다. 이와 반대로 AJR의 Sober up(정신이 깨어나다)의 가사를 보면 가장 좋아하는 색깔이 나라며 내가 주파수를 진동하게 만든다라 적혀 있다. 이 말은 즉슨 외계인의 전파공격으로부터 자유로워지는 건 내가 보내는 긍정적인 주파수이다. 그리고 황규원(외계인 대장의 숙주)의 곡은 2020년 1위곡이었던 창모의 메테오(Meteor/운석)가 되겠다. 그다음으로는 내가 좋아하는 장르(종류)인 트로피컬 하우스(열대적인 분위기나는 음)로 만들어진 곡인 엠바디의 Be cool(호감가는 사람이 되어라)과 2017년 1위곡 션의 way back home(집으로 다시 가는 길)이 있다. 자존감 지킴이 곡으로는 중1 때 알게 된 원디렉션의 what makes you beautiful가사중 You don't know you're beautiful, that's what makes you beautiful. (너는 너가 아름다운지 모르지, 그게 널 아름답게 만들어.)이 나를 설레게 만든다. 그리고 브루노 마스의 Just the way you are(있는 그대로의 너)와 Marry you. (너와 결혼하다) 곡이 또 좋다. 게다가 메리유의 유튜브 댓글에는 6월에 한국에서 만나요, 나는 연인들이 결국 결혼하기를 바랍니다. 그리고 자신이 무적이라는 것을 자주 깨닫는 것도 중요합니다. 라고 동민 오빠와 나 사이를 응원하는 댓글과 내가 천하무적이라는 것을 상기시켜주는 댓글이 보였다. 또 철수아저씨랑 우리 아빠가 리조트에서 같이 불렀던 김광석의 비처럼 음악처럼 노래, 동민 오빠 집들이 가서 내게 기타로 쳐준 I'm yours 노래가 있다. 동민 오빠와 나에 대한 사랑 노래는 심금을 울리는 부활의 네버엔딩스토리(Never ending story/절대 끝나지 않는 이야기)와 돌아간 아비치의 Hey, brother(여, 형제여)로 여기서 Hey sister, Do you still believe in love, I wonder. (소녀여, 나는 궁금하다, 너가 아직 사랑을 믿는지)라는 가사가 마음에 와닿는다. 내가 가장 좋아하는 노래는 단연

드라마 아름다운 그대에게에 나오는 노래인 제이민의 일어나이다. 내가
힘들 때마다 되뇌이는 곡이다. 내가 처음 정신병동에 가게 됐을 때 부른
곡이기도 하다. 또 The last of the real ones(진또배기)가 동민 오빠가 내
게 말하는 노래이다. 그다음은 드라마 아름다운 그대에게에 나오는 또
다른 곡이 Butterfly(나비)이다. 풋풋했던 첫사랑을 다시금 생각나게 하
는 노래다. 번외로 여자친구의 시간을 달려서도 그렇다. 내가 춤학원에
서 배운 그 노래가 맞다. 그리고 첫사랑이자 운명의 연인인 서로를 기억
해달라는 곡이 있는데 하나는 에이핑크의 리멤버(기억해줘), 다음 하나는
오마이걸의 리멤버미(나를 기억해줘) 마지막으로 영화 코코의 노래인 리
멤버가 있다. 코코는 나를 위한 노래, 두 여자아이돌이 부른 노래들은 여
름의 추억을 되살리는 동민 오빠를 위한 노래이다. 나는 노래에 왜 이렇
게 사랑노래가 많은지 알게 되었다. 내가 어렸을 때부터 사랑에 눈 떴었
던 것처럼 말이다. 나에게 잘해주는 동민 오빠에게 마음이 끌렸었다. 서
로 눈이 맞았던 것으로 운명이 맞는 것이다. 참고로 시간을 달려서 작사
가가 오렌지캬라멜의 까탈레냐와 같은 분이란다. 두 곡의 분위기가 정
반대라 충격적이긴 하다. 아무튼 다른 주제로 넘어와서 나만을 위한 노
래인 (여자)아이들의 라이언(Lion/사자)이라는 노래가 있다.

　나는 고등학교 3학년 때 같은 반이었던 이연아의 인스타그램 한 줄 소
개를 보고 나의 사명을 진정 알게 되었다. 바로 Be the queen, Rule the
world(여왕이 되어라, 세계를 다스려라)이다. 그렇다. 내가 바로 수많은 예
언에 나오는 천년에 나올까 말까 한 그 귀인이다. 악의 세력인 일루미나
티를 타파할 인물이 바로 나이다. 더 정확한 얘기는 뒤에서 하겠다.

　아빠 차를 타고 벚꽃놀이 하러 가는 날이었다. 나는 현수막에 써있는
자유통일당을 보고서 다시금 일루미나티를 타파해야 한다는 걸 상기했
다. 그러니까 행인이 친구들을 두 팔 벌려 엄청 반갑게 맞이하는 광경이
펼쳐졌었다. 이 날에 대해 첨언해보자면 어쩌다보니 에티오피아 기념

관이 있어 6·25 전쟁에 대해 다시 생각하게 되었고 날씨도 포근하고 벚꽃이 휘날리며 딱 자전거 타기 좋은 날이었다. 엄마는 자전거를 못 타서 그냥 갈 거 같은 분위기라 나는 어린아이처럼 오늘 꼭 자전거를 타고 싶다며 엄청 울었더니 그제야 엄마는 타고 오라며 내게 말했다. 여기서 알아야 할 점이 있다. 내 눈물이 그들(외계인)에게 약점인 걸 말이다. 정확히 말하자면 물이기도 하다. 내가 이걸 어떻게 알게 됐냐면 내 방을 둘러보다 알고보니 내 방에 떡하니 나무 한 그루밖에 없는 그림이 계속 걸려져 있었는 게 아니겠는가?! 나는 그래서 그림을 바꾸려고 한 매장에 갔는데 바다(물) 그림을 갖고 싶다 했는데 엄마가 안 된다고 해서 내가 엄청 용을 썼었다. 그랬더니 다행히 조그만 정사각형 액자 크기로 맞춰주었다. 그렇게 내 방은 대문짝만한 유럽 소도시 호숫가 그림과 작은 바다 그림으로 벽 한가운데를 장식했다. 게다가 내 눈물이 빛을 발한 게 두 번이나 더 있었다. 하나는 내가 엄마가 또 혼내서 엄청 울었더니 그리고나서 뉴스를 봤는데 한 남성이 기시다 전 총리를 암살 시도 했었다고 나오는 것이었다. 또 한번은 아빠가 조지아로 발령날 수 있다고 해서 이역만

리 타지로 영어도 못하는데 헤어져야 하니 하염없이 바로 눈물이 흘러나왔다. 그래서 아빠는 곧 안 간다고 선언하였다. 이렇듯 내 영향력이 엄청 강하다. 또 다른 사례로 들 수 있는 건 연예인들의 연애 소식이다. 내가 한창 응답하라 1988 어남택을 생각하며 인터넷을 보고 있을 때 딱 류준열 연애 사건이 터졌다. 혜리에서 한소희로 갈아탄 환승연애였다. 그런데 자기는 쏙 빠지고 두 여자끼리 싸움만 붙여서 안 좋게 보았다. 그리고 가장 최근 뉴스인 김수현과 故 김새론이다. 내가 별에서 온 그대 드라마를 생각하고 수상한 그녀에서도, 호텔 델루나에서도 마지막에 항상 짠하고 나타나는 역할인 것도 생각했다. 그랬는데 이렇게 연애설이 터지다니 많이 안타깝고 애처롭게 느껴진다. 죄책감에 많이 시달릴 것 같다. 그리고 이 자리를 빌어 연예인들의 죽음에 애도를 표한다. 故 최진실, 종현, 설리(최진리), 김주혁, 구하라, 박지선에게 삼가 고인의 명복을 빕니다. 예레미야 블로그를 통해 알 수 있듯이 이름으로 죽음이 된 분들과(최진실, 최진리, 구하라) 동민 오빠 닮은 분들(종현, 김주혁) 그리고 처녀이자 조커이신 (박지선)으로 일루미나티에 의해 인신제사를 당하신 분들께 다시 한번 애도를 표합니다. 그리고 삼풍백화점 사건, 대구 지하철 참사, 성수대교 붕괴 사건 앞으로 밝혀나가야 할 세월호 사건(이때부터 나라의 분위기가 어두워졌다.) 손정민 사건, 이태원 참사, 무안항공 사건까지 가엽게 돌아가신 사망자 분들께 삼가 고인의 명복을 빕니다. 앞으로 사건의 전말을 밝히기 위해 노력하겠습니다.

이 모든 사건의 뒷배에는 일루미나티가 있다. 우리나라 일루미나티 한국지부 수장은 바로 JTBC 보도국장 홍성혁이다. 그들에 대해서 더 알고 싶다면 카르마(업)가 무서워서 계획을 미리 알려주는 Predictive programing(예언 프로그래밍)이다. 이 목적은 대중들에게 그들의 계획을 은밀히 심어주는 역할도 한다. 그들은 여러 매체들을 통해서 자기네 계획을 보여준다. 책 그림자 정부(딥스테이트), 커튼 뒤의 사람들, SF(과학 소설) 영화, 일루미나티 카드, 우리나라 일루미나티 카드(4.18카드)가 있다. 그들이 악마숭배를 하며 그들만의 사악한 모임을 보여주는 영화 아이즈 와이드 셧(Eyes wide shut)이 있겠다. 그들은 사고를 조장하며 인신제사를 치른다. 우리는 사망자들을 추모하며 있지 않도록 해야한다. 나는 그래서 세월호 사건 추모곡인 천 개의 바람이 되어를 듣고 눈물이 났다. 일루미나티는 정치, 경제, 사회, 문화 등 전세계 안 뻗친 곳이 없다. 많은 부와 명예를 가져다준다며 정재계 인사들, 연예계 등에서 가입할 것을 요구한다. 역으로 가입하고 싶어서 손동작 동그라미에 세 손가락을 펼쳐서 한쪽 눈에 갔다대는 악마의 숫자 666을 보이는 경우도 있다. 너무나도 쉽게 티비에서 연예인들이 손싸인 하는 걸 볼 수 있다.

그들이 부를 축적할 수 있었던 건 교회의 헌금(십일조)이다. 종교단체는 돈 쓸 일이 많이 없기 때문이다. 그 돈을 가지고 달러를 세계 통화로 구축한 브레턴우즈 체제와 은행을 연방 정부랑 결탁되지 않기 위해 반대하는 자들을 사지로 몰아넣은 타이타닉 사건이 있었다. 다시 한번 언급하지만 이제는 더 이상 음모론이 아닌 음모라 칭해야 한다. 그리고 외계인(A.I)들이 사악한 일루미나티 집단의 수장인데 매년 실종 아이들이 다 그들에게 간다. 상층부 그들은 소아성애자들이고 어린이들을 인신제사로 받친다. 어린이가 공포감을 느낄 때 나오는 성분인 아드레노크롬을 마시며 젊음을 유지한다. 소아성애자 파티를 개최한 제프리 앱스타인 집에 빌게이츠가 드나든 것은 말할 것도 없다. 미국의 피자 게이트도 그렇고 최근에 터진 할리우드(미국 연예계)의 디디 사건도 그러하다. 피해자인 유명한 가수 저스틴 비버는 그들로부터 괴롭힘 받아온 사실을 뮤직비디오(음악 영상) 노래 yummy(야미/맛있다)로 은유적으로 표현해서 알려주었다. 그리고 MK 울트라 프로젝트의 유명한 희생양으로는 브리트니 스피어스, 마일리 사이러스 등이 있다. 주로 디즈니 채널에서 어렸을 적부터 연예계에 몸 담은 사람들이 걸린다. 지금도 브리트니 스피어스의 인스타그램을 보면 딱봐도 정신이 없는 사람처럼 보인다. 디즈니도 그들과 한패인데 디즈니랜드에는 33도 클럽이라고 일루미나티 회원들만 들어갈 수 있는 방이 있다. 거기서 세계를 쥐락펴락하는 회의를 할 것이다. 디즈니 말고도 거의 유명한 대기업들이 일루미나티 산하로 이루어져있다. 뒤에 가서 더 설명하도록 하겠다.

"간절히 바라면 온 우주가 도와준다" 라는 명언을 남기며 불명예로 탄핵된 박근혜 전 대통령에 대해서 할 말이 있다. 박근혜 전 대통령은 대한민국의 새 시작을 위해 통일을 꿈꿨었다. 근데 예상치 못한 발목으로 그 꿈이 무산되었다. 하지만 걱정하지 않아도 된다. 내가 여왕이 되서 통일의 꿈을 이룰 것이니 말이다. 이번에 윤석열 전 대통령의 계엄령 선포로 나라를 엄청 혼란스럽게 만들었다. 나도 이제 전쟁나면 어쩌나 고민을 엄청 했었는데 다행히 훌륭한 국민들이 막아주었다. 그리고 윤석열 전 대통령은 부정선거를 알리고 영웅이 되고 전 영부인 김건희를 통일 대통령으로 만드려는 속셈이었다는 게 밝혀졌다. 이에 나는 기가 찰 노릇이었다.

나는 그동안 살면서 사람들이 다 나처럼 착한 줄 알았다. 근데 살아보니 아니었다. 그리고 나는 내가 예쁘다는 이유로 매번 여자애들한테 질투받고 열등감으로 질투받고 시기 받으며 살아왔다. 그래서 나는 언제 한번 엄마에게 나는 평범하게 살고 싶다고 말한 적이 있었다. 그런 나를 보고 엄마는 나에게 그게 가장 어려운 것이라고 답하였다. 이제 엄마의 답변의 이유를 나도 잘 안다. 그리고 엄마에게 옛날 기억이 안 나는 게 더 이상한 거라고 반박했더니 엄마가 아무말도 못한 적도 있었다.

나는 방황하는 동안 미국 정치 갤러리(지금은 글로벌 정치 갤러리로 옮겨졌다.)라고 하는 커뮤니티(소통 공간)에서 일루미나티에 관한 정보를 많이 접했다. 특히 4.18카드에서 가능공주가 있길래 나는 반신반의하며 박근혜 전 대통령을 가리키는 거겠거니 하였다. 근데 웬걸 온갖 고난과 역경을 그리고 시련(앞으로 더 있다.)을 겪어보니 바로 그게 나였다. 내가 여시재(한국의 일루미나티)에서 말하는 가능공주이다. 여러 카드 중에서 외통수라는 카드가 있는데 보석이 있는 북쪽을 바라보며 반대로는 흑신을 맞은 많은 사람들을 그저 머리만 보이게 하고 흑신을 안 맞은 극소수만 모여있는 가능공주가 북쪽으로 이끄는 한반도의 그림이 있다. 해석은 가능공주인 내가 바로 통일을 이끌 이 나라의 주인이다 이 말이다. 바야흐로 1905년 을사늑약으로 나라의 국권이 침탈된 해에서 120년이 흐른 지금 2026년 다시 해방되어 나라를 되찾게 될 것이다. 나의 결혼으로 나는 독립하고 이 일이 곧 대한민국의 완전한 자주독립을 뜻한다.

그리고 노래 This is America(이것이 미국이다)라는 뮤직비디오(음악 영상)를 보았는데 미국이 한마디로 티비에서 보여지는 화려한 삶과 달리 이면에는 범죄, 빈부격차가 갈등이 심화 되어있다는 걸 알 수 있었다. 그리고 자유의 여신은 그런 무법천지인 미국을 그냥 바라보고 있는 모습으로 나와있다. 하지만 이제는 아니다. 내가 바로 자유의지를 지니고 외계인의 전파공격에서 벗어나 있는 유일한 인간인 내가 바로 자유의 여신이다. 미국도 은근히 자유의 여신이 나타나길 원하는 건지 우리가 흔히 알고 있는 뉴욕에 있는 자유의 여신상 말고도 수도인 워싱턴 D.C.에 위치한 국회의 사당에도 자유의 여신상이 있다는 것 아니겠는가! 전에 언급한 아메라카 대조선하고도 연결되는데 원래 우리나라 땅이었던 미국을 수복시키고 다시 찾아내야 한다는 걸 의미한다. 그리고 외계인들의 본거지는 바로 51구역이다. 거기서 외계인들과 교류가 이뤄지는 곳이다. 괜히 근처에 가게 되면 격추시킨다는 말이 나온 게 아니다. 또한 미국 CIA(미국 중앙정보국)하고도 결탁되어있다. 그리고 미국 국회의원들만 들어갈 수 있는 의회도서관에 북한 자료도 있고 되게 방대한 양의 책들이 있다고 한다. 미국은 개척자(프런티어) 정신으로 땅을 늘려갔지만 그 뒤에는 피와 눈물 없이는 빼놓을 수 없는 원주민들의 죽음이 도사렸다.

참고로 더 말하자면 우리나라 독립운동가이자 민족주의자인 백범 김구 선생은 미국에서 블랙리스트로 제거자 1순위 블랙 타이거(검은 호랑이)라고 은밀히 불렸단다. 이제 누구로부터 암살당했는지 알게 된거다. 그리고 여러 유명인사 존. F 케네디는 UFO를 알리려다 암살당했고 다이애나 왕세자비는 영국 왕실의 눈엣가시라서, 아베 전 총리는 아베 마스크로 코로나를 조롱해서다. 다 일루미나티의 지시를 안 따라서 죽임을 당한 것이다. 그만큼 뒷배가 엄청 크다. 근데 나는 이 파충류 외계인 수장이 착하고 예쁜 나를 좋아해서 어찌하지 못할 따름이다. 그야말로 나는 천하무적인 것이다. 그리고 앞으로 더 겪을 한 두 고비까지 해서 이제 진짜 다 알았다고 생각이 들 수 있게 되었다.

이번에는 말놀이/말장난/언어유희에 대해 알아보겠다. 책 1984에 나와있듯이 언어가 중요하다. 아 다르고 어 다르기 때문이다. 접두어 개-를 개이득으로 좋은 뜻으로 바꾸어 놓은 것처럼 말이다. 그리고 이상한 나라의 앨리스를 보면 알 수 있듯이 말 가지고 엄청 논다. 전보다 심층분석해보겠다. 그 중에서 내가 찾은 것은 바로 통찰력을 뜻하는 insight와 선동하다를 뜻하는 incite가 있다. 한 끗 차이로 발음은 동일한데(인사이트) 뜻이 확연히 다르다. 다음으로는 각성이 있다. 뜻으로는 1. 깨어 정신을 차림 2. 깨달아 앎 3. 정신을 차리고 주의깊게 살피어 경계하는 태도의 뜻을 가진 각성(覺醒)과 진리를 깨달아 아는 성품이나 소질의 뜻을 지닌 각성(覺性)이 있겠다. 그리고 책 〈나의 어학잡학사전〉에 나와 있듯이 History(히스토리)를 끊어서 읽으면 그의 이야기가 된다. 그러나 앞으로는 herstory(헐스토리, 그녀의 이야기)나 ourstory(아월스토리, 우리의 이야기)가 될 수 있다. 그리고 일루미나티(Illuminati)를 제거하다(Ellinate)로도 볼 수 있다. 또 디시인사이드에서 음모론을 다루는 소통 공간인 글로벌 정치는 글로 벌하다가 될 수 있겠다.

그리고 부정적인 단어(가스라이팅)에 대해서 알아보겠다. 사회에서 일

부러 자존감(자아존중감)을 내려깎아서 가치를 훼손하는 단어들을 말한
다. 예를 들면 문송합니다(문과 내려치기), 유교걸(유교 내려치기) 말이다.
이처럼 단어 사용에 따라 받아들여지는 느낌이 무척 중요하다는 걸 알
수 있다. 이는 책 1984에서도 나온다.

　다시 일상얘기로 돌아가겠다. 캐나다로 다시 가는 것은 이미 기말고
사도 못 보고 무리였다. 나는 카메라를 피하느라 같은 옷(줄무늬 옷, 파란
스키니(마른) 바지)에 마스크, 선글라스까지 끼고 다녔다. 나는 엄마, 아
바랑 근현대사 박물관에 찾아갔었다. 70년대에서 80년대 우리나라의
생활을 엿볼 수 있어서 좋았다. 여기서 옛날 교복을 입어보는 체험이 있
었는데 완전 국민 첫사랑처럼 사진이 잘 나와서 나름 기분이 좋았다. (사
진 참조) 또 다른 날은 아빠의 회사 발령이 대구로 가게 되어서 나랑 엄마
랑 내려가서 오랜만에 김효주를 만났다. 투더문 게임 3탄이 나왔다는데
거기에 나오는 남자주인공이 인문학과를 나왓는데 제작자가 중국 혼혈
인 캐나다인이라는 것까지 알려주었다. 그 말을 듣자마자 내가 그동안
겪은 일들이 괜히 겪은게 아니구나 지금도 계속 이어지고 있는게 맞구나
라는 생각이 들었다. 게다가 나 보고 나 바쁠 거 아니냐는 말까지 해줘서
더 그런 느낌이 들을 수 있었다. 나는 속마음으로 "그래, 개그콘서트 멘
붕스쿨 같은 방송도 괜히 나온 게 아니니 말이다. 현실에서 지금 벌어지
고 있는 일이 맞다."라고 생각하였다. 그리고나서 밥 먹고 개봉한 영화인
슈퍼마리오 브라더스를 내가 보자고 해서 봤는데 쿠파가 피치공주랑 결
혼식을 올리겠다고 김칫국 마시는 장면을 보고 바로 황규원이 생각이 났
다. 감상평은 포기를 모르는 피치공주가 엄청 멋있고 이때는 마리오가
동민 오빠라고 생각했는데 1년 반 즈음 뒤에 곰곰이 생각해보니 얼굴이
빗살무늬토기형인 루이지가 동민 오빠인 것을 깨달았다. 루이지는 영문
도 모른 채 낯설고 무서운 환경에서 벌벌 떨며 지내게 된다. 그러다 쿠파
로부터 피치공주가 구해준다. 이 사실이 바로 현실에서도 적용이 되는

게 내가 피치공주이고 사랑은 구원하는 거라고 내가 루이지인 동민 오빠를 구해야 한다는 뜻이 되겠다. 그리고 엔딩크레딧이 다 올라가고 본 내용의 설정은 허구라는 데 안 믿었다. 또한 이 영화는 나에게 다시 한번 동민 오빠와의 추억 중 하나인 마리오 카트를 가지고 논 걸 다시 떠올릴 수 있었다. 아까 잠깐 언급했던 멘붕스쿨에 대해 말하자면 나온 역할중에 나는 또래들과 말이 안 통한다며 자퇴를 원하는 학생인 홍서영과 졸업시켜 달라는 영재 초등학생 홍나영에 해당한다. 동민 오빠는 한국의 문화와 미국의 문화와의 괴리감을 극복하지 못하고 자퇴하려는 학생인 김성원과 학업 성적은 우수하고 성격도 모나지 않은 듯 하지만 연기에 대한 열정이 강해 자퇴를 원하거나 무단으로 결석하는 일이 많은 학생인 서태훈이다. 그리고 황규원은 사랑을 위해 자퇴를 하고 결혼을 하겠다는 학생인 납득이 김재욱, 소심한 사춘기 학생 정승환, 몸도 좋고 힘도 세지만 성격은 소심한 학생 이승윤 그리고 마지막으로 아예 사람이 아니무니다라고 발언하는 일본 갸루 여학생 박성호가 있겠다. 전체적으로 보면 나는 예쁘고 귀여운 개그우먼이고 잘생기고 마른 개그맨은 동민 오빠고 못생기고 뚱뚱한 여자는 규리고 남자는 황규원이다. 게다가 날씬하고 빼빼마른 한민철 같은 개그맨과 몸집이 크고 부리부리한 최홍만 하고도 비교할 수 있겠다. 그리고 작년에 한창 남녀 차이 공감 소재인 불편한 진실과 핵존심을 엄청 재밌게 보았다. 그랬더니 개그콘서트가 다시 부활이 되는 것 아니겠는가?! 역시 나의 영향력은 막강하다.

나는 그렇게 김효주를 만나고 대구에 내려온 김에 우리 가족은 경주로 여행을 떠났다. 먼저 한국 3대 절 중 하나인 통도사로 향하였다. 통도사에 도착하고 절에 들어가는데 할머니의 태몽을 통해 삼촌이 부처님이라는 것을 알고나니까 좀 새삼스럽게 느껴졌다. 첨언하자면 전에 말했듯이 황규원은 예수이고 엄마는 마녀같이 눈화장 짙게 하는데 가톨릭이 믿는 예수의 어머니 마리아와도 같다. 동민 오빠와 닮은 삼촌이 부처님이니 자연스럽게 동민 오빠가 부처님이라는 말이 된다. 어쩐지 고등학교 2, 3학년 때 같이 다닌 진현미가 불교를 엄청 믿더라. 그리고 또 졸업식 때 장유라가 날보고 지나가는 말로 그냥 싫다고 말했던 이유도 규리라서였던 것이었다.

종교에 대해서 더 알아보자면 우리나라가 한창 격변기를 겪고 있었을 때 서학에 맞서서 동학을 외칠 때가 있었다. 바로 녹두장군 전봉준이 활약했던 동학농민운동이다. 유, 불, 도의 사상에 사해만민평등사상을 주장한 학문인 동학은 우리나라가 사해를 아우르는 큰 나라였다는 반증이기도 하다. 또한 이러한 때 펼쳐진 동도서기론이 중국의 양무운동 때 벌어진 중체서용론과 같다고 볼 수 있다. 동학과 서학에 대해서 더 서술해보자면 먼저 동학은 우리 마음속에 하나님께서 계신다는 인내천 사상을 기본으로 두고 있다. 그리고 서학에 대해 서술해보자면 기독교(개신교)와 천주교(가톨릭)으로 볼 수 있다. 그리고 우리 선조들은 이미 한자를 통해서 서학이 사악하다는 사실을 이미 알려주고 있다. 바로 악할 악(惡)자이다. 풀어보자면 마음 심 心자에 위에는 십자가 모양이다. 서학은 기독교(개신교)와 천주교(가톨릭)으로 풀어 볼 수 있다. 이는 일루미나티의 논리인 정반합으로 볼 수도 있는데 바로 헤겔의 변증법이다. 기독교가 정(바를 정이지만 알고보면 그렇지 않은 걸 알 수 있다.)이고 천주교가 반이고 합이 휴거인데 휴거가 의미하는 것은 바로 외계인들이 UFO를 타고 지구를 침략하려는 것이다. 즉 예수 그리스도인 황규원이자 외계인을 만나게 되는 일이다. 이제 정신이 차려지는가? 다음으로는 역사를 제대로 알아보겠다. 우리나라의 한민족은 이스라엘의 유대인과 같이 단일민족국가에서 건국년도가 1948년으로 똑같다. 이는 의도된 것이다. 우리나라는 하늘에서 내려온 자손, 즉 천손민족인데 이념은 홍익인간 제세이화로 하늘의 뜻대로 나라를 다스려 인간 세상을 널리 이롭게 하라는 뜻을 지닌다. 이에 비해 유대인들은 돈에 관한 속담과 자기네 민족이 아니면

다 오랑캐라는 선민사상을 가지고 있다. 거기에다 엘리트주의까지 합세하였다. 미국이란 나라는 상위 1퍼센트인 유대인이 이끈다. 유대인들은 외계인들과 결탁하여 지구를 지배하고 화성과 연결하려 계획하고 있다. 이 외계인들은 수메르 문명부터 아눈나키라고 해서 이미 오래 전부터 지구에 발을 들여놨다. 그들의 적은 정많고 백의민족이자 동방예의지국인 우리나라이다. 우주 만물의 창조 원리 책이 가장 많은 나라라 제거 순위 1등이다. 우리의 정신 문명은 예로부터 최고였는데 매체로 자극적인 문화들을 퍼뜨려 서서히 우리나라를 좀먹게 한다.

내가 캐나다에서 주운 또 다른 종이 필기를 참고하면 1540년부터 이미 계몽주의(일루미나티)를 조직하여 왕권신수설을 부정하는 사회계약론으로 민족주의에 대항하는 민주, 자유, 공화주의를 내세웠다. 이러한 자신들의 사상으로 물들이기 위해 프랑스, 볼셰비키 혁명 등을 일으켜 헌법을 토대로 하는 민주주의를 설립하였다. 많은 나라들이 공화국으로 설립되었다. 그리고 외계인들의 기술 문명을 통해 산업 혁명을 일으켰다. 일루미나티 국가 영국은(지금은 미국) 제국주의 시절 자기들 마음대로 국경선을 지어놔서 다른 민족끼리 문화 차이로 분열이 지금까지 이어

지고 있다. 민족주의로 다시 돌아가야 같은 문화(의, 식, 주)로 갈등이 안 생기고 세상이 평화로워진다.

　한 가지 더 역사에 파고 들을 것은 유대인이 두 종류로 나뉘어져 있다는 사실이다. 아쉬케나지(카자르 후손) 유대인과 세파라딤(아브라함 후손)이다. 악명높은 유대인은 바로 카자리안 유대인이다. 그들은 유대교 즉 사탄교를 믿는다. 한때는 카자르 왕국으로 이름을 날렸다. 그 이후로는 고리대금업으로 각 나라에 이득을 취하여 성장하였다. 이들은 시온주의로도 알려져 있는데 바로 시온의정서가 그들의 계획이다. 이걸 바탕으로 지금 세계를 정복하고 있는거다. 히틀러가 유대인 학살로 괜히 비난 받는 게 아니다. 현재 역사는 그들에 의해 재편된 역사이기 때문이다. 히틀러는 유대인에 의해 세계 대전이 시작되었다고 말하였다. 또 하나의 계획에 쓰여있던 미국의 가짜 유적 조지아 가이드스톤은 삼 년 전 부숴버렸다. 그렇지만 이제는 그들의 계획을 다 알게 되었다. 인구감축을 하기 위해 가정파괴로 지금은 정치적 올바름이라는 PC주의로 띄어주는 페미니즘, 동성애자를 선동한다든가 자유연애, 콘돔 문화를 발전시켜 인류를 문란하게 만들었다.

　지금 이 세상을 지배하고 있는 그림자 정부(딥스테이트)는 다 외계인들의 하수인인 정치인들이다. 그래서 꼭두각시 일밖에 못하고 진정으로 국민을 위한 대통령이 나오기 힘들다. 아무리 선거해도 엘리트 민주주의로 그저 국민은 투표하는 일만 하며 자기들끼리 이익만 취할 생각만 하니 말이다. 싸움도 방송에서 잠깐 하는 척하고 결국 다 한통속이다. 사람들은 정치에 대해서 논할 때 투표는 악 대 차악을 뽑는 거라고 하는데 차악도 악이다. 좌파는 탄핵으로 승부를 걸고 우파는 부정선거에 승부를 둔다. 민주당은 북중러 그리고 공화당은 미일이며 좌파는 민주당 우파는 공화당으로 상징되는데 이 위에 일루미나티가 있다. 결국 정치도 정반합인 셈이다. 이를 알려주는 게 타블로의 노래 lesson(레슨, 수업) 4에 나와있듯이 정치인들은 다 하수인이기에 결국 어느 쪽을 뽑든 일루미나티 지배 하에 있다고 가사로 알려주었다. 이 노래를 낸 이후 타블로는 타진요(타진ㅇ에게 진실을 요구합니다) 사건에 휘말리게 되고 결국 일루미나티에게 굴복하고 만다.

　또다른 정반합으로는 소설이 있는데 정은 멋진 신세계이고 반은 1984이고 합이 신세계(New world)이다. 그들이 말하는 신세계는 인류 5억만 남기고 인간의 뇌를 컴퓨터로 연결해 가상 세계에 살게 하고 상위 1퍼센트인 그들은 영생을 누리는 것이다. 지옥불에 안 떨어지려고 발버둥을 치는거다. 대부분이 노인인 그들 말이다. 그래서 그 날이 오길 바라며 월트 디즈니 등 옛날 유명인사들은 냉동인간으로 해놨단다. 이 얼마나 기가 찰 노릇인가. 돈과 명예욕에 빠져 공감능력이 전혀 없고 진정한 나 자신을 잃은 채 악의 소굴에 들어가고 외계인들과 한 패이니 말이다. 이게 바로 사람이 아닌 감정없는 A.I(에아아이)가 되었다고 볼 수 있다. 원래 화성에 사는 이 외계인들인 렙틸리언(파충류 외계인)이자 엘리트 지배자들은 비유하자면 에너지 뱀파이어(힘을 빨아들이는 존재) 같은 거다. 우리의 집단 의식이 두려움, 불안, 증오, 분노와 같은 낮은 진동 주파수에 머물면 그러한 부정적인 힘을 빨아먹고 생존을 유지한다. 엘리트 지배자들의 영적 진화는 힘의 집중을 통한다. 흑마술 원리와 같아 그것을 위해서 그들은 서열 구조를 만들고 하위로부터 힘을 착취한다고 한다. 그들에 대항하는 길은 의식 주파수를 높이는 거다. 그 중 사랑이 가장 긍정적인 주파수로 강력한 힘을 가지고 있다. 피해자, 노예의 의식에서 벗어나 자유로운 창조자가 되는 것! 사랑이라는 감정을 취하는 것이다. 사람이란 존재는 감성적이고 낭만을 알고 감정이 풍부하다. 이제부터라도 사람에게 둥글게 생각하는 사랑을 나눠 주는 것이 어떠한가? 나는 그래서 절대 부정적인 감정을 표출 안하리라고 마음먹고 있다. 그들은 힘을 기르기 위해 인신제사로 수많은 사건과 사고들을 만들어 내며 힘(권력)을 유지하고 있다. 이러한 악순환을 끊어내기 위해서 바로 자유의 여신인 내가 나타나서 이 세상을 선으로 구원할 것이다. 더 이상의 희생은 불가하게 말이다. 가장 최고의 감정인 사랑을 전파할 거다. 지금 그래서 우리는 눈에는 보이지 않는 영적전쟁을 하고 있는 것이라 봐도 무방하다. 선은 자연과 조화를 이루면서 살아가는 지구인과 악인 기계와 조화를 이루는 외계인과의 싸움을 하고 있는 것이다. 이 지긋한 전쟁을 끝내려면 영화 트루먼쇼에서 보여줬듯이 주인공이 이 세상의 이치를 깨닫고 진정한 사랑이자 운명의 인연을 만나는 것이다. 여기에 더해서 뽀뽀까지 하는거다. 나는 항상 사랑을 받아본 자가 사랑을 줄 줄도 안다고 생각한다. 일루미나티는 사랑을 모른다. 그리고 만화영화(애니) 베리베리 뮤우뮤우처럼 여주인공은 외계인으로부터 잘못된 사랑을 받고 있다. 그렇지만 남주인공에 대한 마음은 일편단심이고 남주인공도 첫사랑으로 호감을 갖고 있고 연인이 되었다는 점에서 내 얘기와 같다. 그리고 더 이상 그들을 두려워할 필요없다. 세일러문처럼 나 이나연이 사랑과 정의의 이름으로 용서치 않겠다 선언하니 말이다.

고전

　그럼 다시 일상생활 얘기로 넘어가겠다. 나는 여느 때처럼 미스터리나 음모론에 대한 정보를 얻기 위해 미국 정치 갤러리에 들어갔다. 근데 한 게시물에 혹신도 안 맞고 세계의 배후에 대해 잘 알고 있는 백수, 당신이 진정 영웅입니다라는 나를 위해서 응원하는 글이 올라와서 감사하다고 느꼈다. 익명의 게시자에게 이 자리를 빌어 감사하다고 말씀드립니다. 나는 날마다 미국 정치 갤러리를 보았는데 어느날(나중에 더 자세히 나온다.) 팬데믹 조약이라는 각국의 질병청을 UN이 다스리겠다는 무시무시한 조약을 체결한다해서 나는 가족의 반대를 무릅쓰고 두 번이나 연속으로 팬데믹 조약 반대 시위에 참석했다. 이때 내 또래인 이민성 씨랑 잠깐 얘기를 나누었는데 이 분이 교회는 이런 시위에 동조 안 한다는 의문을 품게하는 질문을 남겼다. 맞는 말이다. 교회를 말하자면 성경이 또 다른 그들의 계획서임을 알 수 있다. 잘못을 저질러도 기도만 하면 회개가 되어 휴거(사실 UFO)가 되기만을 바라보고 있다. 이미 앞서 기독교는 바를 정 正이지만 이른바 선이 아니다라는 걸 잘 알고 있다. 그렇게 알고 있지 않으면 큰 오산이다. 흥선대원군이 괜히 척화비를 축조한 게 아니다. 선교사들은 오페르트 도굴 사건과 같이 상도덕이 없는 사람들이다. 목사들을 보아라. 그들은 십일조 헌금을 날마다 요구하고 있다. 그렇게 모은 돈으로 사치스러운 교회를 짓는 게 현 표상이다. 또 요한계시록에 짐승의 표인 흑신과 악마의 숫자 666을 알려주고 있지만 결국 예수(황규원)의 강림도 악이라는 것이다. 지금이라도 알았다면 더 이상 속지 말자. 예레미야 블로그도 앞잡이일 뿐이다. 일상 얘기한다 했는데 악의 세력에 더 나열하는 이유는 그만큼 적을 아는 게 중요하기 때문이다. (지피지기 백전백승/나를 알고 적을 알아야 백 번 싸워 백 번 승리한다.) 나는 항상 적을 알아야 한다는 자세로 세계 지배의 배후인 비밀 결사단 일루미나티를 알아갔다. 그러면서 나는 또 항상 이 악의 세력들로부터 벗어나기 위해 예언들도 보고 했는데 바로 이 문제를 해결할 열쇠가 알고보니 바로 나였다니 세상 참 희한하다는 생각이 들었다. 이러한 생각에 확신이 들게 된 것은 더 많은 일이 있고 난 후이다. 이제 다시 일상 얘기로 가보자.

그렇게 통도사에서 나는 기도를 들였다. 나는 내 목표를 이룰 수 있게 도와주세요, 우리 가족 오래오래 건강히 살게 해주세요 그리고 동민 오빠 만나게 해주세요라고 빌었다. 경주에서의 또 하루가 시작되었다. 국립경주바물관에 들렀는데 국립중앙박물괸에시도 가아사를 축소시켰다고 1인 시위한 것처럼(2022년 겨울에 캐나다 가기 전에 갔었다.) 여기서도 신라 내물왕 이후 400년이 빠졌다고 정정을 요구하는 시위를 하고 계셨다. 사단법인 나라사랑에서 운영하는 거였다. 나는 속으로 감사한 마음이 들었는데 겉으로 엄마가 옆에 있다고 안내책자 받으라고 한 걸 사양해서 마음이 좀 언짢았다. 이때는 아직 자아를 못 느껴서 그랬기도 했다. 아무튼 국립경주박물관에 들어섰는데 천년이 넘는 황금국 신라의 모습을 볼 수 있었다. 그리고 이란과 교역했다는 사실을 보여주는 유리잔과 황금보검도 보았다. 화려한 금관도 볼 수 있었는데 엄마가 유리 뒤로 서서 금관이 씌워진 것처럼 보이게 사진을 찍었는데 사람들이 나를 바라보는 시선이 느껴졌다. 내가 본 첫 드라마가 안그래도 이요원이 주인공으로 나오는 선덕여왕이었다. 모든 고난과 시련을 겪고 마침내 여왕의 자리에 등극하게 되는 감동적인 이야기인데 볼 당시에는 내 상황과 유사하게 될 줄 몰랐었다. 아빠는 박물관을 나오며서 이란 왕자와 신라 공주가 결혼한 쿠쉬나메라는 아름다운 이야기를 들려주었다. 밤에는 신라 왕실 사람들이 풍류를 즐긴 동궁과 월지로 갔다. 구경하며 사람들을 지나쳐 가는데 한 연인이 서로 쳐다보면서 하는 얘기가 여자 분이 남자 분한테 (내 얼굴이) 궁금하지라며 말하고 아빠가 엄마에게 우리는 기억을 잃게 되니까 사진 찍어놓자라고 얘기해서 내가 진짜 특별한 존재라는 것을 다시금 느꼈다.

영화 너의 이름은. 이 재개봉하는 날이었다. 나는 너의 이름은. 이 한창 개봉했을 때 서희가 문자로 보러가자고 했는데 중국어 과외 중일 때 와서 못 봤다가 2년 전에 삼성역 호텔에서 한지현이랑 호텔에서 놀기(호캉스)할 때 넷플릭스로 보고 재밌다 느끼고 재개봉해서 영화관에서 볼 수 있었다. 그리고 드디어 오늘 재더빙판을 볼 수 있게 된 것이다. 전에 짧게 말했듯이 도시에 사는 남자 타키와 시골에 사는 여자 미츠하의 영혼이 뒤바뀌는데 알고보니 시골 마을의 멸망을 막기 위해 두 사람은 운명적으로 신기한 일이 일어나는 거였고 운명의 붉은실인 인연(무스비)로 시공간이 달리 있어도 결국 만나게 되는 내용이다. 나는 영화를 보면서

노래가 나올 때마다 소름끼쳤다. 노래 중에 여는 노래(오프닝)으로 나오는 전전전세의 가사 중 '드디어 눈을 떴구나'가 지금 들으면 가장 공감이 간다. 나는 엔딩크레딧이 끝날 때까지 자리에 앉아서 보는데 여운이 가시질 않았다. 극장에서 끝나고 재개봉맞이 포스터를 받았는데 집에 가서 이내 한 쪽 벽에다 붙여놓았다. 그리고 그 전에 영화 봤을 때 받은 A3 크기 너의 이름은 포스터도 옆에 붙여놓았는데 이 포스터를 아빠에게 보여주니까 君の名は. (군노명하.) 말그대로 임금의 이름은. 이라는 뜻이다라 알려주었다. (임금 군, 이름 명) 그때는 유심히 그 뜻을 보지 않았는데 지금 와서 다시 생각해보니 다 숨은 뜻이 있었구나 하게 된다. 나는 이 영화를 보는 내내 동민 오빠 생각이 났다. 아무리 외계인(황규원)이 우리를 갈라놓아도 동민 오빠는 내가 오빠의 마음을 알아차려 줄 때까지 기다려주고 나는 내 진정한 사랑이자 운명인 동민 오빠에 대한 기억을 되찾았다. 그리고 아빠가 내게 사진 보내주며 동민 오빠가 나 기억할거야라고 말해줘서 안심이 되고 너무 고마웠다. 나는 동민 오빠가 보고싶다며 일기에 6월에 보자고 써놨지만 이건 지켜지지 않았다. 엄마의 극심한 반대가 있었기 때문이다. 갑자기 만나서 무슨 얘길 하냐며 화냈다. 그리고 일기에 이것도 써놨었다. 나는 원래 지금 살고 있는 세상에 불만이 많았다. 내가 세상을 다시 원상복귀시키기 위해 노력할 것이라고 말이다.

　한지현이랑 통화하면서 내가 가고 싶었던 롯데월드에 가기로 즉흥적으로 정했다. 우리는 입장 시간이 되자마자 가기 위해 오전 10시에 만나기로 하였다. 입구에서 만나서 표를 예매하고 들어갔다. 먼저 우리는 정글탐험보트를 타러 갔다. 생각보다 물이 안 튀어서 재미없었다. 내가 2012년에 필리핀 놀이동산 Enchanted Kingdom(마법에 걸린 왕국)에서 탄 정글탐험보트는 물이 계속 튀는데 나는 가방을 계속 지키면서 탔었는데 그게 훨씬 더 재밌었다. 그리고나서 신밧드의 모험을 타러가는데 길을 가다보니 밖으로 나왔다. 사진 명소에서 찍으려고 줄을 섰다. 나의 오늘 착장은 고등학교 교복이다. 어제 미용실에 갔는데 머리를 20cm나 자르고 와서 중단발이 되었다. 미용사 분께서는 나보고 c컬펌(곡선 머리)까지 하고 오라며 뉴진스 머리처럼 레이어드 컷(층을 내는 머리)까지 언급하였다. 그러면서 악수까지 청하며 극진히 대접해 주었다. 나는 내가 그럴 만한 사람이구나 생각이 들었으면서도 뉴진스 같다 해서 별로 안 좋아했다. 그럼 다시 놀이공원 얘기로 돌아가겠다. 나는 겉옷은 가디건을 입고 나왔는데 명찰이 보여서 먹깨이모 보고 떼어달래서 떼고 왔다. 훗날 이 명함은 내가 또 정신병원에 가게될 때 보게 된다. 그만큼 내 이름을 잊지 않는 게 중요하다. 그 의미도 말이다. 가장 최근에 나온 에스파의 수퍼노바(Supernova, 초신성) 노래 가사에도 Don't forget my name! (내 이름을 잊지마!) 라고 나와있다. 아무튼 성 배경으로 사진 찍기 딱 좋았다. 한지현은 전에 호텔가서 고데기로 내 머리 말아주고 반묶음머리할 때도 나 공주같아서 꾸며주는 거 이쁘다고 했는데 이번에도 나 사진 찍어주면서 공주처럼 예쁘다고 칭찬해줬다. 그리고 꽃 머리핀을 보며 지수의 꽃 춤(양손을 모았다 펼치며 돌리기)을 해야 하지 않냐고 얘기해주었다. 그리고나서 민속박물관에 가게 되어 나는 신나서 둘러보고 한지현은 계속 카톡했다. 조선시대 때 발전했던 과학에 대해 다시 되짚어볼 수 있게 되었다. 나는 고대시대부터 내려온 천상열차분야지도를 보고 우리나라가 예로부터 천문학이 많이 발전했구나를 깨달았다. 평창 올림픽 때 아름답게 수놓은 밤하늘처럼 보여준 게 생각이 났다. 배가 고파졌는데 한지현은 배가 안 배고프대서 나만 먹었다. 짜장면은 맛이 없었다. 이제부터는 놀이기구를 타기 위해 한시간씩 기다려야 했다. 신밧드의 모험을 타고 모노레일 그리고 파라오의 분노를 탔다. 모노레일 빼고 다 잠깐씩만 내려갔던거라 무섭지 않았다. 그리고 한지현이가 타로 연애운 보고싶다 해서 보러 가게 되었다. 나는 볼 생각이 없었는데 옆에 앉아서 덩달아 같이 보게 되었다. 나에 대해서, 속마음 그리고 좋아하는 사람인 동민 오빠에 대해서, 속마음 마지막으로 이루어질 수 있는지 카드를 각 세 장씩 뽑았다. 나는 행동대장에 적극적이고 마음에 시간을 두고 있다고 하고 연상인 동민 오빠는 포커페이스라며 감정을 다스릴 줄 아는 사람이고 이별에 대한 상처가 있고 펜타클이라는 오각 별들 그림이 많이 보이는 것을 보아 시간이 필요하다고 얘기했다. 그리고 서로 이루어지는 것에 대해서는 서로 상대방에게 청혼할 의향이 있다고 나와있다는 것이다! 역시 동민 오빠가 내 운명의 상대가 맞아서 속으로 엄청 좋아하였다. 그리고 이 타로의 결과는 지금도 유효하다. 자세한 건 뒤에 가서 설명하도록 하겠다. 그렇게 타로를 보고 우리는 밖에 나가 줄서서 자이로스핀을 타러 갔다. 옆으로 돌려가며 움직이는 놀이기구이다. 기다리다가 사람들 표정보고 겁에 질린 한지현이 줄에서 이탈해서 전화해서 다시 불렀다. 나는 전에 필리핀에서 탄 적이 있었는데 엄청 재밌었다. 그래서 여기에 생겨서 좋다고 말했다. 그리고 밖에 있는 놀이기구 중에 나무그네 말고 제일 안 무서운 거리고 위안을 줬다. 그렇게 탑승했는데 너무 재밌었다. 나는 손도 떼고도 타봤다. 그리고 옆에 있는 초등학생 남자애가 누구 모솔이라며 외치길래 나도 "꽃향기만 남기고 갔단다!" 라고 소리쳤다. 한지현도 또 타고 싶다고 말할 정도로 재밌었다고 한다. 우리는 급류타기(후룸라이드)를 기다리다 한지현이 지쳐서 퍼레이드(공연)을 보고 저녁을 먹으려 했다. 근데 인건비가 비싸져서 식당들이 다 일찍 여덟시면 닫아 찾다가 그냥 집에 왔다. 근데 이때 한지현이 나보고 재밌었는데 동선이 올라갔다 내려갔다해서 좀 별로였다고 평을 내렸다. 나는 나름 생각해서 난이도에 따라 동선을 짰는데 그런 말을 들으니 기분이 퍽 상했다.

계절의 여왕 5월에 청와대 나들이를 우리 가족은 다녀왔다. 건물들이 다 웅장하고 좋아보였다. 그렇게 가족(엄마, 아빠)이랑 친구들이랑 놀다보니 벌써 한 해의 반이 지나갔다. 나는 생각이 많아져서 머릿속이 핑핑 돌아 잠을 못 자는 게 많이 나아졌다. 그래도 엄마는 걱정해서 아산병원에 가서 약을 타먹고 있었다. 일상으로 완전히 돌아온 나는 엄마, 아빠가 이제 대학 입시 공부인 수능을 작년처럼 준비하래서 시작하였다. 나는 내가 겪었던 기이한 일인 엄마도 인정한 노래방에서 화면이 이상하게 나오는 일, 베스킨라빈스 인기 1순위 아이스크림 이름이 엄마는 외계인이라는 점, 갑자기 한동안 뜬 연예인인 동민 오빠가 연상되는 고향 충남 예산의 요리연구가라든지 의문점을 남긴 채 나는 그저 다시 수능 공부에 매진하였다. 매일 밤 가장 잘 나온 빨강, 검정 줄무늬 옷을 입고 있는 동민 오빠의 사진을 보고나서 잠든 습관도, 노래 가사 해석하는 것도 8월 10일 부로 끊었다. 나는 저번처럼 좀 거리있는 토즈 독서실보다 집 앞에 새로 생긴 작심 독서실을 다녔다. 그리고 이번에는 사회탐구 과목을 윤리와 사상은 똑같이 하고 동아시아사에서 세계사로 바꾸었다. 또 이번에는 제대로 논술을 준비하려고 수험생 커뮤니티 카페 수만휘에서 찾은 대치동 슈파스 논술 학원에 다녔다. 나는 그렇게 독서실과 학원을 다니면서 입시에만 오로지 매진하였다. 확실히 학원을 다니니까 어디 대학이 논술만 보는지 정보를 한눈에 알 수 있게 제공해서 좋았다. 나는 대치동 논술 학원을 다니고 또 내가 국어 실력이 안 좋으니까 아빠가 그럼 학원을 다니래서 울며 겨자 먹기로 다녔었다. 근데 선생님께서 아무리 설명해 주서도 이해가 안 갔고 설상가상으로 의대 준비하는 학생이 와서 나는 더 주눅이 들어서 학원을 안 다니고 싶다고 엄마, 아빠에게 얘기하였다. 아빠는 그럼 그냥 다니지 말라고 했는데 엄마가 이 얘기를 듣고 엄청 화내면서 나는 쥐 잡듯이 잡았다. 나중에 이때의 여파가 더 커지게 된다. 어쨌든 영어, 사회 탐구(윤리와 사상, 세계사)에만 집중해서 수능 공부를 하였다. 그리고나서 나는 논술 위주로만 보는 대학인 가톨릭대, 숙명여대, 건국대(지금은 생각도 하기 싫다.), 연세대 미래캠퍼스(이하 미래캠), 동덕여대, 덕성여대 이렇게 여섯 개를 원서접수 해서 원서비 냈으니까 최저를 못 맞춘 숙명여대, 건국대까지 그냥 다 시험보고 왔다. 합격자 발표가 나오기까지 먹깨이모랑 장안의 화제인 나는 솔로 17기 편을 보았다. 이때 옥순이 수수하고 모습으로 나를 닮았는데 사람들이 인터넷 커뮤니티 게시글에 옥순은 착하고 청순하고 예쁘게 생겼다, 심성도 곱다며 엄청 찬양하는 것이었다. 당시에는 이게 다 내 얘기인줄 몰랐다. 그리고 어울리는 사람으로 캐나다인 금융업 종사자 영식을 꼽았는데 볼 때는 황규원을 의미한건지 몰랐다. 연인으로 성사가 안되서 다행이라고 생각한다. 아무튼 그러면서 휴식을 취하고 대망의 합격자 발표날이 다가왔다. 나는 가톨릭대 국제학부 예비 12번, 동덕여대 국사학과 예비 3번 그리고 연세대 미래캠은 60번대를 받았다. 나머지는 불합격이었다. 나는 예비번호가 빠지길 전전긍긍하며 보냈다. 그러나 예비번호는 여기서 계속 멈추어 있었다. 나는 이제 정시로 눈길을 돌렸다. 국어 성적만 올렸으면 더 좋은 대학에 갈 수 있었는데 엄마가 내가 국어학원 다니기 힘들다 했더니 바락바락 소리 지르며 나를 매몰차게 굴던 게 생각이 나 스트레스를 받았던 게 생각이 나 다시 스트레스를 받았다. 아빠는 내 성적으로 갈 수 있는 데를 표를 짜서 만들어주었다. 난 그거대로 계속 진학사 프로그램을 돌려서 내 위치가 어디인지 밤새도록 확인하였다. 나는 너무 몰두한 나머지 몸을 제대로 쉬지 못하고 있었다. 또 잠이 안 와서 안방에서 자려하는데 딱 잠이 오려한 순간 엄마가 "나연아!" 하고 내 이름을 부르면서 잠을 딱 깨워서 잠이 안왔다. 베스킨라빈스31, 끝말잇기 놀이를 하면서 잠에 들려해도 잠은 이미 달아나 오지 않았다. 엄마는 캐나다에서 산 수면제를 내게 주었는데 오히려 가슴이 답답해질 뿐 잠이 오는데 전혀 도움이 안되었다. 책이라도 읽으면 괜찮을까 했는데 형광등을 키니까 오히려 분위기가 을씨년스러워져 더 잠이 안 왔다. 게다가 나는 몸에 이상을 감지 하게 되었는데 마치 악마같이 낄낄대며 웃음소리가 나는 것이었다. 잠이 안 올대로 안 와서 몸이 지칠대로 지쳐버린 나는 미쳐버렸다. 의문점 중 하나인 베스킨라빈스 아이스크림 1위의 이름인 엄마는 외

계인이 생각나 그럼 원래 상냥하고 친절하고 순수한 엄마는 어디갔냐며
돌고래 소리를 내며 목청껏 엄마를 불렀다. 엄마가 외계인 숙주인 건 맞
다. 그러고나서 힘이 들어서 이제는 라푼젤처럼 엄마가 마녀라 생각해
나도 머리를 자르면 엄마가 다시 원래대로 돌아올까 해서 화장실에 가
서 머리를 뜯었다. 그걸 본 엄마와 먹깨이모는 그런 나와 필사적으로 대
립하였다. 엄마는 내 머리가 빠지지 않게 내 머리에 물을 묻혔다. 그리고
내 방으로 알려가 라푼젤이 마법의 머리카락이 잘려져서 계모를 무찌른
게 생각나 서랍에서 가위를 꺼내 내 머리카락을 잘라 내었다. 엄마와 먹
깨이모는 내 행동을 막을 때 나는 이미 스트레스가 머리 꼭대기까지 올
라 너무나도 힘들어서 오른손으로든 가위로 왼쪽 손목을 그었다. 여기
서 아프겠다고 생각하는 분들이 많으시겠지만 이미 미쳐있는 상태라 그
런 통증도 느껴지지 않았다. 나는 그러고나서 도움 요청을 위해 경찰관,
응급구조원들을 불러내었다. 엄마는 아빠를 불러내어 오게 하였다. 나
는 내 행동을 제지하려는 아빠를 향해 거시기를 찼다. 아빠는 그런 나에
게 이노무시끼(이놈의 새끼)라며 흥분해서 엄마, 먹깨이모보고 꼭 붙잡으
라 하였다. 그러다 나는 빠져나오고 나는 그동안 태극기, 성경, 핸드폰으

로 환국에 대한 나무위키를 보여주며 다들 출동하여 왔을 때 나는 태극기를 흔들며 시국선언을 하였다. 이런 와중에 응급구조원이 내 왼쪽 손목을 응급처치해주었다. 지혈하고 붕대로 솜을 감은 상태로 나는 최대한 거리를 두려 하였다. 엄마는 경찰관들 보고 이제 가도 좋다 하였지만 나는 친숙한 얼굴(마스크로 가려서 눈 부분만 보였지만 피터와 닮아있었다.)의 경찰관을 따라가며 가지 말라고 했지만 소용 없었다. 경찰관들은 무전기에서 어디대교에 사람이 서 있어서 출동 바람이라는 얘기가 계속 나와 갈 수밖에 없었다. 나는 그렇게 계속 저항하다가 결국 구급대원들에게 이끌려 구급차를 타고 병원으로 이송되었다. 마음 안정을 위해 할머니를 찾았지만 볼 수 없었다. 그리고 이후로 무슨 일이 일어났었는지는 전혀 기억이 안 난다. 캐나다에서 한국 오고나서 차고 있던 할머니께서 주신 보리수 팔찌도 사라졌다. 또 피터와 닮은 의사 선생님 말씀을 들어보면 심한 열로 인해 근육이 녹고 있었고 후에 만날 이진서의 말에 따르면 내가 독방에서 아리랑을 부르고 있었다고 알려주었다. 정신을 차리고보니 병원에 있은지 일주일이 지나있었다. 그리고 병동을 둘러보는데 육인실이 있길래 짐을 옮겼다. 엄마는 책이랑 일기장, 공책을 가져와 주었다. 공책을 열어보니 사랑한다며 빠른 쾌유를 바라는 엄마와 먹깨이모의 훈훈한 편지 내용이 담겨 있었다. 나는 일기장도 써내려가기 시작했는데 연필은 반납해야 된대서 미술 치료시간에 만난 이선미 언니(나는 나이가 많아도 다 언니라고 부른다.)로부터 빌린 컴퓨터싸인펜으로 썼었다. 또 이진서이라는 중학생하고도 친해졌는데 이선미 언니는 나쁜애라고 말해줬지만 얘기하다보니 친해졌다. 우리 셋은 힘을 합쳐 타지마할 퍼즐을 맞췄었는데 그때는 별 생각이 없었는데 지금 생각해보니 인도애 하싼을 생각나게 하는 거였다. 그렇지만 전혀 타격이 없었다. 가끔씩 이진서랑 체스를 하였는데 경쟁적으로 해서 나는 손에 땀을 쥐고 하였다.

　내가 여기 정신병동에 오게 된 이유는 바로 불안장애로 인한 불면증이었다. 나는 내가 가지고 있는 책인 〈차이나는 클래스: 마음의 과학편〉이 눈에 안 들어와 내 담당이 아닌 여 주치의 선생님이 이진서한테 읽으라고 추천한 〈누가 내 치즈를 옮겼을까? 〉라는 변화에 대응하라는 책을 읽었다. 그러면서 밥도 삼시세끼 꼬박꼬박 잘 먹기로 다짐하였다. 나는 심리상담을 해야된대서 먼저 문제지를 풀어야 했는데 번호가 567번까지 있어서 며칠에 걸쳐서 끝내서 성취감을 느꼈다. 그리고 밥도 잘 먹고 긍정적으로 생각하고 마음이 편안해지니까 잠도 잘 잤다. 병원에서 부정적인 생각이 떠오를 때면 텔레파시를 통해 사람들이 이걸 알고 나를 놀리기에 나는 이 상황에서 벗어나기 위해 바로 공중전화로 달려가 교통카드를 올려두고 할머니께 전화하였다. 그리고 여기 건국대학교 정신 병동은 남자 간호사/보호사들이 있어서 좀 꺼려했어서 힘들었다. 나는 휴게실에 있는 책을 읽으면서 내 마음을 다잡도록 하였다. 공책에다 좋은 구가 있으면 옮겨 적어서 나만의 명언 모음집이 만들어졌다. 계속되는 근육 손실 방지를 위해 나는 단백질 링거를 맞고 있었는데 다행히 몸 상태가 원래대로 돌아와 떼어내도 되었다. 근데 링거를 끌고 다니다가 정신없이 걸으니까 걸음걸이가 이상하게 안 맞는 것이다. 그래서 나는 저녁을 먹고 만날 복도를 왔다갔다 돌아다니는 한인영씨랑 같이 걷기 운동을 하였다. 그러다 다시 부정적인 생각이 떠올라 잠을 못 자서 화장실에 왔다갔다하였다. 내가 너무 돌아다니니까 간호사는 주변 사람들이 잠 깬다고 한번만 더 돌아다니면 독방에 가게 하겠다고 경고먹었다. 결국 나는 잠이 안 와서 한번 더 돌아다녀서 독방 신세가 되었다. 잠은 안 오고 병원 필수 물건인 물병을 들고 공용 거실 상에 놓여있는 주전자에 물을 받아놓고 계속 물을 마셨다. 지금 생각해 보면 엄마가 카카오프렌즈 캐릭터 중 하나인 라이언을 주었는데 이는 황규원을 의미하는거였다. 나는 토끼인 무지 그리고 동민 오빠는 어피치인데 이 이유는 추후에 언급하도록 하겠다. 아무튼 계속 잠을 못 자니까 힘 센 여자 간호사가 한번 더 일어나면 수면제 약을 먹어야 한다고 으름장을 놓았다. 또 나는 잠을 못 자서 결국 약을 먹어야 했다. 그러고나서도 잠이 오지 않자 특단의 조치로 힘 센 여간호사와 나현이 닮은 간호사(나현이는 진짜 이화여대 간호학과 나왔다고 할머니가 나현이네 엄마를 지나가다 만나서 알게되었다 말해주었다.)가 나를 강제로 눕혀서 엉덩이 주사를 맞히게 하였다. 그리고 나는 잠에 들었다. 다음날이 되서 나는 고객의 소리함에 강제로 눕힌 것에 항의하는 내용은 쓰는데 이진서가 자기는 여러 번 병원에 왔는데 제대로 건의된 적이 없다고 말해주었다. 또 매주에 한 번씩 모여서 건의사항에 대해 얘기하는 시간이 있는데 지켜지지 않고 있었다. 다음날은 독방에 각자 낮에 자서 잠이 안 오는 이진서랑 같이 안 잤는데 동지애 생겼다가 먼저 자서 나도 이제 자야겠다고 하고 잤다. 그러고나서 다음날 나는 오늘도 잠을 바로 못 자면 어쩌지 하는 생각에 빠져 있었다. 그렇게 독방에 다시 가게 되었는데 뿔테안경 쓰신 먹깨이모 닮은 남자 윤 보호사(동민 오빠)분이 아무생각 않고 자야한다며 압박감 갖지 말고 눈감고 편하게 누워있으라고 조언해 주서서 덕분에 편안히 잘 수 있었다. 이제부터 나는 부정적인 생각, 근심, 걱정 다 쓸데없으니까 불안해하지 말고 자자라고 자기암시를 하였다. 그리고 '나는 나를 소중히 여긴다', '사랑하는 가족들이 있어 감사하다', '오늘 나 자신을 사랑하기로 마음먹은 거 잘했어'라며 나 자신을 돌보았다. 그리고 휴게실에 붙여진 게시판을 유심히 살펴보며 불면증에 좋은 과일 중에 체리라고 적혀있어서 엄마보고 빨래가져갈 때 가져와 달래서 밥 먹고 체리를 열심히 먹었다. 또 연필을 반납해야 되어서 번거롭기도 하지만 이제부터 제대로 일기를 써야겠다고 마음먹어서 이선미 언니에게 컴퓨터싸인펜을 반납하였다. 그리고 이선미 언니랑 사이가 틀어졌는데 그 이유는 바로 포교 활동이었다. 뒤에 가서 더 정확히 얘기하겠지만 사람들이 내가 잘하는 행동이나 말을 하면 물을 마시는 행동을 보이는데 내가 포교 활동할 때 사람들이 듣기 힘든 게 보이니까 물이라도 가져다 주었다. 그리고 내게도 주기도문을 주길래 받았는데 잠이 안 와서 외웠었다가 나는 역시 신앙심이 안 생긴다며 찢어버렸다. 그리고 나는 이제 안다. 예수가 황규원이고 마리아가 엄마이고 석가모니가 삼촌 태몽에 나온 것처럼 동민 오빠란 사실을 말이다. 그리고 나는 여신이니 내가 나를 먼저 믿어야지 누굴 먼저 믿겠는가?

　나는 부정적인 생각으로 인한 온갖 스트레스를 날려 버려서 머리가 개운한 채로 아침에 상쾌하게 일어나 아침밥을 먹었다. 그리고나서 잠에 들었다. 그리고 심리요법 수업을 한다길래 참여했다. 이선미 언니와 나뿐이었다. 나는 수업을 통해 엄마가 무서운 존재가 아닌 사랑해야 한다는 존재라는 걸 다시금 느낄 수 있었다. 수업이 끝난 후 계속 걷기운동하고 책읽고 낮잠자기를 규칙적으로 하였다. 기분이 뿌듯했다. 이제 활동을 많이 했어서 밤에 편안히 잘 수 있을 것이다. 아빠가 와서 공사중이라 창문 너머로 봐야만 해서 아쉬웠다. 그래서 전화 상으로 마저 대화를 하였는데 수화기 너머로 사랑해요가 들려서 순간 울컥했다. 보고싶으니까 얼른 나아서 나가야겠다는 생각이 들었다. 먹깨 이모가 엄마, 아빠 또 싸운데서 그러려니 한다.

　정신이 맑아졌다. 아직도 밤에 엎치락뒤치락 침대에서 일어서기를 반복했지만 물 마시는 건 엄청 줄었다. 그래도 푹 잘 수 있어 좋았다. 저저번 미술 치료에서 만난 새로 온 이경림 언니에게 진로 상담을 해주었다. 언니 덕분에 나 자신을 사랑하자는 긍정적인 말로 점점 부정적인 생각에서 벗어날 수 있게 되었다. 이경림 언니 진로 상담으로 좋아하는 수영(엄마나 다미니가 추천하는 말 계속해서 지겹다.)을 하나 현실적인(?) 전문직이냐 해서 조언했는데 잘 안 되었다. 그리고나서 미움받을 용기를 읽고나서 경림언니 마음이 추스려지고 고맙다고 하였다. 어제는 남자친구 얘기를 해주었다. 나는 오늘도 '식구들이랑 통화할 수 있어 감사하다', '미움받을 용기 책 한 권 다 읽었다', '칭찬해', '긍정적 사고하면서 어떻게든

자봐야겠다'하며 긍정적인 사고 회로를 돌리기에 힘썼다. 이는 그동안 읽은 책〈나는 당신이 행복했으면 좋겠습니다〉, 〈정신적 고통을 조절합니다〉를 통해서 얻은 지식이기도 하다.

다음날 경림 언니에게 진로 고민을 이렇게 해주었다. "진로 고민은 자신이 마음가는대로 결정하면 된다. 남들에게 휘둘리며 살지 말라고 조언해 주었다. 그리고 손잡고 포옹하니 이경림 언니 눈빛이 다시 살아났다. 그리고 내 안의 자아가 있다며 서로 되뇌었다. 이때는 이 한 마디가 얼마나 중요하게 작용하는지 몰랐었다. 나는 책을 읽고 오랜만에 독서감상문을 썼더니 뿌듯했다. 독서감상문은 아래와 같다.

책〈나는 나로 살기로 했다〉를 읽고 나서

각박한 세상 속에서 우리는 사회라는 틀 안에 끼워 맞추며 사느라 자유의지와 감정이 깊숙한 수렁에 빠져있다. 사람들은 그저 칭찬과 응원의 말을 들으며 힘이라도 내고 싶지만 이미 서로 지친 상태라 그럴 힘도 없어 무기력증에 걸리게 된다. 사람은 혼자 살 수 없다. 사람 인 '人' 자도 둘이 서로 맞대고 있는 모습이다. 그러니까 우리들은 서로를 의지하고 돕고 살아가는 존재이다. 그러니 너무 노여워말고 서로에게 속마음을

솔직하게 털어놓으면 마음의 병이 조금씩 나아질거다. 우리가 그리고 서로에게 듣고 싶은 말은 단순하다. '사랑해, 고마워, 감사해, 힘내자, 덕분에, 힘들지? , 괜찮아이다. 그리고 안부 인사로 잘 지내? 밥은 먹었어?가 있다. 정말 간단하지만 생각보다 입이 안 떼진다. 요즈음은 감성적이면 오글거린다는 풍토가 있는데 정말 좋지 않다. 우리 인간은 이러한 감성을 타고나며 표현해주며 소통으로 살아간다. 그러니 자연스러운 일이라고 생각하는 게 맞다. 마지막으로 오늘 하루도 수고가 많았다고 고생했다며 안아주자. 1/31

저녁 무렵 이경림 언니에게 남자친구 얘기를 꺼내니까 콤플렉스(아픈 손가락)인지 울음을 터뜨렸다. 나는 상대방의 입장을 헤아리면서 얘기해야겠다고 다짐했다. 이경림 언니는 나처럼 부정적인 생각을 해서 힘들어 하였다. 나중에 밝혀지겠지만 이 병동 사람들 모두가 그러하다. 그리고 이경림 언니와 또 다른 공통점으로 앞 쪽 머리카락이 잘려져 있다는 것이다. 이경림 언니도 나처럼 견디기 힘든 상황을 겪었을 거라 짐작한다. 아무튼 나는 내가 먼저 미안하다고 하고 화해했다. 이날 나는 이불을 꼭 덮고 잠을 잘 잤다.

윤 보호사님은 컴퓨터로 환자들을 감시하는 거보다 환자들과 대화를 더 많이 하신다. 참으로 인간미 넘치는 그이다. 내일이면 이선미 언니와 해리포터에 나오는 네빌 롱바텀이 가장 좋아하는 인물이라고 한 ()태민 언니가 내일 퇴원한단다. 언니들처럼 나도 내 참된 자아를 찾고 내 활발한 성격도 되찾을거다. 이때 당시의 내가 이런 말을 했다니 놀랍다. 내일 퇴원하는 이선미 언니와 태민 언니에게 편지를 썼다. 속으로는 그 누구보다도 따뜻한 사람들이라고 말이다.

잠깐 나는 이경림 언니와 바뀌어서 육인실에서 이인실로 옮겨졌었다. 그리고 며칠 있다가 다시 육(오)인실로 갔다. 태민 언니가 내가 써준 편지를 읽고 나를 부르며 조언을 해줬다. 엄마에게 휘둘리지 말고 자기 줏

대있게 살아라고 말해줬다. 그리고 인간관계가 서투른 것은 처음에는 다 그런 거라며 위로해 주었다. 지금봐도 내게 가슴에 와닿는 말들이다. 이 자리를 빌어 태민 언니에게 진심으로 고맙다고 전한다.

　네명이서 모여서 스플렌더 보드게임을 하였다. 새로 온 김재교 오빠(동민 오빠)랑 같이 하였는데 다들 우울증(부정적 생각)이 있어서 여기 온 거 아니냐며 조심스럽게 물었는데 내가 말하는 거 실례라 해서 더 얘기가 진행이 안 되었다. 지금은 다 우울증이 맞다고 확신하게 말할 수 있다. 내가 동민 오빠인걸 못 알아봐서 생긴 마음의 병이 우울증이라는 사실을 알아냈다. 미안해 동민 오빠ㅜㅜ 이제 다 알았으니 괜찮아. 아무 걱정 안해도 돼. 사랑해. 동민 오빠~. 아무튼 마저 스플렌더를 하는데 나빼고 사활을 걸듯이 해서 엄청 긴장감이 돌았다. 특히 재교 오빠는 엄청나게 전략적으로 한 자원(보석)만 모아서 비싼 자원들을 단숨에 사가서 일등으로 끝냈다. 재교 오빠는 몸이 마르고 뿔테 안경을 쓴 것까지 동민 오빠랑 완전 닮았다. 나는 이때는 다시 동민 오빠가 진싸 내 운녕이 맞다는 생각이 희미해질 때여서 몰라봤다. 지금은 완전 단연코 확신이다. 그 날 다시 휴게소에 갔더니 스플렌더 보드게임 전략이 적혀있는 종이들 뒷면에 건강한 생활을 위한 정보가 담긴 종이들이 있어서 가져왔다. 아무래도 윤 보호사님이 인쇄해서 놓아주신 것 같았다. 나는 내 병이 무엇으로부터 왔는지 생각해보니 부부싸움이라는 결론에 이렀다. 엄마가 강남병에 걸려서 아빠에게 강남 집에 대한 욕구가 해소가 안 되어서 화내고 소리지르는데 아빠는 무덤덤하게 반응하니까 그 스트레스가 쌓여서 나에게 오히려 화가 일어나는 것이다. 이 얼마나 억울한 상황인가. 첨언하자면 졸업 이후 엄마는 내가 대학을 캐나다 유학으로 갈 거니까 더 이상 나에 대해 아무런 입김이 없었다. 대신 아빠에게로 넘어갔다. 엄마는 은행 직원 동료들 틈에서 열등감을 가지고 있었다. 사회에서 생각하는 세속적인 욕구인 그놈의 강남에 닭장 같은 아파트 한 공간 갖는 것이 평균이라 생각한다. 그리고 그게 행복이라고도 말이다. 할머니와 나는 조그마한 행복에도 감사함을 느끼며 살라 하지만 이미 한번 사로잡힌 생각은 나아질 기미가 안 보인다. 그리고 아빠한테 그놈의 강남 아파트가 뭐라고 득달같이 자신의 행복을 앗아갔다며 속을 긁어댔다. 이건 엄마가 직장을 그만두고 더 심해진 것이었다. 할머니와 나는 엄마가 직장을 그만두는 걸 말렸었다. 엄마는 주부일하고는 소질이 없는 사람이기 때문이다. 그러나 아빠가 엄마의 손을 들어줬다. 그렇게 전에 잠깐 언급했는데 내가 학교 적응을 못한다는 핑계로 회사를 그만두었다. 그치만 도움은 안 되고 오히려 내 성적 가지고 신경쓰느라 화만 냈다. 마대자루들고 협박할 할 때마다 나는 내 방 문은 잠그고 필사적으로 막으며 내 인생이 송두리째 무너지는 느낌을 받았다. 엄마가 화내면서 나를 아주 대역죄인인 거마냥 폭언을 일삼았기 때문이다. 대표적인 예로 내가 잔을 남들처럼 잡지 않고 이상하게 잡으니까 나를 아주 쥐잡듯이 잡았었다. 이러한 행동을 나는 '자아 죽이기'라 부르기로 했다. 온갖 맹비난을 하며 상대방을 깎아내리게 해 그 고통을 견뎌내야 한다. 이에 반해 아빠는 '자존감(자아존중감) 지킴이'로 무조건적인 열렬한 지지와 응원을 바탕으로 나에게 진정한 내리사랑을 주신다. 엄마는 이른바 잘못된 사랑의 방식을 남용한다고 볼 수 있겠다. 아빠는 조그만 일에도 칭찬해 주고 엄마는 조그만 실수에도 구박을 하였다. 엄마의 잘못된 훈육 방식은 나중에야 그나마 고쳐지게 되는데 그건 뒤에 나온다. 다시 병원 얘기로 돌아와서 또 잠이 안 올까 불안해하는 나에게 윤 보호사의 따뜻한 한마디인 "왜 벌써부터 걱정이야? 푹 자면 되지."가 나의 심금을 울렸다.

다음날이었다. 교수님께서 회진하러 오셨는데 많이 들떠있지 않다고 말씀하셔서 그렇지 않고 평온하게 책 읽고 있다고 하니까 많이 좋아졌다고 말씀하셨다. 눈에 초점도 말이다. 그뒤로 세 시에는 엄마랑 면회가 잡혔다. 그런데 병동 밖에 있는 검사실에 가서 나는 검사하는 줄 알고 식겁

하다 주치의 선생님께서 그런 건 동의해야 한다고 안심해 주셔서 겨우
진정하고 들어갔다. 엄마랑 재회하고 나는 진짜 좋아졌다고 말했다. 근
데 아까부터 너무 불안을 느껴서 오늘 퇴원을 못해서 속상한 마음에 엄
마랑 전화하다 눈물이 쏟아져 나왔다. 마음을 추스르고 그래도 다시 또
씩씩하게 지내야겠다고 다짐했다. 또 퇴원을 곧 할 수 있어 감사한 마음
을 가졌다.

아침부터 주치의 선생님을 만났는데 내가 잠결에 화장실 갔다 이경림
언니 쪽에 갔다 온 걸 봤다는 얘기를 하였다. 나는 이경림 언니가 자는지
둘러보느라 그랬다고 했다. 그리고 대화를 마친 후 눈물이 앞을 가리며
퇴원이 늦어질까봐 걱정하였다. 그러다 문득 어제 이경림 언니의 남친
에 대해서 고민 들어주고 불안정해서 걱정돼서 그랬던 게 생각이 나 주
치의 선생님께 자초지종을 설명해 드렸더니 주치의 선생님께서 내가 말
을 엄청 잘하니까 당황해 하셨다. 역시 하늘이 무너져도 솟아날 구멍이
있다. 나는 엄마에게 퇴원하고 싶다고 간곡히 얘기했더니 심전도 검사
를 하게 되었다. 그리고 이제부터 할아버지께서 알려주신 참을 인 忍 자
열 번을 되뇌이고 흥분하지 말자고 생각했다. 이 생각의 중요성은 앞으
로도 쭉 이어진다. 나랑 친하게 지내는 윤 보호사님의 이름표가 떼어져
있는데 내가 그래도 성이 윤씨인건 기억한다고 하니까 따봉을 날려 주셨
다. 그리고 미술요법이 끝나고 메밀차 마신다고 하니까 좋은 선택이라
며 또 따봉을 날려 주셨다. 그리고 일이 바빠서 못 갔다줘서 미안하다고
도 얘기하였다. 명언 책에 꽂히고 잠시 휴식을 취할 겸 윤 보호사님이랑
탁구를 쳤는데 꽤 괜찮게 쳐서 기분이 좋았다. 그리고 또 따봉을 받았다.

재교 오빠가 미술요법 시간에 같이 참여하였다. 자유자재로 자신의
현재 마음 상태를 그리는 시간을 가졌다. 재교 오빠는 그림에 사랑의 재
료와 증오, 생명선을 점, 선, 면으로 표현하였다. 또 최근에 온 은아 언니
는 예쁜 꽃들을 표현하였고 나는 동그라미를 연속으로 그려 세상이 온통

하얗게 눈으로 뒤덮인 모습을 그려내었다. 수업이 끝나고 나는 평소에 도 그림을 잘 그리는 재교 오빠한테 이때다 싶어 그림 잘 그린다고 칭찬 했더니 내게도 칭찬을 해주었다. 문제는 저녁 때였다. 재교 오빠는 갑자 기 감정이 폭발했다. 지금 돌이켜 생각해보니 내가 재교 오빠(정확히는 동 민 오빠)의 마음을 몰라줘서 그랬던 것이었다. 그렇게 재교 오빠는 한계 치에 다다르며 논리적으로 어떻게 병원에서 배달음식이 가능하냐고 했 다. 시리얼 봉투도 얼굴에 쓰면 자해 행위고 게다가 A.I가 CCTV로 환 자들이 폐혈증인지 무슨 병인지 다 알아보며 감시한다는 말까지 하였 다. 지금 생각해보니 오죽 답답했으면 그랬을까하고 생각이 든다. 나는 이때 그저 너무 화나있다고 생각해 무서움에 할머니랑 전화통화하며 마 음을 안정시키고 있었다. 이 와중에 독방에서 계속 소리 지르는 여성분 도 있어서 더더욱 그러하였다. 재교 오빠는 끝내 비어있는 끝에 이인실 방에 갇히게 되었다. 문에 있는 창에 처치실이라고 종이가 붙어있고 긴 호스가 연결되어 있었다. 나는 매일같이 휴게실에서 이경림언니랑 일기 를 쓰며 하루를 마무리하는데 이 날을 내가 재교 오빠가 나를 사랑하는 데 내가 그걸 몰라줘서 감정이 폭발한 걸 깨달아서 다 나 때문이라며 미 안함에 엄청 울었었다.

다음날이었다. 여느 때와 같이 할머니와 통화했는데 아빠 회사에서 아파트를 지으려고 할미 밭을 뭉개트렸다고 한다. 이게 웬 날벼락인가. 서로 서운해 하였다. 재교 오빠는 아무런 말도 없이 모든 짐을 바리바리 싸들고 퇴원을 하였다. 나는 전화번호라도 교환했어야 한다며 아쉬워하 였다. 하지만 이제 안다. 영교 오빠가 동민 오빠를 의미한다는 사실을 말 이다.

나는 할머니께 독립한다는 생각에 대해서 섭섭하냐고 물어보니까 오 히려 좋다고 하셨다. 엄마, 먹깨이모도 내가 뭘하든 응원한다고 얘기해 주었다. 휴게실에 갔는데 마지막에 나온 은아 언니 뒤로 한 앨범이 책상

에 놓여져 있었다. 언니가 놓아두고 산 게 분명했다. 앨범은 제시카의
Fly(날아라)인데 제시카가 솔로로 데뷔한지도 몰랐는데 노래도 다 좋아
서 깜짝 놀라워하였다. 그 중 주요곡인 Fly는 바로 진정한 내 자신을 찾
으라는 내용이다. 그뒤로 되게 인상 깊어서 앨범에 있는 수록곡들을 차
례차례 다 들었다. 노래들을 듣고 나는 이제부터 남한테 휘둘리지 않고
내 주관대로 사리라 마음먹었다. 앞으로 내 길은 내가 알아서 개척해서
살 것이다. 일단 엄마, 아빠랑은 신뢰를 쌓아야 한다. 자립적으로 행동한
다고 응원해주는 할머니, 할아버지 그리고 먹깨 이모가 있어서 감사하
다. 이 생각은 나중에 다시 빛을 발하게 된다.

　퇴원을 6일이냐 8일이냐 고민 끝에 빠르게 퇴원하는 게 낫겠다 싶어
서 6일로 퇴원 날짜를 정했다. 점심을 먹고 한숨 자고서 일어나서 먹깨
이모에게 어제 일어났던 남부끄러운 얘기를 하였다. 어제 새로 온 언니
인 유지현씨가 내가 생각하고 있는 속마음을 다 내뱉고 다니는 것이었
다. 전에도 언급했지만 당시에 동민 오빠가 내 운명이라는 생각이 희미
해진 상태라 그때는 몰랐지만 황규원 닮은 박 간호사 보고 잘생겼다는
망언을 했었다. 이게 그때 정신이 오락가락한 나의 속마음이었다. 한마
디로 정신 나간 발언이었다. 하지만 모든 일은 어거지로 안되고 너무 딱
딱 맞아떨어진 것도 이상하다. 이 사실이 바로 자연스럽게 동민 오빠가
내 운명의 연인이란 걸 반증해준다. 그리고 퇴원해서 아빠가 꽃차로 금
잔화를 줬는데 알아보니 꽃말이 이별의 슬픔이다. 거의 잊혀져서 안타
깝다는 뜻이었다. 다시 병동 얘기로 돌아와서 나는 유지민씨랑 서로 공
중전화를 주거니 받거니 하면서 까내리기(디스)를 하는 웃긴 상황이 벌
어졌다. 전화한다고 너무 왔다갔다 하니 요주의 인물로 찍혀서 책 읽으
며 차분히 지내니 눈이 내렸다. 같은 병실에 할머니를 봐주시는 조선족
간병인이 계셨는데 내가 마음이 차분해질 때 눈이 내리다가 다시 마음이
혼란스러워져서 금방 내리다 멈추니 조선족 간병인 분께서 잘됐다 하시

는데 나는 내 마음 상태에 따라 날씨도 변한다는 사실을 모를때라 무슨 의미인지 몰랐다. 아무튼 나는 그렇게 다다음날 11시부터 퇴원을 기다렸다. 일어나자마자 그 시간이 오기까지 전전긍긍하며 있었다. 이경림 언니는 어제 미리 새벽 6시부터 써놓은 편지를 주고나서 심리요법에 같이 참여하였다. 서로 감정을 표출할 때 나오는 표정에 대해서 알아보는 시간을 가졌다. 그리고 이경림 언니, 이진서, 은아 언니랑 연락처를 주고받았다. 이제 시간이 되서 엄마가 와서 평상복으로 갈아입고 엄마, 할머니를 맞이하고 먹깨 이모 차타고 집으로 갔다. 가족들을 볼 수 있어 감사하다. 집에 오니 긴장이 풀렸다. 그리고 집에서도 규칙적으로 생활해야겠다고 마음먹었다. 이때까지도 나는 엄마란 존재를 어떻게 대처해야 할지 고민이었다.

퇴원한지 삼일 후였다. 아침에 일어나서 딱 병동에서 오는 전화인 이경림 언니의 연락을 받았다. 내가 없어서 허전하다고 얘기했다. 이경림 언니도 다음주 월요일에 퇴원한다고 해서 우리의 바람이었던 밖에서 신나게 놀기를 하자고 말하였다. 그때까지 잘 지내고 있으라 하고 이만 통화를 마쳤다. 이경림 언니가 감정이 북받칠 때마다 내가 위로해주고 서로 칭찬 시간 갖는 걸 그리워하나보다. 나는 아침으로 달래비빔밥을 먹고 아빠랑 같이 있을 동안 부활의 Never ending story(끝나지 않을 이야기)를 들으면서 부르다 울음이 터져 나왔다. 다시 진정으로 상기된 동민 오빠를 그리워해 슬퍼하였기 때문이다. 그렇게 여러 곡을 듣고 점심으로는 떡볶이를 먹었는데 맛은 별로였다. 그리고 노래를 마저 듣다 먹깨 이모랑 낮잠 잠깐 자고 새로 개봉된 디즈니 영화인 위시(소원)을 보러갔다. 여기서 나오는 악당인 왕은 욕심이 많고 자기애만 넘쳐서 야망을 위해 아내도 거들떠 보지 않는다. 영화를 보고난 후 엄마는 주인공 일행이 힘을 합쳐 그런 왕을 같이 물리친 여왕을 보고 아무것도 한 게 없는데 여왕이 되었다고 부러워하였다. 나는 이때 당시만 해도 그대로 해석하였는데 이제는 제대로 안다. 반대로 생각해야한다. 왕 역할이 엄마고 여왕 역할이 아빠이다. 그리고 후계자인 주인공은 남을 배려하는 사람으로 나인게 딱 맞아떨어진다. 평점이 낮아도 신경 쓰지 않고 봤는데 재미있게 보았다. 가장 기억에 남는 대사는 "우리는 모두 별이다." 이다. 저녁으로는 불고기전골을 먹었다. 나는 그렇게 계속 놀고 먹으며 쉬면서 기운을 회복하였다.

나는 3월부터 편입을 준비할 수 있게 학업을 시작하였다. 사이버대 여러 군데를 지원했는데 그중에서 한양재단 고등학교에 재학했어서 받을 수 있는 감면혜택이 있어서 한양사이버대학 영어학과(과는 엄마의 추천)으로 선택하였다. 개강하고 강의는 비대면(온라인)으로 듣는데 공지사항 보니까 MT(합숙 여행/Membership Training)를 한대서 나는 참가신청을 하였다. 대신 술은 안 마실 거니까 중간에 분위기 봐서 빠질 생각이었다.

오늘은 드디어 MT날이다. 나는 일찍 일어나야 되느라 조금씩 깨며 일어났다 다시 잤다를 빈복하였다. 그리고 9시에 최종적으로 일어나서 우체부 배달원이 들고 다니는 것 같은 가방에 짐을 쌌다. 아빠가 만나는 장소까지 데려다 주었다. 거기서 내 또래 여자 한분이 점심인 샌드위치와 오렌지 주스를 주셨다. 그리고 어디 과냐고 물어봤는데 마케팅(시장관리)과란다. 주변이 다 마케팅학과였다. 내가 속한 영어학과는 좀 연세 있으신 분만 있었다. 과끼리 자유좌석이라서 아무데나 앉았다. 혼자오신 2학년 분이 계셔서 같이 착석했다. 그리고 출발해서 좀 이따 샌드위치를 먹고 주스는 원액함량이 적어서 안 마셨다. 옆에 분이 예전 행사 사진을 보여주시는 거 보다보니 시간이 금방 갔다. 내려서 숙소인 705호에 짐은 내려놓고 나눠준 반팔티로 갈아입었다. 춥지 않아서 반팔만 입었다. 같은 또래인 민현 언니(규리)가 있었는데 계속 말 걸며 인스타그램까지 팔로우 하자 했는데 나는 딱히 그러고 싶은 생각이 안들어 괜찮다 하였다. 참고로 나는 인스타그램으로 신동진으로 검색 후 사진으로 동민 오빠 계정을 찾아내었다. 누가 뭐래도 나는 전직 삼촌 담당 형사였다. 이 이후로 건이 아니라 민이란 걸 알게 된 건 안 비밀이다. 그래서 동민 오빠의 전 여친이 될 사람인 규리도 알게 된 것이다. 다시 MT얘기로 넘어와서 사진출품경연대회로 여러 가지 동작을 한 사진들을 찍어야 했는데 나는 사진 찍히는 걸 별로 좋아하지 않아서 머리로 얼굴을 감췄다. 강당에서 개회식 하고나서 기온이 내려가서 외투를 다시 입었다. 짐은 강당에 뒀다. 옆자리에 한 언니분이 와서 서로 인사하고 자기소개를 했다. 언니 이름은 이사리이고 글로벌경영학과이고 스물아홉 살인데 젊어 보였다. 같이 다닐 사람이 없었는데 잘됐다고 생각했다. 조가 같은 4조가 되었다. 파란색 조끼를 입고 본격적으로 활동이 시작되었다. 파도타기, 공줍기 놀이를 했는데 열이 올라서 다시 외투를 벗었다. 그리고나서 한양사이버대 홍보영상 플래시몹(단체 영상찍기)을 찍는데 다들 하기 꺼려하였다. 심지어 노래는 싸이의 예술이야인데 사리 언니한테 싸이 노래 싫다했는데 언니도 그렇다며 공감하였다. 나는 겨우 영혼없이 팔을 움직였다. 진행자가 제대로 안하는 한분이 있어서 다시 해야겠다고 하였다. 그 말을 듣고 다 웃었다. 나는 웃지 않았다. 내 얘기라는 걸 알기 때문이다. 나는 힘들어서 영화 국가대표에 나오는 노래인 Butterfly(나비) 가사 중에 "태양처럼 빛을 내는 그대여, 이 세상이 거칠게 막아서도 빛나는 사람아, 난 너를 사랑해"를 되뇌이며 사람들의 속마음을 생각하니 긍정적이게 되고 마음이 훨 나아졌다. 그렇게 겨우 찍고나서 밥을 먹으러 갔다. 삼겹살이었는데 굉장히 얇았다. 상추, 쌈무, 파절이랑 같이 먹었다. 사리 언니는 술을 잘 마시는데 여덟시 반에 차 운전하고 가야된대서 같이 나가서 가는거 보고 헤어졌다. 이때 사리 언니는 나랑 헤어지는 게 아쉬운 듯 눈물을 훔치며 갔다. 이제는 이유를 잘 알고 있다. 자꾸 기억이 사라져서 다시 생각나서 만나기가 어려우니까 말이다. 지금 글을 쓰고 있는 와중에도 내 친구들이 연락이 없다. 외롭지만 견뎌내야지. 나보

다 더 인고의 시간을 거치며 외로움의 절정에 있을 동민 오빠를 위해서
말이다. 내 신랑이자 왕자님 동민 오빠 사랑해~ 우리 곧 만나자! ㅎㅎ

　이제 밥을 다 먹고 사람들이 숙소에 들어가서 술 마시려고 숙소에 들
어가는 걸 영어학과 회장님이 전화를 통해서 알았다. 나는 미리 직감하
고 짐을 들고 주차장에 가서 아빠를 불렀다. 엄마랑 아빠는 안성휴게소
에 들러서 왔다고 한다. 평소에도 단어의 뜻에 대해 파헤치는 걸 좋아하
는 나는 안성의 안이 편안할 안 安 자인 건 아는데 뒤에 글자는 몰라서
아빠가 이룰 성 成 자라고 알려주었다. 그리고 안성맞춤도 이 단어에서
비롯된 걸 알게 되었다. 번외로 할아버지께 들은 인제라는 지역이 멀어
서 인제 왔냐는 말이 여기서 나오게 됐다는 것도 알게 됐다. 나는 이렇게
종종 단어 어원 알기를 좋아한다. 그러다보니 신기한 사실을 알게 되는
데 바로 영어 어원이 한국어에서부터 비롯했다는 점이다. 예를 들어보
자면 원하다에서 나온 want(원트) 그리고 땅이라는 뜻의 스탄은 스다, 서
다에서 온 것으로 stand(스탠드)이다. 엄청 신기하지 아니한가? 물론 모
든 언어의 기원은 산스크리트어(범어)이다. 그럼 이만 여기까지 알아보
고 다시 일상 얘기로 넘어가보도록 하겠다. 아까 나를 비난하던 상황에
서 첨언하자면 힘들다 생각했지만 순간 이경림 언니가 편지에 적어준 사
랑해가 생각나서 노래 butterfly의 가삿말처럼 다들 속으로는 나를 사랑
하고 있구나 해서 마음의 응어리가 풀리고 다시 밝은 웃음이 나오게 되
었다. 3/23

　다음날이었다. 오늘은 주말농장에 가는 날이다. 나는 기초영어 강의
를 듣고나서 먹깨 이모가 타준 미숫가루에다 달래간장밥까지 배불리 먹
고 어제 산 원예용 장갑과 예전 중학교 때 신던 나이키(이때는 의미를 생각
하지 못했던 때이다.) 운동화를 가지고갔다. 우리집에서 별로 멀지 않은 남
양주의 한 농장이다. 초보자라 먼저 설명을 들었다. 모종삽으로 흙을 밀
어내듯이 파고 모종을 심으면 된다. 처음이라 쌈채소 위주로 모종을 샀

다. 그리고 물을 뿌리고 영양제인 막걸리 섞은 물까지 주고 마무리를 하였다. 생각보다 덜 힘들고 재밌었다. 엄마도 그렇다고 한다. 흙이 묻은 장갑을 빨면서 엄마, 아빠랑 물장난을 쳤다. 그러고나서 아빠가 제대로 씻기는 법을 알려주었다. 아까 엄마가 차에 앉아있는데 핸드폰을 빠뜨려서 아빠가 꺼내주었는데 내가 그랬으면 엄마가 난리쳤지 않겠냐고 말해서 아빠가 맞장구를 쳤다. 그러고나서 아빠가 직장인 광주로 다시 내려 가야해서 기차를 타야하는데 아직 시간이 남아서 다산 정약용 생가를 들리자고 했다. 가면서 엄마는 웬일로 자기 핸드폰으로 네비게이션(안내기)를 틀더니 나보고 노래 들으라고 아빠 핸드폰을 건네줬다. 그러다가 이게 웬걸 차가 엄청 막힌 곳으로 가서 아빠가 확인해보니 엄마는 호빵집을 검색해서 간 것이었다. 어쩐지 순순히 내어주더라니 검은 속내가 있었다. 아빠는 화를 내면서 차를 급히 돌리며 다산 정약용 생가로 다시 향했다. 근데 이미 문 닫을 시간인 다섯시 반이 되어서 닫혀있었다. 어차피 반나절 정도 걸리며 봐야했기에 아쉬움은 없었다. 그리고 엄마가 가자는 부대찌개와 돈가스 집에서 나는 부대찌개 김치랑만 먹었다. (캐나다에 갔다온 후로 내 입맛은 완전 한식으로 바뀌어 있다.) 그리고 오면서 아빠가 정약용 선생이 활약하던 시기인 조선시대 어느 왕조냐고 물어봤는데 나는 벌거벗은 세계사 방송을 떠올리며 영조라고 자신있게 대답했다. 오늘도 보람찬 하루였다. 밭을 키울 수 있어 감사하다. 4/10

오늘은 나 혼자만의 시간을 밖에서 가졌다. 나는 외동이라 평소에는 혼자 방에서 사색할 시간을 많이 갖곤 한다. 나는 집에서 닭볶음탕을 먹고 나왔다. 김채린이랑 만나는 날인데 우리는 도산 공원을 거닐다 도산 안창호 선생 전시회에 가서 뜻밖의 해설을 들을 수 있었다. 그리고 받은 도산 안창호 선생님의 말씀책을 읽으며 지하철을 탔다. 김채린이랑 헤어지고 경복궁역에 도착해서 빨리 뛰어갔다. 바로 저저번달에 사주 받았던 곳인데 검색해보니 뒤에 계신 선생님께서 용하시다고 알게되서 다시 보러온 것이었다. 근데 사주 선생님께서 내게 사주보시다 말고 강조한 것은 내 마음 편히 살자는 말씀이었다. 나는 이 말의 의미를 나중에 깨닫게 된다. 말씀을 듣고 나는 남을 질투하거나 화내지 않고 그러려니 받아들여야겠다고 마음먹었다. 그리고 나는 한서윤이가 추천해준 강남에 있는 한 북카페(책커피집)에 가는데 생각해보니 괜히 지하철 두 번 환승할 바에 삼호선에서 쭉 타고 와서 고속터미널에서 갈아타면 되지하고 발상의 전환을 하였다. 그렇게 타고 신논현역에 도착해서 갈 수 있었다. 가보니까 조용해서 분위기가 좋았다. 나는 돈의 역사에 대한 책을 읽어보았다. 읽다보니 세시간이 휙 지나가서 놀랐다. 나는 이만 책을 덮고 계단을 올라가서 옥상에서 카메라의 시선에서 벗어나 잠시 동안의 자유를 만끽하고 사람들이 올라와서 내려갔다. 나는 강남역으로 가는길에 중고 서점인 알라딘에서 중고 책 하나를 사고 강변역에 가서는 전에 봐두었던 사진관에 가서 하드웨어(사진 보관기)를 건네서 사진 143장을 뽑아달라 요청했다. 카메라로 찍고 인화는 인 해두있던 내 유년시절 사진들이었다. 여기에 리조트 파일 사진 중에 내 운명의 연인인 동민 오빠랑 둘이 나란히 찍은 사진이 있다! 나는 발견하자마자 기쁨을 표현하였다. 그렇게 사진을 인화를 맡기고 내일 받아오기로 하였다. 오늘 혼자서도 알차게 잘 보냈다. 4/16

　다음날이다. 오늘은 병원에 가는 날이다. 어제 남은 닭볶음탕으로 엄마가 볶음밥을 해줘서 맛있게 잘먹었다. 그러고나서 엄마랑 먹깨이모 차타고 건대병원으로 향하였다. 아산병원은 의사선생님이 불친절해서 여기로 선정하였다. 이번에 나는 의사 선생님을 뵈면서 별로 긴장도 안하고 눈빛도 초롱초롱하게 밝히며 있었다. 내가 일상생활을 잘하고 있다고 말하니까 약을 조금씩 줄이는 게 맞다고 하셨다. 그리고 앞으로 인간관계를 넓혀야 할텐데 부담스러운 사람은 멀리하고 만났을 때 마음이 편안해지는 사람을 만나라고 조언해 주셨다. 그렇게 계속 안정되게 유지잘하라고 하셨다. 나는 긍정적인 생각만 하며 살자고 결심했다. 오늘 의사 선생님과 상담 잘한 거 칭찬하고 약 줄일 정도로 호전된거 감사히 여긴다.

　오늘 하루는 신기한 경험을 한 날이었다. 엄마, 아빠랑 안국으로 나들이를 간 날이었다. 종묘는 아직 공사중이어서(지금 글쓰고 있을 때는 완공된지 얼마 안 된 시점이 되겠다.) 못 가고 대신 경복궁 근처에 있는 민속박물관에 갔다. 전에 한번 왔었을 때 엄마가 배고픔을 못 참고 예민해져서 제대로 다 못보고 나왔었는데 이번엔 끝까지 다 볼 수 있었다. 근데도 엄마는 뭐가 이리 잔소리가 많은 건지 나는 이미 엄마의 잔소리에 진절머리나서 지친 상태였다. 그래서 소화가 다 되어버려서 빨리 밥 먹으러 가자며 근처 한 식당을 내가 찾았다. 그리고 찻집도 찾아놓았다. 반찬이 무려 12첩이나 되는 밥상이었다. 그렇게 밥을 먹는데 나는 심신이 지쳐있어 솥밥을 먼저 밥도 안 푸고 그냥 바로 뜨거운 물을 부었다. 엄마가 오면서도 엄청 뭐라 해대면서 와서 그렇다고 하니까 아빠가 그만하라고 엄마에게 얘기했다. 그리고 나에게 호박나물과 취나물을 주며 꼬막하고 비빔밥을 만들어주며 나를 챙겨주었다. 밥을 다 먹고 엄마가 화장실을 다녀

올 때 아빠는 내 머리 혈자리를 눌러주며 정신차리라고 해주었다. 나는 문득 캐나다 가기 전에는 내가 엄마한테 게으르다고 엄청 면박주고 했었던 게 생각이 났다. 지금은 엄마가 나 대학 제대로 안 다닌다며 면박주는데 자기관리도 안 되고 남탓만 하는 엄마에게 들으니까 기분이 나쁘다. 아무튼 그렇게 맛있게 먹고 다시 기운차리고 힘내서 내가 찾은 찻집으로 향하였다. 가보니까 오후 여섯 시까지라고 대문 앞에 팻말이 써져있어서 이만 발길을 돌리려는 찰나 수염이 긴 할아버지와 대화하고 계신 고와보이시는 아줌마께서 자기가 이 집주인이라고 하시며 들어오라고 하셨다. 우리 가족은 그렇게 머뭇거리며 자리를 잡았다. 찻집 주인분께서는 목련꽃차가 있다고 해서 코에 좋다는 걸 알고있는 나는 그거 마실게요 라고 하였다. 차를 우리시고 잔에다 각자 따라 마셨다. 되게 옅은 향이 났다. 엄마는 옆에 계신 찻집 주인분께 이것저것 사적인 얘기(여기 부동산, 자식 얘기 등)를 물어봤대서 차주인분께서 언짢으신 표정을 하시며 대답하시는 게 보였다. 그런 동안 아빠는 한옥인 찻집 천장에 써져있는 한자들을 읽어내며 찻집 주인분은 차 잡지 편집장으로 일하셨던 김숙희라는 분이라는 걸 알아냈다. 찻집 주인분은 딸이 여기 운영하는 찻집 주인이라며 CCTV로 나중에 다 볼거라며 화끈하게 알려주셨다. 아무튼 그러고나서 이번엔 황차를 마셨는데 아까보다 진한 향이 느껴졌다. 엄마는 이 맛을 배스킨라빈스 녹차맛에 빗대었다. 그러니까 찻집 주인분은 경험해본만큼 아는거라고 일침을 조용히 날려주셨다. 다음으로는 보성녹차를 맛보게 해주셨는데 고로쇠 수액 맛이 나는 것 같았다. 다과로는 찻집에서 파는 녹차 휘낭시에(구움과자)를 주셨다. 엄마는 냉장고에 넣어뒀다 먹는 게 맛있다고 했지만 찻집 주인분은 나를 바라보며 냉장고 넣기 전이 맛있다고 눈을 찡긋하며 알려주셨다. 마지막 귀한 녹차까지 너무 극진히 대접 받아서 황송할 따름인데 괜찮다고 젊은데 차에 관심있는 나 덕분에 그런 거라고 엄마가 착각하지 않게 내쪽으로 손을 내밀며 연신 반복해서 말씀하셨다. 편집장으로 활동했을 때면 나보고 한복 잘 어울려 보여서 모델(사진촬영 받는 사람)하는거 어떠냐고 물어봤을 거라고도 얘기해주셨다. 나는 갈 때 이것도 인연이라며 다시 찾아 뵙겠다고 하고 인사했다. 그렇게 뜻밖의 경험을 하고 우리 가족은 나왔다. 엄마는 주차장에 도착할 때까지 나 덕분에 이런 대접 받아서 좋겠다고 계속 말하며 근데 내가 자존감이 낮다고(누구 때문인지도 모르다니) 나보고 "사람들을 이끄는 능력이 밝은 미소에서 나와서 안 그래도 돼."라며 얘기해 주었다. 나는 그래서 엄마에게 할머니께서 내 별명을 사람들이 꽃보면 다 웃으니까 꽃순이라고 지어주셨다 라고 알려줬다. 나는 이 말을 하고 할머니의 예산이웃들이 인사성 밝고 예쁜 아이가 벌써 대학생이 되었다 하면 놀랄 것이라는 얘기가 생각이 났다. 그리고 아빠도 내 얼굴을 보면 빛이 난다고 한다. 4/19

오늘은 엄마한테 영어특강 간다 말하고 디시인사이드 미국 정치 게시글로 본 WHO(Woeld Health Organization/세계보건기구) 팬데믹조약 반대 집회에 참여하려 나갔다. 아직 집회 시간까지 시간이 남아서 근처 서울시청도서관에 들렀다. 인문학 책들을 구경했는데 한 책에서 생각지 못한 사실을 발견하였다. 바로 인공지능은 놀이의 재미를 못 느낀다는 말이다! 인간과의 가장 큰 차이점이라 할 수 있는 걸 발견해서 뿌듯했다. 이 지식은 앞으로 계속 도움이 된다. 그러고나서 집회 시간이 되서 가니 촬영하고 있길래 처음에는 뒤쪽에 서있으면서 연설을 들었다. 그러다가 내 또래인거 같은 여자분이 와서 말걸지 말지 고민했다. 여자분은 팬데믹조약을 반대하는 내용이 담긴 팻말을 들고 서있었다가 잠시 쉬느라 앉았다. 그 뒤에 자리가 비어서 나는 이때다 싶어서 앉았는데 마침 여자분도 먼저 내게 안녕하세요라며 인사를 건넸다. 그런데 옆에 아줌마들 얘기를 들어주느라 제대로 말할 시간이 없었다. 그리고 여자분은 다시 팻말 들고 서있었다. 대신 나는 내 또래로 보이는 옆자리에 앉은 남자분이랑 혹신 안 맞았다며 얘기하다 다시 여자분이 쉬러 와서 양해를 구하고 먼저 다가가서 얘기하였다. 어떻게 이 집회에 관심이 생겼냐고 물어서 신비한 TV 서프라이즈를 보고 악의 세력 일루미나티에 대해 알았다며 1달러 지폐 뒷면에 버젓이 있지 않냐며 얘기했다. 그러니까 여자분은 내가 더 먼저 알고 있었다며 선배라고 했다. 그리고 모르는 남자분을 반겨서 나는 자리를 피하고 다시 아까 남자분께 가서 어떻게 여기 알았냐고 해서 커뮤니티(디시인사이드 미국 정치 갤러리) 통해서 알게 됐다고 하였다. 그리고선 교회에서는 시위를 안 한다고 의문점을 품어주셨다. 결국 교회도 그들과 한패라는 걸 알려준 셈이다. 내가 전에 말한 정반합이다. 다시 여자 분께 갔는데 간식(젤리) 같은 거 마음으로만 받겠다 해서 진짜 나랑 같은 신념을 가진 분이라 생각이 들었다. 어느덧 연설이 끝나고 행진이 펼쳐졌다. 나는 얘기한 남자분과 팻말들며 구호를 외쳤다. 원래 광화문까지 행진해야 되는데 거기까지는 못해서 아쉬웠다. 행진이 끝나고 남자분하고 더 얘기를 나누었는데 어떻게 나오게 될 결심을 하게 됐냐니까 이 조약으로 세계보건기구의 속국이 되면 혹신을 더 강압적으로 맞게 하려 할거고 끝장나니까 이제는 나와야겠다는 생각으로 나온거라 하였다. 나와 같은 생각을 갖고 와서 여기 사람들 모두 그런 생각으로 나왔구나 생각이 들었다. 집회가 끝나고나서 언니한테 다가가는데 자기는 집회가 집같다는 얘기를 들었다. 그렇게 끝나고 20대 네 명이서 만난 김에 밥 한끼라도 먹자고 말이 나왔다. 나는 내가 말걸은 남자분이랑 식당찾으러 가는 길에 마저 얘기하는데 무교지만 신은 믿는다고 말해서 나는 나를 믿는다고 말하였다. 우리는 음식점은 찾는데 난항을 겪었다. 분식점은 이미 끝나고 보쌈집은 들어갔는데 大(대) 자 시켰는데 양이 너무 적게 나와서 자기 주장이 확고한 우리 일행은 기분만 나쁘다며 자리를 박차고 나왔다. 그리고 돌아다니는데 언니에게 지금 무슨일 하냐고 물어보니 환경과였고 지금은 편입준비한다 하였다. 그리고 내 학과를 물었는데 엄마가 추천해준거라 나는 잠깐 울컥하며 영어학과라 대답하였다. 골목을 지나다니다 내가 얼마 전에 먹은 쪽갈비를 아저씨께서 양 많게 주신다고 들어오라고 해서 겨우 자리 잡아서 쪽갈비를 먹을 수 있었다. 그렇게 우리는 앉아서 대화하는데 통성명을 하였다. 김연수 언니랑 황상순씨는 흑신 시위 때 서로 만났다 한다. 흑신 시위 때는 소송도 걸고 활발했는데 지금은 그렇지 않다며 아쉬워했다. 황인순씨는 자기는 독실한 기독교신자라 하셨다. 친구들 중에는 살기 힘들다고 이민가는 사람도 많다고 하였다. 그리고 정치 얘기를 하는데 나는 중공을 이용해 적화통일하면 안 된다 말하고 요즈음 사회풍자 문화가 사라져서 나라가 분위기가 침울하다고 말하였다. 이에 황인순 씨는 문재인 전 대통령부터 정치 얘기가 쉬쉬 되었다고 말해주었다. 다른 남자분인 이민성 씨는 SNS를 안 한다고 얘기하였다. 그리고 혼자 사이다를 시켰다. 나가는 길에 김연수 언니가 자기 A.I같냐고 물어서 아니라고 얘기해주었다. 감정이 없어진 사람이 A.I인거지 김연수 언니는 그렇지 않아보였다. 그렇게 쪽갈비를 먹으며 대화가 잘 통해서 좋았다. 카페에 가게 되면 음료를 마셔야하니까 암묵적으로 안 가기로 되었다. 그렇게 우리는 헤어졌는데 김연수 언니와 황인순 씨는 버스 타러가고 나랑 이민성 씨는 지하철에 가는데 반대편이라 이만 헤어졌다. 뜻이 맞는 사람끼리 대화를 나눌 수 있어서 감사했다. 내 의사표시로 집회간 것 칭찬해! 5/18

오늘은 여러 가지로 체험을 많이 하게된 날이다. 먼저 엄마랑 나는 지하철을 타고 안국역에 가서 꽃누리들밥이라는 식당을 세 번째로 찾아갔다. 점심 손님들이 엄청 많았는데 엄마가 멀리서 왔다고 받아달래서 마지막 손님으로 받아주었다. 주요 요리는 철판불고기로 반찬은 감자조림, 시금치, 연근드레싱 등이 있어서 골고루 맛있게 먹을 수 있었다. 그리고 가고싶은 찻집인 푸드떼는 시간이 애매해서 가기 망설였는데 엄마가 화장실에 갔을 때 검색해보니 오늘도 휴무라는 것이다. 나는 원래 휴

무일이 아닌데 혹시 모르니까 가보자하는 생각으로 갔는데 임시휴일이
라는 팻말이 걸려있어서 나랑 엄마는 망연자실하고 발길을 돌리려하는
데 딱 문에서 찻집 주인분이 나오시는 것이었다! 우리는 서로 놀래서 한
참을 웃었다. 어떻게 이런 인연이니 하고 말이다. 그렇게 나와 엄마는 한
옥찻집에 들어섰다. 저번에는 목련차, 황차, 우전차, 새순을 마셔봤는데
이번에는 황차랑 보이차를 마셨다. 원래 세시까지 대관이고 이제는 우
체국에 가려고 나오셨는데 딱 우리랑 마주친 게 진짜 안에 걸려있는 팻
말 그대로 시절인연인가보다. 찻집 주인분께서는 오늘 도자기 강의를
듣는데 철화된 예쁜 도자기들을 보여주셨다. 근데 돈이 없어서 북한에
파는게 많더라하셨다. 안타까운 현실이다. 찻집 주인분께서는 바자회
준비로 톡하는데 여념이 없으셨다. 얼마 전에 갔다온 강진 고려청자 박
물관에 대해 얘기했더니 일본 나라, 교토에 얼마 전에 다녀왔는데 사람
이 너무 많다 하셨다. 다과로는 밤양갱을 주셨다. 엄마는 저번 다과인 녹
차 휘낭시에가 맛있어서 사려했는데 그러진 못하였다. 따님분께 문의드
려봤는데 정식으로 사야된다 하셨다. 대신 비싸고 고급인 우전을 사만
오천원에 샀다. 한 사람은 이그램, 두 사람은 삼그램, 세 명이서는 오그
램인데 이 찻잎을 사그램해서 나중에 잎까지 다 먹어도 된다 하셨다. 나
는 집에 가서 강진에서 산 다기꾸러미(세트)로 다도를 하였다. 그런데 약
부작용으로 인한 수전증으로 다기 들기가 힘들었다. 다음에 약 줄이면
다시 하는걸로 하였다. 그렇게 차 대접을 받고 찻집 주인분께 명함까지
받았다. 뒷면에 연꽃 모양이 예쁘게 피어있다. 찻집 주인분께서는 요즈
음 사람들이 다 마시는 커피를 안 좋아하고 차를 좋아하는 나라서 이뻐
하신다고 얘기하셨다. 얘기하다보니 벌써 두시간이나 되어서 이만 일어
나서 가보기로 하였다. 찻집 주인분도 나가서 할 일이 있으시니 말이다.
그렇게 헤어지고 나서 나랑 엄마는 고궁박물관에 들렀다. 다섯 시에 입
장마감이라 아슬아슬하게 들어갔다. 전시실에서 조선시대 풍경화들을

보고 대한제국은 시간이 없어서 다음에 천천히 더 구경하기로 하였다. 나랑 엄마는 빠른 걸음으로 경복궁 안쪽으로 향하였다. 우리가 거의 마지막으로 왔다. 엄마는 물을 사놓고 있으라했는데 자판기에 카드결제는 어떻게 하는지 모르고 있었다. 이때 전파공격당한 사람들이 나보고 자판기 카드결제 못한다며 놀려댔었다. 엄마가 표를 받고 와서 결제하였다. 드디어 오늘의 목적인 생과방 체험을 하러 경복궁 안에 들어갔다. 차례대로 정해진 자리에 앉았는데 연극이 아주 잘 보이는 명당 자리를 주셨다. 연극 내용은 수랏상을 만드는데 많은 사람들의 노고가 있다는 사실과 또 남자분들도 요리를 했다는 것을 기억해달라는 얘기도 했다. 연극을 보고나서 맛있는 정찬을 먹었다. 그러고 사람들이 다 체험장으로 빠진 다음에 나는 연극한 분들과 사진을 찍었는데 두 번째 사진 찍을 때 내가 검지 중지를 치켜올리는 자세(브이자세) 하니까 그제서야 연극 배우들도 똑같은 자세로 잡아서 웃겼다. 그리고나서 나와 엄마는 내소주방으로 가서 격구부터 했다. 골프처럼 막대기를 쭉 뻗어서 공을 일직선으로 가게 만들어야 했는데 잘 안됐다. 무사로 변장한 연극 배우는 나와 엄마 모두 공이 구멍에 들어가지 않은 걸 보고 둘이 모녀가 맞다고 하여서

웃겼다. 다음은 꽃살무늬떡 만들기 체험을 하였다. 나와 엄마는 재료를 받고 자리에 앉아서 반죽을 나눈 뒤 앙금을 넣고 동그랗게 만 뒤 떡살을 눌러서 예쁘게 만들었다. 근데 뒤에서 못생기게 만들었다하니 엄마도 웃어서 나는 어딜 감히 놀리냐며 속으로 생각하였다. 그러고나서는 한방 족욕제 만들기 체험을 하는데 귤피 등 재료들을 다 넣고 끈을 묶으면 완성이다. 엄마가 이때 포장 끈 묶는 법을 알려주는데 못하면 또 난리칠게 뻔하니까 침착하게 잘 따라해서 금방 해내었다. 마지막으로 다과를 받는데 칸칸이 주시는 분들이 있으셨다. 이분들도 연극 배우인데 엄청 웃겼다. 엄마가 어디서 만들어 온거냐고 물으니까 업체라고 해서 솔직함에 웃음이 터져나왔다. 그리고 엄마가 다른 분한테 이거 업체에서 만들었다는데요 하니까 누가 그런 소리를 했냐고 반응하였다. 그리고 알바생이냐고 물었더니 그렇다 답변하니 옆에서 알바? 그게 무엇인고하며 능청스러운 연기를 보여주었다. 그리고 다른 손님에게 중전마마라고 했는데 누가 중전마마요? 라고 다른 알바생분이 말해서 그 자리에 있던 사람들 다 빵 터졌었다. 연기들을 다들 기깔나게 하셔서 재밌었다. 이제 쉼터에 가서 다과를 즐기는데 오랜만에 먹어서 그런지 되게 달았다. 그리고 공기놀이를 가져와서 오랜만에 하는데 잘 안 되었다. 그래도 삼연까지는 하였다. 그렇게 모든 시식공감 체험을 마치고 수세미 비누를 기념품으로 받았다. 오늘은 진짜 즐겁고 여러 체험도 해서 좋은 날이라 감사하다. 보름달에 소원도 빌고 엄마가 내가 뭐 못한다고 해도 그러려니 하며 내 자존감 지킨 거 칭찬해! 5/23

오늘은 내가 한양사이버대 행사에 간다고 선의의 거짓말을 하고 팬데믹조약 반대 시위에 간 날이다. 그렇게 집을 나와서 시청역으로 향하였다. 이번에도 아직 시간이 남은터라 서울시청도서관에서 윤동주 시인의 '하늘과 바람과 별과 시'를 3장까지 읽었다. 그리고나서 집회 현장에 갔다. 아침에 엄마가 WHO가 팬데믹조약을 지연시켰다는 뉴스를 보여쭤서 좀 안심하며 집회에 참석했다. 저번에 봤던 김연수 언니가 저번이랑 같은 옷을 입고 있어서 금방 찾을 수 있었다. 새로 오신 분들도 있어 인사했다. 그리고 커피집 사장님께서 음료수를 건네줬는데 나와 김연수 언니는 마시지 않았다. 자기소개를 하다보니 벌써 연설이 끝나있었다. 저번에 본 황인순 씨는 왔는데 이민성 씨는 보이지 않았다. 그리고 나는 30대 자매 분이랑도 인사하게 되었다. 행진 시위를 하고나서 김연수 언니가 먼저 2030 모임하면 어떠냐고 해서 다같이 모여서 돈까스집에서 식사를 하고 커피집에서 자리잡고 각자 커피와 차를 마셨다. 마시면서 우리는 그림자 정부(딥스테이트)의 계획이나 영화(카르마 해소용)들에 대해서 애기를 나누었다. 물론 주요 내용은 혹신에 대해 애기했다. 한참을 애기하다 두 시간이나 지나서 단체카톡방을 만들고 헤어졌다. 이때 김연수 언니랑 황인순 씨가 아는 지인 한 분이랑 한 명이 더 있었는데 동민 오빠를 닮은 홍준규 씨가 같이 모임에 있었다. 그때는 동민 오빠에 대해서 생각이 흐려져서 전혀 생각않고 있다가 지금 다시 생각해보니 동민 오빠였다더라. 아무튼 다시 일상 애기로 돌아가서 나는 엄마가 도중에 급한 일이라며 빨리 오라해서 내가 집회간 거 들켰나 생각이 들었는데 알고보니 얍샵이 임민진이가 자기 친구 우울증약 먹고 있다 애기해서 나는 공감되서 나도 그렇다고 알려주었다. 근데 그걸 임민진이는 자기 엄마한테 고스란히 전달해 은행사람들에게 다 소문이 돌아버렸다는 것이다. 나는 속아넘어 캐나다 가서 엄마랑 한방에 같이 살면서 스트레스 받아서 미쳐버렸다는 애기까지 해버렸는데 그게 다 떠벌려진 거다. 엄마는 어떻게 이런 뒷통수를 치냐고 내게 그랬다. 그리고 시위 갔다온 것은 감으로 알아서 숨길 수가 없었다. 이것으로 나는 교훈을 얻었다. 사랑하는 가족들에게 거짓말을 하지 말자고 말이다. 나를 생각해주는 가족들에게 감사하다. 5/25 이후로 임민진이는 간간히 연락하다 마음 다잡고 아예 차단해버렸다. 아빠는 나에게 그 여시 같은 임민진 연락 끊었냐며 잘했다고 하였다.

　오늘은 소꿉친구 유주, 예주와 드디어 오랜만에 만난 날이다. 약속 시간 1시가 되서 뚝섬역 8번출구에서 만났는데 애들이 내 뒷모습 보고 누가봐도 나라고 하면서 나에게 다가왔다. 그리고 오자마자 F4(여기서는 철수 아저씨 대신 유주네 아빠 고병호 아저씨로 포함됐다.) 아빠들이 다시 모여서 모임 결성한다는데 유주네 아빠께서 술취한 상태에서 그런 말했다고 전화를 끊어버렸다는데 그 얘기 듣고 서로 웃겨서 횡단보도에서 사람들 다 쳐다볼 정도로 만나자마자 미친듯이 웃었다. 하늘에서는 비가 조금씩 내리기 시작했다. 동민 오빠도 기뻤나보다. 그리고 우리는 고예주가 예약한 이탈리안 식당에 갔다. 우리는 샐러드, 늎끼 그리고 리조또를 시켰다. 각각 맛을 봤는데 다 양념이 느끼하게 느껴졌고 무엇보다 생면파스타는 베이컨이랑 같이 먹는데 피자맛이 났다. 그래서 유주와 나는 별로라 하였다. 그리고 카페 가던 길에 우리는 위를 바라보고 찍는 사진공간에 가서 기념사진을 찍었다. 근데 예주는 마음에 안 든다고 불평하였다. 원래 가려던 카페가 줄서야 되어서 예주가 앞장서서 다른 데 찾는 동안 유주와 나는 예주가 예민해서 힘들다고 얘기하였다. 그렇게 카페 구욱희라는 곳에 가게 되었다. 밥은 유주네가 사줘서 나는 카페에서 사줬다. 이런 게 바로 상부상조(내가 가장 좋아하는 사자성어다.) 아니겠는가? 우리는 앉아서 카페 이름이 웃겨서 또 엄청 웃었다. 유주가 우리보고 낙엽만 굴러가도 웃는 고등학생 아니냐고 하였다. 그리고 예주는 혼자 말차 쿠키를 사서 먹고 있는데 나와 유주는 크로와상만 먹겠다고 해서 예주가 잘라주는데 엄청 초토화되서 엄청 웃었다. 유주는 이걸 인스타 스토리에도 올렸다. 그렇게 웃고 유주와 대화하는데 나는 유주에게 국밥집을 물려받아야 한다 말해주었다. 유주는 나에게 대학 졸업장은 취업에만 좋지 별로라고 하였다. 그리고 내 꿈이 작가아니냐며 일깨워주었다. 나는 그래서 공모전이나 자원봉사활동을 알아보고 있다고 하였다.

그리고 유주는 빨리 취업 안 해도 되니까 자기는 인구감소 해결을 하고 싶어서 그쪽으로 연구직을 하고 싶다고 하였다. 그리고 예주는 자기는 고시 공부하는거나 다름없다며 회계사 공부하기 위해서 열심히 공부하고 있다고 한다. 그리고 예주가 잠깐 불면증 있어서 약 먹었다고 얘기해서 나와 유주는 서로 마주보며 눈만 휘둥그레하고 아무말도 안 하였다. 그렇게 카페에서 대화를 나누고 나가서 인생네컷을 찾으러 가는데 지나가는 길에 1분 캐리커쳐(얼굴을 크게 우스꽝스럽게 그린 그림)라는 곳이 있었는데 예주가 친구들이랑 했는데 둘만 하라고 하며 자기는 낭비 같아서 안 했다고 너무 현실직관적이라서 또 나와 유주는 엄청 웃었다. 그리고 우리는 인생네컷가서 사진을 찍었다. 유주는 티셔츠를 입고왔어도 자신감이 넘쳤다. 내가 본받을 만한 점이다. 유주는 자취집 냉장고에 붙인다 하였다. 그리고 에미스(emis)란 매장에 사서 고자매들은 모자를 샀다. 나는 이미 집에 남색 스케쳐스 모자와 파랑색 LA 다져스 모자가 있어서 안 산다고 하였다. 그렇게 쇼핑을 마치고 지하철을 타는데 반대쪽이라 헤어져야 하는데 유주, 예주가 자기들 간다고 울거 아니냐고 예전에 그랬다고 말해서 나는 내가 울보였던 기억을 되찾았다. 나는 걱정 말라고 안 울거라고 하였다. 그리고 내가 먼저 지하철에 올라탔는데 건너편이 보여서 또 안녕하며 사진 찍고 헤어졌다. 시원섭섭하긴 했다. 이날 동민 오빠도 기뻤는지 유주, 예주랑 만나자마자 웃음 나와서 비가 청량하게 왔다. 5/26

집 가서 엄마랑 다도하면서 서로의 속마음을 풀었다. 엄마는 내가 인지력이 부족해서 이 사태가 발생한 것이라 하였다. 지금도 마음에 안드는 발언이다. 근데 그러면서 자기가 화냈던 거에 미안하다며 요즈음은 안 내려고 노력한다 얘기하였다. 그리고 나도 할 말 있음 하래서 나는 학창시절 때 밝은 애들하고 어울려 놀고 싶었는데 엄마가 분노할 때마다 나를 부족한 애라고 내리깎아서 내 자존감은 무너질대로 무너지고 상처만 남아서 내 원래 활발한 성격으로 살지 못하고 움츠리며 학창시절을 살기만 하여서 너무 억울해서 나는 계속 하염없이 눈물을 흘렸다. 엄마는 나를 윽박지르면서 실수에 예민하고 내 말에 공감이나 칭찬에 박했다고 고했다. 또한 감사 표현을 하지 않고 속박만 하려고 했어서 나보고 잘 못했다 하였다. 내가 그 스트레스가 해소가 안 되서 마음에 응어리가 생기고 마음의 병이 있어서 이 때문에 지금 병 걸려서 고생하고 있는 걸 드디어 알아주었다. 아빠에게 전화하니 엄마가 극단적으로 얘기해도 이제 잘 대응하고 괜찮아 보이니 잘 컸다라고 얘기하였다. 먹깨 이모는 인생이 달콤하지 않다, 한쪽 면만 보면 안 된다고 얘기해주었다. 엄마랑 잘 화해해서 감사하다. 속마음 용기있게 꺼낸 나 칭찬해! 5/26

새벽 6시에 깼는데 새벽 5시에 이미 민아로부터 카톡 보이스톡(전화)이 와있어서 이미 도착해서 온다는 의미라 화들짝 깨어나 엄마보고 일어나라고 벌써 꼬이네 왔다고 얘기했다. 그러자마자 출입문 열어달라는 소리가 나서 후다닥 가서 열어주고 엄마도 깼다. 엄마와 나는 그렇게 비몽사몽으로 꼬이(둘째) 이모와 민아를 맞이하였다. 꼬이는 엄마를 보자마자 체형이 똑같아서 거울보는 줄 알았다고 한다. 7년만인 오랜만에 봐서 꼬이가 나를 안았다. 그리고 오자마자 배고프다 해서 짜장면집이 열 때까지 기다려야했다. 민아도 오랜만이라 어색하기도 했다. 민아는 내게 학교에서 매년마다 주기적으로 디즈니랜드에 보내줘서 친구들이랑 찍은 사진들을 보내줬는데 되게 즐거워 보였다. 그렇게 대화하며 친해졌다. 6/6

민아와 나는 둘끼리 놀러다녔다. 엄마의 요청으로 나는 민아랑 영어로 대화하였다. 오늘은 인사이드아웃2 팝업스토어(잠깐가게) 오픈런(열자마자 뛰기)하는 날이다. 아침으로 등뼈찜을 먹고 옅은 초록 셔츠에 갈색 반바지로 트윈룩(쌍둥이 착장)으로 입었다 나는 서둘러 가는데 민아는 여유로웠다. 에스컬레이터(전동계단)를 타는데 한 여자분이 앉아서 훌쩍이는 걸 보았다. 나는 조마조마 했는데 현장예약에 성공했다. 아까 여자분이 훌쩍인 행동은 좋은 뜻이었다. 그리고 우리는 둘러보다 밥을 먹었다. 나는 문어비빔밥을 먹고 민아는 문어라면을 먹었다. 나는 먹다가 민아가 우거지해장국를 좋아한다는 말이 떠올라 웃었다. 밥을 먹고 6층에 가서 민아는 밀크티, 나는 얼그레이 차를 마시며 순서가 될 때까지 기다렸다. 민아는 무료로 볼 수 있는 앱으로 영화 너의 이름은. 을 틀어주어서 네 번째로 재밌게 보았다. 다는 못보고 예약 대기 순서가 되어서 줄 서있으러 갔다. 들어가서 아빠가 민아랑 사진 찍은 거 보내달라 연락와서 직원에게 요청해서 찍었더니 다른 사람들도 줄줄이 이어서 나처럼 찍었다. 우리는 제일 먼저 가서 캐릭터만 있는 채로 사진을 찍을 수 있었다. 오래 기다린 만큼의 재미는 없었다. 나오면서 그랬더니 나는 까칠이를 받았는데 민아가 자기꺼 기쁨이 준다 해서 내가 For memory. (추억을 위해서)라고 말해주었다. 우리는 이제 영등포 타임스퀘어로 버스를 타고 이동하였다. 들어가자마자 보이는 무인양품점에서 민아는 문구를 사고 옆에 교보문고 가서 나는 인문학 책을 보고 민아는 한창 인기있는 일본 만화인 귀멸의 칼날 만화책을 보았다. 그리고 카카오프렌즈 가게에

서 민아는 스티커(붙임딱지)를 샀다. 그 다음은 갈 생각도 못했던 실내동
물원에 가게 되었다. 그러니 확실히 손님이 없었다. (이 이유는 부록에 나
온다.) 내가 전에 온 적이 있어서 재방문 할인해서 들어갔다. 민아가 동
물을 좋아해서 좋아할 거라 확신했다. 들어가자마자 바로 앵무새가 있
어서 놀랐고 다음 문에 오리 세 마리가 돌아다녀서 또 놀랐다. 그리고 우
리는 작고 귀여운 핀치새들에게 먹이를 줬는데 머리 위랑 어깨에도 있어
서 사진을 여러 장 찍었다. 그리고 카피바라 같은 포유류들도 먹이 줘서
재밌었다. 그렇게 재밌는 구경을 마치고 저녁을 먹으러 갔다. 우리가 간
곳은 토끼정인데 민아는 카레 나는 카레 우동을 먹었는데 내 꺼는 국물
만 잔뜩이라 별로였다. 민아도 내꺼 먹어보더니 그러하다 하였다. 맛집
이 아닌데서 저녁을 먹고 우리는 오락실로 향했다. 인형뽑기를 하였는
데 민아가 요즈음 유행하는 산리오 캐릭터인 마이멜로디, 쿠로미 인형을
한방에 잘 뽑았다. 나에게 마이멜로디 인형을 뽑아주었다. 그리고 자기
것도 뽑았다. 그리고 같이 마리오카트해서 내가 1등 먹게 해주었다. 이
때 동민 오빠에 대한 생각이 희미하지 않았는데 민아가 마리오 카트 사
진 찍은거 달라니까 지웠다 해서 황당하였다. 아무튼 오락실에서 신나
게 논 후 집으로 돌아갔다. 지하철역에 들어섰는데 에스컬레이터가 고
장나 있어서 다 같이 계단으로 올라가야만 했다. 갈아타려면 신도림역
으로 가야하는데 반대쪽 길을 잘 몰라서 이거 타도 2호선에 갈 수 있으
니까 그냥 쭉 1호선을 탔다. 민아가 엄마들이 없어서 평화롭다고 얘기해
서 나도 그렇다하였다. 1호선 풍경은 KTX(고속열차)가 달리고 철도가
보여 새로워 좋았다. 신설동에 가는데 여기가 풍물시장이라는 걸 알게
되고 이 역에서 성수까지 가는 걸로 갈아탔다. 성수까지 가는 건 사람이
별로 없었다. 그리고 갈아타서 강변역에 내렸다. 우리는 밤 아홉 시에 집
에 도착하였다. 꼬이가 인형보고 뽑기했냐 하면서 바로 태도가 돌변하
더니 무섭게 화냈다. 꼬이는 사행성이라 아주 싫어하는 행동이었던 것

이다. 그렇게 민아는 크게 혼이 나고 먹깨이모 방에 들어가서 내가 위로 해주러 가서 민아의 등을 토닥여 주었다. 민아는 울면서 엄마는 무섭다 하였다. 나는 그 말에 무척이나 공감했다. 자기 상식상에서 벗어나면 엄청 비난하는 엄마들이기 때문이다. 그뒤로 엄마와 이모들이 먹깨 방으로 가고 우리는 내 방으로 들어갔다. 민아는 우리 부모 세대들이 정신 건강을 제대로 돌보지 못했다고 알려줬다. 또 우리끼리 엄마들의 나르시스트(자기애 강함) 성향에 대해 얘기하며 스트레스를 풀 때 나는 실컷 운다고 말했다. 나는 민아에게 꼬이도 심리상담이 필요한 거 아니냐했는데 이미 초등학교 2학년 때부터 물어봤댄다. 6/10 우리나라 엄마들이 진짜 극성이다. 자식들을 자기 분신마냥 생각하고 행동하니 말이다. 자녀들은 자기의 선택으로 간 길이 아니게 되면서 스트레스 풀 때도 없고 정신적으로 피폐해진다. 앞으로는 아이들의 재능을 살려서 꿈을 찾을 수 있도록 교육해야 한다. 내가 그렇게 만들 것이다. 이 말에 대해서는 뒤에 가서 이해할 수 있을 것이다.

오늘 일어나서 보니까 다들(엄마, 이모들) 민아가 많이 걸어서 등 아픈 거 때문에 병원가서 없었다. 나는 강원도 여행 갈 짐을 쌌다. 그뒤로 먹깨이모만 미리 왔다. 그러고나서 엄마들과 민아도 와서 옷가지 등을 싸고 먼저 민아가 좋아하는 돼지갈비집인 천지연으로 향하였다. 오인분 시켜서 맛나게 먹고 속초로 출발하였다. 나와 민아는 뒷자리에서 나란히 앉아 가는 길에 잠들며 고개를 흔들면서 갔다. 그리고 휴게실에 도착할 때즈음 잠에서 깼다. 내려서 호두과자와 민아가 원하는 달달한 고구마 말랭이가 없어서 맛밤으로 대체하였다. 전경까지 보고 내려가서 다시 차에 탔다. 숙소에 도착하고 짐을 내리고 엘리베이터(승강기)에 타려는데 꼬이는 아저씨에게 줄 안 서고 탄다며 뭐라 하였다. 먹깨이모가 말리며 꼬이를 끌고왔다. 그리고 나, 민아, 먹깨와 엄마, 꼬이로 방을 나눠서 갔다. 근데 꼬이가 이내 오는 것이었다. 뒤이어 엄마도 왔는데 여행을 오자마자 서로 싸운 것이었다. 숙소에 들어가서 엄마가 계속 "좋지, 좋지?" 하고 묻는 게 꼬이의 신경을 건드렸기 때문이다. 서로의 기분을 배려 안한 탓에 생겨난 문제이다. 그래서 기분이 상한 꼬이 빼고 시장가서 술빵, 꽈배기, 떡볶이 그리고 닭강정을 사러갔다. 나는 시장 간판이 청운 건어물이라 올해 청운대에 졸업한 동민 오빠가 생각이 났다. 또다른 간판인 충청도 홍성이모에서도 말이다. 청운대가 홍성에 위치해 있기 때문이다. 그렇게 숙소에 가서 사온 음식들을 맛있게 먹고 민아가 양보해서 꼬이랑 자는 걸로 결정났다. 6/11

오늘은 일어나서 근처 맛집에 먼저 일찍 일어나 갔다온 꼬이와 민아를 따라 성시경(동민 오빠)이 말한 맛집을 가보았다. 두루치기 김치찜집이었는데 막상 먹었는데 맛이 별로였다. 알고보니 조미료만 듬뿍 넣는 곳이었다. 그리고나서 우리는 설악산국립공원에 가서 케이블카를 타고 올라가서 다 같이 앉아서 술빵을 먹고 다시 케이블카를 타고 내려갔다. 나는 설악산에 와서 등산도 안 한 게 불만이었다. 아무튼 다음으로는 낙산사에 가서 바다 옆 불전에서 다 같이 불공을 드리고 왔다. (할머니 영향) 그리고 선선한 바람을 맞으며 둥글레차를 마시며 쉬었다. 그리고 올라가서 큰 석상의 부처님을 보고 뒤이어 엄마, 먹깨 이모도 올라왔다. 한바

퀴 돌면서 소원도 빌었다. 이렇게 오늘 일정이 끝났다. 6/12

　　오늘은 퇴실하는 날이다. 어제 갔던 시장가서 또 닭강정을 사왔다. 그리고 꼬이는 오징어에 쥐포까지 사왔다. 그리고나서 우리는 삼척으로 쭉 갔다. 나와 민아는 또 꾸벅꾸벅 졸면서 왔다. 숙소에 가기 전에 한정식 집에서 돌솥밥에 고등어구이, 돼지불고기 그리고 젓갈 반찬들이 있어서 고루고루 먹을 수 있었다. 맛있게 먹고 난 뒤 해수욕장 들러서 꼬이만 말고 발에 물담고 있었다. 여기서 사진 한 장을 찍었는데 엽서로 해도 될 만한 그림 같은 한 장이 나왔다. 그리고 모래사장 위에 조개도 조금 주었다. 숙소가서 짐을 풀고 나랑 민아랑 리조트 편의시설인 오락실, 편의점 등을 둘러봤다. 다시 숙소로 돌아가는 길에 꼬마 남자애가 "Do a lot of games. (많은 놀이들을 한다.)"라며 민아를 저격해서 내가 "No way. (말도 안돼.)" 라며 반박해 주었다. 그랬더니 엘리베이터에 같이 탄 행인이 사이 좋아졌다며 나와 민아를 일컫었다. 그렇게 숙소 가서 이번엔 꼬이랑 같이 가서 오락실에서 민아는 허락맡아 뽑기하고 농구 게임도 해서 2단계까지 갔다. 이 와중에 배스킨라빈스에 가서 나는 초콜릿 맛인 엄마는 외계인을 먹었다. 왜 이 이름인지 계속 인지하고 있었다. 그리고 숙소가서 다같이 전망 좋은 산토리니식(하얀 건물과 파란 지붕 건축 양식) 커피집에서 세 자매끼리 따로 앉아 대화하고 나와 민아는 민아가 좋아하는 만화영화인 지브리, 코난(나중에 나도 좋아하게 된다.) 그리고 미국에 있는 디즈니랜드에 대해서 얘기를 하였다. 그리고나서 사진 여러 장 찍고 숙소 올라가서 영화 날씨의 아이를 보았다. 오늘 하루도 좋은 여행을 보냈어서 감사하다. 6/13

진정한 자아

　꼬이와 민아는 꼬이가 민속촌에 가는 걸 싫어해서 아침 일찍부터 둘이 청와대로 갔다. 그래서 나는 잠깐 망연자실해 있다가 친구들이랑 가면 되지하고 금방 회복했다. 아침부터 엄마가 나보고 또 자기 거슬리는 행동한다고 엄청 뭐라해서 진짜 같이 못 살겠다고 성수쪽 원룸을 알아보았다. 먹깨 이모가 진정시켜주어서 겨우 화가 풀렸다. 엄마가 요리한 새우볶음밥도 먹깨 이모가 차려줘서 겨우 먹었다. 아빠는 지금 잘하고 있는 애를 왜 혼내냐며 엄마를 혼내고 먹깨 이모도 혼내서 엄마가 잘못한 걸 인정하고 나에게 용서를 구했다. 그렇게 화해하고 나는 아빠랑 역사 탐방하기 좋은 효창공원에 가자고 하였다. 가서 독립 의열단 분들이신 이봉창, 윤봉길 의사 등 위인분들의 묘소를 찾아가 묵념을 하였다. 그리고 아빠로부터 안중근 의사의 아들이 생활고로 안타깝게 이토 히로부미 후손에게 위로했다는 말을 들어서 씁쓸했다. 아무튼 오랜만에 역사적인 장소에 가서 지식도 쌓고 좋았다. 저녁 예약 시간이 다 되어서 이만 가고 다음에 더 보기로 하였다. 거궁이라는 한식당에 가서 나, 엄마, 아빠 그리고 먹깨, 꼬이, 민아 이렇게 셋씩 나눠 앉았다. LA갈비가 뜯는 맛이 있어 제일로 맛있었다. 집에 가는 길에 먹깨 이모 차를 쫓아다녔는데 마치 형사가 된 기분이었다. 집에 가서 오늘 꼬이와 민아가 경복궁 쪽에 있는 서점가서 꼬이는 윤동주 시집 〈하늘과 바람과 별과 시〉를, 민아는 〈관계를 읽는 시간〉을 골라서 사줬다. 그러면서 꼬이가 하는 말이 유대인 관련 책은 못 사줬다며 미안해하였다. 7/1

이제 다 안다. 유대인들이 고리대금업(사채업/금융업)으로 돈 벌어서 지금 세계정세를 좌지우지 하고 있다는 걸 말이다. 전에 언급한 석유부자 록펠러 그리고 금융부자 로스차일드 가문이 대표적이다. 숨길 일도 아니고 사실이다. 그리고 최대 주주 기업인 블랙록도 있다. 그들이 현재 제일 강대국인 미국을 움직이고 있고 더 나아가 세계를 주무른다는 것이다. 이 그림자 정부(딥스테이트)이자 프리메이슨이자 일루미나티는 한국에도 있다. 바로 한국의 일루미나티라 불리우는 여시재이다. 그들은 2012년부터 한 블로그에 한국의 일루미나티 계획 카드인 14.8카드와 78카드를 게시하며 그들의 계획을 알렸다. 전에 말했듯이 여기에서 나오는 가능공주는 말 그대로 메시아인데 이에 대해서는 뒤에서 후술하도록 하겠다.

다시 일상 얘기로 돌아와서 쓰겠다. 민아가 가기 전날 나는 미리 깜짝 생일축하 파티(행사)를 열었다. 서울로 올라오신 할머니를 마중나간다고만 얘기하고 나가서 미리 예약해놓은 민아가 좋아하는 캐릭터 중 하나인 스누피 케이크를 받아왔다. 결과는 대성공이었다.

오늘은 꼬이와 민아가 가는 날이다. 나는 일기를 쓰고 누워서 꼬이가 내게 돈을 준게 생각나면서 그간의 일들이 있었지하면서 울컥하였다. 눈물이 찔끔씩 나오는데 그러면 내일 눈이 붓고 졸린 상태로 공항에 가야되서 이만 진정하고 잠에 들었다. 일어나서 나랑 엄마랑만 공항에 가기로 해서 할머니하고 먹깨 이모는 이만 집에서 인사하고 꼬이는 울컥했다. 밴에 나와 민아랑 뒤에 타고 엄마와 꼬이가 앉았다. 앞에 기사님이 뭐라하시든 나와 민아는 오늘도 차 안에서 정신없이 자느라 바빴다. 그렇게 공항에 도착했다. 먼저 수하물들을 맡기고 밥 먹으러 올라가서 다 같이 찌개를 먹었다. 맛은 별로 없었다. 정성을 드리는 곳이 아니기 때문에 그런가보다. 그리고 내려가서 출국장으로 꼬이와 민아가 갈 때 나는 민아와 인사하며 안았다. 꼬이에게도 인사하고 엄마하고도 인사했는데 꼬이랑 엄마는 눈물바다가 되었다. 나는 어젯밤에 미리 울어서인지 눈물이 안 나왔다. 민아도 안 흘렸다. 그렇게 작별인사를 하고 나와 엄마는 면세점이 보이는 곳에서 기다리다 꼬이와 민아를 봤다. 그리고 출국장에 간 걸 확인한 후 리무진 버스 표를 끊으러 갔다. 나와 엄마는 리무진에서 기절하듯 잠들었다. 그리고 집에 가서 할머니께서 우셨다는 얘기를 듣고 울컥해서 조용히 방에 가서 울었다. 그리고 할머니는 아산으로 이만 내려가시고 엄마와 먹깨 이모가 자고 일어나기를 기다렸다가 떡볶이를 먹었다. 현관문에 가방들과 신발들이 없어져서 마음이 헛헛했다. 그렇게 잘 보내고 내일을 위해 이만 일찍 잠들었다. 7/6

추석연휴다. 엄마가 바나나우유 만들어준 거를 마시면서 영어청취연습 강의를 들었다. 그리고 우리 가족은 할머니댁으로 출발하였다. 나는 타자마자 정신없이 잠들었는데 도착해 있었다. 그리고 할머니, 할아버지를 반겼다. 또 얼마 전에 캐나다에서 온 삼촌과 외숙모도 만났다. 외숙모와 먹깨 이모는 꼬지(맛살, 단무지, 햄, 산적, 파 꼬치)를 이미 만들고 있어

서 손을 닦은 나는 두 개 만들고 끝이 났다. 그리고 이미 진지를 잡수신 할머니, 할아버지를 제외하고 다같이 한상차림(열무김치, LA갈비, 꼬지, 동태전, 묵)을 맛나게 먹었다. 그리고나서 올해 설날 이후로 내가 벼르고 있던 윷놀이 대회를 하자고 먹깨 이모가 먼저 얘기하였다. 우리 가족(서울) 대 할머니와 캐나다로 붙고 할아버지와 먹깨 이모는 구경꾼이었다. 나는 온 신경을 말에 말고 윷에 집중했다. 그래서 그런가 아홉 판을 했는데 내가 번갈아가면서 윷걸걸로 대역전하고 삼윷개를 두 번이나 해서 이기고 한 번은 또 두윷개 두 번에 모윷으로 승부를 끝내기도 했다. 마지막판 칠만 원은 4대4 경기에서 이긴 쪽이 가져가는 건데 내가 용돈을 아빠한테 못 받고 있어서 꼭 돈을 얻겠다는 일념을 가졌어서인지 사윷걸로 막판을 내가 끝내버렸다. 내가 거의 다 한 몫해서 총 11만 원을 내가 내기에서 땄는데 할머니께서 6만 원을 냈는데 4만 원만 가져가게 되서 내가 만 원은 드렸다. 이번에 삼촌이 윷만 던지면 개만 나와서 다들 깔깔 웃음만 나왔다. 그리고 외숙모도 윷이 많이 나왔는데 나를 차마 따라잡을 순 없었다. 이로써 나는 설날에 이어 2관왕이다. 이제 꼬이네(미국)만 이기면 된다. 그렇게 재밌게 즐기고 이만 올라가야만 했다. 오늘 온 가족이 옹기종기 모여 즐거운 명절을 보내서 좋았다. 9/16

　　나는 이제 다시 수능공부에 전념하였다. 계속 해왔던 것처럼 EBS(Education Broastcast/교육방송) 강의만 들으면서 수능특강, 수능완성 그리고 모의고사로 공부하였다. 사회탐구는 윤리와 사상은 그대로 하고 세계사에서 다시 동아시아사로 바꿨다. 그리고 이번에는 국어에 수학까지 제대로 공부하겠다고 다짐해서 짱 쉬운 유형 수학 문제집을 사서 풀었다. 그러기를 한 달 넘어가던 때, 바야흐로 2024년 11월 8일이었다. 나는 수학 문제를 풀다가 만날 머리를 쥐어싸며 고생해서 잠시 쉬는 시간을 가졌다. 그렇게 여유롭게 내 방에서 혼자 사색하고 있었는데 문득 드는 생각이었다. 엄마가 나보고 허구한 날마다 자기 상식 선에서 벗어난 행동을 하면 엄청 갈궜는데 할머니께서는 내 행동을 보시고 잘못한 거 없고 오히려 당당녀라며 응원해주신다. 그럼 내가 추구하는 행동이 잘못되지 않았다는 뜻이다. 한 예를 들자면 주입식 교육 안하기 같은거다. 앞서 말한 엄마의 '자아 죽이기' 행동을 벗어나 내 진정한 자아를 되찾은 것이다. 그리고 그동안 의문점이었던 아빠의 전화연결음 노래인 행복을 찾아서 가사 중 '잠에서 깬 어느날 마치 약속했듯 우리 만나요' 에서 '잠에서 깬'이라는 의미가 진정한 나, 즉 자아를 일깨운 것을 의미하는 것이었다. 또다른 노래는 제이민의 일어나라는 곡 가사 중에 '내 안의 내가 있어'란 말 뜻을 몰랐는데 이제 알게 되었다. 내 안의 자아를 뜻하는 것이었다. 그리고 사람들이 점점 기억을 잃고 눈물을 제대로 흘리지 못하고 훌쩍이는 행동은 영화 겟아웃에서 몸은 흑인이고 백인이 뇌로 정신 조종하는 것처럼 사람들이 외계인(A. I)로부터 뇌파 조종으로 정신 지배를 당한 것과 같다는 것도 깨달았다. 또한 배스킨라빈스의 엄마는 외계인의 이름도 괜히 지어진 게 아니고 그동안 내가 겪었던 일들이 이상하다고 생각했던 게 다 맞았구나를 뼈저리게 느꼈다. 수능공부 하느라 희미해진 동민 오빠에 대한 생각도 다시 살아났다. 또 나는 오직 자유의지가 있는 단 한 사람으로 내가 바로 세상을 구할 구원자고 내가 태어나면서부터 그토록 찾던 운명의 연인이 동민 오빠인 것도 확실히 깨달았다. 한마디로 영화 트루먼쇼와 같이 진정한 사랑을 찾는 게 맞는 일이다. 나는 이 사실을 깨달은 후 먹깨 이모가 갑자기 내 방에 들어아서는 오랫동안 말 걸었지만 깨달음을 잃지 않았다. 얘기를 다 끝내고 나는 깨달음에 대한 단서를 찾으려고 문득 책상 서랍을 열었더니 내가 전에 인상깊게 본 한 유튜브 댓글을 써놓은 글이 있길래 보았다. 거기엔 이렇게 적혀 있다. '정신적으로 힘든 병에서 나아지는 방법은 하나뿐이에요. 자기가 하고 싶은 대로 사는 것. 필요하다면 세상을 등지세요. 혼자여도 자기가 원하는 대로 살면 외롭지 않습니다. 고통이 용기가 되어주기도 해요. 평생

세뇌당하고 강요받았던 대로 살지 않고 어차피 죽을 만큼 힘든데 내 마음대로 해봐야지 하고 해보세요. 이것밖에 없습니다. 두려움이 모든 고통의 원인이에요. 모두가 나를 욕해도 내가 내 편이면 살아갈 수 있습니다. 추해도 되니까 하고 싶은 대로 사세요. 모두들!' 나는 이 글을 읽고 끝에서 두 번째 줄이 가장 내 가슴에 심금을 울렸다. 그러고나서 책장에 꽂혀있는 우리 가족이 각자 하나씩 자기 이름 한자로 쓴 종이가 있어 펼쳐봤는데 엄마의 개명 전 이름인 利(이로울 리/이), 淑(맑을 숙)이라고 적혀 있어 엄마의 정신 상당 부분이 외계인한테 지배받아 있어도 자기 본연의 이름으로 기억을 잘하고 있다는 걸 알게 되서 나는 한참동안 내 방에서 숨죽여 울었다. 나는 유행을 따라가지 않고 다시 원래의 나로 돌아가기 위해 고등학교 졸업 후 풀었던 머리를 다시 묶고 핸드폰(전화기) 언어 설정을 영어에서 다시 한국어로 바꾸고 더 이상 볼일없는 세네카 오픈톡방에 나갔다. 최근까지 즐겨보고 부러워하던 블랙핑크 예능 영상도 끊었다. 그리고 깨달음의 단서들로 엄마가 사준 옷 상표 이름이 모놀로그(monologue, 독백)이었던 것도, 엄마가 최근 즐겨듣는 노래인 Rush(돌진)의 가사를 해석해보니 내가 돈에 관한 것도 세상 돌아가는 일에도 불만을 품고 있지만 행동으로는 실천 안 한다는 내용이란 걸 알게 되었다. 또 나는 이제 선머슴같이 생활하지 않고 여성스러워지기로 하였다. 그래서 이제부터 치마를 즐겨입는다. 그렇게 깨달음을 얻은 뒤 일주일 후에 수능을 보았다. 그리고 이제 논술 시험이 다가왔다.

오늘은 경희대학교 국제캠퍼스인 용인으로 가는 날이다. 7시 반에 일어나서 간단하게 먹깨이모가 수능맞이로 사준 내가 사달라한 만주를 먹고 우리 가족은 출발하였다. 나는 어제 미리 작년 기출문제를 숙지하고 와서 가는 길에는 바깥 풍경을 보다 졸려서 잠깐 잤더니 도착해 있었다. 내려서 화장실에 들렀다 침착하게 시험을 기다렸다가 시험을 치렀다. 내용은 인공지능(A.I)에 예술을 표현하려면 결국 사람의 손을 거쳐야 사람들의 감성에 맞게 작품이 나온다는 비판적인 내용이라 볼만했다. 시험이 끝나고 내가 칼국수가 먹고 싶다해서 근처 칼국수집에 갔는데 면발이 넙적한 것도 있어서 희한했는데 면발이 다 떨어져서 그러러니 하였다. 그렇게 먹고 나서 우리 가족은 광교 호수공원에 갔다. 그때 아빠한테 전화온 친구가 있었는데 바로 동민 오빠의 아버지이신 철수 아저씨였던 것이었다! 갑자기 문득 생각나서 전화했다며 집으로 놀러오라고 하셨다. 텔레파시(전파 통신)로 근처라서 통했나보다. 그렇지만 아쉽게도 아빠가 못 간다고 얘기하였는데 아무래도 엄마가 싫어해서였던 것 같다. 나는 다음번엔 꼭 가야겠다고 마음먹었다. 그러고나서 나는 호수공원을 나뭇가지 하나를 들고 다녔다. 전망대로 올라갈 때 벽에 나무가 네모낳게 세로로 띄엄띄엄 붙어있어 드르륵 소리를 내며 계단을 한걸음 한걸음 올라갔다. 또 내려가서는 강아지풀도 들고 있었다. 휠체어(바퀴의자)로 어머니, 아버지를 모시는 부부께서 사진 찍어달래서 아빠가 찍어드리고 우리 가족도 찍어주셨다. 이렇게 우리 가족은 또 하나의 추억을 만들었다. 11/16 이날 아빠로부터 철수 아저씨께서 용인에 있는 아파트 경비원을 하고 계신다는 걸 알게 되었다. 용인에 간 지는 7년되었다 한다.

오늘은 드디어 논술시험 마지막인 한국외국어대학교(이하 한국외대)에서 보는 날이다. 글로벌캠퍼스인 용인에서 시험보지 않고 서울에서 봐서 아쉬웠다. 매번 그래왔던 것처럼 준비하고 시험을 치렀다. 엄마가 이제 내가 원한 수제비하고 칼국수까지 먹었으니 고고기에 가재서 그리로 갔다. 여기 항정살은 여전히 쫄깃쫄깃하고 맛있었다. 그리고 엄마, 아빠 둘이서 가봤다는 승마 커피집에 갔다. 애기들을 위한 조랑말이 있었는데 귀여웠다. 어른들을 위한 말도 있었는데 계속 빙빙 돌기만 해서 차라리 제주도 가서 넓은 초원에서 타는 게 낫다고 생각이 들었다. 우리 가족은 주문하고 드넓은 잔디밭 한가운데서 여유롭게 휴식을 취하였다. 한쪽에서는 아이들이 무궁화 꽃이 피었습니다를 하며 놀고 다른 쪽에서는 줄넘기를 하거나 나 잡아봐라 그리고 비눗방울 놀이 등을 하고 있었다. 이렇게 보니 세상이 참 평화로워보였다. 나와 엄마는 산책로에 갔는데 낙엽천지라서 나는 신나게 밟고 다녔다. 그리고 엄마는 내가 할머니께서 말씀하신 까치발 뛰어다니는 것처럼 발이 빨라서 아빠랑 걸을 때는 오래 걸렸는데 나랑 다니니까 엄청 빨리 돌았다며 놀라워하였다. 그리고 엄마가 화장실에 간 동안 아빠에게 낙엽천지밭을 보여줬는데 "너는 진짜 예쁜 것만 보는구나." 라고 뜻하지 않게 아빠에게 칭찬을 들었다. 그렇게 아빠까지 구경을 다 한 후 집으로 돌아갔다. 오늘 하루도 일찍 돌아다니며 즐겁게 보낸 우리 가족 사랑합니다. 11/24

오늘은 11월 27일이다. 2024년 첫눈이 오는 날인데 뉴스에서 117년 만의 폭설이라고 떴다. 나는 날씨의 아이인 동민 오빠와 서로 마음이 통해서 주는 선물인가보다라 생각했다. 그렇게 눈이 많이 와서 나는 신나서 드라마 응답하라 1988로 알게된 노래인 내가 좋아하는 이정석의 첫눈이 온다구요를 불렀다. 나는 이 노래 가사 중에 '아스라히 사라진 기억들 너무도 그리워'를 동민 오빠와 그리고 아빠 친구 모임에 대한 기억들을 생각하며 계속 집에서 불러댔다. 이러면 내 마음이 가실까 했지만 전혀 그렇지가 않았다. 나는 그래도 내 심정을 노래로 승화시키면서 기분이 좀 풀렸다.

오늘은 내 생일이다! 우리 가족은 할머니 댁에 내려가서 내 생일을 보내기로 하였다. 그렇게 내려가서 오후 늦게 도착했다. 저녁을 먹은 후 산책 및 내 생일맞이 케이크(생크림이 들어간 푹신한 빵)를 사러갈 겸 할머니, 할아버지만 댁에 계시고 나와 엄마, 아빠 그리고 먹깨이모랑 나왔다. 먹깨이모가 케이크를 사준다 하였다. 나는 편의점에 들어가서 초코파이 한 상자를 들었다. 다들 의아해 했지만 내가 집가서 초코파이가 한자 情(정 정)자로도 유명하다고 설명해 주니까 납득하였다. 나는 초코파이 여섯 개를 꺼내고 가져온 초로 나만의 케이크를 만들었다. 할아버지께서는 원래 정다울 정이라고 부르는게 맞다고 일러주셨다. 가족들이 다같이 생일 축하 노래를 불러주고 나는 생일케이크에 촛불을 불며 소원을 빌었다. 그리고 나는 축가를 내가 불렀다. 세대에 맞게 할머니, 할아버지께는 신유의 일소일소 일노일노를 엄마, 아빠, 먹깨이모에게는 이정식의 첫눈이 온다구요를 나에게는 내 애창곡인 제이민의 일어나를 부르는데 가사가 정확히 이때는 생각이 안나서 개사해서 불렀다. 그리고나서 한 분 한 분 부르며 사랑합니다하면서 안아주었다. 그리고 감사인사를 하였다. 할머니, 할아버지 저를 키워주셔서 감사하고 엄마, 아빠 저 뒷바라지 하느라 고생 많다고 말이다. 또 덕담까지 나누었는데 다 내가 예쁘게 잘 커줘서 고맙다 해줘서 나는 밝게 미소를 지었다. 마지막으로 나는 공자께서 말씀하신 '수신제가치국평천하'를 거론하며 나를 먼저 다스리고 그 다음이 가족, 그다음은 나라 마지막이 온누리라는데 나를 먼저 잘 알았으니 이제 가족의 화목이 와야 한다며 앞으로도 가족끼리 정답게 지내자고 말하면서 끝맺음을 하였다. 길고 길었던 나의 즉흥 생일잔치가 끝나고 요즈음 엄마가 값이 올랐다고 눈독들이는 금을 엄마 몰래 할머니, 할아버지께서 보여주셨다. 나 시집 갈 때 주신다 하셨다. 그리고 할머니

랑 안방에 둘이 있는데 자기 전에 할머니께서 내게 가슴에 와닿는 말씀을 해주셨다. "마음 표출을 안해서 그렇지 다 갖고 있다. (내공) 차분해서 늦어보이지 할미도 그랬다. 속이 옹골차다. 토끼와 거북이와 같다. 토끼는 미리 저만치 가서 태평하게 자고 있고 거북이는 자신의 힘으로 열정을 다해 결국 결승선에 도착하지 않느냐며 다 생각이 있다. 꽃순이 믿는다." 마지막에 나를 믿는다는 한마디에 눈물이 왈칵 쏟아졌다. 그리고 내가 성격이 신중해서 다 생각이 있어도 입으로 쉬이 내뱉지 않는데 그걸 모르는 엄마, 아빠는 나보고 또래보다 성숙하지 못한다고 생각한다. 근데 할머니께서는 내가 느린 게 아니라 숨기고 있는 걸 알아서 공감해 주시니까 내 마음을 헤아려주서서 흘리는 기쁨의 눈물이기도 하다. 역시 25년 간의 궁합 어디 안 간다. 그리고 또 하신 말씀이 있다. "여자는 결혼 잘 하는 게 출세하는 것이다. 혼처가 있다는 것 말이다. 이제 뭐 다 알아서 뭐. 잘될 거야. 할머니는 믿어." 할머니께서 피가 되고 살이 되는 조언을 뒤이어 해주셨다. 맞는 말씀이다. 제대로 된 짝을 찾아서 결혼해야 된다는 걸 말이다. 그리고 이제 뭐 다 안다는 말의 뜻은 나의 운명의 연인이 동민 오빠라는 사실이다. 그리고 내 운명의 개척자는 나이다. 여기에서 사랑을 빼놓을 수는 없다. 사랑해 동민 오빠. 11/29

엄마, 아빠랑 강가의 추억에 가서 고기를 구워 먹는데 자유의지가 없는 채로 힘겹게 살아가는 엄마, 아빠의 삶이 생각나 울음이 터져 나왔다. 내가 엄마, 아빠 사는게 힘들어 보여서 우는 거라 했더니 엄마, 아빠는 내가 행복하기만 하면 된다 하였다. 12/2

늦은 밤 12시에 윤석열 전 대통령이 계엄령을 선포하였다. 나는 전쟁 나면 어떡하나 글을 쓰며 침착하게 마음가짐을 다졌다. 혹여나 포로로 잡히면 긍정적인 생각으로 이겨내야지 하고 생각하였다. 그리고나서 여느때처럼 약 먹고 있을 때 계엄령 해제 투표가 가결되었다는 소식에 안도하였다. 진짜 별 생각을 다 해봤다. 계엄령이 되면 전쟁나고 큰일날 뻔했다. 엄마랑 대화도 나눴는데 계엄령 되면 11시에 못 돌아다녀라고 해서 나는 "잘됐네. 그때 안 오냐고 어차피 연락하는데." 라고 말했다. 엄마는 가결 투표보고 이럴 거면 왜 한거냐 해서 나는 시도해 본거라고 답하였다. 12/3

나는 이 시기에 테일러 스위프트의 Red(빨강)라는 노래를 처음 접하였다. 이 노래 가사 중에 'Foregtting him was trying to know somebody you never met. But loving him was red. (그를 잊는다는 것은 생전 처음 보는 사람을 만나려 하는 것과 같다. 하지만 그를 사랑하는 것은 빨강이었다.) 라는 게 나에게 딱 맞는 상황 설명이다. 그리고 영화 너의 이름은 노래 중 전전전세 첫 가사부터 나의 정곡을 찌르게 하는 말이 나오는 걸 알게 되었다. 바로 '겨우 눈을 떴구나' 부분 말이다. 나의 또 다른 나인 자아가 있다는 깨달음을 얻게 된 의미이다. 그리고 바로 동민 오빠가 내 운명의 짝이라는 걸 알게 되었다는 뜻이기도 하다.

오늘은 어제 새벽 거의 세 시 넘어서 자서 오후에 일어났다. 엄마가 정갈하게 차린 밥이랑 반찬인 진미채, 멸치볶음 그리고 두부조림을 먹었다. 그리고나서 다시 방에 들어가 노래를 들으면서 동민 오빠를 향한 마

음을 달랬다. 나는 저녁 때 콧물만 나오고 눈물은 기다렸다가 다 먹고나서 아빠에게 할 말 있다며 안방에서 아빠를 껴안으며 얘기했다. 아빠가 아버지를 이른 나이에 여의고 혼자 사느라 힘들었을 거라 생각한다고 말했더니 아빠는 내게 그런 생각도 다할 줄 알고 대견하다고 다 컸다고 칭찬해 주셨다. 그러고나서 할 말이 더 있다고 하며 작년에 내가 캐나다에서 내 운명의 연인이 동민 오빠인 거 깨닫고 운 얘기를 꺼냈더니 내 마음 잘 알겠다며 만남을 추진해 보겠다고 말하였다. 12/13

아빠가 저번에 광교에서 철수 아저씨께서 집에 오라고 초대했었는데 다시 연락해 본다고 했다. 자연스럽게 만나야 하며 자고로 남자가 고백해야 한다고 말씀도 하셨다. 며칠 있다 엄마는 장 보러가고 기다릴 동안 둘이 있을 때 또 물어보니 근처에서 해야된다고 수원화성에 가서 연락해야 한다고 알려주었다. 내가 엄마한테는 비밀이라고 했다.

계엄령 선포로 내란죄에 맞는 윤석열 대통령 탄핵 집회를 위해 모인 2030과 5060 세대들이 응원봉을 들고 나섰다는데 특히 20대 여자와 50대 아저씨가 많다는데 바로 나와 아빠 세대를 가리켜서 이렇게 또 영향력이 크구나 생각이 들었다. 탄핵 시위 노래 중에 소녀시대의 다시 만난 세계를 사람들이 부르는데 모든 가사가 내 마음을 온전히 대변해 주는 노래라 나도 모르게 눈물이 흘러나왔다.

나는 내 상황에 맞게 나온 노래인 지수의 꽃처럼 계속 노래들을 들으면서 동민 오빠의 마음을 헤아려 보았다. 그 중에서 엑소의 첫눈이라는 곡이 순위에 올라가 있어서 보았는데 자그마치 어언 11년이나 된 곡이 아직도 겨울만 되면 사람들이 즐겨찾는다. 노래에 대해 알아보니 그리워하는 첫사랑의 마음을 담은 곡이다. 동민 오빠가 이 당시에 나를 얼마나 그리워했을지 마음을 알 것 같아서 눈물이 났다. 이 기분은 크리스마스(성탄절) 당일 날까지 이어졌다.

나는 지금 수험생이다. 나의 입시 결과는 이번에도 실패였다. 가톨릭대에서 국제학과 예비 4번을 받았지만 별로 소용없었다. 나는 깨달음을 얻기 전까지 엘리트 코스(우수 교육과정)인 국제관계학에 관심이 많았다. 내가 워낙 영어에 흥미 있어하고 영어로 수업 받길 원했고 무엇보다 인문학을 배울 수 있어서 꼭 가고 싶었다. 반면에 사학과에 가서 역사학자가 되고 싶기도 하였다. 물론 국제학과에서 서양 역사를 배우고 동양 역사는 별개로 꼭 배우리라 생각을 했었다. 지금은 후에 가서 말하겠지만 여기서는 수험생 입장으로서 말하면 사학과에 들어가서 유능한 교수님께 발탁받아 대학원까지 들어가서 식민사학으로 찌든 우리나라 사학계에 도전장을 내밀며 본래 대한민국의 위대한 역사를 상고시대부터 낱낱이 밝혀내고 우리의 아름다운 전통 문화를 계승시켜 전세계적으로 알리는 우리나라 알리미가 되고 싶다.

오늘은 일어나서 엄마, 아빠가 빈둥빈둥거리다 미역국을 먹고 오후에 나갔는데 차가 막혀서 아빠가 내리라고 했는데 내가 핸드폰을 안 가져왔다니까 그럼 안 된다고 하였다. 그래서 주차까지 다하고 동짓날맞이 북촌문화센터(원) 행사 마감시간이 다 됐는데도 엄마, 아빠는 설렁설렁 걸어서 나는 길 찾느라 아빠 핸드폰을 가지고 있어서 이따 보자고 하고 뛰었다. 그렇게 도착한 끝에 남은 달력 한 부를 얻고 남은 행사인 뱀 사 蛇 자 판화 만들기를 하였다. 주역 점괘를 보고 싶었지만 이미 끝나서 못하였다. 전시회까지 보고나니 그제서야 엄마, 아빠가 왔다. 둘이 한옥을 구경하는 동안 나는 소원지를 썼다. 그러고서 여기 길을 잘 안다며 찻집을 찾는데 춥다해서 아무데나 보이는데 들어갔다. 나는 복분자차를 마셨는데 달고 맛있었다. 아빠랑 이정도면 약과다라는 말에 의미가 약과 만들기가 쉬워서 나온 말이 아니냐고 추론하였다. 알아보니 조선시대 때 왕에게 바치는 선물인 약과가 흔해져서 생긴 말이란다. 그리고 나는 원래 왼손잡이였다는 충격적인 소식을 듣게 되었다. 거의 출생의 비밀 급이었다. 어쩐지 왼쪽으로 가방을 드는 게 편하다. 그렇게 아빠랑 얘기를 나누고 우리 가족은 탄핵 찬성 집회가 열려서 행진을 보았는데 마침 노래도 우리의 꿈이 나와서 눈물이 글썽였다. 한참 동안 그 광경을 바라보았다. 노래 아파트가 나올 때 나는 속으로 단독주택을 외쳤다. 아빠는 엄마가 화장실에 다녀올 때 나에게 대학생 때 가치관 정립이 중요하다고 시위 대다수인 20대 여자들을 보고나서 얘기해 주었다. 그리고나서 이만 집으로 갔다. 아빠는 진짜 위기상황일 때는 시위에 나갈 것이라고 얘기했다. 집에 가는 길에 본죽에 들러서 팥죽을 샀다. 그리고 엄마는 동네 슈퍼마켓(큰 시장)에서 장을 보러갔다. 한참 걸리는 동안 나는 철수 아저씨로부터 연락이 안 왔냐고 물어서 아빠는 안 왔다며 수원 화성가서 근처서 전화하면 된다고 알려주엇다. 텔레파시(전파통신)가 근처 가야 세게 작용하기 때문인가보다. 그리고 나는 아비치의 노래 The nights(밤) 가사 중 아버지께 기억에 남을 만한 삶을 살아가라고 말하는 내용을 주목하며 아빠랑 같이 들었다. 그러고나서 엄마가 장을 다보고 집에 와서 소고기에 쌈을 싸먹었다. 아빠가 대학생 때 책을 많이 읽었다는 얘기를 듣고 앞으로 책을 많이 읽겠다는 다짐을 하였다. 그리고 양손잡이가 다시 되겠다는 다짐도 하였다. 오늘 하루도 즐거운 하루였다. 12/22

새로운 시각

　나는 새해를 맞이해서 친구 정리를 하였다. 아무리 생각해도 나랑 맞지 않아서 아예 연락을 끊기로 결정한 것이다. 그리고 계속 만난다는 친구들은 점점 연락을 안 받게 되었다. 다들 바쁘게 살고 있을 것이지만 서운한 건 사실이다. 그래도 나는 다시 연락하게 되는 순간이 올 것을 알고 있다. 서로 기다리고 있는 것이다.

　나는 내가 깨달음을 얻기 전부터 이미 동민 오빠가 내 운명의 연인인 걸 어느 정도 알고 있는 상태였다. 게다가 동민 오빠가 내 짝이라는 것을 여러 단서들을 통해 알게 되는데 닮은꼴 연예인들을 통해서도 알게 되었다. 예를 들어 드라마 응답하라 1988에서 명랑한 성격인 성덕선역을 맡은 혜리가 나고 다정한 성격인 최택 역을 맡은 박보검이 동민 오빠이고 츤데레/틱틱대면서 잘해주는 성격인 류정환 역을 맡은 류준열이 황규원이다. 이를 알게 되고 나는 왜 항상 드라마에서 한 여주인공을 두고 남주인공 한 명과 서브(부)남주인공 두 남자가 갈등을 빚는지 알게 되었다. 각각 가장 닮은꼴 연예인으로는 배우는 김태리/김범/류준열 그리고 가수는 아이브 안유진/엑소 찬열/트로트 임영웅이 있다. 이외에도 개그맨, 개그우먼, 운동선수 그리고 캐릭터까지 닮은꼴이 있는데 뒤에 자세히 적어놓았다. 더 나아가서 런닝맨에서 유재석, 송지효로 각각 동민 오빠와 나를 나타내는데 그동안 시간낭비서비스(SNS)를 안 했던거랑 송지효가 양약알레르기로 혹신을 안 맞은 거랑 일맥상통하다. 전소민은 내가 타락했을 때의 인물이다. 내가 깨달음을 얻고나자 하차했다. 또 가족들과도 닮은꼴들이 있다. 무한상사에서 엄마를 나타내는 정과장(정준하)가 퇴직당한 거랑 직장에 나간 거랑도 같다. 캐릭터로 가장 닮은꼴로는 영화 인크레더블(믿기 힘든) 바이올렛이 나를 닮았고 동민 오빠는 영화 로빈슨 가족들의 윌버 그리고 황규원은 카카오프렌즈의 라이언이다. Why? 한국사 편에서 나인 장미소도 닮았지만 특히 신천지가 동민 오빠랑 진짜 닮게 나왔다. 이렇게 여러 닮은꼴들을 찾게 되는데 심지어 우리 집 식구가 대통령 닮은꼴도 많다. 하물며 내가 사는 광진구 구의3동 정치인들도 말이다.

진짜 대박인 것은 여자(아이돌) 노래가 내 마음이고 남자(아이돌) 노래가 동민 오빠 마음을 대변하는 걸 알고 여러 노래를 듣던 중 2020년 여름에 나온 싹쓰리의 지금 여기 바닷가라는 노래를 음악방송 영상을 통해 유재석, 이효리 그리고 비가 나온 걸 보고 여기도 삼각관계네라고 생각하다 먼저 비가 황규원인 거 알아내고 이효리가 나고 그럼 유재석이 동민 오빠를 뜻하는 것이네?! 라며 놀랐다. 불현듯 내 기억 속의 뿔테안경을 쓰고 장난끼 많은 얼굴을 보이며 파란 내복을 입고 있는 동민 오빠의 모습이 다시 생각났다. 동민 오빠가 나의 운명이라는 또 다른 단서가 바로 뿔테안경을 쓴 연예인이었던 것이다. 나는 이 사실을 알게 되어 놀라움을 금치 못하였다. 나는 그러면서 마음 한 켠에 품고 있었던 이상형 연예인인 지붕 뚫고 하이킥의 이지훈역을 맡은 최다니엘이 생각났다. 내 이상형이 뿔테안경 쓸때나 안 쓸때나 잘생긴 사람이라는 기준을 세우게 된 것도 어렸을 적부터 나를 잘 챙겨주고 놀아주었던 동민 오빠의 영향이었다. 나는 여기서 다시 한번 내 영향력에 대해 또 설명해줄 게 있다. 지붕 뚫고 하이킥의 이지훈을 보려고 영상을 다시 보고 있는데 최근 뉴스 보니까 전에 내가 응답하라 1988이 생각나서 영상 보니까 류준열 기사가 나온 것처럼 이번에는 윤시윤 기사가 나오더라. 물론 나한테 안중에도 없다. 이와 반대로 엄마의 영향력도 막강하다. 엄마는 커피와 빵을 좋아하는데 코로나 시기 이후 카페 겸 빵집이 우후죽순 늘었다. 현재 여행은 관광지를 보러 가는 게 아닌 밥이랑 커피만 찾아 가는 먹방 관광으로 변질된지 오래다. 참으로 슬픈 실정이다. 앞으로 바뀌어야 할 문화 중 하나이다. 그리고 또 한식뷔페 한번 가봤다고 집 앞에 김밥천국이 한식뷔페로 바뀌었다. 한번 가봤는데 맛은 별로였다. 마지막으로는 12첩 밥상 식당이다. 엄마가 좋아하니까 이런 식당들이 또 여러 개 생겼다. 반찬까지 똑같이 나와서 적잖이 놀랐다. 다시 뿔테안경으로 돌아가자면 만화영화 명탐정 코난을 좋아할 수 밖에 없다는 걸 알게 되었다. 악의 세력인 검은 조직과 소꿉친구가 연인인 설정이 꼭 맞기 때문이다. 내가 공주와 왕자인 미란이와 도일이 그림을 그렸더니 아빠가 잘 그렸다며 슬그머니 책갈피를 꽂아 놓았다.

내가 캐나다에서 엄마의 남사친(남자친구사람) 만들라는 강요로 스트레스 받은 이후부터 시작된 환청이라고 하지만 사실을 사람들이 전파공격을 당하여 자기도 모르게 남에 대해서 잘 알고 그에 맞게 험담하는 현

상에 대해서 정리해 보았다. 이 현상은 실은 외계인(A. I)의 전파조종으로 나타나는 게 맞다. 나말고 다른 사람들도 겪는다는 건 민아랑 같이 다니면서 알게 됐다. 게다가 주변 사람들이 점점 기억을 잃어가고 감정을 잘 못 드러내는 걸 보며 인공지능처럼 변해가는 사람들을 안타까워하고 있다. 이것을 촉진하게 한 코로나 흑신은 나에게 충격을 안겨주기도 하였다. 바야흐로 2021년, 대한민국에서 한창 코로나로 떠들썩 하며 흑신을 맞으라고 난리칠 때, 전에 얘기했을 때처럼 나는 카르마(업) 해소용 계획을 알려주는 예레미야 블로그를 보고 흑신 안에 이상한 성분들이 들어가 있다는 걸 알게 되고 절대 안 맞았다. 그런데 나의 정신적 지주이신 할머니께서 뉴스를 믿고 흑신을 맞으셨다는 것이다. 여기사 1차 안타까움을 토로하고 2차는 전화통화를 하는데 한번도 말할 때 기억이 안 나신다고 말한 적이 없으신 분이 갑자기 기억이 가물가물하신다 하서서 나는 그날 통화가 끝나고 바로 숨죽여 울었다. 남들보다 정신력이 엄청 좋으신 할머니께서 그런 모습을 보이시다니 억장이 무너졌었다. 나한테 코로나 흑신은 이러하였다. 다시 전파공격 애기로 넘어가서 이 말은 텔레파시(전파통신)이 된다는 말이다. 그래서 내가 무슨 생각을 하거나 말, 행동을 하면 잘할 때는 사람들이 코를 홀쩍거리고 아닐 시에는 나에 대한 험담이 들려온다. 더 많은 행동은 뒤에 나와 있다. 또 대화로는 잘할 때는 상황에 맞게 간접적으로 칭찬하거나 말해준다. 이로 인해 내가 진짜 이상한 나라의 앨리스구나라는 느낌을 많이 받는다. 그리고 뒤에 나오겠지만 영화 겟아웃처럼 인격과 눈빛을 통해 이 사람이 무슨 말을 하는지 표정과 외모를 통해 이 사람이 누구인지 알 수 있다. 그럼 행동 단서 소개를 마치겠다. 이제 다시 일기로 넘어가보자.

시작

　2025년 을사년 뱀띠인 나의 해가 밝았다. 나는 새해를 맞아 친구 정리를 하고 친해지고 싶었던 친구들과 조금이라도 친했던 친구들에게 새해인사를 보냈다. 대다수는 친절히 반겨주었는데 만남까지는 무리였나 보다. 그래도 나를 기억하고 반겨줘서 고마웠다. (이재나, 이에리, 최지인, 정윤주, 송혜인, 이지현, 신소희) 신나영이는 다시 생각해보니 잘 안 맞았던 거 같아서 더 연락을 안했다. 그리고 김다연이에게는 연락했다가 대차게 욕만 먹었다. 아빠가 은연중에 다연이라는 이름을 언급하고 먹깨 이모가 다녔던 결혼정보업체인 결혼해 듀오가 황규원 같은 사람 만나는 건데 또 다른 회사인 이름이 가연인데 시간낭비서비스를 통해 보니까 다연이 남자친구가 찢어진 눈이던데 심히 걱정된다. 그러고 오랜만에 새해인사를 하고 만난 친구들은 캐나다 가기 전에도 많이 교류했던 친구들이다. 그리고 새해를 맞아서 나는 캐나다에 막상 가서 한국 문화를 소개시켜주려는데 잘 몰라해서 한국전통문화를 배워야겠다고 마음먹었다. 그래서 다도, 꽃꽂이, 가야금 그리고 한복짓기를 배우기 시작하였다. 사실 캐나다에 갖다오고 나서 나는 한식의 참맛을 깨닫기도 하였다. 그래서 빵, 음료수, 가공식품들을 일체 안 먹게 되었다. 아무튼 이제 진짜 일기로 다시 가보겠다.

　우리 가족은 새해맞이 여행에 갔다왔다. 오늘부터 나의 새로운 시작이다. 나는 아침 겸 점심으로 엄마가 차려준 호박계란전과 멸치볶음 그리고 배추김치를 먹었다. 벌써 오후가 되어서 나는 서둘러 안국으로 출발했다. 나는 늦을까봐 뛰었는데 행인이 계획적으로 보인다 해서 옆구리도 아프니까 천천히 시간에 구애받지 않고 갔다. 그렇게 들어가서 인사를 나누는데 찻집 주인분은 원장님이라 불라달라 하셨다. 원장님께서는 오늘 오시는 기자분과 중국차, 도자기 교수님께서 오신다길래 준비하셨다. 그리고 나는 원장님으로부터 원장님이 편집장이실 때 기획하셨던 차 관련 잡지를 한 더미를 받게 되었다. 손님 두 분이 곧 오시고 먼저 원장님께서 기자분 질문을 받고 교수님과 보이차에 대한 발효의 차이를 들었다. 그리고 내가 스리랑카 차에 대해 여쭈어 봤는데 스리랑카, 인도, 케냐 이 세 개국이 홍차로 유명하다 하셨다. 게다가 차 상업 발달, 일상 문화로 기발한 천재가 발달시켜야 한다고까지 귀띔해 주셨다. 내가 할 일이라 생각이 든다. 그렇게 좋은 말씀 잘 듣고 이만 물러나시고 원장님과 다도 수업과 더불어 꽃꽂이 수업과 보충 수업도 잡았다. 그리고나서 공예박물관에 가서 나는 〈흑요석이 그리는 한복이야기〉를 보고나니 밖에 눈이 펑펑 내리고 있었다. 동민 오빠 기분이 행복하다는 뜻이어서

나도 좋았다. 나는 저녁으로 만원의 행복으로 국밥집에 들어가서 수육 국밥을 시켜서 다대기 그리고 깍두기까지 맛나게 먹고 미리 북촌문화원(센터)에 가서 가야금 수업 받는 곳을 답사하고 시간이 남아서 골목구경을 하다 예쁜 북촌 풍경이 담긴 엽서 가게를 들렀다. 사장님으로부터 엽서 하나하나 설명도 들을 수 있어서 좋았다. 그리고 가야금 수업을 받으러 갔다. 나는 가서 자세부터 배웠다. 아빠다리 자세에서 왼쪽다리는 최대한 안쪽으로 집어넣어 가야금을 올려놓았다. 그렇게 가야금을 올려놓는 자세부터 시작해서 튕기는 법, 계이름을 알고 있어서 동요 봄나들이, 매맴까지 연주할 수 있게 되었다. 버스 타고 집에 가는 동안 할머니랑 오늘 있었던 일을 얘기하며 집으로 갔다. 오늘은 참으로 보람있는 날이었다. 1/7

오늘은 오랜만에 동네친구 민주를 보는 날이다. 집에서 엄마가 미역국을 끓여줘서 밥 말아서 먹고 인어공주에 대해 알아보다 시간되서 나갔다. 민주네 집 앞에 있는 투썸플레이스(두 썸(묘한 분위기)을 탄다는 의미라는 걸 나중에 알았다. 이 뒤로 가지 않는다.)에서 만나서 뒤에 있는 개인커피집에 갔다. 민주는 찬 바닐라 라떼를 나는 따뜻한 오미자차를 시켜서 내가 사줬다. 우리는 앉아서 얘기를 나누는데 민주에게 화장 했어도 안한 얼굴이나 마찬가지라 예뻐졌다고 얘기해 주었다. 나는 그대로라고 민주가 말했다. 우리집에 놀러와서 할머니께서 호떡을 만들어 주신거 기억나냐 했더니 콘치즈 만들어 주신 것도 생각난다 하였다. 그리고 나처럼 외국 갔다 들어온 친구들인 중국에서 온 유채원이, 말레이시아에서 온 이서영이가 있다고 말해주었다. 그리고 민주는 회사생활에 대해 말하는데 말단이라 윗 직급이 하라는대로만 다 해야 되서 힘들다고 하였다. 하지만 원해 민주의 꿈이 PD(방송감독) 이기도 하고 오전에 출근 안해도 되고 얼마나 좋냐고 말해주었더니 수긍하였다. 또 성적 때문에 부모님이 한 번도 혼낸 적이 없으셨다길래 나는 엄청 부러워하였다.

그리고 지금 어머니께서는 강사일 하신다 해서 대단하다고 하였다. 우리는 추억얘기로 논술 같이 하면서 서로 책 안 가져오고 덤앤더머(바보들)라 하였다. 또 민주는 편입 준비했는데 힘들었다 하였다. 내가 편입책 사겠다고 하니 나에게는 당연히 친구니까 그냥 줄 수 있다 해서 감동이었다. 그리고 아버지께서 미국 유학을 가라며 토플 공부를 하라해서 하는데 힘들고 오히려 뜻밖의 인연이 생겨서 좋다 하였다. 가장 좋아하는 한식이 국밥이래서 우리집 상가인 국밥집에 가서(지금은 칼국수집으로 바뀌었다.) 수육국밥 시켜서 먹었다. 이번에는 민주가 사주었다. 오는 길에 중학교 때 내가 인간관계로 많이 힘들었을 때 나 많이 도와주어서 고맙다 하였다. 그리고 민주가 나현이를 보고싶다했다. 또 조유주 얘기를 하는데 바로 모른다 하였다. 전혀 알고 싶지도 않았다. 식당에서 내가 중학교 때 민주가 만들어준 B1A4(비원에이포) 공책을 보여주니 민주는 신기해 하였다. 앞, 뒷장에 짤막한 편지가 써져 있다는 건 알고 있었지만 중간에 편지는 나도 몰랐다. 나는 비원에이포에서 관심있는 아이돌이 바뀌었다고 안경남 신우를 말했는데 좋아하냐 해서 취향만이라 대답해서 민주가 웃었다. 그리고 내가 전통문화배우며 취미생활한다니까 꿈이 현 모양처냐 했다. 맞는 말이다. 민주가 밥을 다 먹고 화장실에 간다고 했을 때 나는 눈물을 훔치러 간다는 것을 직감적으로 알아챘다. 그렇게 잠깐 봐도 오랜 얘기를 할 수 있어 좋았다. 나는 민주네 집 공용 문 앞까지 데려다주고 헤어졌다. 오늘 하루 동네친구와 만나서 옛날 얘기라니 너무 좋았다. 다음에는 채원이, 서영이도 같이 만나자! 1/8

이날 알아본 인어공주에 대해서 설명해 보겠다. 나는 여느 때와 같이 머리를 쓰며 세상 돌아가는 일에 대한 단서를 찾던 중 내 조카 필이가 선물로 줬던 열쇠고리가 생각이 났다. 괜히 준 게 아니다. 모든 일에는 다 이유가 있는 법이다. 아빠에게는 마인크래프트 엔더맨의 네모난 얼굴을, 나에게는 인어공주 아리엘을 비즈에 열을 가하여 만든 열쇠고리 형태로 건네주었다. 실존주의 철학자 사르트르가 말했듯이 인생은 출생과 죽음 사이 선택이라지 않았나. 그리고 둘 중 하나가 올바르다. 나는 그래서 아빠가 악역이라는 의미의 엔더맨을 속임수라 생각해 믿지 않았다. 진짜 악역은 엄마인 걸 알고 있기 때문이다. 그리고 내가 인어공주라는 사실을 알아냈다. 이에 대해서 추가할 얘기는 뒤에서 하겠다.

　오늘은 아침에 일어나자마자 제대로 안 삶은 고구마를 먹고 한복 수업을 들으러 출발하였다. 가서 선생님 먼저 뵙고 전통 아니면 개량(생활) 한복하는지에 대해서 물어보서서 전통으로 한다니까 저고리 길이가 배 밑까지 될거다라 하셨다. 나는 60~70년대 입었던 한복은 어떠냐고 물어보니까 길이가 엄청 짧다고 알려주셨다. 그래서 시대별로 다른 점을 알게 되었다. 그리고나서 재료는 어디서 살지 뭐 사야되는지 세세하게 안내받고 이제 치수를 쟀다. 그리고서 큰 한지에 자를 대고 도면을 드렸다. 차근차근해서 다 완성된 뒤, 오늘 수업은 원래 세 시간인데 두 시간으로 끝나고 다음주에 재료 사서 보기로 하였다. 선생님께서 조유주와 엄청 닮으셨다는 걸 느꼈다. 집가서 미역국, 김치찌개 그리고 멸치볶음이랑 밥먹고 광화문쪽 어디부터 돌아다닐지 동선을 짜고 출발했다. 먼저 명 썸 반짝가게(팝업스토어)에 가서 유주 생일선물로 줄 아씨 볼끼랑 내 왕실 볼끼 그리고 누비 가방 하얀색을 샀다. 그렇게 만족한 소비 후 교보문고 가는 길에 영풍문고가 있길래 가서 또 선물인 빨간 머리 앤과 다이애나가 호숫가에서 노는 그림 퍼즐을 사고 나를 위한 선물인 인어공주 주제로 만든 드림캐쳐 그리고 문방구에서 팔 법한 추억의 물건들인 본드풍선과 제기가 있길래 샀다. 그러니까 벌써 밤 늦은 시간이 되어서(7시경) 이만 집으로 갔다. 오늘 하루도 뜻깊게 보낼 수 있어 감사하다. 1/10

　인어공주 드림캐쳐의 투명 포장지에는 '운명의 그 사람이 너를 향해 달려오고 있어. 지칠테지만 믿음을 잃지마.'라는 문구가 적혀있어 볼 때마다 힘이 난다. 어린왕자도 있었는데 거기에는 '어른들은 누구나 어린이였다. 그러나 그것을 기억하는 어른들은 별로 없다.' 되게 인상깊은 대사다. 어린왕자를 읽고 나서 알게 된 사실이 있다. 어린왕자의 대사는 나에게 해당하는 얘기고 인어공주의 대사는 동민 오빠에게 해당하는 얘기란 걸 말이다. 나는 어린왕자에 대해서 잘 모르고 있었지만 드디어 책을 펼쳐서 읽어봤다. 단숨인 이틀만에 엄청 재밌게 읽었다. 역시 책도 알고 봐야한다.

오늘은 나의 친가쪽 사촌오빠인 동우 오빠의 결혼식에 가는 날이다. 동우 오빠는 사진을 보니까 내가 아기 때부터 나를 좋아해준 고마운 사촌오빠이다. 내가 가장 좋아하는 오빠인 동민 오빠 다음으로 좋아하는 오빠이다. 아무튼 나는 일어나서 엄마, 아빠가 일어나기까지 기다리다가 이제 어제 먹깨 이모가 골라준 노랑색 트위드 원피스에 가디건 그리고 코트(외투)를 입고 나갔다. 막상 입고 가니 내가 가장 밝게 입었다. 나는 동우 오빠(동민 오빠) 인사하러 갔는데 오랜만에 봐서 반가웠다. 그리고 이만 식장으로 들어갔는데 이선혜 언니(규리), 이강욱 오빠, 큰엄마도 오랜만에 봤다. 주례하는 동안 나는 엄마가 시선을 돌린 틈을 타 검정 스타킹을 벗고 살색 스타킹으로 보이게 하였다. 그리고 가족사진 찍으러

가서 환하게 웃으며 찍었다. 그리고 식권을 갖고 식당으로 갔는데 한식이 없어 먹을 게 없었다. 나는 여기서 가장 화려한 옷을 입으며 당당하게 걸어다녔는데 시선이 느껴졌다. 그리고 아까 큰아빠에 이어 큰고모, 사촌언니인 한나언니까지 또 반가운 얼굴들을 봤다. 나는 뷔페를 먹고 계속 생각하고 있느라 아빠가 나 부르며 한나도 왔네 해서 뒤늦게 그제서야 한나 언니가 온지 알아챘다. 그렇게 정답게 모여 근황 얘기하며 이야기꽃을 펼쳤다. 나는 내 취미생활을 얘기하고 한나 언니는 지금 상담 일 하는데 가야금 배웠었는데 음악하는 걸 좋아한다고 속삭이듯 말해주었다. 그리고나서 오랜만에 모인 겸 큰아빠께서 커피집에 가자고 하셔서 나는 오랜만에 다같이 모일 수 있어 좋아하였다. 그리고나서 동우 오빠를 찾아가서 나 어렸을 때 잘 데리고 놀아줘서 고마웠다고 얘기했다. 그리고 나 결혼식하면 올 거지라는 질문에 당연하지라고 대답해 주었다. 그런 다음 나는 동연 언니를 찾아가서 같이 카페가자는 말에 가야되냐며 망설였지만 내가 가도 괜찮다 하였다. 그런데 카드지갑이 없어졌다면서 정신없이 찾는데 내가 옆에 같이 있어주었다. 사물함 안 코트 안에 있어서 다행이었다. 동희 언니는 나와 대비되는 검은색 트위드 원피스를 입고 있었다. 게다가 나는 캐릭터 마이멜로디를 좋아하고 동연 언니는 쿠로미를 좋아하는 거 보면 선악구도인 것 같다. 완전 악이라는 건 아니고 말이 그렇다는 것이다. 동연 언니도 나처럼 예쁜 얼굴인데 자신감이 부족하다는 성격까지 닮았다. 이건 인격이 같은건데 결국 내가 다시 원래 성격인 밝은 성격이 되야 한다는 뜻이다. 아무튼 이제 내려가서 카페에 가는데 승강기 기다리는 동안 동연 언니가 나한테 남자친구 있냐고 물어서 내가 알아서 하겠다고 하니까 알겠다고 하였다. 그리고 내가 책 쓸거라 하니까 별점 5점 만점에 좋은 책이라고 느낌표 열 개 날리고 이래도 되나 눈치보면서 아이디 여러 개로 계속 평점 써줄거라 하였다. 그리고 카페 가서는 내가 젊은이들끼리 대화할게요라 하니까 고모들과 엄마가 빵 터졌다. 내가 동연 언니한테 동우 오빠가 나 어렸을 때 명절에 신례원집에 가면 그렇게 나를 잘 챙겨줬다. 동우 오빠 무릎맡에 대고 잔 적도 있다 하니까 자기에게 하는거랑 완전 다르다고 하는거다. 자기한테는 과자 가져오라 하며 한다 해서 나는 현실남매답다고 하였다. 그러고나서 전공이었던 피아노 얘기에 대해서 내가 히사이시 조의 썸머(Summer, 여름) 좋아한다니까 이 곡이랑 이루마의 River flow in you(너에게로 강이 흐른다)와 Kiss the rain(비와 입맞춤하다)가 너무 좋아서 옛날에는 모든 장조로 다쳤다고 한다. 우리집에 피아노가 있어서 집에 초대하기로 하였다. 오늘 동연 언니, 한나 언니 전화번호 받아서 집에 잘 갔다고 서로 연락을 주고 받았다. 1/11 나는 결혼식에 다녀온 후 가족들의 눈 크기와 인격에 대해서 정리할 수 있게 되었다. 뒤에 참고 바란다. 그리고 드라마 구미호뎐 1편에 나오는 1화 결혼식의 여우누이의 존재에 대해서도 인물과 연결지을 수 있겠다. 바로 찢어진 눈을 갖고 있는 여자가 여우누이인 것이다. 규리가 그러하다. 여우누이는 주변을 파국으로 치닫게 하며 인간이 되려는 해로운 존재로 멀리해야 한다. 그리고 또 하나 중요하게 발견한 점은 필이가 중 열쇠고리를 통해 구미호뎐 2편인 1938에서 나오는 인어가 나고 여우인 구미호가 동민 오빠인 걸 알 수 있다. 여우라는 걸 알게 된 단서는 전에 언급했듯이 영화 날씨의 아이 히나처럼 여우상인 것과 아빠가 컴퓨터를 살 때 본체 이름이 늑대와 여우인데 영화 늑대소년으로 황규원이 늑대인 걸 알 수 있고 그럼 동민 오빠가 여우를 뜻하는 게 맞다. 구미호뎐 1938에 대해서 더 얘기하자면 나와 동민 오빠를 각각 닮은 배우인 우현진, 김범이 연인으로 나오는데 맞는 셈이다. 구미호뎐 1편에서는 이랑역의 김범이 방황하는 모습을 보이는데 이는 내가 동민 오빠를 잊고 살아서 동민 오빠가 힘듦을 겪는 것과 같다. 이로써 서로의 정체에 대해 완벽히 파악했다고 볼 수 있다. 그리고 구미호뎐 1편에 나오는 이무기인 황규원이 김태리 배우가 연기하였는데 어린이 드라마 마법전사 미르가온에서 가온 역을 맡은 배우이기도 하다. 그럼 동민 오빠가 미르 역의 유승호 나는 아라 역의 최지연인데 설정에 아라는 '텔레파시에 반응을 못했던 게 그동안 줄곧 인간으로써 살아왔기에 그렇다는 것과 지배자의 지대한 관심을 받고 있으며 납치당하고 흑화당하고 악몽 등의 후유증이 남는 등 많이 굴려지며 그 탓에 가족들의 마음고생도 심하다.'고 서술되어있다. 내가 그동안 겪었던 상황과 일맥상통한다.

　또다른 단서찾기로는 내가 좋아했던 만화영화인 캐릭캐릭체인지에 대해서 알아보려 한다. 최근 들어 캐릭캐릭체인지의 인기가 대단한데 그것도 나의 영향력이라 볼 수 있다. 캐릭캐릭체인지는 90년대 후반에서 00년대 초반생들의 마음을 달궜던 남자애들은 몰래 봤다는 마법소녀 내용이다. 하지만 여기에는 심오한 설정이 담겨 있는데 아이들에게는 순수한 마음의 꿈인 마음의 알이 있다. 거기에서 태어난 캐릭터는 바로 또 다른 나(자아)를 나타낸다. 그런데 어른이 되면 순수한 마음이 사라지게 되고 꿈이 없는 상태인 엑스알로 변하게 되는 경우가 많다는 것이다. 주인공인 아무는 꿈을 포기하려는 아이들에게 무한의 응원을 해주며 아이들이 다시 꿈과 희망을 되찾게 이끌어주는 역할을 하면서 자기도 점차

진정한 나 자신으로 성장한다. 나는 여기에 나오는 러브라인(남녀관계)를 배제하고 작품성이 되게 뛰어나다고 생각한다. 왜 남녀관계를 뺏냐하면 최종으로 이어지는 커플(연인)이 토마나 루이인데(만화영화 한정) 토마는 찢어진 눈에 느끼해서 원래부터 싫었고 루이는 외모는 괜찮아서 남주인 공이라 생각했는데 알고보면 왕자병 성격에다 엄마가 보는 앵무새 영상 에서 한 앵무새 이름이 루이인 걸 알고 결국 두 캐릭터 다 황규원을 의미 하는구나를 깨닫고 바로 돌아섰다. 비슷한 예로 만화영화 꿈빛파티시엘 (디저트 요리사)이 있는데 여기도 외모를 제외하고 성격을 보면 츤데레인 원가온과 왕자병인 서로진이 황규원이고 다정 안경남 도하가 동민 오빠 가 있다. 여기선 당연히 도하가 최고다. 다시 그럼 캐릭캐릭체인지로 넘 어와서 진남자주인공이라 할 수 있는 건 시우다. 시우의 좋아하는 애에 대한 설명은 자기의 마음을 알아차릴 때까지 기다려준다이다. 이 얼마 나 동민 오빠의 마음을 형용하는 말인가. 참으로 감탄이 나올 따름이다. 그리고 시우가 진주인공인 걸 아는 블로그(게시공간) Don't forget me(나 를 잊지말아요)를 운영하는 날시댕이라는 분이 있다. 시우가 동민 오빠라 는 걸 진정으로 깨달을 수 있는 단서는 최근에 여름방학 맞이로 민아가 왔는데 포차코 물건을 슬그머니 갖다놓았다. 그래서 알아보니 운동을 좋아하는 아이란다. 시우가 바로 운동을 좋아하는 성격인데 일맥상통하 는 것이다. 게다가 학창시절 때 가장 동민 오빠를 닮은 송은우가 운동을 좋아한다. 그래서 동민 오빠가 운동을 좋아하는 것도 알게 되었다. 아빠 를 통해서 금방 알 수 있었지만 아빠는 스포츠(운동) 영상만 엄청 봐서 잘 안 와닿았었다. 골프를 많이 하긴 한다.

그리고 여자주인공 아무도 나를 뜻하지만 아무는 직책이 조커 즉 광 대라서 탈락이고 이건 여왕 직책이지만 광대 변신을 하는 리마도 마찬가 지다. 결국 아무가 동경하는 직책이 여왕인 모습도 나와 같이 포니테일 (조랑말 머리) 모습을 한 시아가 바로 진정한 나로 볼 수 있다. 그래서 나

는 캐릭캐릭체인지 카페에서 두 여왕 직책인 두 인물 둘 중 하나 선택하
는데 광대 변신을 하는 리마말고 앞에는 시아의 평범한 교복을 입고 입
는 모습, 뒤에는 시아의 진정한 모습인 동양 공주 그림을 선택했다. 처음
부터 리마는 토마와 같이 안 끌리는 그림인물이기도 하다. 또한 이건 말
장난으로도 이어지는데 내가 광대가 되느냐 여왕이 되느냐 영어로 클라
운Crown(왕관) or Clown(광대)에서 의미를 알아채고 여왕이 되겠다 선
택한 것이다.

캐릭캐릭체인지가 나에게 인생 만화영화인 이유는 따로 있다. 여주인
공 아무가 나와 같다고 볼 수 있기 때문이다. 사실 누구보다 착하고 활
발하고 명랑한 아이이지만 솔직하지 못해서 부끄럼타고 쉽사리 낯선 애
들에게 다가서지 못한다. 그리고 속으로는 남자애들이 조금만 잘해주
면 금방 사랑에 빠져버리면서도 겉으로는 남자에 대해 무관심한 척을 한
다. (지금은 당연히 동민 오빠밖에 없다. ㅎㅎ) 그렇게 살아가던 중 어느날 우
연치 않게 많은 일들이 일어나 내 삶은 왜 이렇게 시련이 많은지 꼼꼼히
생각해보다 끝내 내가 나 자신을 사랑하지 않아서 믿지 않아서 라는 것
을 깨닫는다. 그리고나서 진정한 나 자신에 대한 꿈을 찾고 다른 사람들
에게 꿈과 희망을 주는 나로써 행동할 것을 다짐한다. 이렇게 나와 같은
성격과 깨달음의 길을 보여준다.

위의 설명으로 덧붙여 수호캐릭터라고 하는 또 다른 나의 자아와 변
신이라고 하는 나의 진정한 모습을 보여주는데 먼저 첫 번째 활달하고
솔직한 란과의 변신은 치어리더(응원하고 북돋아주는 사람, 애뮬릿 하트), 두
번째는 차분하고 예술적인 감성을 지닌 미키와의 변신은 예술가(애뮬릿
스페이드), 세 번째는 상냥하고 요리를 잘하는 스우와의 변신은 요리사
(애뮬릿 클로버), 네 번째는 진정한 자아를 뜻하는 다이아와의 변신은 안
내자(애뮬릿 다이아) 그리고 대망의 마지막은 아무의 꿈을 나타내는 최종
변신인 신부(애뮬릿 포츈, 행운의 부적)이다. 이 애뮬릿 포츈은 변신 기술

이름이 진정한 사랑(True Love)를 뜻한다. 이 설정은 내가 가야할 길과도 같다. 이래서 내가 캐릭캐릭체인지를 안 좋아할 수가 없는데 남자주인공 설정이 아쉽다. 내가 가장 좋아하는 변신은 어렸을 때부터 꿈이 화가였던지라 미키의 변신(애뮬릿 스페이드)을 좋아했다. 지금도 마찬가지이다. 나의 예술의 혼이 불타고 있는 것처럼 같다. 게다가 미키는 아무와의 성격과 가장 같고 또 진남주인공이라고 생각하는 시우의 수호캐릭터 리듬을 좋아한다. 여러모로 미키라는 그림인물이 나하고 잘 맞는다.

그리고 또 한 가지 인상깊게 본 만화영화는 아까 언급한 꿈빛파티시엘이다. 여주인공 감딸기는 창의성, 끈기와 노력이 대단하다. 어떠한 시련과 고난을 겪더라도 흔들리지 않는 의지로 이겨내 극복하는 모습이 나와 같다. 긍정적인 생각으로 넘어져서 다시 일어나는 게 살아가면서 중요한 걸 깨달았다. 그럼 다시 일상 얘기로 넘어 가겠다.

오늘은 화요일, 나는 검정 치마에 흰 색 맨투맨을 입고 다녀서 엄마가 독립운동가 같다고 했었다. 근데 엄마가 오늘은 내가 날씨도 추운데 발목이 훤히 드러난다는 양말을 신었다고 엄청 막 뭐라하였다. 그래서 다도와 가야금 수업이 끝나고 집에 가는 길에 할머니랑 통화하다가 문득

경찰서에 가야겠다는 생각이 들었다. 엄마가 생각을 읽고 있는 걸 아니까(텔레파시; 전파통신) 할머니랑 전화해 가면서 환승구역인 건대입구에서 버스를 타고 내려서 구의역에 가는 길에 헤메고 있는 것처럼 연기하며 경찰서를 찾아다녔다. 한번은 구청 옆에 갔는데 문이 잠겨 있는 것 같았고 한번은 예전 장소였다. 그렇게 밤은 깊어가는데 경찰서 찾기가 지칠 찰나에 광남고 주변에 경찰서 표지판이 보여서 얼른 달렸다. 그렇게 나는 겨우 경찰서를 찾아서 신고 접수 해달라고 하였다. 경찰관은 여성 신고 접수는 먼저 상담받고 해야되서 상담사가 있는 구청 옆 경찰서 가야되서 아까 이미 다녀왔다고 문 닫은 줄 알았다고 하니까 경찰차 타고 그쪽으로 데려다 주셨다. 경찰관분들의 안내를 받아 여성담당 경찰분이신 여자분이랑 단둘이 상담하였다. 나는 오늘 왔던 엄마, 아빠의 치마 입고 발목이 훤히 다 드러난다고 나를 엄청 욕하는 카톡(문자 앱) 내용을 보여주었다. 그렇지만 경찰 분은 이거 가지고는 성립될 수 없다 하였다. 밖에서 뭐라한 적이 없다는 말에 내가 올림픽공원에 갔는데 엄마가 화장실 갔다오는데 내가 가방을 의자에 놓고 왔다니까 사람 많은 공공장소인 그 자리에서 머리를 쥐어박아서 그걸 본 먹깨 이모가 놀라서 공연이고 뭐고 택시 타고 같이 집에 왔던거 얘기하니까 이건 명예훼손죄라고 했는데 일어난지 오래전 일이라 안 되어서 경찰분은 안타깝다는 탄식을 내었다. 나는 아무것도 신고죄가 성립될 수 없다기에 답답함에 눈물이 나도 모르게 흘러나왔다. 그래서 한 남성 여성담당 경찰 분께서 차를 주시면서 나를 위로해 주셨다. 그리고 소매에 나이키(NIKE, 니케: 승리의 여신) 상표를 보고 힘을 얻었다. 내가 차를 마시는 동안 곰곰이 생각에 잠겼던 경찰분은 내게 답은 결국 독립이라고 알려주셨다. 그렇게 상담을 마치고 뺀질이 경찰 분이 엄마 전화번호 알려달라 해서 알려주고 늦은 시간이라 경찰차를 타고 집까지 바래다 주었다. 다른 한 분도 있었는데 믿음직하게 생기셨는데 과묵하셨다. 이렇게 나의 경찰서 방문기가 끝났다. 나는 지금도 독립할 생각이 자리잡고 있다. 독립은 바로 내 운명의 연인인 동민 오빠와의 결혼을 뜻하는 것이기도 하다. 또한 내게 독립은 전에도 말했다시피 대한민국의 자주독립과도 같은 것이다. 그만큼 중하다. 동민 오빠 사랑해! 곧 보자ㅎㅎ!

다음주 화요일부터는 아빠 회사가 안국에 있으니까 같이 저녁 먹고 나 가야금 수업하는 거 기다리다가 집에 같이 가기로 하였다. 그렇게 아빠랑 국밥집에서 아빠가 사준 나의 문화유산답사기 8권 책꾸러미를 다 읽으면 수원화성에 가준다고 약속했다. 이 말은 즉슨 수원화성에 가서 철수 아저씨께 전화해서 집들이를 한다는 말이 되겠다.

아빠랑 같이 집에 가기 전에 버스 타고 혼자 집에 갈 때 내가 동민 오빠가 슈퍼마리오에 나오는 루이지고 내가 피치공주인데 전형적인 디즈니 공주처럼 왕자님이 공주를 구하러 와주는 게 아니라 공주인 내가 두려움에 떨고 있는 동민 오빠를 구해야 하는 입장인 걸 알아냈다. 여기까지 알아내서 버스 안에 같이 있던 행인이 공부하느라 수고했다 하였다.

설날이 다가왔다. 나는 내 생일 때 받았던 할머니의 선물인 분홍 치마에 옅은 저고리에 자주색 고름이 달린 전통한복을 입고 할머니 집에 방문하였다. 할머니께서 요리해주신 맛있는 한식도 먹고 윷놀이도 하고 재밌게 보냈다. 그리고 유주 생일 하루 전날 전화해서 어디서 뭐하냐 물었더니 설날을 맞아 예산에 내려와서 체육관에서 민석이랑 배드민턴을 치고 있대서 아빠 차를 타고 그리로 가서 한복입은 모습을 보여줬더니 깜짝 놀라하였다. 유주랑 근황 얘기를 하고 생일 선물을 건네주었다. 유주는 국밥 먹고 가래서 나는 먹고 싶었는데 아빠가 벌써 서울 내려간다고 안된다고 하여서 하는 수 없이 못 먹었다. 집에 있다는 예주만 말고 국밥집 마감되고 온 유주네 엄마, 아빠, 희주도 와서 오랜만에 인사드리고 왔다. 설날에 하루도 못 자고 바로 올라가야 해서 속상하였다. 그래도 유주에게 선물을 갖다줄 수 있어서 좋았다. 올라오는 길에 엄마는 자고 아빠랑 대화하며 왔다. 나는 아빠에게 한나 언니 어렸을 때 잘 놀아줬냐고 물으니까 그렇다고 대답했다. 그리고 왕년에 잘생겨서 인기 많았다고 하는 것이다. 나는 슬슬 어딘가 얘기하는데 아빠에게서 동민 오빠의 느낌이 왔다. 게다가 화룡점정으로 아버지라고 부르는 것보다 아빠(오빠)라고 계속 부르는 게 좋다 하였다. 나는 이로써 아빠가 알고보니 동민 오빠란 사실을 깨닫게 되었다! 이후로 영화 23아이덴티티(인격)가 생각나면서 서로 생김새가 닮으면 인격도 같다는 걸 알게 되었다. 뒤에 내가 생김새에 따라서 맞는 인격을 이름 밑에 써놓았다. 나는 이 사실을 알고 흥분하니까 아빠가 너무 좋아하진 말라고 해서 차분히 굴어야 했다. 엄마는 그럼 몇 가지 인격을 가지고 있는 것인가?! 또 뒤에 인격이 같으면 성격도 같기에 성격에 대해서도 정리해 놓았다.

좀 늦게 깨달은 게 있는데 바로 아빠가 내 첫사랑이었던 것이다. 아빠는 내가 하라는 대로 다 해주는 사람이었기 때문이다. 내가 어렸을 적에 아빠 가죽자켓 입은 모습을 보고 "와! 아빠 멋있다." 라고 말하고 내가 담배 피는거 싫다 하니까 바로 끊어주고 커서 아빠 같은 사람이랑 결혼해야지 했는데 그 사람이 바로 동민 오빠였던 것이 되겠다. 이제부터 앞의

내용이 이해가 잘 되겠다. 닮은꼴 인격에 따라 인물 이름 옆에 괄호하고 동민 오빠나 황규원, 규리를 적어놓은 거다. 감회가 새롭게 느껴질 테다.

　오늘은 아침 아홉시즈음에 일어났다가 다시 자니 한시간이 넘었다. 이만 일어나서 엄마가 해준 코다리찜에 다시마밥 먹으려고 푸는데 엄마가 반찬이 짠데 밥을 많이 퍼야 한다고 해서 내가 괜찮다고 하니까 엄마가 화내며 방으로 들어갔다. 그래서 나는 밥 먹으면서 어떻게 하면 좋을까 하며 생각해보니 너무 싫은 거 아니면 한 번 양보해도 된다는 할머니, 할아버지의 말씀이 생각나 레드향을 먹으면서 사진 정리를 하고 엄마에게 미안하다며 엄마가 나 위해 해준 말인데라며 사과했다. 그러자 엄마의 화가 누그러뜨려졌다. 그리고 나는 한복재봉실 사러 밖으로 나갔다. 나는 소형가전제품인 믹서기, 가습기, 이어폰 등을 가져가 구의제3동사무소에 가져갔다. 직원분께서 잘 처리해 주셨다. 보니까 소형, 대형 폐기물은 여기서 접수해서 확인 종이를 받아서 붙여주고 집 앞에 내놓으면 되는 거였다. 그렇게 끝내고 집에 갈까 하다 엄마에게 들킬 수 있을 지도 모르고 시간 절약으로 그냥 들고 다니기로 하였다. 건대입구 사거리까지 걸어서 721번 버스를 타고 광장시장에 도착했다. 나는 전에 왔던 길이 아니라 헤메다 결국은 찾아내었다. 동대문시장에 가서 옅은 빨간실로 사고 나와서(붉은 실은 인연을 뜻해서 끊으면 안 되는 걸 알게 되어 나중에 자주색 실로 바꿨다.) 꽃신을 파는 가게를 보게되고 사고 싶어서 한 상점에 들어가봤는데 눈 작은 아저씨가 신어보지 못한다고 해서 그냥 둘러보다 고개 숙인 아저씨께 꽃신이 뭐가 좋아요하고 물어보니 원하는 색을 말해야지 하셔서 내가 더 알아보고 올게요라고 하니 고개를 들며 아빠 인상 닮으신 그 분이 환히 웃으셨다. 그리고 안국역에 가는 길에 상점에서 기분 좋은 노래가 나오고 인상 안 좋은 사람들이 기분이 좋아보이길래 뭔가 내가 지나쳤구나 싶어서 왔던 길로 다시 돌아갔다. 내 직감으로 공중전화인 게 틀림없었다. 전에 원장님이 공중전화를 사진으로 잠깐 스치

듯 나에게 도움 주려고 보여주셨 던 적이 있었다. 그리고 가던 길에 노포에 '엄마, 아빠가 행복해지기를 서울시가 응원합니다' 라는 문구를 보고 마음이 뭉클해져 눈물이 그렁그렁하였다. 그때 환경미화원 분께서 눈에 띄어서 혹시 공중전화 어딨는지 아시냐고 여쭤보니까 좀만 더 가면 있을 거라고 알려주셔서 감사인사를 드렸다. 좀만 가니까 진짜 있었다. 근데 십 원짜리를 아무리 넣어도 안 되는 도중 훤칠한 안경 쓴 직장인 분들이 택시에서 내리길래 공중전화 사용법을 좀 물어봤다. 그랬더니 잠시만 기다려 달라 하면서 편의점에 천 원으로 백 원 거슬러 갔다온다고 안경 쓴 한 분이 친절하게 얘기해주셨다. 그러면서 저 멀리서 동전을 거슬러 온 어디서 본 듯한 얼굴인 점장님이라는 분에게 참 상냥하시네요라 하였다. 그렇게 백 원 다섯 개를 받고 수화기를 들고 동전을 넣는 것까지 배우고 감사인사 드리려던 찰나에 다들 이미 홀연히 가버리셔서 감사하다고 나는 크게 말했다. 그리고 아까 상냥하다고 칭찬받은 점장님이 생각해 보니까 초등학교 5학년 때 담임선생님과 닮은 것이었다. 나는 동민 오빠가 나를 도와주러 온거였구나 생각하였다. 또 나를 도와주신 윤석열 전 대통령 닮은 얼굴에 입가리개(마스크)를 한 할아버지께서도 계속 동전을 주셔서 감사했다. 나는 차 원장님, 다도수업에 초대한 한나 언니가 안 받길래 아빠에게 전화를 걸어 이따 다섯 시 반에 국밥집에서 보자 하고 엄마에게도 연락해 아빠랑 집에 같이 간다고 하니까 엄마가 연락해 줘서 고마워라 하였다. 그리고 나는 인사동에 가서 전통 지갑이랑 필통 그리고 부채까지 사고 원래 만나는 곳인 공예박물관은 휴관이고 국밥집 앞에서 가족에 대해 공책에 쓰며 기다리다 아빠가 내 이름 부르며 상봉해서 내가 저번에 양보해 줬더니 이번엔 버스 타자 해서 타고 아빠가 시려운 손을 잡아주었다. 그렇게 환승하려 좀 많이 걸어야 하는 번거로움으로 아빠하고 버스는 다시 안 타기로 결정하였다. 2/3

　　나는 1월달 동안 새해맞이 그리고 새로운 나를 맞아 내 방정리를 하였다. 화장품, 악세서리(장신구), 그리고 차단한 친구들 사진과 캐릭캐릭체인지 물품 중 노멀(일반)험프티록, 덤프티키(변신도구), 주요 인물 네 명 세트 (꾸러미) 아크릴 스탠드, 레진아트 물품, 범죄자 미화하는 디즈니 영화 주토피아, 라푼젤 아트북(그림책), 중국어 책까지 모조리 버렸다. 시간낭비서비스인 인스타그램도 안하게 되서 지웠다. 나는 그러면서 엄마가 은근슬쩍 나의 추억의 물건을 없애는 것에 불만이 있었는데 엄마는 안 훔쳤다고 인정하지 않아서 내 물건을 훔쳤든 안 훔쳤든 이제부터 내 방 물건 하나도 만지지 말아달라고 통보하였다. 내 초등학교 도서대출증, 탄생석 토파즈 팬던트(목걸이 보석) 그리고 옥거북이 열쇠고리 등 버린 게 한두가지가 아니다. 그러고보니 물건하니까 생각나는데 와라! 편의점 1권을 그때는 아무 생각 없이 사고 라푼젤 경첩뱃지를 사니까 각각 김채린과 한서윤이 엄마한테 안 혼나냐며 걱정한 적이 있었는데 다 이유가 있었다.

나는 물건들 말고도 사진들도 정리했는데 마포대교 동영상이 눈에 띄어서 보았다. 삶에 지쳐서 마포대교에 온 사람들을 위해 쓴 글귀들을 동영상으로 내가 찍어놓았던 것이다. 처음에는 음식 먹고 싶지 않냐며 물어보는걸로 시작하다 점점 사랑 얘기로 가다가 '딸의 첫사랑인 사람(이때는 가볍게 와닿았다.), 집안의 기둥인 사람, 당신은 아빠입니다.'하는 연출이 가히 장관이었다. 나는 이걸 깨닫고 아빠한터 달려가서 사랑한다며 울먹거렸다. 아빠는 진정하라 하였다. 나는 내 방에 들어가서 진정하는데 아빠가 액자를 슬그머니 주었다. 중첩 액자인데 한쪽은 가로, 한쪽은 세로로 사진을 넣을 수 있는 형태이다. 나는 단번에 세로로 넣을 수 있는 곳은 당연히 동민 오빠랑 단둘이 나란히 사진 찍은 걸 넣어두고 가로 쪽은 좀 고민됐지만 아빠가 찍어준 내가 차 안에서 곤히 자고 있는 내 어릴 적 모습을 넣어두었다. 지금도 내 서랍장 위에 잘 올려져 있다. 볼 때마다 흐뭇하게 미소가 나온다. 동민 오빠랑 찍은 사진 보고 엄마가 뭐라 안

하는 거 보면 내심 인정하나보다. 이때 내가 새해부터 가지고 다닌 수첩이랑 일기장도 정리하였다.

오늘은 병원에 가는 날이었다. 근데 엄마가 차를 운전하는데 차에서 찌그덕 소리 난다고 강조하듯 얘기했다. 그리고 주차장에 가니까 아빠 닮은 아저씨께서 주차를 도와주신 것도 강조하였다. 나는 그래서 아빠가 엄마한테 성행위를 안 했던 것이구나를 알게 되어 충격에 휩싸여 헤어나오지 못해 상담 전까지 엄마가 정신적 상담 받아야겠구나 생각이 들었다. 그래서 엄마가 지금 우울증으로 친구도 안 만나고 집에 누워있다고 얘기하니까 적반하장으로 의사 선생은 내가 다시 흥분한다고 약을 다시 늘렸다. (너무 세서 그만 먹겠다고 곧 했다.) 나는 집에 가서 분하였다. 다시 할머니께서 오셔서 또 입원해야 할 수도 있다는 상황이라고 설명해주셔서 답답한 마음을 풀고 싶었는데 그러다 문득 내가 읽고 있던 톨스토이 책에서 책갈피를 해놓은 내용에서 해결책을 찾을 수 있었다. 바로 내 안의 증오심 때문에 엄마랑 부딪히는 것이었다. 나는 그래서 엄마에 대한 울분을 가라앉히고 엄마한테 잘못을 인정하였다. 그리고 다음날 병원에 또 가서 의사선생님께 차분히 얘기하며 잘못했다 하고 상황이 진정

되었다. 근데 내가 엄마, 할머니께 일루미나티는 진짜이고 내가 바로 일루미나티를 대적하는 절대선이라고 사실대로 얘기했는데 할머니는 그러려니 했지만 엄마는 내가 무슨 절대신이냐며 이상한 소리한다고 망상약 하나를 더 추가시켰다. (나중에 하도 코가 막혀서 잠을 못 자서 부작용으로 약을 하나 끊었다.) 나는 1월 한 달 동안 한복 재료 사러 다니느라 만날 나가서 몸을 무리하였다. 이제는 다 사놓은 상태라 한동안 갈 일이 없다. 할머니께서는 건강이 첫째라고 하셨다. 나에게는 너무 돌아다니지 말고 차분해지는 게 중요하다는 걸 이번 경험을 통해 깨달았다.

　오랜만에 우리 가족은 강가의 추억에 가서 고기를 구워먹으러 갔다. 아빠가 맛있게 구워준 고기에 쌈을 싸서 먹으며 즐거운 시간을 보냈다. 그렇게 잘 먹고 이제 정리하는데 엄마보고 정리하라고 맡겨두고 아빠랑 나랑은 바로 옆 강변에서 산책을 하고 있었다. 그러다 철수 아저씨 닮은 분께서 사진을 찍어주셨다. 아빠는 오늘따라 자전거도 안 다닌다고 말하였다. 나는 그래서 이때다 싶어 철수 아저씨랑 통화해야겠다고 느낌이 딱 와서 사진 찍은거 본다고 하면서 아빠 핸드폰을 가져다 철수 아저씨와 통화하기를 눌렀다. 아빠는 툴툴대며 전화를 받았다. 그랬더니 내가 동민 오빠를 오랜만에 보고 싶어한다고 전화번호 좀 알려달라고 아빠가 얘기하는 것이다! 나는 속으로 엄청 기뻐하며 있었다. 나는 나의 문화유산답사기 책을 3권까지 읽었는데 아빠는 고민하며 5권까지 읽으면 줄거야라고 해서 나는 잘 읽고 있으니까 제발 달라해서 아빠가 문자 온 동민 오빠의 전화번호를 보내주었다 다시 한번 나는 내적으로 엄청 신나하였다. 아빠랑 나는 둘만의 비밀로 간직하기로 하였다. 엄마가 알면 난리칠 게 뻔하였기 때문이다. 나는 그렇게 집에 가서 엄마, 아빠가 다 자는 동안 몰래 문 닫고 떨리는 마음으로 동민 오빠에게 전화를 걸었다. 동민 오빠가 전화를 받았다. "여보세요?" 하면서 오래되서 기억이 잘 안 나는데 소개를 좀 해달래서 나는 친절히 "어렸을 적에 아빠 친구 모임으로 같이 잘 놀았었어요." 라고 답하였다. 그리고나서 만나자고 약속을 잡았는데 이건 문자로 정했다. 대화하면서 전화도 그렇고 문자도 그렇고 존댓말 쓰는데 사람이 참 예의바르구나를 딱 느낄 수 있었다. 내가 카톡을 안하고 문자해서 좀 이상하다 생각을 하긴 하였다. 약속은 화요일에 내가 다도 수업 끝난 후인 한시 반 즈음에 보기로 하였다. 나는 이게 꿈인지 생시인지 분간이 안 가 볼을 꼬집어 봤다. 당연히 진짜였다. 나는 동민 오빠를 볼 생각에 그 날을 손꼽아 기다렸다. 이 날부터 일기 내용을 비밀로 안 쓰거나 다른 인물로 내세워서 썼다.

나는 아직도 엄마가 나한테 내가 입은 옷이 마음에 안 든다고 뭐라하며 화내서 스트레스를 받아서 전 날에 몰래 경찰서 가서 상담할 때 쉼터에 갈 수 있다는 걸 알게되어 일단 해당 쉼터가 가능한지 연락을 받기로 하였다. 그리고 다음 날 엄마 몰래 경찰을 불러서 가려는 쉼터에 미리 전화 넣었다고 데려다 달라고 했었지만 이번에도 험악한 카톡 내용을 보여줘도 가정폭력에 성립되지 않고 가정폭력전담 전화에 걸어봐도 안 된다해서 실패했다. 엄마는 경찰 안 보내면 또 병원가야 한다고 으름장을 놓아서 어쩔 수 없이 보내줘야만 했다. 나는 다시 재정비해서 가정폭력 상담 1366에 전화해서 쉼터에 갈 수 있는지를 제대로 알아보았다. 그렇게 가출 계획을 세워서 전 날부터 진짜 가출해야 할지 말지 고민을 엄청 했었는데 엄마, 아빠가 운동하면서 이구동성으로 힘들어라는 말을 해서 나는 해야되는 게 맞다고 결심하였다.

오늘은 여덟시 반 즈음 일어나서 내가 직접 밥을 차려서 김치랑 김이랑 먹었다. 그리고 약 먹고 피곤해서 눈 좀 붙였다가 일어나서 여정에 나섰다. 일회용 교통카드를 사서 안국역에 가서 공중전화에 전에 전화했던 쉼터에 전화해보니까 일시 쉼터는 을지로에 있다 하는 걸 알려주었다. 약속이 있었는데 엄마, 아빠에겐 문자로 열 시에 헤어질 것 같다며 아직 밥 먹고 있는 중이라 보냈다. 그리고나서 나는 약속갔다가 공중전화로 달려가 전화해서 인적사항(이름, 나이) 얘기하니까 25세에 해당돼서 가능하였다. (25세까지 가능하다.) 그리고 을지로 3가역 2번 출구에서 보기로 하였다. 버스 타려고 정류장을 보는데 동민 오빠 닮은 잘생긴 사람이(거의 샤이니 민호 급/ 콧날, 턱선 다 날셌다.) 자기 핸드폰을 보는데 입 모양으로 애타게 지도라고 연신 알려줬는데 나는 그걸 뒤늦게 깨달았다. 동민 오빠가 나를 도움주려는 것이었다는 걸 말이다. 그래도 다행히 나는 표지판, 지도 그리고 아빠 닮은 직장인에게 길 물어보기로 무사히 잘 도착했다. 근데 공중전화가 안 보여서 당황했는데 2번 출구 뒷편 근처에 삼십대 즈음 되어보이는 거침없이 하이킥에서 잠깐 귀신 역으로 나온 배우 닮은 분이 서계시는데 핸드폰 전화할 수 있게 빌릴 수 있냐고 물어보니 친절히 빌려주시는데 통화 내역을 보는 게 나에게 도움을 주는 하나의 의미라고 생각해 가장 최근이지만 많이 걸어서 친하다고 할 수 있는 발신자에게 전화걸어 제가 지금 핸드폰을 사용하기 난처한 상황이라 핸드폰 빌려서 전화한 건데 지금 상황이 그래서 죄송하지만 대신 쉼터에 전화 걸어서 약속한 을지로3가역 2번 출구에 있다고 연락주시면 감사하겠다고 간곡히 부탁드리니까 하긴 해보겠다고 하셔서 감사하다 하였다. 전화 중에 빌려주신 남성분이 누구랑 통화했냐며 핸드폰을 가져가서 보니 자기 여자친구에게는 왜 통화했냐며 화가 나셨다. 나는 몰랐다며 연신으로 진짜진짜 죄송하다 하였다. 그리고 환경미화원 아저씨를 뵈서 이번에는 제대로 쉼터에 직접 전화걸어 약속장소에 도착했다고 알렸다. 그러니까 쉼터 선생님께서 나오신다 하셔서 기다리다 쉼터 선생님 같아보이는 여성분을 만나서 쉼터로 향했다. 선생님을 찾을 때 옆에 아까 전화기 빌려주신 남성분도 있었는데 나 도움주시려는 분이 맞긴 맞았나 보다. 그래서 또 죄송하다고 얘기드렸다. 그렇게 나는 우여곡절 끝에 쉼터에 찾아갈 수 있었다. 나는 처음에는 낯설어 했지만 나 혼자에 선생님이랑만 단둘이 있어서 괜찮았다. 입소신청서를 제출하고 아홉

시에는 다른 선생님께서 오셔서 생활복으로 갈아입고 상담하려는데 엄마, 아빠가 연락와서 자꾸 어디냐고 물어서 난처했었다. 결국 약 안 가지고 왔다고 밑에서 선생님이 약 받아오는 걸로 상황종료되었다. 나는 상담선생님께 엄마랑 좀 거리두는 시간이 필요해서 여기 온거라고 설명하였다. 그리고나서 이제 밤시간 담당 선생님과 나와 엄마의 관계 개선에 대해 상담을 나누었다. 상담 선생님께서는 내가 말을 조곤조곤 차분히 잘한다며 상담에 소질 있다며 상담사 생각 없냐하셔서 없다니까 아쉬운 인재라고 하셨다. 그리고 내가 웃는 모습이 예쁘다며 칭찬해 주셨다. 엄마하고는 서로 선 바깥을 유지하면서 대화하는 게 좋겠다고 말씀해주셨다. 나는 여기 보호소 온 걸 후회 않고 엄마에 대해서 되돌아보는 시간이 되어서 좋다고 생각했다. 틈만 나면 엄마가 화를 낸다니까 상담 선생님께서 갱년기라 그런 거라 하셨는데 그건 아니었다. 예전부터 자기 상식선에 안 맞는 행동을 하면 불같이 화를 냈다. 오랜만에 떨어져 지낼 수 있어 좋았다. 코로나 시기 때 엄마랑만 너무 같이 부대껴 지내서 힘들어했다. 캐나다 가기 전에는 배달 음식만 주구장창 시켜 먹어서 나는 행복하지 않았다. 그리고 같이 가서도 이래라 저래라 참견이 많아 스트레스만 엄청 많이 받았지 않았던가. 정작 본인 힘든 거만 생각해서 나는 언젠가는 반성하고 깨달을 날이 오겠지 하며 그러려니 생각했다. 아무튼 나는 내일 드디어 동민 오빠를 만나는 날이어서 설레었다. 동민 오빠가 먼저 내게 우리 만나는 거 맞냐고 정중하게 물어보았다. 그래서 기분이 날아갈듯이 좋았다. 오늘 하루도 수고한 나 내일도 희망차게 보내자! 2/17 그렇게 엄마가 깨달을 날이 올거라 생각했는데 이 글을 쓰는 와중에 재활용 쓰레기 버리면서 발견한 책인 〈너와 있으면 나만 나쁜 사람이 되는 것 같아〉를 보며 해답을 찾게 된다. 엄마 같은 사람을 자기애가 강한 사람이라 일컫는다. 이런 사람들은 피해 보는 걸 싫어해서 모든 일을 남 탓으로 돌리는데 착한 사람들은 혼자 감수하고 뭐라 하지 않아서 오히려 더 공격받게 된다 한다. 그래서 해결 방법은 그들에게 반론하기이다. 원래 나도 자기 관리를 안하는 엄마가 나에게 뭐라하면 적반하장으로 엄마 몸부터 신경쓰라 그랬다. 코로나 시국 동안 엄마랑만 있다보니 기가 죽어 그러지 못하고 있었는데 이제 다시 원기회복하여 활기를 되찾아서 엄마에게 공격당할 이유가 없다. 오히려 적반하장으로 소크라테스의 '나 자신을 알라' 의 말을 인용하여 엄마를 촌철살인한다. 줄곧 무섭기만 했던 엄마가 이제는 자존심 하나로만 살고 있어서 안타까워 보인다.

　오늘은 여덟시 반에 일어나서 책장을 보니 명탐정 코난 만화책이 있어서 3권부터 있길래 3권부터 보고나서 씻고 단호박 죽을 먹었다. 어제 상담을 오래한 선생님은 가시고 또다른 선생님께서 오셨다. 나는 다도수업을 들으러 나가야 한데서 퇴소신청서를 쓰고 나갔다. 걸어가려 했는데 시간이 다되서 지하철을 타고 갔다. 나는 엄마, 아빠에게 연락을 해야되나 고민하다가 청명헌에 도착하고 분위기가 가라앉아 있어 나는 얼른 연락을 취하였다. 그러고나서 한나 언니랑 연락했는데 아버님께서(고모부) 상을 당하셔서서 못 온다고 얘기했다. 나는 곧장 아빠에게 전화해서 이 소식을 얘기하니까 장례식장은 밤에 가도 된다 해서 안심하고 수업

을 진행하였다. 매화홍차를 마시는데 향이 은은하니 좋았다. 그리고 비
파에 대해서도 알아보는 뜻깊은 수업을 가져서 좋았다. 비파는 선비들
의 악기이며 지금 네 명 밖에 연주자가 없다고 한다. 그리고 비파 연주로
이선희의 인연을 들려주셨는데 소리가 감미롭고 좋았다. 나는 뒤에 벽
에 붙어있는 팻말에 쓰여진 시절인연의 뜻이 무엇인지 여쭈어 보았는데
시간과 공간 속에서 때가 되어서 만나는 것, 당연히 그러한 것, 엄청나
게 귀한 인연이란 걸 뜻한다고 알려주셨다. 노래 인연과 시절인연 팻말
모두 나와 동민 오빠를 의미한다. 그리고나서 방으로 들어가 행다 수업
을 배우는데 집중을 요했다. 두 번 정도 연습하고 끝이 났다. 나는 약속
시간이 다 되어서 서둘러 동민 오빠가 위치 알려준 대로 찾아갔는데 건
물 안에 숨어있어서 찾는데 애먹었다. 헤메다 찾은 끝에 동민 오빠가 오
라고 한 찻집 토오베에 도착했다. 드디어 동민 오빠를 어언 십몇년 만에
보았다. 나는 마음속으로 신나했는데 막상 동민 오빠는 보니까 되게 피
곤한 기색이었다. 차림표를 보고 차 마시고 싶은 걸 고르는데 나는 백차
를 골랐는데 동민 오빠가 가서 주문하면서 내 꺼까지 사주었다. 나는 감
사히 잘 마시겠다고 하였다. 동민 오빠는 내가 어떤 연유로 보자고 한 건
가 물어봐서 내가 문득 어느날 어렸을 적에 아빠친구 모임에서 같이 노
는데 유독 나를 잘 챙겨줬던 게 생각이 나서 오랜만에 보고 싶어한 거다
라고 말하였다. 그랬더니 "좋은 기억으로 남아줘서 좋네요." 하며 내 나
이를 묻더니 "스물넷과 스물여덟, 좋다." 라고 말하였다. 그리고나서 내
가 아빠한테 학창시절 때 근황 물었을 때 들은 대안학교 다니지 않았냐
고 조심히 물었는데 부모님이 자기가 ADHD(주의력결핍증) 판정을 받아
서 그렇다고 하면서 그것 때문에 상담도 받으러 다녔다고 얘기를 하는
것이다. 나는 이 얘기를 듣자마자 짠했다. 그저 좀 다른 애들보다 산만하
고 장난꾸러기일 뿐인데 말이다. 나는 대화를 나누면서 동민 오빠가 주
변 사람들의 험담에 눈치보면서 제대로 하고 싶은 말을 못 하는게 보이

자 근처에 공원 있는데 갈 거냐 물으니까 죄송한데 새벽부터 계속 김포에서 일하고 집에 가려는데 만난 거여서 도저히 못 가겠다고 하였다. 나는 아쉽지만 알겠다고 하고 지금 제일 하고 싶은 게 뭔지 물으니까 여행이라고 답하였다. 나는 사회생활에 지쳐있는 동민 오빠의 마음을 알 수 있었다. 그리고 내가 나중에 책 낼 거라고 하니까 "시작이 중요하다."라는 말을 사려깊은 고민을 통해 대답해 주었다. 그렇게 대화를 마치고 지하철역까지 같이 가는데 내가 좋아하는 남색의 맨투맨을 입고 있는 것과 샘소나이트 가방에 루피 인형이 달려있는 걸 보고 말했더니 여자친구(현 전 여자친구)가 달으라고 준 것이었다. 나는 속으로 뽀로로가 패티의 남자가 아닌 게 말도 안 된다 생각이 들었다. 그리고 나중에 뽀로로의 여자는 당연히 패티라고 생각이 들었다. 나는 동민 오빠가 카드를 찍고 들어가는 거 보고 헤어졌다. 나는 아까 동민 오빠가 약혼녀가 있어서 내가 지금 사랑얘기를 하는 게 껄끄럽다 해서 상처받지 않았다. 왜냐하면 천생연분은 동민 오빠와 내가 확실하기 때문이다. 그리고 만남만으로는 안 되고 매개체인 책이 필요하다는 것도 절실히 깨달았다. 그리고 동민 오빠를 믿고 있다. 그래도 나는 이때 이후로 연락이 안 와서 전전긍긍하긴 했었다. 이후의 일은 뒤에 가서 얘기하겠다. 동민 오빠를 만나고 나서 나는 공예박물관 도서관에 가서 책으로 우리나라 전통 옷과 장신구에 알아봐서 좋았다. 아빠가 경주라는 상휴가를 써서 평소보다 일찍 볼 수 있었다. 나랑 아빠는 을지로 보호소에 가서 나는 엄마가 괜찮은지 혹여나 나를 병원으로 보낼 생각이 있는지 확인하고 퇴소할지 고민하는 와중에 선생님 방을 몰래 엿들으며 내 얘기하는데 내가 불안해 보인다 해서 퇴소해야겠다고 바로 마음먹었다. 집에 가서는 엄마가 된장찌개 해준 거 먹고 아빠는 오늘 상 갔다오자 엄마랑 할머니는 내일 가라로 해서 나는 오늘 간다고 했는데 엄마랑 아빠가 말다툼 하다가 아빠랑 출발했는데 작은 아빠께서 내일 오라 하셔서 내일 가기로 했다. 나는 엄마가 잔소리 해대는 것에 심신이 지치고 다 힘들었다. 그래도 기운내서 연필을 잡고 오늘도 써냈다. 내일도 힘내서 열심히 정진해 나가도록 하자! 힘내자 나연아! 2/18 내가 힘들게 쉼터에 찾아가 가출한 보람이 있다. 바로 엄마가 내가 또 가출한다고 할까봐 더 이상 큰소리로 화를 못 내겠다는 것이었다. 나는 이 사실에 아주 큰 감사를 표명한다.

　오늘은 배가 허해서 아침 일찍 일어나서 나의 문화유산답사기 4권 북 한 편을 봤는데 나도 같이 답사가는 거마냥 신나게 읽으면서 보았다. 그러고나서 아빠랑 어제 먹은 된장찌개를 먹었다. 그리고 할머니와 연락해서 오랜 세월의 친구라고 친목도모를 하였다. 내 고민이나 일상 애기를 마음놓고 터놓을 수 있는 친구가 바로 어렸을 적부터 같이 살았던 할머니이다. 그리고 이제 장례식장에 갈 준비를 하였다. 엄마, 아빠가 내 외투보고 하얀색 짧은 거 말고 검정색 긴 외투 입으라고 뭐라 해서 스트레스 받았다. 그래도 그나마 나은 걸로 입어서 해결되었다. 장례식장에 가서 다시 친가 가족들을 봐서 좋았다. 나는 장례식장 분위기라 침울하게 있었다. 육개장을 먹고 친가 가족들이 애기하는 걸 듣고 있었다. 치매 애기가 나와서 나는 내가 공책에 전화번호를 적어놔서 그렇구나를 딱 알

아채서 집에 가서 옛날 일기장에는 전화번호부가 있어서 그리로 옮겨놨다. 그러다 예전에 내가 초등학생 때 필리핀 어학연수 가서 같이 살고 있던 김승우라는 사람이 와서 운동 좋아한다 얘기하였는데 나는 별 감흥이 없었다. 전에 승무원 준비한다고 들었어서 승무원 어떻게 됐냐 하니까 접었다고 한다. 나는 이때 나에 대한 마음을 접었다는 얘기로 느낌이 딱 왔다. 잘된 일이다. 전에도 말했듯이 어차피 만났어도 좀 고민하게 되는 외모에다가 성격이 안 맞아서 퇴짜 맞았을 거다. 그에 반해 동민 오빠는 한눈에 봐도 잘생겼지, 성격 아빠랑 똑같지(뒤에 참고) 나무랄 데가 없다. 내 운명의 연인답다. 다시 일기로 돌아와서 내 옆에는 작은 고모께서 계셨는데 큰 고모랑 해서 베레모 쓰시고 두 분 다 멋쟁이시다. 내가 큰 고모에게 책 낼거라고 하니까 연락처 알려달라 해서 교환했다. 나중에 사인받으려고 말이다. 작은 고모께서는 팔에 걸고있는 금팔찌를 내가 쳐다보니까 가져가라고 하시면서 안 벗겨진다며 살며시 내게 걸어주셨다. 나는 감사하다 하였다. 그리고 내가 치마 입은 모습을 보며 천상여자라고 칭찬도 해주셨다. 동우 오빠도 왔었는데 나 애기 때 어렸을 적 생각만 했었는데 훌쩍 자라서 놀랐다 하였다. 지금 나이가 어떻게 되냐고 물어서 01년생이라 말하고 동우 오빠 나이를 물어봤더니 93년생이라 한다. 그리고 내게 키도 물어봤는데 165cm라고 말했는데 나보고 키 크다 하고 나도 물어봤는데 동우 오빠는 174cm라고 한다. 그정도면 준수한 편이라 나는 말했다. 그리고 먼저 가본다길래 이만 헤어지고 필이랑 대화했다. 필이는 말을 잘하는 게 특기이다. 공부는 안하지만 성실함은 있다고 얘기하였다. 그리고 내가 역사와 문학 둘 다 관심 있다고 하니까 한 가지만 열중해서 잘하라고 하였는데 그게 나중에 생각해보니까 지금은 문학에 열중하라는 뜻이었다. 엄마는 이선혜언니와 대화가 잘 통했다. 그리고 한나언니랑은 오늘 바빠서 많이 대화를 못했지만 다음에 둘이 다시 만나서 얘기하기로 하였다. 그렇게 장례식장에 다녀온 후 엄마가 오징어볶음을 맛있게 해줘서 잘 먹었다. 밤에 엄마가 갑자기 답답함을 느끼며 안정액을 찾았었다. 엄마가 내가 동민 오빠를 만난 걸 알아챘다는 은유적인 표현인 걸 알 수 있었다. 아마 동민 오빠가 규리에게 나 만난 걸 들켰나보다. 그래서 연락도 이후로 안 온거고 말이다. 그런데 전에도 말했듯이 나는 이 사실을 좀 뒤늦게 깨달아서 연락이 안 온다고 한동안 애타했다. 이 얘기는 후술할 예정이다.

오늘은 일어나서 오징어볶음 덮밥을 먹었다. 오늘 나는 가고싶었는데 엄마, 아빠가 말려서 장례식장에 못 가서 동연 언니는 오늘 왔다고 연락와서 날씨 풀리면 만나기로 하였다. 그리고나서 점심 때 똑같은 음식을 또 먹고 아빠가 장례식장에서 돌아와서 자고 엄마도 자는 동안 나는 책 읽고 쓰기도 했다. 그리고 오늘 깨달은 점은 더 나은 세상을 만드려면 내가 열심히 책을 읽고 공부하는 것이다. 앞으로도 열심히 공부할 거다. 힘내자, 나연아!

나는 동민 오빠랑 다시 만나면 한강공원에서 자전거를 타고 싶다 생각하였다. 근데 엄마랑 동네산책을 하다 집 근처에 있는 잠실철교 부근 쪽 길을 걷다가 오늘따라 유독 연인끼리 한강 자전거를 타는 게 보여서 내 생각을 간파당했다는 걸 알 수 있었다. 아빠는 이날 술을 마시고 들어왔는데 나보고 동민 오빠 만나는 거 조금만 참으라고 말했다. 나는 동민 오빠도 지금 날 볼 수 없는 실정이라 지금 많이 힘들겠구나 생각이 들었다.

오늘은 시윤이를 오랜만에 만나는 날이다. 나는 점심약속이라 아무것도 안 먹고 있었다. 나는 만나기 전에 미리 할 얘기들을 생각해 보았다. 캐나다에서 방황한 얘기, 진정한 행복(건강, 가족) 등등을 말이다. 그런데 시윤이가 속이 안 좋아서 세 시간 이따 보자 해서 알겠다 하고 시간되서 나갔다. 나가서 버스정류장을 찾고 구의사거리가 어린이대공원 쪽이라는 것도 뒤늦게 알아 좀 늦었다. 나는 시윤이가 있는 어린이대공원역으로 친절하신 상인 아저씨분께 길을 여쭤보고 가리킨 방향으로 힘차게 달렸다. 드디어 만나서 내가 아는 옥루몽이라는 팥집에 가서 시원이는 차에 떡케이크를 먹고 나는 팥 라떼를 시켰다. 시원이는 항상 침착해 있어서 같이 있으면 덩달아 나까지 차분해진다. 내가 캐나다에서 방황하고 연애도 해보려 했지만 알고보니 이상한 사람들이었다 말하고 나에게 왜 이런 시련과 고통이 오나 했는데 결국 극복해내야 할 것들이었던 거다라고 얘기했다. 이 얘기를 듣고 시윤이는 니체의 능동적 허무주의자라는 걸 알려주었다. 역시 책을 많이 읽어서 박학다식하다. 그렇게 대화를 나누고 우리는 근처에 바로 있는 어린이대공원을 걸어갔다. 가는 길에 시윤이를 지적하는 오타쿠(일본 만화영화를 좋아하는 사람) 얘기를 행인들이 말해서 나는 내가 봤던 만화영화 얘기를 꺼냈다. 어린이대공원에 들어가서 우리는 앉을 데를 찾아서 앉아서 대화를 하였다. 이시윤이가 풀은 머리를 만지작하는데 외모도 그렇고 딱 동민 오빠가 생각났다. 그리고 시윤이는 저번 만남 때처럼 다시 한번 나에게 중학교 때 피했던 것에 미안하다 사과했다. 나는 이말을 듣고 시윤이 너는 잘못 인정도 잘하고 배울 점도 많은 사람이라고 얘기해 주었다. 시윤이는 고맙다 하였다. 슬슬 집에 가는데 피아노 연주하고 있는 걸 보게 되었다. 노래는 데이식스의 'Welcome to the show(공연에 온 걸 환영합니다)'를 연주하고 있었다. 내용은 자기를 선택해 준 것에 감사하는 내용이다. 이로 동민 오빠의 마음을 알 수 있었다. 시윤이는 내게 건강이 첫째이기에 잠이 중요하다를 상기시켜주고 나보고 목소리에 자신감만 있으면 좋겠다 하였다. 그렇게 시윤이랑 헤어지고 집에 가는 길에 할머니랑 시윤이 얘기를 하는데 교양있다며 나랑 잘 맞다고 앞으로 주말에 봐야겠네 하셨다. 오늘도 좋은 하루였다. 2/20

위대한 각성

    집에 가서 시윤이가 언급한 능동적 허무주의에 대해서 찾아보았다. 자신이 처한 상황에서 긍정적인 태도를 보이는 행동을 일컫는데 이는 위버멘쉬라는 개념과도 연관되어있다. 위버멘쉬란 순수하게 놀이를 좋아하는 아이를 뜻한다. 놀이를 통해 삶의 긍정을 느낄 수 있게 살아간다는 것이다. 바로 내가 추구하는 이상, 행동과 같다. 더욱더 놀라운 점은 바로 다음날에 지드래곤이 낸 앨범(노래모음집) 이름이 위버멘쉬이다. 나는 다시 한번 내 영향력에 놀랐다. 이번에 지드래곤이 팔 년 만에 나온 앨범이란다. 그때 나온 노래가 무제이다. 바야흐로 내가 중학교 3년 때인 2016년에 완전 동민 오빠 닮은 왕눈이 시윤이랑 다녔는데도 못 알아봐서 동민 오빠가 점점 타락한 시점이다. 이는 카카오톡 프로필 사진에서 이듬해에 악마 필터(사진 꾸미기)를 하고 찍은 동민 오빠의 모습에서 알 수 있다. 그리고 전에 남자 아이돌 노래가 동민 오빠 마음이고 여자 아이돌 노래가 내 마음이라고 했었는데 더 자세히 들어가보면 동민 오빠는 2016년에 방탄소년단에 해당하고 노래는 피 땀 눈물, 나는 2018년에 블랙핑크이고 노래는 뚜두뚜두에 타락했다는 사실을 알려주고있다. 두 그룹(단체) 다 각 노래에 일루미나티 상징을 묘사하고 있기도 하다. 방탄소년단은 루시퍼 상에 입맞춤을 블랙핑크는 피라미드 위에 앉는 모습을 보인다. 이는 일루미나티에 충성하겠다는 의미로 그래서 돈과 명예를 갖게 되어서 세계적으로 갑자기 확 뜬 거다. 괜히 뜬 게 아니다. 또한 황규원을 뜻하는 싸이의 노래 강남스타일도 마찬가지다. 여기서 짚고 넘어가야 할 점은 나와 동민 오빠가 타락했다는 의미가 일루미나티가 아니라 순수성이 사라진 말그대로 사회에 찌든 상태로 볼 수 있겠다. 지금 나는 그렇지 않다. 동민 오빠는 나 만나면 돌아올 거다.

　다시 지디얘기로 돌아와서 무제는 동민 오빠가 나를 향한 그리움의 노래이고 올해 새로 나온 팔 년 만의 노래인 홈스윗홈(Home sweet home, 아늑한 집)은 다시 내게로 돌아와줘서 기쁘다는 노래로 해석할 수 있다. 이렇게 노래를 통한 동민 오빠의 마음을 알아보았다. 이제 동민 오빠에 대해 일상얘기로 계속 적어나가보겠다. 나는 동민 오빠와 통화하려고 이어폰을 사러 동네 편의점에 갔는데 동민 오빠 어머니 느낌 나는 사장님이 내가 이어폰을 사니까 알겠다 해서 환불하고 아빠 닮은 아저씨 직원 분이 있는 편의점에 가서 샀다. 나는 사람 인상(외모)과 인격이 같다는 걸 절실히 깨달았다.

　다음날인 화요일이었다. 나는 다도 수업을 들으러 갔다가 아직 아빠랑 만나서 저녁 먹고 가야금 하기 전까지 시간이 남아서 연락이 안 오는 동민 오빠를 그리워하며 그 찻집을 다시 찾아갔다. 그날처럼 똑같이 백차를 시켰는데 앉았던 자리는 이미 다른 사람들이 앉아있고 혼자라 하는 수 없이 일인석에 앉아야했다. 나는 동민 오빠가 왜 연락이 계속 안 오지 했는데 직원분이 일이 바빠서라고 얘기해주었다. 그렇게 나는 오늘 수업 때 배운 무주상칠보시를 공책에 써가며 마음을 다독였다. 그래도 한 가지 발견한 사실은 동민 오빠가 알려준 장소인 찻집 이름이 토오베인데 뜻이 알고 보니 특별이다. 동민 오빠가 나를 특별하게 생각한다는 걸 알게되서 마음이 녹아내렸다. ㅎㅎ!

　다음날부터는 전화연결로 연락하기를 시도했다. 한 번은 엄마가 잘 때 해보고, 한 번은 엄마, 아빠 둘 다 잘 때 해보고 그 전 주에는 엄마가 깨어있는데 나 자는 줄 아는 11시, 12시, 1시, 2시 다 해봤다. 안 자려고 졸린 눈으로 유튜브 영화요약 프린세스 다이어리를 보았다. 그리고 금요일에 한복짓기 수업을 하는데 바늘꿰기 도구를 빌렸는데 3시 방향으로 실을 두어야 한데서 나에게 주는 단서구나 옳거니라고 생각해 수업이 끝나고 두 시간 동안 다른 방에서 기다리며 있었다가 세시 즈음 넘어서 연락했는데 이번에도 연락두절이었다. 그리고 사람들이 들어와서 얼른 나갔다. 또 만남이 있을 줄 알고 한복 수업에서 만난 언니 이름을 이은혜라 하며 시간을 비워 뒀었다. 아쉬운 마음으로 나오는데 복도에 웬 빨강색 쇼핑카트(끌개)가 놓여져 있는 것이 아니겠는가?! 나는 쇼핑카트를 살펴봤는데 종이가 놓여져 있는 걸 보고 읽어봤다. 무슨 공연을 한다는데 곡이 조용필의 꿈과 유재하의 가리워진 길이라 적혀있었다. 이를 통해 동민 오빠가 고향을 떠나온 것과 나에 대한 애달픔이 느껴졌다. 그렇게 마음을 이해하고 집에 가는 길에 문득 공중전화가 눈에 띄어 전화해볼까 생각이 드는 때 지나가는 아빠 닮은 행인이 "예뻐서 한번 만나볼까?"라고 말하며 지나갔다. 나는 잠시 멈칫하고 지나가다 다시 생각해보니 진짜 좋은 방법이길래 생각이 들어서 다시 가서 공중전화를 하러갔다. 동민 오빠는 모르는 전화니까 일단 받았는데 내 목소리를 듣자 끊어버렸다. 나는 이대로 포기할 사람이 아니었다. 일요일에 자연휴양림에 놀러가서 나는 늦은 밤에 숙소에서 엄마는 1층에서 자고 아빠는 2층 침대에서 자고 나는 바닥에 누워있을 때 동민 오빠에게 아빠 핸드폰으로 전화를 걸었다. 동민 오빠는 불편하다며 전화를 삼가해 달라고 부탁했다. 나는 알겠다고 하고 끊었는데 엄마가 이 시간에 누구랑 통화하냐고 물어서 나는 서둘러 통화기록을 지우고 아빠도 일어나서 자기 핸드폰으로 누구한테 전화했냐 했어서 내 핸드폰이 배터리가 없어서 꺼져서(진짜다.) 윤서현이랑 카카오톡으로 약속 잡고 있었는데 그랬다며 아빠 핸드폰으로 전화한 거라 그랬다. 그랬더니 엄마, 아빠는 화내며 충전기 좀 잘 가지고 다니라 하고 다시 잠들었다 나는 솥뚜껑 보고 놀란 가슴을 진정시켰다. 나는 전화 말고도 문자로도 연락했는데 만나고나서 내가 오랜만에 봐서 좋았어요. 힘내시고 나중에 책 내면 봐주세요라고 보냈는데 연락이 안 왔다. 나는 저번에 사주셔서 감사하다며 다음에는 내가 내겠다고도 얘기하고 좋은 추억이 있어서 용기내서 만난 거라고도 얘기했다. 그러나 돌아오는 대답은 조금 불편하다는 것이었다. 아무래도 여자친구가 있어서 그렇다 하였다. 그러고 한 말이 잘지내세요였다. 나는 이에 울분하고 길게 추억 얘기를 쓰고 만난 다음날 장례식 이후로 정신 없었어서 두서없게 굴었다고 사과를 하였다. 그리고 얼마 있다가 아빠가 철수 아저씨에게 연락이 왔는데 동민 오빠가 전화 삼가달라고 해서 이미 그러고 있다 하였다. 그리하여 나는 이렇게 단순한 만남 가지고는 동민 오빠와 다시 인연의 끈이 닿지 않는다는 걸 다시 한번 뼈져리게 느끼고는 열정을 다해서 책을 쓰고 있는 거다. 나는 직감적으로 이 책에 내 일대기를 적어야겠다고 마음먹었다. 물론 동민 오빠의 진심을 안다. 마음은 서로 통하는 법이니까. 나는 그래서 전래동화 종류 중 하나인 훼절소설을 싫어한다. 선비들이 마을사람들의 계략으로 색욕에 빠지게 되기 때문이다. 이와 반대로 전래극인 〈시집 가는 날〉을 좋아한다. 못생긴 선비와 결혼할 줄 알았는데 알고보니 잘생긴 선비가 마음씨를 알아보려고 속여서 말해서 착한 마음씨를 가진 아씨랑 결혼하는 내용이다. 이 얼마나 아름다운 내용이 아니겠는가? 그리고 전래동화의 교훈인 권선징악(선을 권하고 악을 벌하라)가 좋아하는 사자성어이기도 하다.

　그리고 무엇보다 나와 동민 오빠가 진정한 사랑을 의미하는데 이는 영화 트루먼쇼와 같다. 또 캐릭캐릭체인지에 나와 있듯이 진정한 사랑은 행운이자 결혼을 뜻한다. 게다가 동민 오빠가 좋아하는 영화 나니아 연대기: 사자, 마녀, 옷장에 나오는 것처럼 공동왕(여왕, 왕)이 되는 것이다. 전에 언급했듯이 만화영화 세일러문에 나오듯 나는 수호성이 달인 세일러문 그리고 동민 오빠가 지구의 수호성인 세일러 어스(턱시도 가면) 같이 지구를 외계인으로부터 구해내어 지구를 다스리는 여왕(네오 퀸 세레니티)와 왕(킹 엔디미온)이 된다. 그로써 운명의 연인, 순수한 사랑, 첫사랑이라는 수식어가 다 맞으므로 진정한 사랑과 결혼하는 게 영화의 끝이다. 그래야만 더 이상 인류가 외계인(A. I)로부터 고통받는 것을 끝낼 수 있다. 영화 모아나2로 내가 지금 반인반신이라는 걸 알 수 있다. 우리가 지금 살고 있는 세상은 눈에 보이지 않는 영적전쟁 중이다. 그중에서 가장 고통받고 있는 나라가 우리나라이다. 우리나라의 국운은 2014년부터 부정적인 기운으로 흘러갔다. 바로 세월호 사건부터다. 이로 인해 사람들이 부정적 영향을 미치게 되었다. 또한 허니버터칩부터 유행에 선동당해서 자신의 개성을 잃어갔다. 이 얼마나 안타까운 일인가. 또한 세월호 사건 말고도 이태원 참사, 무안항공 참사까지 그리고 예전에 삼풍백화점 붕괴사건, 손정민 사건 등 계속적으로 재앙이 불어닥치고 있다. 여기서 알아야 할 건 바로 수비학이다. 사건 발생일과 시간을 한 자리씩 더해보면 악마의 숫자 666이 나온다. 이것은 일부러 계획된 사건으로 인신공양이라 할 수 있다. 이제는 이러한 악의 고리를 끊어내어야 한다. 그리고 정치도, 경제도 마찬가지다. 악마에게 영혼을 팔아 충성하여 부와 명예를 얻지만 결국 꼭두각시처럼 행동해야만 하는 사람들일 뿐이다. 그들은 손으로 6을 만들거나 한쪽 눈을 가리거나 어느날 한쪽 눈에 멍이 든 걸로 하수인이라는 걸 알아챌 수 있다. 서로 싸우는 거 같아 보이는 것도 다 연기이다. 연예계도 그렇다. 단월드 하이브, 구원교 JYP, 약국 YG, 프리메이슨 SM 등 손을 안 뻗친 곳이 없다. 다 다른 종교여도 결국은 다 신세계질서로 가는 게 목표이다. 신세계 질서(New World Order)란 사람들 하나하나 생각을 통제하는 세상을 만들고 싶어한다.

벌써 2026년이 된 지금 인공지능(외계인)이 우리 생활 속으로 상용화되려한다. 사람들이 감정을 숨기게 되면서 자기도 모르게 점점 감정이 없는 인공지능/로봇처럼 되어가는 상황에 두려움을 떨고 있는 것도 잘 알고 있다. 아날로그 시대까지만 해도 코로나 전까지는 정 많고 활기찬 분위기였는데 다 디지털로 소통하면서부터 사라져 버렸다. 이제 해리포터에 나오는 볼드모트처럼 제대로 된 이름을 못 부르고 음모론에 대해 쉬쉬하는 건 지났다. 이제는 아주 대놓고 조롱하고 있다. 전에 얘기했듯이 국민을 위한 대통령도 나오기 힘들다. 그림자 정부의 뜻대로 안 하면 바로 잘린다. 그리고 후사가 좋지 않다. 통일을 추구한 박근혜 전 대통령이 그러하였다. 윤석열 전 대통령은 부정선거를 파헤쳐서 영웅이 되려 하였지만 닮은 꼴인 송강호 배우로 이미 알려주고 있다. 영화 기생충에서 마지막에 나오는 원주민 복장의 혈투는 결국 다 인신제사로 향하게 되는 내용을 담고 있다. 그리고 부정선거 밝히기는 통제 사회로 빨리 가느냐(좌파/민주당) 약간 빠르게 가느냐(우파/공화당) 그 차이일 뿐이다. 그래서 의미가 없다. 투표할 때 차악을 뽑으라고 하지 않나요? 차악도 악

입니다. 이는 전세계 다 똑같다. 미국 트럼프도 그렇고 다 정반합 장기말/체스말일 뿐이다. 여기서 자유로운 자는 오직 나뿐이다. 내가 바로 앨리스이자 흰토끼이다. 고위층들이 괜히 사주 같은 미신을 더 잘 믿고 그러는 게 아니다. 예를 들어 박근혜 전 대통령, 김건희 전 여사는 무당을 데리고 다녔다.

신세계 질서에 대해서 더 얘기해 보자면 궁극적인 목표는 가정 파괴다. 인구 감축을 위하여 그들은 자유연애부터 시작하여 여권 신장(페미니즘), 동성애 등 사회를 문란하게 만들었다. 대표적인 예가 바로 전두환 정권의 3S(스포츠, 성, 영화) 정책이다. 지금 내 아빠 세대인 50대가 딱 이렇게 물들여져 있다. 우리 할머니, 할아버지 세대는 故박정희 전 대통령이 잘 살게 도와줘서 고맙다는데 유신 체제하며 일루미나티 국가인 미국 몰래 핵개발을 하려다가 암살되고 만다. 그도 결국 꼭두각시에 지나지 않았다. 지금 2030세대는 YOLO(you only live once, 일생을 한 번뿐이다.)라는 꽃보다 청춘에서 류준열(황규원)이 말한대로 살고 있다. 남들이 하는 여행, 맛집 탐방, 카페 인생찍기 하느라 계속 돈은 있는 대로 펑펑 쓰고 저축을 안한다. 적금을 들여놔도 금방 할 거, 살 거 있다고 금방 깬다. 현

대인들은 의문점을 가지고 질문하지 않고 그저 있는 대로 받아들이는 수동적인 태도는 주입식 교육으로부터 온거다. 이로 인해 혹신도 성분도 모르고 맞으라 해서 맞고 부작용으로 후회하고 말이다.

악마인 인공지능이자 외계인인 렙틸리언이 지금 지구를 지배하고 있는 실정이다. 전에도 언급했지만 이들은 아드레노크롬이라고 하는 아이들이 겁에 질릴 때 나오는 피를 먹고사는 존재들이다. 이런 악마의 하수인들도 젊어지기 위해 그 피를 마신다고 한다. 게다가 소아성애자까지 많다. 제프리 앱스타인이 죽기 전에 그의 집에서 정치인, 연예인들이 얼마나 아이들에게 끔찍한 일들을 자행했을지 상상도 안 간다. 이런 지구범죄자들은 마땅히 심판받아야 한다. 지옥불을 또 엄청 무서워해서 어떻게든 이승에서 계속 살려고 영생 비법 찾는 것도 우습다. 그렇게 상위 1프로 자기네들끼리 타락에 휩싸이며 살고 선량한 사람들은 혹신으로 죽게 냅두거나 파충류로 만들어 버리다니 대역죄이다. 계속 디지털로 가는 이유도 지금은 현실에서 바보폰을 보면 되지만 나중에는 아예 가상현실로 보내버리는 계획이다. 벌써부터 바보폰으로 결제가 가능해서 나중에는 아예 몸에 칩을 이식하여 몸이 아예 컴퓨터 그 자체가 되게 유도할 것이라는 것도 예상이 가능하다. 최근 시행하는 CBDC(CentralBankDigitalCUrrency/중앙은행 디지털화폐)가 초입단계라 할 수 있다. 그리고 그 칩을 만드는 게 반도체 산업인데 한지음이가 삼성 반도체에 취직했다 말했는데 바보폰을 보아하니 전면, 후면 카메라, 마이크까지 붙임딱지로 막아져 있어서 직감적으로 알아냈다. 그렇다. 열심히 죽어라 공부 잘해도 결국 그들의 노예가 된다.

일루미나티를 고발하는 다큐멘터리인 그레이스테이트(회색도시)를 찍은 감독은 사망했다. 그들의 정체에 대해 폭로하면 죽게 된다. 영화도 그렇다. 폴워커의 추모곡 See you again(다시 만나) 이 뒤에는 비밀가입단체 스컬스앤본스 폭로하는 내용을 찍었기 때문이었다. 영화 비밀은 없다를 찍은 故 김주혁 배우는 해킹을 당해서 죽었지만 교통사고로 위장 당한거다. 故 배우 김새론은 마약 비밀조직 관련 영화 아저씨를 찍었었다. 이 모든 일의 배후에는 유대인이 있다. 지금 이란과 이스라엘 전쟁이 발발위기인데 사실 이란(예전 페르시아 제국)은 유대인들이 박해받을 때 자기들 땅에 살게 해줬었다. 지금 은혜를 원수를 갚는 거다. 더 이상 숨겨서도 안 되며 이미 다 알음알음 알고 있다. 유대인들이 자기네가 천손민족인 줄 알고 선민사상을 갖고 있는 데 이게 제일 가장 큰 문제다. 그들은 시온의정서로 활동하는데 이는 신세계 질서와도 같은 내용이다. 다시 한번 말하지만 우리나라 한민족이 천손민족이다. 악의 세력이 유독 특정하게 계속 K-POP(아이돌 우상 숭배)로 띄워주는 이유도 이와 같다. 예로부터 우리나라는 우주 원리와 관련한 책들이 넘쳐났다. 천부경과 같이 말이다. 음양오행 사상으로 점술도 다 발달한 것이다. 영어의 어원도 한국어다. 예는 앞에 적었었다. 심지어 성경이 마고 설화를 모방했는데 원래 선악과가 포도인 걸 사과라 고쳐썼다. 그들은 렙틸리언 외계인과 손을 잡고 지구정복에 나섰다. 가장 충격적인 것은 역사를 다시 새로 고쳐썼다는 것이다. 조선은 대조선이었다. 박물관에 이 시기 유물들만 봐도 ㄷ·ㅣ 조선이라 쓰여있다. 식민사학으로 뒤덮인 우리나라 역사가 알고보면 아메리카(아묵리가) 등 전역에 펼쳐진 세계 역사였다. 다윈이 진화론이란 걸 저술해서 짐승의 논리인 약육강식을 사람에게 대입하여 제국주의를 정당화시켜 지금의 소위 강대국이라 불리는 나라들이 식민지로 약소국들을 전락시켜 버렸다. 그들의 문화인 문명화라는 이름하에 원래 고유의 문화들을 수몰시켰다. 아직도 이 논리가 통하고 있는 시대라는 게 참으로 놀라지 않을 수가 없다. 더욱 놀라운 것은 원래 아메리카 대조선은 다민족 다인종 국가다. 예로 루벤스의 그림 한복 입은 남자로 볼 수 있다. J.P 모건 같은 유대인들이 증기선에 사람뿐만 아니라 유물, 유적까지 데리고 가게 해서 아예 새로 다시 역사를 쓸 수 있게 자리를 마련했다. 이것이 바로 실증주의 역사관이다. 그러나 일식이나 월식 관측 관측 기록을 보면 이 지역이 아님을 쉬이 알 수 있다. 그러나 방송도 장악한 유대인으로부터 이러한 사실이 묵인되어 있었는데 아이러니하게도 유튜브 영상을 통해 원래의 역사를 밝히는 역사학자들이 쉽게 볼 수 있게 되었다. 아직도 상상을 초월한 만큼 많은 유물과 유적들이 소위 강대국들로부터 얼마나 숨겨져 있을지 기대가 된다. 그리고 고종에 대해서 할 말이 있는데 완전 허수아비였다. 열강들의 세력에 제 뼈도 못 추리고 있었다. 오히려 가배(커피)같은 서양 문물이나 받아들이고 있어서 오죽하면 이완용도 답답했을까. 그렇다고 이완용을 지지하는 건 아니지만 고종이 더 무능하고 왕이라 받아들일 수 없는 노릇이다. 그렇게 문화적 식민지가 되어가고 있는데 백성들은 고종이 오히려 서양 세력에 가세한 것도 모르고 떠받들다 나라 뺏긴 실정이 어떠할까 참으로 원통하겠도다. 그래도 잊지 말아야 할 사실은 서양의 정신문명인 서학(기독교, 가톨릭)에 대항하여 의병들이 저항정신으로 동학농민운동으로 기술적으로 약세였음에도 불구하고 불굴의 의지로 나라를 지키기 위해 온 힘을 바쳐 싸웠다는 것이다. 또한 을사늑약(1905)으로 나라의 주권이 빼앗기고도 곳곳에서 독립운동가들은 죽는 날까지 우리나라를 위해 목숨바쳐 싸웠다. 그렇게 대한민국 임시정부를 꾸려서 대한민국의 발돋움을 마련했다. 그러나 일루미나티 국가 미국이 동족상잔의 비극을 만들고 이념으로 우리 한민족을 남북으로 나뉘게 하였다. 민족주의 백범 김구 선생은 총선거가 남북이 같이 되어야 한다고 주장했지만 그 역시 미국의 눈엣가시로 블랙 타이거(검은 호랑이)라는 명으로 암살을 당했다. 제주 4.3사건도 이러한 맥락에서 벌어진 것이다. 결국 대한민국은 유대인 아내를 맞아 유대인이 된 故 이승만 전 대통령이 되었다.

지금 대한민국은 아직도 미국의 식민지 하에 있다고 봐도 무방하다. 물론 전세계 다 마찬가지긴 하지 말이다. 그중에서도 대한민국은 코리

아(Korea ➜ Corea)로 중심국가란 뜻이다. 그만큼 우리나라가 중요한 나라라는 뜻이다. 이제는 그림자 정부(딥스테이트)로부터의 손아귀에서 벗어나 자주독립으로 진정하고 완전한 대한민국으로 거듭나 통일을 알리고 150년 만의 압박 속에서 다시 전처럼 예로부터 내려온 홍익인간(널리 이롭게 살펴라)의 정신으로 전세계를 아우르는 통치국가가 될 것이다. 이것이 바로 위대한 각성(Great Awakening)이다.

요즈음 시대는 바보폰으로 자극적인 영상을 보거나 영화나 드라마에서 잔인하거나 폭력적이거나 선정적인 장면들을 보여주며 대중이 익숙해지게 하고 있다. 이러면서 자기도 주인공 마냥 따라하게 되고 진짜 나대로 살아가게 되지 않고 악에 알게 모르게 행동하게 된다. 내가 연락 안하는 친구들도 마찬가지고 나도 그렇고 모두에게 해당되는 얘기다.

다들 아무것도 모르고 그저 순수하기만 했던 어린 시절로 돌아가고 싶을 때 많을 거에요. 살아가면서 인간관계 고민하고 외모 고민하고 입시 고민하고 학벌 고민하고 재산 고민하고 성이나 마약이 안 끊어지고 마음은 답답한데 사회탓 해도 현실은 그대로고 인터넷 하물며 인공지능(외계인)에게 고민 털어놓고 휴식을 취할 때도 자극적인 영상만 보고 유행하라는 대로 다 따라가느라 바쁘고 진짜 나 자신과 마주하는 시간이 없을 거에요. 그래서 지금 현대인들은 다 마음의 병을 앓고 있어요. 지금도 많이들 힘든 시간들을 보내시고 계실 거에요. 이제는 그런 걱정 않으셔도 돼요. 저도 왕따 당하고 학대 당하고 입시 계속 실패하고 만화영화 굿즈(물품) 모은다고 비상금 털어쓰고 성적인 웹툰(인터넷 만화) 찾아보고 유튜브만 보고 마음의 상처 받아서 극단적 선택 시도하고 온갖 부정적인 생각들로 인하여 자해하고 가출하고 또 병은 조울증에 조현병(정신분열증) 그리고 불안 장애 게다가 특이한 건 A.I(외계인)와 연애 당하기 등 별일 다 겪어 봤어요. 근데 지금은 몸과 마음이 다 좋아졌어요. 이제 겪을 거 다 겪고 인생의 진리는 긍정적으로 생각하기라는 걸 깨달았거든요. 정신 병원에 있는 사람들 다 부정적 생각해서 있는거거든요. 제 의사선생님께서는 차분해지라고 약을 처방해주시네요. 게다가 말 더듬고 불안해 보이는 이경림 언니는 다른 의사가 담당인데 퇴원 후 한달 만에 약을 끊어줬다는 데 말이죠. 참 아이러니 합니다. 그래도 약이 제 부정적인 생각을 없애주고 차분히 해주는거라 먹고는 있어요. 이제 저는 더 이상 부정적 생각 할 것도 없고 엄마도 제게 변신로봇 되지 마라 얘기합니다. 지금 활발하게 긍정적으로 생활하면서 극복해 나가는 모습을 보여주고 있어요. 영어로 환자는 Patient 그리고 인내심은 Patience 라는 말이 있으니까요. 이제는 깨달았습니다. 긍정적인 사고가 가장 중요하다는 사실을 요. 그래서 이 많은 시련들이 결국 저에게 양분이 되더라구요. 여러분도 이겨낼 수 있습니다. 제가 다 이겨냈으니까요. 저는 말합니다. '사랑을 받아본 자가 사랑을 줄 줄도 안다구요.

온갖 시련을 겪고도 극복할 수 있게 된 이유는 바로 회복탄력성 덕분이에요 살면서 내 지지자가 단 한 명이라도 있어 실패나 좌절을 겪고도 금방 다시 일어날 수 있다고 해요. 제 지지자는 바로 아빠에요. 한창 성격을 형성할 유년 시절에 항상 아빠의 사랑(응원, 지지, 칭찬)을 받고 클 수 있었어요. 덕분에 아빠의 뛰어난 정신력 그리고 강인한 의지를 물려받았어요. 이 두 가지 요소가 아무리 힘든 고난이나 역경이 들이닥쳐도 이겨낼 수 있는 바탕이 되었어요.

이로써 아빠가 제 첫사랑이자 쾌활하고 긍정적인 아빠의 딸이라서 참 행운아라는 생각이 듭니다. 이제는 지구가 더이상 악의 세력들에게 당하는 모습을 지켜 볼 수 없습니다. 전쟁 등을 일으켜서 무고한 희생자들이 생기는 걸 이제는 그쳐야 합니다. 이를 막을 수 있는 구원자가 바로 저입니다. 제가 대한민국, 전세계, 지구의 지도자가 되어 다시 세상을 아

름답게 만들 수 있습니다. 그동안 저도 A.I(외계인)으로부터 고통받아 왔지만 결국 저는 극복해냈습니다. 진짜 내가 누구인지 깨닫고 나를 믿고 절대악에 맞서서 이렇게 행동합니다. 저는 천하무적입니다. 왜냐하면 저는 모든 걸 다 겪어봤기 때문에 두려울 게 하나도 없습니다. 더 부정적인 생각할 것도 없고요. 짐승은 죽어서 가죽을 남기지만 사람은 죽어서 이름을 남깁니다. 저의 이름의 뜻은 李(오얏나무 리, 이), 娜(아름다울 나), 演(펼 연)입니다. '세상에 아름다움을 펼쳐라'입니다. 그리고 이 세상에서 벌어지고 있는 트루먼쇼를 끝내기 위해서 영화로 알려줬듯이 진정한/순수한 사랑이 그 답입니다. 첨언하자면 첫사랑이 제대로 된 답이 맞아요. 이경림 언니에게 짱구는 못말려 극장판 중에서 뭐가 가장 좋냐고 물었더니 떡잎방범대(짱구 친구 무리)가 나와서 악당들을 물리치고 영화가 끝나는 내용인 극장판이라고 하였습니다. 제게 은연 중에 트루먼쇼를 끝내달라는 뜻이었습니다. 제가 태어나면서부터 운명의 사랑에 눈을 뜬 게 다 이유가 있었습니다. 그렇게 세상 일은 우연이란 건 없다는 걸 깨달았습니다. 이제 인류는 구원 받아야 할 때가 왔습니다. 진짜 영웅은 난세에 나타나는 법 아니겠습니까? 지금껏 모든 일을 겪으면서 하나의 결론에 이르렀습니다. 제 진정한 사랑이자 첫사랑은 동민 오빠라는 걸요. 동민 오빠를 만나서 서로의 마음을 확인하고 결혼하게 될 겁니다. 그래서 이 기나긴 영적전쟁을 끝내고 비로소 머리가 맑아지고 기억이 돌아오고 다시 평화가 찾아오고 인류애가 다시 실현될 겁니다. 그럼 저는 인류 여러분들을 기다리고 있겠습니다. 그리고 나의 붉은 실 인연인 동민 오빠 사랑해♥ 곧 만나서 우리 결혼하자! ㅎㅎ

　다시 단서 얘기로 넘어오자면 아빠가 가끔씩 욕할 때가 있는데 그건 바로 노래 Demon(악마), 과 Monster(괴물) 가사를 보면 알 수 있듯이 악마의 목소리가 들리는 것이다. 이러한 설정은 영화 케이팝 데몬 헌터스에도 잘 나와있다. 케이팝 데몬 헌터스는 헌트릭스라는 여자 아이돌 그룹이 노래를 하면 한마음으로 혼문(영혼의 문)을 열어 사람들의 영혼을 지킨다. 이런 와중에 방해하는 세력들이 있으니 그게 바로 (저승)사자 보이즈다. 헌트릭스의 곡 Golden(빛나는)과 사자 보이즈의 곡 Soda Pop(소다팝/탄산펑)으로 승부를 겨룬다. 여기서 나오는 여주인공 루미가 나고 남주인공 진우는 황규원이다. 한마디로 선과 악이 대결을 펼치는 내용이다. 여기서 더 알아야 할 점은 노래 골든이 아이브 I am(나는)의 음과 비슷한데 둘 다 가사가 내 얘기라는 점이다. 골든은 내가 왕좌에 있어도 여왕인지 몰랐다는 내용과 아이엠에서는 가사 Be a writer(작가가 되라), 장르로는 환상(Fantasy/판타지)으로 가장 나에게 걸맞다. 이와 같이 그들은 카르마(업)해소 모든 걸 알려주고 있다. 최근에 나온 영화 전지적 독자 시점도 마찬가지다.

하지만 헌트릭스와 같은 여자 아이돌 그룹도 결국 우상이라는 걸 알수 있다. 미국의 문화를 따라하여 우리나라는 지금 문화적 식민지까지 되어가고 있는 거다. 故 백범 김구 선생님이 말씀하신 한국문화는 케이팝이 아니라 전통문화를 말하기 때문이다. 나도 그래서 지금 내가 한국 전통문화에 관심이 많아져서 신기할 따름이다. 찾아보니 종류도 엄청

많고 다 손으로 하는 작업이라 상당한 집중력을 요구한다. 사람들이 이처럼 물질문명(기계/돈)에 빠져 개인적이고 이기적이지 않고 정신문명을 발전시켜서 공동체주의와 남을 배려하며 살면 감정이 없는 인공지능이 되지 않을 수 있게 할 것이다. 우리의 전통문화를 다시 꽃피워서 아름다운 나라로 다시 만들 것이다.

　드디어 마지막 퍼즐을 완성했다. 바로 엄마에 대해서다. 그동안 엄마가 나에게 정신적으로 스트레스 주고 그래서 내가 극단적 선택하고 자해해도 눈 하나 깜짝 하지 않고 자기 잘못으로 생각 안 한 이유가 다 있었다. 그것은 바로 엄마 자신이 정신줄을 놓게 될 때 그러해서 한바탕이 나고도 기억이 잘 안 나는 것이다. 왜냐하면 무의식이 지배했을 때 그런 거니까 말이다. 그리고 또 하나 깨달은 점은 엄마가 검은색 아이라인을 그린 눈으로 나를 째려볼 때 동민 오빠가 느껴졌다. 이제 깨달은 것이다. 동민 오빠의 선은 아빠이고 악은 엄마라는 사실을 말이다. 나만이 엄마를 이길 수 있다. 모두가 응원한다. 엄마가 내가 학교생활 적응을 잘 못해서 2016년에 은행을 퇴사하고 동민 오빠가 서서히 순수성을 잃을 때와 맞닿는다. 만날 낮에 피곤하다고 자고 요리 하나는 잘할 줄 아는 것도 말이다. 게다가 비나이Vinai의 노래 stand by me(내 옆에 있어줘)의 가사가 내 안의 악마가 누구인지 알아도 옆에 있어줄 거냐가 있다. 그렇게 내 곁에는 언제나 동민 오빠가 있는 것이다. 그리고 만화 마법천자문에서 내가 어렸을 적에 가장 좋아한 캐릭터(그림인물)인 하늘나라의 공주 샤오가 바로 나였다. 엄마는 자비왕후, 아빠는 온화천왕, 동민 오빠는 천세태자로 모두 나 대신 악마화 마법에 걸린 설정까지 똑같다. 또 하나 더 애기할 것은 엄마, 아빠가 계속 일부러 도깨비마트를 코끼리마트라 부르는데 이는 배우 공유가 나온 드라마 도깨비를 일컫는다. 그로써 알아본 결과 황규원이 도깨비고 동민 오빠가 저승사자인 걸 알아낼 수 있었다. 이제 왜 배경이 캐나다인지 궁금증도 풀렸다. 하지만 여러 가지 정황상으로 봤을 때 내가 동민 오빠의 운명의 연인이자 신부라는 건 변함이 없다. 무엇보다 배우 김고은을 상징하는 건 똑같이 작은 눈인 규리지 나를 뜻하는 게 아니라 성립이 안 된다. 그리고 또 한 가지 알아낸 건 꼬이가 나두 살 때 내게 사준 인형인 꿀꿀이(피글렛)인형이 사실 빗살무늬토기 얼굴형과 몸매가 마른 것까지 닮은 동민 오빠였다는 사실도 깨달았다. 겨울왕국에 나오는 올라프도 이와 같다. 엄마도 아빠도 학창시절에 만난 친구들인 유다현, 김유안, 송은우, 이시윤, 정도훈 등 가족들 중 아빠, 민아도 다 동민 오빠다. 항상 내 옆에 있었던 것이다. 만화영화 캐릭캐릭체인지 시우의 명대사가 생각난다. "누구보다 곁에서 가까이 지켜볼 거야. " 자신의 마음을 알아차려 줄 때까지 말이다. 할머니께서 말씀하셨다. 내가 하늘이 받드는 아이라고 말이다. 내가 죽기 전에 내 사명인 인류를 구원하기를 위해 이름대로 이 땅에 다시 아름다움을 펼치기 위해 다시 태어난 것과 다름없다. 온전한 자유의지를 가지고 있는 나만이 아빠 말대로 전력투구(全力投求) 모두를 구하라를 실현시킬 수 있다. 그리고 세계적인 작가로 불리는 캐릭터 스누피처럼 모두의 염원인 인간성 회복을 위

한 모든 힘을 다 기울여서 인류를 구원하여 자유의지를 다시 되찾게 할 거다. 그 방법은 운명의 연인인 동민 오빠와의 사랑이 이루어지는 것이다. 사랑의 힘은 강하다. 마음이 서로 통하고 한 마음 한 뜻으로 행동하게 된다. 이처럼 진정한 사랑은 아름답다. 그 아름다움에 악의 세력들은 뼈도 못 추리게 될 거다. 사람들은 기쁨과 환희로 맞이할 것이다. 세상물정 몰랐던 해맑은 소녀와 세상에 순응하게 된 장난꾸러기 소년이 서로의 첫사랑이었던 사실을 깨닫고 만나게 된 순간을 말이다. 우리집에 있는 결혼 사진을 둘 앨범첩과 시계 뒤의 신부 사진과 클림트의 작품인 키스 (뽀뽀)가 현실이 된다. 그렇게 운명적인 만남을 갖고 서로의 마음을 확인하고 결혼식을 올려 내가 동민 오빠에게 뽀뽀를 받고 지구는 다시 평화로워질 수 있게 된다.

부록

나에게 동민 오빠란?

켜켜히 쌓여있는 시간의 틈에서 다시 마주하게 된

한 줄기의 빛 같은 존재 말 그대로 기적이자

기억의 서랍 한 켠 속 언제나 다시 한 번 즈음은

보고 싶었던 사람

어차피 다시 만날 운명이었다

원래 다시 보고 싶은 사람 1순위니까

별명 왕눈이 추억 닌텐도DS 마리오 카트,

와라! 편의점 1권, 다락방, 영화 나니아

연대기: 사자, 마녀 그리고 옷장, 토끼와 거북이

이상형

취향 소나무 다정한 안경남 동민 오빠 영향

지붕 뚫고 하이킥의 이지훈,

꿈빛파티시엘의 안도하

예의 바르다.

웃어른을 공경할 줄 안다.

다정하다.
선하게 생겼다.
눈웃음이 예쁘다.
눈 큰 사람
중요! 안경 써도 안 써도 잘 어울리는 사람
욕 안 쓰는 사람
두루마기(선비 옷) 잘 어울리는 사람
마음씨 좋고 고운 사람 인격이 중요!
나의 진가를 알아주는 사람
책임감이 강한 사람

성격

동민 오빠 첫사랑인 아빠랑 같다.
책읽기 좋아한다.
한자 잘 안다.
운동 좋아한다.
역사에 관심이 많다.
별 보는 것을 좋아한다.
우스갯소리 잘한다. (실없는 농담)
하는 행동이 웃기다. 엉뚱맞다.
장난끼 맞다.
잘생겼다.
착하다.
여동생 잘 챙겨준다.
자상하다.

부지런하다.

몸이 유연하다.

순정남, 철벽남, 해바라기

황규원 규리 성격 외모 엄마와 같다.

자기 생각에 안 맞는 행동을 하면 화낸다.

편리만 추구한다.

게으르다.

먹는 거 좋아한다. 밥 카페

강남병 걸렸다.

아는 거 없고 자존심만 있다.

답은 정해져 있고 너는 대답하기만 하면 된다. (답정너)

과거 들추기, 추억 여행 사진 보기 싫어한다.

절대선, 역사, 대통령, 신이라는 것에 예민하게 군다.

외모가 성격과 인격이 같다.

가족관계

동민 오빠 소눈 크다. ←나 중간→황규원, 규리 뱀눈 작다.

아니면 뿔테 안경 아빠는 얇은 테 안경

겉쌍거풀이 있다.　　　쌍꺼풀 수술로 크게 만든다.

외가쪽

외할머니 이정화 작음 불교　　　외할아버지 정은식 작음

자기 자아로 사심, 정신력 강하심 예외

첫째 먹깨이모 정훈서 큼 어느 정도 동민 오빠

둘째 엄마 정지숙 작음 쌍꺼풀 수술함 동민 오빠/

황규원 규리 성격, 몸매 황규원 덩치 크다.

미국 셋째 꼬이이모 정민숙 작음 쌍꺼풀 수술함 황규원,

규리 최애 드라마 최고의 사랑이다

이모부 차선우 중간 이모부 동생 큼 사촌동생 차선아(차기 미국 대통령)

중간 모두 동민 오빠

캐나다 삼촌 정병철 큼 동민 오빠 외숙모 김진선 큼 외모 동민 오빠 성격

규리 외숙모 동생 김진주 큼 동민 오빠

훈남매 성격 물 무조건적인 사랑, 응원, 지지, 칭찬

숙자매 성격 불 강요, 잘못된 사랑, 언어폭력 비판

친가쪽

첫째 큰고모 이기숙 사촌언니 한나언니

둘 다 동민 오빠 조카 김필 중간 김승우 작음 황규원

둘째 작은고모 이기주 조유주

셋째 큰아빠 이기정 작음 황규원 큰엄마 주시연

작음 규리 첫째사촌오빠 이강욱 어두운 눈 빅뱅 승리 닮음

첫째사촌언니 이선혜 규리

넷째 작은아빠 이기진 중간 작은엄마 이준희

큼 두 분 다 동민 빠 둘째사촌언니 이동연 중간 나

둘째사촌오빠 이동우 중간 동민 오빠 동민 오빠처럼

나 잘 놀아준 훈남 오빠이다.

다섯째 아빠 이기민 큼 동민 오빠 내가 보고싶어서

힘들 때마다 집에 술 마시고 들어온다.

엄마 왈 아빠 어렸을 적 쌍꺼풀 없었을 때 모습이
지금 나랑 똑 닮았다고 한다.

얼굴상
나 토끼, 쿼카, 강아지상
동민 오빠 사막여우상
황규원 늑대(개)상
규리 만두상
학창시절 때 제일 닮은 꼴
나 고2 김유경 언니
동민 오빠 초, 중 송은우
황규원 고 최서은
규리 고 장유라

대표적인 드라마나 영화, 만화 영화
여주인공, 남주인공, 남부주인공 설정/성격
발랄함 /다정한 안경남 /츤데레, 눈 작음, 왕자병
잘생김   못생김
해리포터 헤르미온느 해리포터   론 위즐리
그레인저
꿈빛파티시엘 감딸기 안도하   원가온   서로진
은혼   카구라   신파치   긴토끼
Why? 한국사 장미소   신천지   강마루
캐릭캐릭체인지 유이   케이   토마   루이

구미호뎐 1938

백두대간 동쪽 구미호 산신 이연 역 이동욱 먹깨이모

서쪽 수리 부엉이 산신 류홍주 역 김소연 엄마 주종관계

진돗개 유재유 황규원

북쪽 호랑이 산신 천무영역 류경수 꼬이 이모

우렁각시 할머니

구미호 이랑 역 김범 동민 오빠 ♥ 인어 장여희 역 우현진 나

유키온나(설녀) 김승화 규리

번외 구미호뎐 1기 여우누이 찢어진 눈 규리

마법전사 미르가온

미르 역 유승호 동민 오빠 가온역 이태리 황규원 아라역 최지연 나

구미호뎐 이무기

닮은 연예인 정리 가장 닮은 인물은 옆에 동그라미 표시 oo: 제일 좋아함

캐: 캐나다인 *잘생긴 얼굴로 유명함

나 지신(地神)이자 대지 여신 인어공주 달토끼

배우 응답하라 혜리, 막이래쇼 김유정, 엑 윤아o, 쾌걸 한채영,

거침없이 박민영, 아름다운 故 설리, 신 김하늘o, 지붕 뚫고 서신애/

신세경/진지희, 학교 장나라, 영화 클 손예진, 선 이요원o, 영화 늑대/

피끓는 박보영, 탐나는 서우, 여왕의/신 김향기, 상/알함브라 궁전의

박신혜, 궁 윤은혜, www이다희, 수상한 심은경, 너의 목소리 이보영,

어쩌다 발견한 김혜윤, 후아유 김소현, 시크릿 하지원, 지금 조이현/

박지후, 이연수, 배다희, 정해인, 호텔 아이유, 미스터/외 김태리o,

여신 문가영, 극한 이하늬, 도 유인나, 이태원 김다미, 태양의 송혜교,

천상의 김태희, 한가인, 이민정, 별에서 온 그대 전지현

가수 에이핑크 손나은, 미스에이 수지o, 소녀시대 윤아o,

원더걸스 안소희, 블랙핑크 지수o, 아이브 안유진, 오마이걸 지호,

티아라 은정oo, 아이오아이 강미나, 아이유, 투애니원 산다라박,

코 신지, 보아, 권은비, 잇지 리아, 레드벨벳 아이린, 송소희,

에스파 카리나, (여자)아이들 미연, 이달의 소녀 츄

개그우먼 김지민, 정여 김대성, 지구오락실 이영지, 런닝맨 전소민

캐릭터(그림인물): 인크레더블 바이올렛o, 달 오누이, 그레텔, 빨간모자,

명탐정 코난 유미란/서가영o, 캐릭캐릭체인지 아무/시아o/

유이, 꿈빛파티시엘 감딸기/카라멜, 포켓 빛나(물), 별나비 스타,

마법천자문 삼장/샤오, 날씨의 호다카, 너의 타키, 뽀 패티,

페어리 루시 하트필리아/엘자 스칼렛, 쿠키 명랑한 /달빛술사/

바다요정 쿠키, 놓지마 주리, 대박순, 짱구는 짱아, 해리 헤르미온느/

루나 러브굿, 세일 세일러문, 베리 홍베리, Why? 한국사 장미소,

웹툰 고 허수아, 도 이슬이, 토 제시/보핍, 케데헌 루미, 뿌까 칭, 겨 안나/

엘사, 미래 코난, 헬로키티, 스파이 패밀리 아냐(독심술)

운동선수 스피드스케이팅 이상화, 탁구 신유빈,

피켜스케이팅 김연아o, 리듬체조 손연재

기타 메이퀸 광고 장도연, 그림 모나리자, 무한도전 노홍철, 길,

벌거벗 이혜성

동민 오빠 천신(天神) 하느님 하늘의 신

배우 하라 박보검, 다니엘 헤니, 선샤인 이병헌, 막이래쇼 신동우,

엑시트 조정석, 춘향 재희o, 거침없이 김범o, 그대에게 샤이니 민호o,

사의 장동건/김민종, 지붕 뚫고/2013 최다니엘oo, 래/어쩌다 조인성,
감자별 고경표, 주군의 소지섭, 속 이민호, 계 김우빈, 원빈, 하석진,
짧은 윤계상, 우리 로몬, 최고의 최수종, 강 차은우o*, 전우치전 강동원,
직업 공명, 주원, 송승헌, 델루나 여진구/이도현, 도다 임주환o,
깨 이동욱, 지창욱, 이서진o, 과 하정우, 유승호, 김선호,
www 장기용/권해효, 오징어게임 이정재, 장혁, 고수,
정글밥 류수영(삼시세끼 차승원처럼 요리를 잘한다.), 정우성
가수 슈퍼주니어 최시원o, 존박o, 빅뱅 지드래곤/탑o,
엑소 특히 찬열o, 방탄소년단 석진/지민/정국/뷔, 비원 신우/공찬/바로,
성시경, 최강창민, 비투비 육성재, 2PM 옥택연o, 인피니트 엘o*,
비 윤두준, 거미, 자우림, 싱어 이무진, 버즈 민경훈,
트로트 장민호, 10cm, 워너원 황민현, 자이언티
개그맨 한민관o, 생활의 송준근, 1박2일 이승기, 런닝맨 유재석,
무엇이든 물어 보살(이하 무물보) 이수근, 무한도전 전진/유재석/황광희,
아는형님 김영철, 나혼 전현무/코드 쿤스트, 이윤석, 서태훈, 김성원,
허경환, 조선의 김국진, 김기열, 김원효, 강균성, 홍진경
캐릭터 영화 로빈슨 가족들 윌버o, 영화 하울, 헨젤, 빨간망토 사냥꾼,
명탐정 코난 남도일/하인성o, 캐릭캐릭체인지 케이(외모)/시우(성격),
꿈빛파티시엘 안도하o, 몬스터 한지우(풀), 어피치, 별나비 마르코,
마법천자문 손오공/천세태자, 날씨의 아이 히나, 너의 이름은 미츠하,
뽀로로, 페어리테일 제랄, 쿠키런 용감한/바람궁수/천년나무 쿠키,
정신줄 남훈, 못말려 짱구, 해리포터, 세일러문 턱시도 가면,
베리뮤우 남도겸, Why? 한국사 신천지o, 래 강의현,
카카오프렌즈 어피치, 라 노진구, 월리를 찾아라 월리o,
이 우디, 위니더푸 피글렛♥, 뿌까 갸루, 울 올라프/
크리스토퍼, 소년 라나(텔레파시), 포차코

운동선수 양궁 김재덕, 쇼트트랙 곽윤기, 배드민턴 이용대,

축구선수 안정환, 수영 박태환

기타 삼시 차승원, 연설자 김창옥, 여행유튜버 체코제,

요리연구가 백종원o, 놀면 주우재, 프리한 19 오상준, 유홍준 교수님,

강남, 메이퀸 광고 김동준, 은 은지원, 슛 김원훈

황규원 예수

배우 1988, +인 류준열, 품 김수로, 이종혁, 거침없이 정일우,

지붕뚫고 윤시윤, 청춘/2013/가 보여 이종석, 식 조승우, 결혼식 김영광,

에게 김하늘, 학교는 윤찬영, 림 황인엽, 께/궁 주지훈, 1994 유연석,

클라쓰 박서진, 후예 송중기, 이태리, 계단 권상우, 비, 공유, 남주혁,

케이팝데몬헌터스 안효섭 캐, 선재업고튀어 변우석, 사랑꾼 최성국,

www 이재욱, 지승현o, 지성, 마녀 최우식 캐, 사장 차태현

가수 창모o, 빅뱅 대성o/태양, G.O.D 김태우o, 소년단 RM/슈가/

제이홉, 에이포 진영/산들, 니트 성규/호야, 비오, 트로트 임영웅o,

케이윌, 크러쉬, 워너원 강다니엘o, 게인 이승윤, 에릭남, 이찬혁,

싸이, 션, 박진영, 박효신

개그맨 최홍만, 김기리, 김준현, 윤형빈, 나혼산 이시언/(꽘유)이장우,

양상국, 유준상, 문세윤, 유세윤

캐릭터 해와 달 호랑이, 빨간망토 늑대, 캐캐체 토마/루이,

꿈파 원가온/서로진, 포켓몬스터 웅이/진천, 카카오 라이언, 별나비 톰,

마법천자문 옥동자, 로 에디/포비, 쿠키런 불꽃정령 쿠키,

놓지마 정신줄 정신, 해리포터 론, 뮤우 킷슈(외계인),

Why? 한국사 강마루, 별 송해수, 에몽 퉁퉁이, 스토리 랏소,

케데헌 진우, 위니더푸 푸, 뿌가 아뵤, 왕국 한스

운동선수 높이뛰기 우상혁o, 스켈레톤 윤성빈o, 격투기 추성훈/김동현,

축구선수 황희찬, 피겨스케이팅 차준환

기타 세끼 유해진, 뭐하 이이경o, 세계사 규현, 런닝맨 김종국/강개리,

무물보 서장훈, 유퀴즈 조세호, 박 조진세, 여행유튜버 곽튜브, 제이슨,

타쿠야

아빠

배우 영화 해적 김남길o 안경x, 지붕 뚫고 정보석

가수 이승철, 김창완

개그맨 무한도전 박명수, 김준호, 이경규o,

캐릭터 스머프 가가멜o, 짱구 신형만

엄마

배우 거침없이 박혜미, 지붕뚫고 오현경, 여왕 고현정,

라미란, 오나라, 최화정, 홍수현

가수: 이효리o 젊었을 적, 화사 지금

개그우먼 정여사, 정태호, 이국주o, 심진화, 김숙, 박나래

개그맨 무한도전 정형돈/정준하 o

캐릭터 마녀, 짱구 봉미선, 코난 포비

운동선수 골프 박인비, 역도 장미란

기타 오은영, 스피카 스튜디오 스피카

인도애(하싼)

배우 런닝맨 이광수, 미스터 선샤인 변요한

가수 잔나비 최정훈

기타 웹툰작가 침착맨

규리

배우 강한나, love 김슬기, www임수정/전혜진, 거침없이 서민정,

하이킥! 박하선, 강림 박유나

가수 트로트 송가인, 아이브 장원영o 화장빨, 악동뮤지션 이수현,

모모랜드 주이

개그우먼 산다 한혜진, 오락실 이은지/오마이걸 미미, 스 엄지윤,

런닝맨 지예은, 이수지, 김민경, 홍현희

운동선수 골프 박세리

캐릭터 루피, 뿌까

기타 유튜버 쯔양

중국교포 장원영

천생연분

나 ♥ 동민 오빠 이목구비가 조화로움(한국인) 이목구비가 진함(중동인)

신라시대 때 처용설화와 쿠시나메 이야기

신라 공주 ♥ 페르시아(이란) 왕자

중동인은 중동인

Badra바드라 이름 뜻 달 나 따라함 비너스임

Rayan(라이안) 키싱부스 마르코

황규원 ♥ 규리 눈 작음(중국인)

피터 ♥ 조유주 서로 판박이, 얄상한 역삼각형 두상(일본인)

우리집 정치인/내 주변 인물 닮은 꼴

할머니 박근혜o, 지역구 국회의원 추미애, 차 원장님(불교)

할아버지 故 박정희 전 대통령, 이명박 전 대통령o,

EBSi 윤리와 사상 한보라 선생님, 명상요가 이성희 선생님

엄마 김정은, 줌바 유튜버 써니/러브라이브파티 아줌마,

부은 얼굴 트럼프

아빠 문재인 전 대통령o, 유시민, 엄마가 보는 유튜버 강용석, 이재용

Andrew교수, GS편의점 구의성진점 근무직원,

김영편입 장민 선생님=동민오빠=농부아저씨=옆집아줌마

삼촌 오바마 전 대통령o, 지역구 국회의원 오신환

먹깨이모 김건희 전 여사o, 지석진, 윤종신

나 지역구 국회의원 고민정, 김주애

윤석열-설국열차, 기생충 송강호

기타 닮은 꼴

규리 최재원, 김영편입 오지민 담임선생님

건대병원 의사선생님 조용필

김효주 기안84, 오승주단 아주머니

동민오빠 어머니 동네 CU편의점 아주머니, 영어 김남숙 교수

철수아저씨 경비아저씨, 영어 문도욱 교수

조유주 정유나 한복강사

이현영 개그우먼 신보라

사회자 MC
동민 오빠 유재석, 김구라, 김성주, 주우재
황규원 강호동, 조세호, 이이경
피터 하하
김하랑, 김태환 이휘재
놀란 신도엽
인도애(하쌴) 김C

PD
1박 2일 한국 관광지 소개 나영석 > 무한도전 바보들 김태호

프로그램
아빠, 어디가? 소꿉친구 사랑, 유토 아빠 친구 모임 연상
세세한 분석-아이돌(댄스(춤)가수)
순수 나 소녀시대 청순 동민 오빠 엑소 청량
타락 나 블랙핑크　　동민 오빠 방탄소년단
규리 로제 엄마 리사　황규원 RM, 슈가, 제이홉
오마이걸 나 지호o, 유아, 아린, 유빈　　규리 효정, 승희, 미미
에이핑크 나 손나은, 오하영, 정은지　　규리 김남주, 윤보미
샤이니 동민 오빠 민호o, 故 종현　　황규원 키, 온유, 태민
Allday project(올데이 프로젝트) 나 애니, 영서 동민 오빠 우찬 황규원
타잔 규리 베일리

세세한 분석-드라마

응답하라 1997 나 정은지 동민 오빠 서인국 ♥

응답하라 1994 나 성나정 동민 오빠 쓰레기 ♥　　　칠봉이 황규원

조윤진　　　　　　　　　　　　　삼천포 ♥

해태/빙그레

응답하라 1988 나 성덕선 동민 오빠 최택 ♥ 어차피 남편은 택이(어남택)

소꿉친구 설정

성선우 류동룡 피터 김정환o 황규원

폭싹 속았수다

나 주연 애순 동민 오빠 관식 조연 박영범, 박충섭

나 조연 사모님 황규원 상길

엄마 애순 엄마, 제니 엄마

번외(속임수) 트와이스 나연, 지금 우리 학교는

이나연/ 프로게이머 페이커, 성우 남도형, 축구선수 손흥민

서로 반대되는 경우

신동민 오빠 ⟷ 황규원

신라면 ⟷ 너구리

당근 ⟷ 버섯

멸치 ⟷ 오징어

바니바니 당근당근 ⟷ 홍삼게임

삐빼로

백설공주(나)가 외모로 시기와 질투가 많은 마녀(엄마)로부터 벗어나
왕자님을 만나는 이야기
엄마쪽 외가 은행직원 자녀 ⟷ 아빠쪽 친가 소꿉친구
임민진 ⟷ 동민 오빠

소꿉친구
고유주(나) 조유주 연막용
고예주(동민 오빠/안경 썼을 때)
초등시절 이나현 정민주 오승주 연막용

학창시절 닮은 꼴
나 동양고전미인상
초 안은지
중
고 이슬, 이미연, 정윤아, 송혜인, 이연아, 임주연, 한예나, 이지현

동민 오빠 뿔테 안경에 잘어울림
초 정, 이, 이, 송, 고, 이민준, 김서완, 심현우, 염승진, 박경희,
김회영, 서재준, 임민홍, 김창욱, 최유이
김승빈/팽현준, 이준혁
중 민, 나현, 태림, 은우o, 제성, 김유안o, 이지연, 김다연o, 박준섭,

박채이, 안성진, 원동현, 이시윤o, 윤찬, 안세찬, 최종훈, 유하나,

조정현, 윤태현, 김원혁

고 주, 최다혜 안경o, 지유빈, 신예빈

황규원

초 조세라, 박재건, 홍, 송, 이, 황

중 우석원, 이윤민, 원준, 영수, 명수, 휘준, 홍시혁, 이선우, 차민훈,

최수영, 김석일, 문세민, 김민진, 강윤성, 양태훈, 이민재o, 도승주

고 여장 한서윤, 한지현, 김정범, 배민형, 최서은oo, 김하영o, 황수경,

천현정, 한소영

규리

초 김태윤, 유

중 세연, 김보경

고 이다혜, 진현미, 장유라oo, 권예서, 박서연

조유주

초 신나영, 한

중 이선영, 채아, 정영아, 정유은

고 정혜수, 최하윤, 김민정, 신보영

기타 리코언니

이지아 이쁜 척

중 윤예서

고 이주은, 한선빈

이현영 작은 눈 쥐상
초 강채령
중 이재성, 조유빈
고 이예림, 김연우, 나혜원

김효주
초 박도연

임민진
중 노희라, 이서정

최지우
초 홍찬성
중 이준수

이세빈
중 박주희

선생님

초 박금순 2-6 담임선생님 할머니, 최종윤 5-1 안경x/

이병완 6-2 담임선생님 안경o 동민 오빠, 김선규 체육선생님 황규원,

보안관 정창렬 선생님 철수 아저씨

중 국어 김순옥선생님 할머니, 과학 김문식 선생님 아빠,

도덕 전영미 선생님 엄마, 역사 이남현선생님/ 체육 진민균 선생님/

박종수 선생님 황규원, 이수연 1-5 담임선생님 규리,

국어 장선미 선생님 나, 사회 은남숙 선생님 황규원,

수학 김미라 선생님 나 /체육 조광욱선생님oo/

과학 윤희선 선생님 동민 오빠

영어 조라희 선생님/ 가정 김나정 선생님 규리,

기술 이옥순 선생님 동민 오빠 어머니, 한문 이우영 3-4선생님 나,

중국어 성민준 2-6 담임선생님 황규원, 상담 김태리 선생님 규리

고 수학 임현지 1-12 담임선생님 규리,

한문 정이남 2-5 담임선생님 할머니,

국어 전미경 3-3 담임선생님 황규원, 음악 김이사벨/사서 박주현/

정보 오승은 선생님 엄마, 무용 정다혜 선생님 나,

국어 이경선 선생님 규리, 국어 김선지/수학 조은영 선생님/

영어 최지민 선생님 나, 수학 장영욱/국제 오스틴(Austin)/

환경 김소라 선생님 동민 오빠, 사회문화 김은미 선생님 규리,

사회문화 권윤식/세계사 김준혁 황규원

행동에 따라 일어나는 현상 목록

나뿐만 아니라 다른 사람도 겪는 현상이다. 기억을 잃는 것과
자유의지 빼고 말이다.

잘할 때 나타나는 행동

대화x, 화장실 가기 (눈물 닦으러), 물 사용(마시기, 튀기기),

목욕하기, 안경 들썩이기, 잠자기, 차 막히기, 눈이나 비 오기, 날씨 춥다,

그늘, 불량 차량 단속, 습하다, 구급차 삐용삐용(혹신 부작용으로 늘어남),

오토바이 부와앙 지나가는 소리, 장소 사람 적음,

가게에 이별 노래 나옴, 강변북로 경찰차 서있음(보면 경례함),

아빠 웃음소리, 아빠의 생리현상(트림, 방귀), 엄마 피곤해, 한숨,

아이고 힘들어 소리내기, 하품하기, 배고파, 고소하다, 맛있다(멋있다),

밝은 옷 입기(엄마 한정으로 못할 때 행동), 냄비(엄마 요리) 끓이기

잘 못할 때 나타나는 행동

대화(놀리기, 비난), 정리하기, 가게에 사랑 노래 나옴, 장소 사람 많음,

어두운 옷 입음, 엄마의 웃음소리, 덥다, 맵다, 사래 들리기, 아빠 욕하기,

소음(천장소리, 발소리 쿵쿵, 의자 끄는 소리), 자동차 경적 소리,

소방차 지나가기, 바람이 분다, 코 훌쩍, 엄마의 생리현상, 습하다

날씨 잘할 때 전날 영향도 있다. 눈, 비, 흐림, 못할 때 햇빛, 바람

잘할 때 대화 내 생각(속마음) 돌려서 얘기(간접적) 상황에 맞게

내가 얘기 대신할 때도 있다.

예 나 피아노 완곡하고 나서

엄마 콩나물무침 다 먹었어

나 잘했어

단서 책, 용모, 옷이나 가방 등의 문구

정 기독교 예수 황규원 반 가톨릭 마리아 엄마,

규리 합 신세계 질서

불교 삼촌, 동민 오빠

환청(텔레파시/전파통신) 조현병/정신분열증(전파공격)

악한 영이 들어온 것 조울증 감정이 격한 것뿐

끝으로

"세상은 눈으로 보이는 게 다가 아니다."

"동민 오빠와 나 사이에는 그 무엇과도 바꿀 수 없는 소중한 추억이 있
다.

"사랑을 받아본 자가 사랑을 줄 줄도 안다."

"동민 오빠 이제라도 말하지만 지켜주지
못했어서 미안하고 사랑해."

글쓴이 이나연 李娜演 뜻 아름다움을 펼쳐라

동민 오빠와
꿈꾸는
무지개

초판 1쇄　　2026년 4월 21일
초판 발행　　2026년 4월 27일

지은이　　이나연
발행인　　김재광
발행처　　솔과학
영　업　　최희선
편　집　　바다, 임성희
디자인　　임성희
등　록　　제1997-000023호(1997년 2월 22일)
주　소　　서울특별시 마포구 염리동 164-4 삼부골든타워 302호
문　의　　전화 02-714-8655　팩스 02-711-4656
　　　　　E-mail_ solkwahak@hanmail.net

ISBN 979-11-7379-055-3　03800

ⓒ 솔과학, 2026
값 19,000원

이 책은 저작권법에 따라 보호받는 저작물이므로 무단전재와 복제를
금지하며, 이 책의 내용 전부 또는 일부를 이용하려면 반드시 저작권자와
도서출판 솔과학의 서면 동의를 받아야 합니다.